Zu diesem Buch

«Ich bin ein Print-Junkie. Einer von denen, die schon beim Frühstück lesen, was auf den Corn Flakes-Verpackungen steht. Und wenn ich an einem Thema dran bin, fange ich an zu recherchieren. Ich ertrinke immer in Recherche – und wenn man die abgeschlossen hat, kommt man zu den Szenen. Das wird in meinem ersten Buch ganz deutlich. Jede Szene beginnt mit einer Frage, im Mittelteil ändert sich die Richtung, und am Ende gibt es eine neue Frage», sagte Larry Beinhart unlängst in einem Interview und fügte hinzu: «Schreiben ist Spaß!» Das Vergnügen hatten vor allem die Leser und Kritiker, denn sein erster Krimi «Kein Trip für Cassella» wurde 1986 mit dem «Edgar Allan Poe Award», dem Preis der «Mystery Writers of America», für das beste Debüt ausgezeichnet. Sein Held Tony Cassella ist ein typischer Privatdetektiv der achtziger Jahre, «einer dieser Typen aus der Alternativkultur, die möchten, daß die Dinge besser werden, als sie tatsächlich sind. Aber er ist auch stolz auf Amerika. Seine Ideale sind typisch amerikanisch: die freiheitliche, liberale Utopie Amerikas. Er ist sehr amerikanisch.» Und er ist zusammen mit seinem Partner Joey der nur mäßig beschäftigte Inhaber einer Detektei. Als ihm Chip, ein alter Freund aus Yale und Mitarbeiter der Wall Street-Kanzlei Choate, Winkler, Higgiston, Hahn & Moore, einen Job anbietet, bei dem das Honorar keine Rolle spielt, mietet sich Cassella eine Krawatte und nimmt den Fall an.

Er muß Edgar Wood, Anwalt der Firma Over & East, finden, der unter dem Verdacht steht, acht Millionen veruntreut zu haben. Wood wird von der Börsenaufsichtsbehörde vor einer Verurteilung geschützt, aber nur, wenn er die eigene und andere Firmen ans Messer liefert. Cassella macht sich auf die Suche und kurz vor dem Ziel Bekanntschaft mit einigen lateinamerikanischen Schlägertypen. Als Wood schließlich von vermeintlichen Autodieben erschlagen wird und Cassella seine diversen Amouren nicht mehr in den Griff bekommt, hilft nur eins: Koks!

Der unermüdliche Rechercheur Larry Beinhart reüssierte als Herausgeber des thriller-Magazins «Schwarze Beute» (Nr. 3114), in dem er den Stand der amerikanischen Krimiszene dokumentierte. Sein «tougher» Protagonist Tony Cassella muß sich mit den Exzessen der Reagan-Ära auch in den Kriminalromanen «Zahltag für Cassella» (Nr. 2932) und «Priester waschen weißer» (Nr. 3043) herumschlagen.

Larry Beinhart

Kein Trip für Cassella

Mit einem Autorenporträt von
Jürgen Bürger und Peter M. Hetzel

Deutsch von
Werner Waldhoff

rororo
Rowohlt

rororo thriller
american crime scene
herausgegeben von Bernd Jost

11.–19. Tausend Oktober 1994

Neuausgabe
Veröffentlicht im Rowohlt Taschenbuch Verlag GmbH,
Reinbek bei Hamburg, April 1989
Die Originalausgabe erschien 1986 bei William Morrow and Company,
Inc., New York, unter dem Titel «No One Rides for Free»
Die deutsche Erstausgabe erschien im April 1989
Redaktion Peter M. Hetzel

Umschlagfoto Thomas Henning / Bettina Scheffler
Umschlagtypographie Peter Wippermann / Sebastian Rauf
Gesamtherstellung Clausen & Bosse, Leck
Printed in Germany
990-ISBN 3 499 43135 1

Inhalt

Die Hauptpersonen

TONY CASSELLA liebt die Frauen:

Glenda	und ihren Sohn *Wayne*
Sandy	die Liebe aus alten Zeiten
Christina	die attraktive Tochter von *Edgar Wood*

TONY CASSELLA und *Joey D'* ermitteln
im Fall *Edgar Wood*:

gegen *Charles Goreman*, Unternehmer, und
Mel Brodsky, Beamter der Börsenaufsicht,
im Auftrag von *Lawrence Ghoate Haven*, Rechtsanwalt,
mit tatkräftiger Hilfe von Captain *Bill Tillman*

TONY CASSELLA kommt so einiges in die Quere:

Hencio de Vega, Killer
Onkel Vincent, ein Verwandter
und
Koks, bolivianisches Marschierpulver

Für Mitchell Wood & Valerie Kooyker

Jetzt, da ich wieder auf meinen beiden Füßen stehen kann und lebe, klingt es weithergeholt und melodramatisch, daß ich mich dafür bedanke, noch am Leben zu sein, und daß ich es ohne Euch nicht schaffen konnte. Aber genau das scheint es gewesen zu sein, so danke ich Euch für all das und ebenso für dieses Buch.

ATTICA

Für die Verteidigung: Paul Dean Whitney, Harvard 1940, Nummer Drei in seiner Klasse, *Law Review*, Assistent von Paul C. Chillgren III, Harvard '49, Nummer Fünf, *Law Review*; und Andrew Lande Depue, Yale '73, Nummer Sieben, *Law Review*. Eine starke und hochkarätige Verteidigung, wie man sie sich nur wünschen konnte.

Das Team der Staatsanwaltschaft Manhattan, der prestigeträchtigste Platz für öffentliche Ankläger, wurde von Franco DeMattresse (Columbia '69, Nummer Vierzehn) angeführt; unterstützt von Leonard Ginsberg (N. Y. U. '79, Nummer Vier, *Law Review*) und Roosevelt Long (N. Y. U. '82, Nummer Siebenundzwanzig). Was ihnen an Klasse und Beziehungen fehlten, machten sie durch Aggressivität wett.

Auf der Richterbank: Seine Ehren Paul Stewart McCarthy, Brooklyn Law School. Abendstudium.

Der Angeklagte war eindeutig schuldig. Doch die Gerichtswelt reflektiert die reale Welt durch zwei Linsen, die mit gleicher Intensität verschärfen und verzerren. Regeln der Gesellschaft, fehlerhafte Verknüpfungen des Schicksalfadens, zufällige Ereignisse, Können und Inkompetenz und Unterlassungssünden, all das kollidiert mit beängstigender Irrationalität und erzeugt etwas, das mit den Gesetzen der Logik nichts zu tun hat. Es gab deshalb keinen Grund, mit einem Schuldspruch zu rechnen.

Nichtsdestoweniger lautete der Spruch: «Schuldig.»

Seine Ehren P. S. McCarthy verkündete das Urteil: «Drei bis fünf Jahre. Attica.»

Das gesamte Verteidigungsteam verfiel in einen Schockzustand, der noch tiefer zu gehen schien als damals an jenem Tag des Jahres 1957, als der erste Jude in der Kanzlei Whitney, Whitney, Stanley und White zugelassen worden war. Man hätte eine Nadel fallen hören können.

Die Staatsanwälte mit ihren überheblichen Manieren und ihrem häßlichem Stadtslang, von dem Sieg bereits beschwingt, waren geschockt. Selbst die Gerichtssaalbesucher, begeisterte Anhänger von Verirrungen und Fehlurteilen, waren geschockt.

Doch am tiefsten saß der Schock bei dem Angeklagten. Attica. Ein Alptraum. Attica. Warum nicht gleich die Hölle? Warum nicht Auschwitz? Er war sechzig. War das nicht alt genug, um seinen blassen weißen Arsch vor Vergewaltigung zu schützen? Große, schwarze, in Straßenkämpfen gestählte Leiber würden seinen schreibtischbleichen, schreibtischweichen nackten Leib unter der Dusche gegen die gekachelten Wände knallen. Große fette Fäuste. Schwere Füße. Bösartiges, gehässiges Gelächter, während sie ihn vornüberbeugten und schändeten. Kichern und Gelächter aus Freude an der Zerstörung (fünfte Folge von *Joy of Sex*, sechzehn Wochen auf der *N. Y. Times* Bestseller-Liste). Attica. Alptraum. Bettfedermesser in den Händen von Punkern. «Her mit deinen Zigaretten, her mit deinem Geld. Ich quetsch dir die Augen platt, Pop.»

Hier handelte es sich um Wirtschaftskriminalität. Erste Straftat. Er war Anwalt. Anwälte der gehobenen Mittelklasse in mittleren Jahren müssen *nicht* nach *Attica*. Mußte John Mitchell nach Attica? Dean? Haldeman? Erlichman? Attica war etwas für Tiere. Der Richter mußte verrückt sein, daß er einen Vogel in den Katzenkäfig sperrte. Die Dschungelbestien würden ihn bei lebendigem Leib fressen. Ihn zerreißen. Ihm das Blut aussaugen. Und dann bloß so zum Vergnügen die Federn ausreißen.

At-ti-ca! At-ti-ca! At-ti-ca!

«Niemals! Nie! Da geh ich nicht hin!» kreischte der Angeklagte. Er schaute zu seinen ehemaligen Partnern hinüber, den Anstiftern dieser Barbarei. «Dafür krieg ich euch dran. Ich reiß euch mit runter und diesen Schwanzlutscher Charlie ebenfalls!»

Seine Ehren P. S. McCarthy schlug mit seinem Hämmerchen auf die Tischplatte. Die Verteidigung versuchte den Angeklagten zu beruhigen. Als es wieder ruhiger im Gerichtssaal geworden war, begründete der Richter – was sein Recht und seine Pflicht war –, weshalb er zu diesem Urteil gelangt war. Seine Logik war klar und präzise. Seine Argumentation war zwingend und verständlich. Auch das war ungewöhnlich.

Seine Ehren sagten: «Ich schicke Kerle dorthin, die ein Radio für fünfzehn Dollar gestohlen haben. Dieser Bursche hier hat acht Millionen Dollar gestohlen. Er muß nach Attica.»

In lautloser Panik tobten Wut und Angst im Kopf des Angeklagten.

Der Angeklagte Edgar Wood (eine Ellis Island-Variante von

Woiczkowsky) war Anwalt für Over & East, Inc., gewesen, dem gigantischen Konglomerat in den Wall Street mit dem Spitznamen «Take Over & Eat».

Der Präsident des Aufsichtsrates war Charles Goreman. Das zog weitere Spitznamen nach sich, denn Schuljungen lieben Spitznamen, und jeder Wall Streeter ist im Grunde ein Schuljunge. Also: «Gore & Glory: Die Übernahmespur von Over & East»,[1] «Takeover & Eat, immer noch der gleiche alte Gierhals»,[2] «Charles ‹Blood & Gore› Goreman – König der Spekulatoren»,[3] «Fusionen & Manipulationen – Die ganze Gory Story»,[4] «Captain Gore – der letzte Pirat».[5]

Die Welt hatte Wood nach unten gezerrt, und die Hand, die ihn hätte retten können, die Hand von Charles Goreman, rührte sich nicht. Sie waren schon zusammen gewesen, noch bevor es richtig angefangen hatte. Wood war Goremans persönlicher Anwalt sowie juristischer Berater von Over & East. Er saß im Vorstand. Er saß im Aufsichtsrat mehrerer Tochtergesellschaften. Zusammen hatten sie ein Empire aufgebaut. Zusammen, so wie Don Quichote und Sancho Pansa, wie Roy Rogers und Trigger, wie Sergeant Preston und sein Spitzenhund King, wie der Lone Ranger und Tonto. Jetzt war der weiße Mann hinter Tonto her, und der Lone Ranger sagte: «Jeder Indianer kämpft allein. Kapiert, Tonto?»

In einer Vision sah Wood die Straße der Rettung vor sich. Die Pflastersteine der Straße setzten sich aus Rachegedanken zusammen, was die Sache nur noch süßer machte.

«Ruf die SEC an», sagte Wood zu Whitney. «Die Börsenaufsichtsbehörde.»

«Was?»

«Die SEC», wiederholte Wood. «Sag ihnen, ich bin bereit zu einem Handel. Sag ihnen, wenn sie mir Attica ersparen, erzähl ich ihnen alles, was ich und ‹Gory› Charlie Goreman getan haben, um Over & East in Takeover & Eat zu verwandeln.»

«Edgar, wir haben bei weitem noch nicht unsere legalen Möglichkeiten erschöpft.» Whitney gab sich etwas väterlich; das gehörte zu den Privilegien eines Anwalt-Mandanten-Verhältnisses.

1 Fortune: S. 17 '73.
2 Forbes: Ja. 8 '79.
3 Wall St. Jrnl.: 11/6/75.
4 Barrons: Jn. 6 '77.
5 People: F. 17 '79.

«Wir können sowohl gegen den Schuldspruch als auch gegen das Urteil Berufung einlegen.»

«Hör mir zu, Whitney.» Wood sprach wie ein Mann, dessen Eier mit einem stumpfen Messer rasiert wurden. «Mach's auf meine Weise. Wir haben die SEC seit Jahren am Arsch.»

«Hör mal», sagte Whitney väterlich und geduldig, «dies hier ist der New York State Criminal Court. Die Betonung liegt dabei auf strafrechtlich und staatlich. Die Börsenaufsicht ist kein Organ der Rechtspflege; es ist eine ganz normale Behörde der Bundesregierung.»

«Nein. Hör du mir zu. Wir machen's auf meine Art.»

«Ich weiß, du bist erregt und wütend; der Schuldspruch und noch mehr dieses obszöne, beispielslose Urteil haben dir einen Schock versetzt. Du bist ein ausgezeichneter Rechtsanwalt, Edgar, aber du bist kein Spezialist für Strafsachen. Wir schon. Deswegen hast du uns ja engagiert. Wir werden mit rauchenden Colts in die Berufungsverhandlung gehen und der ganzen Sache den Garaus machen. Wart nur ab.»

Die Galle schoß in ihm hoch wie das Öl aus einem geplatzten Rohr; sein Blut hämmerte im Neon-Broadway-Rhythmus: *At-ti-ca! Ra-che! At-ti-ca! Ra-che! At-ti-ca!*

«Whitney, lutsch deinen eigenen blaublütigen Schwanz.»

«Was?» sagte Whitney. Nur farbige Angeklagte und ehemalige Groton-Kommilitionen haben je in diesem Ton mit ihm gesprochen. Und auch nur dann, wenn sie in der gleichen Abschlußklasse gewesen waren; ganz abgesehen davon, daß sie es mit einem Lächeln sagten.

«Genau das wirst du tun. Du wirst die SEC anrufen. Du wirst der SEC sagen, daß ich jeden schmutzigen Handel, jedes Hinterhofgeschäft bezeugen werde. Ich werde ihnen zeigen, wo die Leichen vergraben sind und welche Schränke sie öffnen müssen, um die Skelette zu finden. Die werden sich vor Freude nicht mehr einkriegen. 1963 stellte die SEC die ersten Nachforschungen über Over & East an. Ich stoppte sie. Seitdem hatten wir sie fast jedes verdammte Jahr wieder am Hals, und jedes gottverdammte Mal stoppte ich sie. Glaub mir, Whitney, die Jungs werden Männchen machen und betteln.»

«Du bist erregt, Edgar. In Wirklichkeit meinst du das gar nicht so.»

«Außerdem kannst du ihnen noch sagen, daß ich ihnen als Zugabe noch Charlie ‹Gory› Goreman auf einem großem Silbertablett servieren werde. Mit einem Apfel im Mund und Gerichtsvorladungen im Arsch.»

«Edgar, denk noch mal ein paar Tage darüber nach. Uns bieten sich eine Menge Alternativen. Glaub mir, ich krieg dich aus dieser Sache raus. Zumindest kann ich dir Attica ersparen.»

«Ja, womöglich kannst du das...» Woods Stimme klang jetzt fast träumerisch; sein Geist hatte einen Orgasmus erlebt; nun trieben seine Worte sanft auf Whitney zu, «...ja, womöglich kannst du das. Aber es wird Charlie nicht zugleich weh tun... das ist ja das Schöne an meiner Methode. Erkennst du denn die Schönheit nicht, die darin liegt?»

«Das alles hat doch keine Eile. Ich bin sicher, der Richter läßt dich weiterhin gegen die Kaution auf freiem Fuß, während wir in die Berufung gehen...» Whitney musterte Wood kritisch, während er sprach. Sein Mandant sah ruhig aus, fast schon zufrieden. Whitney fragte sich, ob er nicht mehr alle Tassen im Schrank hatte, und wie lange es dauern würde, bis Ersatztassen da wären.

«Nicht nötig», sagte Wood beschwingt. «Ruf sie nach dem Lunch an, dann sitzen sie in der Zwei-Uhr-dreißig-Maschine. Massenhaft Zeit, bevor das Gericht schließt. Sie werden sagen: ‹Bitte, bitte, Euer Ehren, dieser Mann ist so furchtbar, furchtbar wichtig für uns. Bitte lassen sie ihn die Hauptstadt der Nation besuchen, statt diesen fürchterlichen Ort da oben im Staat. Wir möchten gern, daß er zu uns kommt und mit uns ein Jährchen oder zwei oder drei plaudert.»

«Ich bin mir nicht sicher», sagte Whitney wie ein Kardinal, der sanft eine kleine Ketzerei tadelt, «ob die SEC vor einem New Yorker Strafgericht viel ausrichten kann.»

«Paul, mein Junge...» Als er seinen Vornamen hörte, wußte Whitney, daß die Sache unausweichlich war. Wenn ein Patient seinen Arzt oder ein Angeklagter seinen Verteidiger beim Vornamen nennt, dann heißt das, daß der Abhängige sein Schicksal aus den Händen dieser Götter in seine eigenen genommen hat. «...tu, was ich dir sage. Es ist einfacher, als dich rauszuschmeißen und einen anderen Anwalt zu suchen, bloß wegen eines einzigen Anrufs.»

Paul Dean Whitney war sauer. Er haßte es, wenn ein Mandant Entscheidungen traf. Das haßte er noch mehr, als mit der U-Bahn zu fahren. Er war dermaßen außer sich, daß er seine Taschen nach Kleingeld abzusuchen begann, bevor er merkte, daß er Washington mit der Kreditkarte anrufen konnte.

SQUASH

Charles *Chip* Forte Riggins, ein Yalie von seinen kotelettenlosen Wangen bis zu seinen Pumas mit maßgefertigten Einlegesohlen und zurück zu seinem kantigen Kinn, war dazu geboren, zu segeln, Squash zu spielen und für eine Wall Street-Anwaltskanzlei zu arbeiten. Natürlich machte er all das. Er war ein junger Mitarbeiter bei Choate, Winkler, Higgiston, Hahn & Moore; all diese Namen waren mit einem Kreuzchen versehen. Echte Klasse hat man nur noch vor sich, wenn hinter jedem einzelnen Namen im Kanzlei-Titel ein Toter steckt. Das heißt, daß die Kanzlei derart angesehen ist, daß die Erwähnung eines lebenden Anwalts sie lediglich herabsetzen würde.

Niemand hat je schlüssig herausfinden können, wozu ich geboren war. Ich begann Squash zu spielen, weil es umsonst war. Ein Freund an der N. Y. U. brachte es mir bei und versorgte mich mit einem falschen Ausweis. Als er aus Gründen, die er nie zusammenhängend und verständlich erklärte, von der Uni flog, war ich dem Spiel verfallen.

Ich genoß es stets besonders, Chip zu schlagen, was ihn völlig verwirrte.

Ich schlug ihn; er ließ einen mürrischen Kleiderhaufen im Umkleideraum zurück und ging, nur mit einem beleidigten Gesichtsausdruck bekleidet, in die Sauna.

«Was für Fälle behandelst du?» fragte er mich. Er sprach, ohne mich anzublicken, damit sein Blick nicht zufällig meine Genitalien streifte.

«Alle, die sich bezahlt machen.» Ich dachte einen Moment nach; dann fiel mir ein, daß er ausschließlich für Verstorbene arbeitete, und verdreifachte mein Honorar. «Siebenhundertfünfzig Dollar pro Tag für meine Zeit plus Spesen, was auch zusätzliche Leute, die ich anheuere, einschließen kann. Keine Überstunden, aber für jeden Tag, der länger als vierzehn Stunden dauert, berechne ich zwei Tage.»

«Dein Honorar ist nicht das Problem», sagte er sehr ernsthaft. «Ich will wissen, was für eine Art Arbeit du machst.»

Er wollte «Sag das Geheimwort, und du hast einen Dollar gewonnen» spielen. Er wollte eine Antwort auf eine Frage, die ich nicht kannte, und als Belohnung würde es einen Job geben, den ich dringend brauchte. Ich haßte dieses Spiel.

«Wir sind Squash-Kumpels», sagte ich. «Niemand kann treuer und standhafter sein als ein Squash-Kumpel. Wenn du verheiratet wärst, dann würde ich sagen, du willst, daß ich beweise, daß deine Frau schreckliche Sachen mit kleinen Tieren anstellt, damit du keine Alimente zahlen mußt. Aber du bist nicht verheiratet. Ich glaub nicht, daß du in Schwierigkeiten steckst, weil du gar nicht weißt, wie man da reinkommt. Also, Schluß mit dem Scheiß. Sag mir, um welches Problem es geht, und ich sag dir, ob ich dir helfen kann.»

«Es geht nicht um mich. Es ist für ... sagen wir, für einen Klienten. Aber ich möchte deine Zeit nicht verschwenden, wenn es nicht auf deiner Linie liegt.»

«Natürlich ist es für einen Klienten. Du bist Anwalt, Chip, erinnerst du dich?»

«Yeah. Schau ... uh, äh ... Ich weiß nicht, wie ich's sagen soll. Du bist nicht gerade der sanfteste Bursche der Welt. Ich meine, mich stört's nicht. Für mich spielt das keine Rolle. Und wenn du der richtige Typ bist, dann spielt es auch keine Rolle ... ihnen gegenüber. Ich will also bloß jedermann Zeit und Unannehmlichkeiten ersparen.»

«Zum Teufel damit. Ich hab deine Beleidigungen nicht nötig. Ich hab deinen Job nicht nötig. Du hast Glück, wenn du mich kriegst.»

«Wie kommt's dann», sagte er, «daß ich die letzten beiden Wochen den Platz bezahlen mußte?»

Man kann einen Squash-Kumpel nicht hinters Licht führen. Selbst wenn dein Schlag perfekt ist, er merkt, wenn du pleite bist. Und der Hundesohn wollte immer noch «Sag das Geheimwort» spielen.

«Also gut, wenn du's unbedingt wissen willst. Querbeet durch alle möglichen rauhen Jobs, so könnte man meine Arbeit charakterisieren. Ich jage Kautionsflüchtige. Ich schürfe nach dem nötigen Dreck für Scheidungen. Ich spüre die Wirtschafts-Ganoven großer Firmen auf ...»

Ich sah, wie seine linke Augenbraue zuckte. Das war praktisch ein Hinweis. Ich war dem Geheimwort sehr, sehr nahe.

«... ein paar meiner besten Fälle bestanden darin, Leute zu

schnappen, die große Unterschlagungen begangen hatten, bevor sie sich nach Brasilien absetzen konnten. Ich hab ein paar äußerst diskrete Sachen für Politiker erledigt. Ich biete Diskretion, Loyalität, überlegene Intelligenz und einen halben juristischen Grad.»

«Einen halben juristischen Grad?»

«Yeah», sagte ich. «Hab vorzeitig mit Jura Schluß gemacht. Ist genauso nützlich, als wäre ich von einer Kosmetikerschule abgegangen, bloß daß ich mir immer noch nicht selber die Nägel maniküren kann.»

«Wo» – ich wußte, daß er das fragen würde – «bist du gewesen?»

Meine Antwort, das wußte ich ebenfalls, würde die Sache klar machen. Ich hatte nicht den richtigen Namen, nicht den richtigen Stil oder das richtige Aussehen. Aber einmal im Leben war ich am richtigen Platz gewesen.

«Yale», sagte ich.

Er lehnte sich zurück und tat so, als würde er überlegen.

Am nächsten Abend stieg ich um sieben Uhr an der Wall Street aus der U-Bahn.

Ich trug einen Anzug und eine Mietkrawatte. Um sechs hatte ich mich noch mal rasiert und meine Koteletten gestutzt. Die Frau, mit der ich zusammenlebte, hatte mein sauberstes Hemd gebügelt. Sie würden mir um den Hals fallen.

Der Mann an der Rezeption saß unter einem großen, amorphen, modernen Gemälde, das, so schien es mir, die Farbe Grau symbolisieren sollte. Ich fragte nach Mr. Riggins. Als ich nicht warten mußte, weil er sich nicht gerade in einer Konferenz befand und keine Überseegespräche führte, wurde mir klar, daß er wirklich in der Klemme steckte.

Er musterte mich prüfend und fand mich angemessen. Nicht gut genug für ein Lob. Nicht übel genug, um zu jammern. Also führte er mich durch die Kaninchengehege auf das Mitarbeiter-Territorium. Eine saubere, gesichtslose Fabrik des Geistes, in der die Mitanwälte immer noch emsig mit unbezahlten, aber hoch in Rechnung gestellten Überstunden beschäftigt waren, um ihre Hingabe an den heiligen und hochbezahlten Gral der Partnerschaft unter Beweis zu stellen.

Über eine Innentreppe stiegen wir nach oben zu den heiligen Gemächern der Partner. Die Anwaltskanzlei versorgt Mitarbeiter mit

Büromöbeln; Partner kaufen sich ihre Einrichtungen selbst. Es ist eine der feinsten Methoden der westlichen Welt, Klassenunterschiede zu demonstrieren. Partner können sogar handgearbeitete Türen einsetzen lassen. Wie ein Scout, der ins Indianergebiet vordringt, so sensibilisierte sich Chips Wahrnehmung einer potentiellen Gefahr direkt proportional zu jedem Zeichen und jeder Markierung.

«He» – ich legte ihm eine Hand auf seine Schulter –, «ich werde dich nicht in Verlegenheit bringen. Ich werde meiner Rasse Ehre machen.» Sein Blick besagte deutlich, daß Scherze unangebracht waren, wenn man von derart launenhaft feindlichen Mächten umgeben war. «Wirklich», machte ich einen Rückzieher, «ich werde nicht mal ein Scherzchen machen. Ich werde mich benehmen, als wäre all dies Ernst, was ich übrigens keineswegs bezweifle. Ich werde mich rechtschaffen und korrekt benehmen.»

«Gut.»

Wir rückten unsere Krawatten zurecht, und er führte mich in das Eckbüro. Ein Eckbüro ist selbstverständlich allererste Klasse. Man stelle sich vor! Zwei Aussichten! Lediglich vier Räume pro Stockwerk besitzen zwei Aussichten! Und die Einrichtung. Ein persischer Teppich, ungefähr einen Morgen groß. Mittendrin ein antiker Schreibtisch. Eine reich verzierte Oberfläche ohne Schubladen, ein Schreibtisch, der laut und deutlich verkündet: funktionslos. Ein purer, unverfälschter Status-Schreibtisch. Es gab keine juristischen Bücher. Keine Bücherregale. All das brachte eines zum Ausdruck: wenn du diesen Mann siehst, dann zahlst du nicht für Bücher, für staubige Recherchen oder für Aktenstudien. Wenn du diesen Mann siehst, dann zahlst du einzig und allein für das Privileg, ihn sehen zu dürfen.

Es gab nur zwei Stühle. Einer davon stand hinter dem Schreibtisch. Niemand mußte erklären, daß Chip zu dieser Party nicht eingeladen war. Er bot mich dem juristischen Hohepriester dar, warf mir einen letzten bittenden Blick zu und verschwand.

Lawrence Choate Haven war ungefähr fünfundsechzig. Für seinen Anzug hätte ich zwei meiner Monatsmieten hinlegen müssen. Seine Nägel waren manikürt, sein Haar präzise geschnitten, seine Bräune gepflegt, aber nicht übertrieben. Seine Haltung machte seiner Klasse alle Ehre; vielleicht trug er auch ein Korsett. Sein mittlerer Name stellte das Choate im Firmen-Titel dar.

Er erklärte, daß er meine Referenzen überprüft hätte. Ich schaute bescheiden drein. Er hatte sie adäquat gefunden. Ich schaute erfreut.

«Wenn wir in der Vergangenheit gezwungen gewesen waren, Nachforschungen anstellen zu lassen, dann engagierten wir dafür eine der großen, etablierten Firmen. Die Verpflichtung zur Rechenschaftsablegung ist in den meisten Fällen eine wichtige Qualifikation. Wie alle positiven Qualifikationen hat sie jedoch auch ihre Kehrseite. Es bedeutet, daß ein ganzes System zum Einsatz kommt, und ein System bedeutet, daß eine beträchtliche Anzahl unbedeutender Leute aus Management, Buchhaltung usw. in die Sache verwickelt werden.

In diesem Fall haben wir eine Situation, in der Diskretion wichtiger ist als geschäftliche Verantwortlichkeit. Würde ich Sie für Choate, Winkler engagieren, dann könnte ich mir diese Entscheidungsfreiheit nicht zugestehen. Dies jedoch ist eine persönliche Angelegenheit, und so kann ich tatsächlich von dieser Freiheit Gebrauch machen.»

Der Mann sprach nicht nur in vollständigen Sätzen, sondern in vollständigen Abschnitten. Ein aussterbender Stil. Ich war beeindruckt.

Die Teilhaber von Choate, Winkler waren nicht losgezogen und hatten Mr. Wood aufgrund seiner überragenden juristischen Qualifikationen rekrutiert. Es war mehr ein Zufall gewesen.

Leisure Time Industries hatte als Schallplattenfirma angefangen, und dann waren noch Spielsachen, Spiele, Konzertveranstaltungen, Touristik hinzugekommen. Alles, was man unter Muße und Freizeit zusammenfassen konnte, und dazu noch einige Sachen, auf die das nicht zutraf. Eine ihrer Tochtergesellschaften stellte Squashschläger her. Doch auch sie hatten ihren Moment der Schwäche gehabt, und Charles Goreman, der Schwäche witterte wie ein Rüde eine läufige Hündin, schlug zu. LTI war zwar tatsächlich größer als O&E, aber es zeigte sich schon bald, daß O&E gewinnen würde. Anstatt sich auf eine lange, blutige Schlacht einzulassen, änderte LTI den Kurs und steuerte eine freundschaftliche Fusion an. Choate, Winkler führten die Vermittlungsgespräche, und alle verdienten sich eine goldene Nase.

Vor allem Choate, Winkler. Der ausgehandelte Vertrag schloß ein, daß sie die korporativen Anwälte von Over & East wurden. Sie hatten die Verliererseite vertreten und standen zum Schluß mit einem Klienten da, der doppelt so groß war.

Der Handel beinhaltete außerdem noch, daß Wood eine Teilhaberschaft bei Choate, Winkler, Higgiston, Hahn & Moore erhielt. Und so war jeder Rücken ausreichend gekratzt worden. Over & East spielte weiterhin Takeover & Eat, die Honorare rollten bei Choate, Winkler nur so an, und Woods Partnerschaftsanteil begann im Bereich von 750000 Dollars und stieg unaufhaltsam weiter.

An einem Abend dann vor achtzehn Monaten hatte ein Junior-Buchhalter die Bücher bei Choate, Winkler durchgesehen. Junior entdeckte etwas, das allen anderen Buchhaltern und Rechnungsprüfern acht Jahre lang entgangen war. Er arbeitete die ganze Nacht durch, prüfte, überprüfte und machte die Gegenprobe. Ungeduldig wartete er die Morgendämmerung ab und arbeitete den ganzen folgenden Tag hindurch, um das zu überprüfen, was während der Arbeitsstunden überprüft werden mußte.

Als sich Junior sicher war, redete er sich bis ins Büro von Lawrence Choate Haven vor und legte die Bombe auf diesen reinen, unverfälschten Status-Schreibtisch. Edgar Wood war ein Dieb. Schlimmer noch, er benützte die Anwaltskanzlei als Umschlagstelle.

Bis jetzt hatte Junior 4873927,64 Dollar aufgespürt, die von Over & East abgezogen und durch Choate, Winkler, Higgiston, Hahn & Moore an existierende, aber stillgelegte Tochtergesellschaften von Over & East weitergeleitet worden waren, von dort aus war das Geld an die Lieferanten, bei denen es sich stets um Edgar Wood handelte, weitergeflossen. Die anschließenden Nachforschungen erbrachten eine Gesamtsumme von über acht Millionen Dollar.

«Vielleicht», sagte Haven, «handelte ich überstürzt. Nur zu häufig wird ein Mantel des Schweigens, wird ein Schleier über das Gesicht der Wahrheit gezogen. Die Direktoren sorgen sich mehr um ihr Image in der Öffentlichkeit als um die Bestrafung des Täters. Doch ich war damals der Meinung – und ich bin es auch heute noch – daß dies das falsche Vorgehen ist. Der Schuldige wird buchstäblich belohnt, und die Bürde der Wiedergutmachung wird den Aktionären oder in unserem Fall den Teilhabern auferlegt. Sie krümmen sich vor Furcht, die Öffentlichkeit könnte wegen eines Übeltäters die Schlußfolgerung ziehen, die gesamte Firma wäre irgendwelcher Vergehen fähig.

Das ist eine Form der Feigheit und ein Mißbrauch des öffentlichen Vertrauens.

Choate, Winkler, Higgiston, Hahn & Moore existiert seit über hundertfünfzig Jahren. In all diesen Jahren hat sich nie etwas Vergleichbares ereignet. Nichts hat unseren Namen je beschmutzt. Ich war der Meinung, daß uns eine harte Reaktion nur stärken würde. Die anderen Senior-Partner stimmten mir zu, wenn schon aus keinem anderen Grund, dann aus dem, daß irgend jemand schließlich Maßstäbe setzen muß.

Wir beschlossen, in ganzem Umfang Anklage zu erheben.»

Das hatten sie auch. Sie schalteten sofort Robert Morganthau, Staatsanwalt in Manhattan, ein. Noch am gleichen Tag. Noch bevor sie Mr. Goreman informierten. Noch bevor sie Over & East informierten. Noch bevor sie Mr. Wood mit den Tatsachen konfrontierten.

Auf diese Weise konnten sie sich keinen Rückzug mehr erlauben. Und es gab auch keinen.

«Ich setzte eine Kette von Ereignissen in Gang, die nicht vorhersehbar waren. Obwohl Edgar Wood Gelder veruntreut hatte, konnte ich mir nicht vorstellen, daß er Außenstehende in diese Sache hineinziehen und, schlimmer noch, das Vertrauensverhältnis zwischen Anwalt und Mandant in den Schmutz treten würde.»

Edgar Wood, korporativer Anwalt von Over & East, persönlicher Anwalt von Charles Goreman, hatte Zugang zu allem und jedem gehabt. Doch dieses Wissen war geheim. Er durfte nichts davon weitergeben. Das Verhältnis eines Anwalts zu seinen Klienten basiert auf Vertrauen. Es ist das Fundament. Der Anwalt darf nie etwas über die Angelegenheiten seines Klienten verlauten lassen.

Jedermann rechnete nun mit einer neuen Attacke der SEC gegen Over & East, und die Anwaltskanzlei, die angeheuert wurde, um diesen Angriff zurückzuschlagen, war Douglas, Cohen, Bartholomew, Neffsky und McDonald. Laut Choate Haven war der Grund dafür, daß Choate, Winkler teilweise für das Vorgehen der SEC und eine Anzahl von Klagen, in die Wood und Over & East verstrickt waren, verantwortlich zeichneten.

Ich hatte von Douglas, Cohen gehört. Revolverhelden im 300-Dollar-Anzug. Die Choate, Winklers und Co der legalen Welt konnten die tagtäglichen Geschäfte zwischen Korporationen, Staaten und sogar Nationen handhaben. Aber wenn die Kacke am Dampfen war, wenn das FBI die noch rauchende Waffe entdeckt hatte, wenn der Vizepräsident wegen eines Drogendelikts angeklagt war, dann wurde Douglas, Cohen gerufen.

Sie waren so gut, daß die Kanzleinamen tatsächlich noch nicht verstorbenen Leuten gehörten.

Doch selbst sie hatten Probleme. Sie wollten wissen, was Wood für Aussagen gemacht hatte. Die SEC, die Wood irgendwo versteckt hatte und seine Zeugenaussage im geheimen aufnahm, argumentierte bis jetzt mit Erfolg, daß sie als Aufsichtsbehörde nicht Teil des Gerichtssystems waren und so nicht dem normalen Prozeß der Akteneinsicht unterworfen. Die SEC ließ der Beleidigung auch noch den Schmerz folgen und gab ausgesuchte Informationsschnipsel an *Wall Street Journal* und *Times* weiter.

«Sie sind die mit der Sache befaßten Anwälte. Doch ich trage als Privatperson eine gewisse Verantwortung, da mein Verhalten, wie korrekt und angemessen auch immer, gewissen betroffenen Personenkreisen, deren Wohlergehen mir anvertraut war, Schaden zufügen kann.»

«Yeah, ich kann den Burschen aufspüren», sagte ich. «Ich kann ihn aufspüren. Vielleicht können Mr. Wood und ich ein kleines Gespräch führen. Obwohl ich nicht glaube, daß er für mich seine Zeugenaussage zusammenfassen wird. Ich habe Kontakte zur *Times*, aber ich möchte wetten, sie wissen auch nicht mehr als das, was sie veröffentlichen. Ich kann mich an eine Sekretärin oder Stenotypistin unten in D. C. ranmachen... aber ich glaube nicht, daß damit Ihre Fragen beantwortet werden, jedenfalls nicht auf lange Sicht, und diese Sache zieht sich hin. Also müssen wir es anders versuchen.»

«Wenn Sie damit andeuten wollen, daß Sie womöglich die vom Gesetz gezogenen Grenzen überschreiten wollen, so muß ich mich auf alle Fälle gegen eine derartige Handlungsweise aussprechen.»

Ich sah ihn an und zuckte die Achseln.

«Können Sie den Job erledigen oder nicht? Sie scheinen Zweifel zu haben.»

Ich erhob mich. «Ich erledige den Job. Ich bringe Ihnen Ergebnisse. Wenn das Honorar stimmt.» Ich ging hinüber zum Fenster. Der Wind pfiff von Turm zu Turm und peitschte kleine Wolkenfetzen gegen die Fensterscheibe. «Die Spesen könnten ganz schön in die Höhe gehen. Raus aus der Stadt und all das», sagte ich über meine Schulter hinweg.

«Hier sind fünfunddreißigtausend Dollar», sagte er. Die Zahl ließ mich herumwirbeln. Statt eines Schecks war ein Aktenkoffer aus festem Karton für 5 Dollar 98 auf dem polierten Holz des Status-

Schreibtisches aufgetaucht. Das konnte nur Bargeld bedeuten. Ich ging zum Schreibtisch und riß den Koffer gierig auf. Es war Bargeld.

Zusätzlich enthielt der Koffer allerlei Kleinkram wie Fotos und ein Dossier über den Mann, das die meisten Privatdetektive als hilfreich angesehen hätten. Hübsch, aber meine Aufmerksamkeit konzentrierte sich auf die grünen Scheinchen.

«Sie erhalten die gleiche Summe noch einmal, wenn Sie mir eine genaue Zusammenfassung oder die Durchschrift von Mr. Woods Zeugenaussage liefern.»

«Das geht in Ordnung», sagte ich.

PENDELVERKEHR

Ich hob Wayne hoch. Er kicherte und strahlte. Ich ebenfalls.

«Ich werde eine Weile weg sein», erklärte ich ihm.

«Gehst du auf eine Mission?»

«Ja», sagte ich feierlich.

«Wow», erwiderte er. «Besorg's ihnen, bevor sie's dir besorgen.»

«Das werd ich», versprach ich und setzte ihn ab. Er schnappte sich seine Schulsachen und stürmte zur Tür. «Bis später», schrie er, kurz bevor sich die Tür hinter ihm schloß.

«Wirst du brav sein, wenn du in Washington bist?» fragte Glenda, als ich zu meinem Kaffee zurückkehrte.

«Wie meinst du das?»

«Es gibt da bei Männern so einen Gedankengang, hab ich gehört, daß es außerhalb der Stadt nicht zählt.»

«Der Spruch heißt richtig, ‹Weniger als fünf Minuten entfernt und außerhalb der Stadt zählt es nicht›.»

«Ich will keinen Spruch, ich will eine Antwort. Wirst du brav sein?» Sie sagte es mit einem Lächeln, aber die Anspannung war unverkennbar.

Sie liebte mich. Sie sorgte gut für mich. Sie half die Einzelteile aufzusammeln, wenn sie bis zur Hölle und Avenue C verstreut waren. Oder zumindest stand sie neben mir, sanft und geduldig, während ich das Sammeln besorgte. Ich könnte durchaus brav sein, das wäre eine durchaus ernst zu nehmende Möglichkeit.

«Aber sicher», sagte ich, schaute ihr in die Augen und lächelte.

Ich fand meinen Anwalt, Gerry Yaskowitz, dort, wo ich ihn immer finde: im Flur des New Yorker Gerichts. Er hatte gerade für einen mittelprächtigen Heroindealer einen Kuhhandel abgeschlossen und stritt sich nun mit dem koreanischen Manager des *Far Out-Far East-Big Apple*-Massagesalons herum. Der Massagesalon bot «das Höchste an Entspannung, besänftigende exotische Atmosphäre, wunderschöne orientalische Hostessen, die einen nach bester orientalischer Manier verwöhnten, umfassende Befriedigung garantiert». Der Koreaner kicherte und bot an, in Naturalien zu bezahlen.

«Du billiger Hundesohn», sagte Gerry. «Schau ich aus wie ein Typ, der es so nötig hat?» Der Koreaner kicherte heftiger. «Okay, du billiger Hundesohn, ich will mein Honorar, Vorauszahlung, und die Naturalien kannst du von mir aus noch drauflegen.»

An der Stelle mischte ich mich ein.

«Sag mal, Gerry, was für Ärger kann ich bekommen, wenn ich ein paar Wanzen pflanze und ein bißchen abhöre?»

«Kommt drauf an. Wen und wo?»

«Wahrscheinlich die SEC», erklärte ich ihm.

«Wirst du schon wieder schwachsinnig? Bist du wieder auf 'nem Trip? Wenn du meinen Rat willst, meinen fachmännischen juristischen Rat, hinter dem viele schmierige Jahre in einem schmierigen Gewerbe stecken: Tu's nicht. Tu es nicht. Und ich werde dir eine Rechnung für diesen Ratschlag schicken, weil es ein sehr ernst gemeinter Rat ist, der sein Geld wert ist.»

«Yeah, nun, ich hab gerade einen ganzen Haufen Kies angenommen, und um ihn mir zu verdienen, muß ich vielleicht, nur vielleicht was in der Art tun.»

Er schaute sich im Flur um, zog mich dicht heran und sagte, «Zuerst mal, sei vorsichtig. Und zweitens...» er kritzelte einen Namen und eine Nummer auf ein Stück Papier «...hier, ein Anwalt für Strafsachen in D. C. mit guten Beziehungen. Denk dran, ich hab dich zu keinem Verbrechen angestiftet.»

Gerald hatte recht. Es handelte sich um nichts weiter als Geld, das weder meine Lizenz wert war, von der ich lebe, und ganz gewiß nicht das Gefängnis, gegen das ich eine aufrichtige Abneigung hege. Ich bezweifelte stark, daß es irgendeine vollkommen legale Möglichkeit gab, das zu bekommen, was Choate Haven wollte; es lag nicht mal so sehr daran, daß ich bereit gewesen wäre, für Geld alles zu tun, sondern das Risiko selbst reizte mich. Dämlich.

Während ich eine Werkzeugtasche mit einer Anzahl von Mikrofonen, Kameras und Dietrichen zusammenstellte, informierte ich meinen Partner, Joey D', über meine Pläne.

«Yeah, gut», sagte er. «Stell bloß nichts Blödes an, während du da unten bist. Du weißt, das mit Glenda, das ist eine wirklich gute Sache. Sie ist eine echte Lady. Und mit dem Jungen, das läuft auch gut. Versau das nicht alles.» Das alles, obwohl er noch nicht mal was von meinem Anruf bei Sandy wußte; ich hatte ihr gesagt, daß ich bald in D. C. sein würde.

«Was ist los mit dir?» sagte ich.

«Ahh, du machst in letzter Zeit so einen rastlosen Eindruck, und die meisten Typen, wenn sie erst mal aus der Stadt raus sind... Handel dir bloß keinen Ärger ein.»

Ich wünschte mir wirklich, ich hätte einen Trenchcoat gehabt, den ich mir um die Schultern hätte ziehen können, als ich zur Tür hinausging und mich noch mal umdrehte und sagte: «Ärger ist mein Geschäft.»

Ich erwischte den letzten Pendelflug zur Hauptstadt der Nation.

Sandra Klein holte mich am National Airport ab.

Wir schauten einander an. Vergangenheit und Gegenwart verschmolzen, und die Jahre wirbelten um uns herum wie ein Konfettiregen. Sie war einfach schön, ernst, intelligent, einer der wenigen Momente, in denen ich damals in jenen Sturm- und Drangzeiten ein bißchen gesunden Menschenverstand gezeigt hatte. Wir waren Zauberer einer Fern-Romanze gewesen, in der es nichts als Liebe und Lachen gegeben hatte, jedesmal, wenn einer von uns aus einem Jet gestiegen war. Sandy war Autorin und Therapeutin. Anders als die meisten Leute, die in diesen Branchen tätig waren, verfügte sie über Sensibilität und Klugheit. Angesichts meiner Verhältnisse und der Verfassung, in der ich mich befand, war keine gemeinsame Zukunft möglich, das wußte sie. Vielleicht lag es auch an meiner Person. Also tat sie das einzig Vernünftige. Sie verließ mich.

Zeit zu katalogisieren. Bilanz zu ziehen. Die Gedanken des anderen zu lesen. Von unserem allerersten Blick an hatten wir nie Worte nötig gehabt, um Bescheid zu wissen.

Sie schaute erleichtert drein. Damals hatte ich sie beunruhigt. Das scheint vielen Leuten so mit mir zu gehen. Aber ich sah jetzt gesünder, glücklicher, jünger aus als damals, jedenfalls besser, als sie erwartet hatte. Und ruhiger. Doch die gleichen Jahre hatten ihr weh getan; sie sah wesentlich älter aus, so als hätte sie genau vor fünf Jahren in voller Blüte gestanden. Und sie hatte Probleme. Und ich wollte, daß sie die glücklichste Frau der Welt wäre.

Dafür, daß ich diesen letzten Gedanken gedacht hatte, lächelte sie mir zu und berührte meine Wange. Dann wandten wir uns beide ab, um mit dem Gedankenlesen Schluß zu machen. Sie ließ den Wagen an, und keiner von uns sagte ein Wort, bis wir den schmutziggrauen Potomac überquert hatten. Sie fragte mich, ob ich mit ihr zu Abend essen würde, und ich sagte, aber sicher doch.

Ich besaß wirklich einen legitimen Grund, sie zu sehen. Choate Haven hatte eine Liste von Woods Gewohnheiten und Vorlieben zusammengestellt und gesagt: «So wie ich Edgar kenne, wird er niemals sein Auto aufgeben oder auf die *Nouvelle cuisine* verzichten.» Als Sandys erstes Buch erschienen war, hatte man sie durch den ganzen Zirkus geschleust: Talk-Shows, Cocktailparties und Empfänge. Ich vermutete, daß sie die Freßtempel kannte, die gerade *in* waren. Ich erklärte ihr alles, und sie sagte, sie würde mir helfen.

Wenn wir zusammen waren, hatte sie von der Suche nach einem «Lebenspartner» gesprochen, mit der gleichen Klarheit und der Vernunft, mit der sich andere für eine Karriere entscheiden. Sie war intuitiv, liebevoll, sexy, und wenn es angebracht war, eine aufrichtige Erwachsene. Ich war mir damals sicher gewesen, daß sie eine gute Wahl treffen würde. Sie stand nicht nur auf meiner persönlichen Top-ten-Liste aller Zeiten, ich hatte ihr auch zugetraut, daß sie höchstwahrscheinlich eine erfolgreiche Ehe führen würde. Als sie jetzt jedoch die Tür zu ihrem Apartment öffnete, war ich mir sicher, daß wir allein sein würden.

Wir waren allein.

Ich fragte nicht, wo ihr Mann war. Vermutlich nicht in der Stadt. Ich fragte auch nicht, wann er zurückkommen würde. Ich vermutete nicht in dieser Nacht.

«Willst du was zu trinken?» fragte sie. «Oder lieber nicht?»

«Oh, hin und wieder gönn ich mir schon ein Glas. Es wird nur zum Problem, wenn ich diese andere Sache auch noch dazu ... und den Scheiß mach ich nicht mehr.»

«Das freut mich», sagte sie und sah auch so aus. «Ich hab mir Sorgen wegen dir gemacht... Und jetzt... du siehst gut aus.»

Ich streckte die Hand aus und berührte ihr Gesicht, so wie sie vorhin meines berührt hatte. Mit ihren beiden Händen preßte sie meine Hand erst gegen ihre Wange, dann gegen ihre Lippen. Dann lag sie in meinen Armen, die Augen feucht, das Gesicht gegen meine Brust gedrückt, und klammerte sich an mich.

Ein Teil in mir reagierte väterlich. Der andere Teil erinnerte sich nur zu gut daran, wie sie ihren Orgasmus bekam. Dieses ansteigende, rhythmische Stöhnen. Und verschiedene Teile meines Körpers erinnerten sich, jeder für sich, an die unterschiedlichen Methoden, die uns dorthin gebracht hatten...

Ich löste mich von ihr und blickte ihr in die Augen.

«Ich lebe seit vier Jahren mit einer Frau zusammen, das stellt praktisch einen Rekord für mich dar... Und nicht nur das, ich bin seit drei Jahren treu gewesen, was ganz sicher ein Rekord ist.»

Ich hielt sie in den Armen, ihr Haar weich an meiner Wange, ihre Tränen feucht an meiner Brust; nie hatte ich sie mehr geliebt. Und war wahnsinnig erleichtert, daß ich nicht derjenige war, den sie erwählt hatte, daß ich nicht für diese Tränen verantwortlich war.

Das *Watergate-Hotel* lag recht günstig in einer Biegung des Potomac zwischen Georgetown und dem Marmor des Regierungsviertels. Hier ruhen einige meiner schönsten Erinnerungen, wie für die meisten anderen Amerikaner auch, und hier verbrachte ich die Nacht allein.

Als ich am nächsten Morgen zu Hause anrief, waren Glendas erste Worte. «Wie geht's Sandy, und erzähl mir nicht, du hättest sie nicht gesehn.»

«Bestens. Und glücklich verheiratet», sagte ich voller Ehrfurcht vor der Reichweite ihres Radars. Dann entriß ihr Wayne den Hörer und rettete mich vor zu umfassenden Protesten. Er wollte nicht in die Schule. Er wollte raus in den Regen und spielen. «Ich mag Pfützen», sagte er. Außerdem wollte er in einen Squash-Club eintreten, genau wie ich.

Ich rief meinen Kongreßabgeordneten an, John Straightman. Er war bereit, mich sofort zu empfangen. Ein erhebendes Gefühl.

Vor allem deshalb, weil ich nicht mal in seinem Bezirk wählte. Vor vier Jahren war sein Lieferant mit drei Rationen Koks geschnappt worden. Durchsuchung, Verhaftung und Haftbefehl waren in Ordnung, und New Yorks bester Stoff stand an diesem Tag nicht zum Verkauf. Der Dealer rechnete sich eine Strafherabsetzung auf ein simples Vergehen aus, wenn er den Kongreßabgeordneten ans Messer lieferte.

Der Staatsanwalt betrachtete die Sache mit gemischten Gefühlen. Auf der einen Seite all die potentielle Publizität. Andererseits hatte der Abgeordnete eine Menge Freunde. Hätte der Dealer dem Staatsanwalt einen wasserdicht verschnürten, feuerfesten Fall präsentiert, dann hätte es vielleicht kein Zögern und keine Unentschlossenheit gegeben. So aber war es lediglich ein Hinweis. Um damit was anfangen zu können, hätte die Staatsanwaltschaft einen

Verkauf arrangieren müssen, mit Zeugen, Abhörvorrichtungen und allem, was dazugehörte.

Einer der Staatsanwälte war ein Klassenkamerad von William Contact gewesen, dem Chefassistenten des Kongreßabgeordneten. Der Staatsanwalt hatte gegen eine Kontaktaufnahme über diesen Draht nichts einzuwenden.

Willie nahm mit mir Verbindung auf. Der Dealer war auf Kaution draußen. Ich eröffnete ihm die richtigen Verbindungen und lockte ihn so mit dem Versprechen eines Vier-Kilo-Kaufs runter nach Atlanta. Er flog in Georgia auf und mußte feststellen, daß sich die Cops in Atlanta einen Dreck um irgendeine Story über die üblen Methoden eines Yankee-Abgeordneten kümmerten. Der New Yorker Fall kam in die Ablage für schwebende Verfahren, und der Dealer durfte einen gehörigen Teil seines Lebens auf einer Arbeitsfarm in Georgia verbringen.

Kaum war ich angekommen, da wurde ich auch schon zu dem Mann gebracht. Er sagte der Empfangsdame, sie solle keine Anrufe durchstellen, und begrüßte mich ausgiebig. Vollmundiges Lächeln, voller, fester Händedruck, als Zugabe ein Griff nach meinem Ellenbogen. Ich merkte, daß er Angst vor mir hatte.

«Entspannen Sie sich», sagte ich. «Sie haben mich für einen Job bezahlt. Der Job ist getan. Nun vergessen Sie's.»

«Ist das Ihr Ehrenkodex?» sagte er in bemüht scherzhaftem Ton.

«Ja», sagte ich ausdruckslos. «Aber Sie können mir einen Gefallen tun.»

«Was kann ich für Sie tun? Sagen Sie es, und es ist schon erfüllt.»

«Ich brauch ein paar Informationen», sagte ich. Straightman lebte in Sphären, wo man Sachen läuten hörte wie die meisten von uns Kirchenglocken. Er begriff, daß seine rechte Hand nicht wissen mußte, was seine linke tat.

«Willie soll sich um die Angelegenheit kümmern», sagte er, nahm mich beim Ellenbogen und führte mich nach links zu einem angrenzenden Büro. «Ich sag ihm, daß er Ihnen volle Unterstützung zukommen lassen soll. Wenn er Sie nicht zufriedenstellt, wenden Sie sich wieder an mich.»

Wir lächelten, stolz darauf, daß wir so viele delikate Angelegenheiten so schnell und diskret und mit so wenigen Worten erledigt hatten. Er reichte mich an Willie weiter, wobei er all das mit der vollen Kooperation und so wiederholte.

Willie begrüßte mich mit aufrichtiger Begeisterung. In gewisser

Weise arbeiteten wir auf der gleichen Ebene. Unsere Aufträge basierten auf den Bedürfnissen anderer, vor allem, wenn es um die Grauzone und Dinge jenseits der Grauzone ging. Der einzig wirkliche Unterschied zwischen uns war vielleicht der, daß er fest angestellt und ich freiberuflich tätig war.

Für Willie war ein Ort, an dem man reden konnte, gleichbedeutend mit einem Ort, an dem man nicht belauscht werden konnte. Wir stiegen in seinen Wagen, aber selbst das hielt er nicht für geeignet, obwohl es anmaßend von ihm zu sein schien, daß er sich für wichtig genug hielt, daß andere Leute seinen Wagen mit Wanzen bepflasterten. Das *Watergate* war natürlich nicht der richtige Ort für jemanden, der eine leichte Paranoia bezüglich Abhörvorrichtungen entwickelt hatte, also landeten wir schließlich am Jefferson Memorial, wo wir unter den Bäumen am Flutbecken spazierengingen.

In New York hatte es bei meinem Abflug geregnet. In D. C. war der Himmel schiefergrau; das Wetter wechselte zwischen trübem Dunst und Nieseln.

«Die SEC», erklärte ich ihm, «läßt einen Burschen namens Wood Zeugenaussagen machen. Edgar Wood. Was ich wissen will, ist ganz simpel. Wo ist er? Was sagt er?»

«Ich habe einen Freund drüben bei der Justiz.»

«Nein. Die Justiz hat mit der Sache nichts zu tun. Heutzutage haben wir überall Personalknappheit, und außerdem ist es für die Ermittlungen besser, wenn man die Sache im eigenen Haus hält.»

«Worum geht's?» fragte er.

«Wood ist Anwalt und packt über seine früheren Klienten aus. Würde er seine Aussagen bei der Justiz oder einer zur Justiz gehörenden Gruppe machen, dann wären seine Aussagen schlichtweg illegal. Sie müßten außerdem offen dargelegt werden, und damit könnte man ihn unschädlich machen.»

«Interessant und sehr clever», sagte Willie bewundernd.

Der Wind kam von Osten, trieb den Regen schräg vor sich her. Wir schoben uns in die schützende Kurve, nachdem wir Thomas Jefferson unsere Achtung mit einer Ehrenrunde bekundet hatten. Im Schutz der Mauer fanden wir ein trockenes Fleckchen. Willie holte eine *Kugel* aus der Tasche. Er drehte sie so, daß das Kokain am Boden in die kleine Vertiefung fiel. Einige schnelle, gekonnte Gesten und dann ein tiefes Schnupfen. Er wiederholte die Prozedur mit dem anderen Nasenloch. Gleichgewicht.

Er bot mir etwas an.

Ich wollte. Nahm ich es, würde ich mehr wollen. Ganz gleich, wieviel es war, irgendwann würde ich mich damit abfinden müssen, wieder zurück auf die Erde zu stürzen. Ich konzentrierte mich auf den bitteren Nachgeschmack des Sturzes.

«Danke, nein», sagte ich. Er zuckte die Schultern und genehmigte sich noch eine Ladung.

«Mal angenommen», sagte Willie, nun chemisch inspiriert, «mal angenommen, zu meinen Freunden zählt der Assistent eines Kongreßabgeordneten, dessen Boss sich auf das Thema des Machtmißbrauchs großer Firmen stürzen will. Ohne Namen zu nennen...»

«Natürlich.»

«... mal angenommen, mein Freund tritt an die SEC heran. Sein Kongreßabgeordneter, sagt er, wäre am Firmenmißbrauch von Sicherheitsvorschriften interessiert, will sogar die Durchführungs- und Vollstreckungsmöglichkeiten stärken, will ein Hearing in Gang bringen, aber er braucht dafür einen richtig saftigen Fall.»

«Klingt recht zeitaufwendig», sagte ich.

«Wir haben's eilig, was?»

«Yeah.»

«Ich werd tun, was ich kann.»

«Geh zum Teufel, Willie. Find eine Möglichkeit, die Sache durchzuziehen. Walz rüber, benutz den Namen deines Bosses. Over & East ist eine New Yorker Korporation; die Börse sitzt in New York; es ist deine Angelegenheit, ob das hier in D. C. Auswirkungen hat.»

«Die Aufsichtsbehörden sind ein zäher Verein, außerdem isoliert. Verstehst du, man muß sie locken.»

«Okay, für den Anfang eine einfache Sache. Ich will wissen, wer die Ermittlungen führt. Der Name Brodsky, Mel, taucht in Verbindung mit den Pressegeschichten auf. Find heraus, ob er unser Mann ist. Wenn nicht, dann such den Richtigen.»

«Mach ich», versprach er. «Gib mir ein paar Tage.»

«Erledigen wir das nach New Yorker Zeit, nicht nach D. C.-Zeit. Jetzt haben wir noch nicht mal Mittag. Sagen wir gegen Ende des Tages, okay?»

«Geh zum Teufel», sagte er.

«Okay, wie lange, Willie?»

«Wie der Bursche auf dem Klo sagt», erklärte Willie. «So lange, wie's braucht.»

«Bring mich nicht dazu, daß ich dich antreiben muß, denn genau das werd ich tun. War noch gar nicht so lange her, da saß dein Mann mit dem nackten Arsch auf der heißen Herdplatte.»

«Okay, okay, du willst es, du kriegst es.»

«Ich bin im *Watergate*», sagte ich. «Und besorg mir Adressen, Telefonnummern, das ganze Zeug.»

«Ich erledige das, so schnell es geht», versprach er und schüttelte meine Hand, als bedeutete das eine ganze Menge. Ich drehte mich um und ging davon. Er rief mir nach, «He, soll ich dich nicht mitnehmen?» Ich marschierte weiter.

«Paß auf dich auf», rief er.

Ich winkte über die Schulter zurück, ohne mich umzudrehen, und ging hinunter zum Fluß. Der Himmel war schlammfarben, und der schlammige graue Fluß war mit einer dreckigen Schaumschicht bedeckt. Der Job konnte eine reine Routineangelegenheit sein. Kein großer Unterschied zu der gepflanzten Wanze, die beweist, daß der ungeliebte und nicht liebende Gatte ein paar kleine Bumsspielchen mit anonymen Fremden spielte, damit die Alimente entweder wesentlich höher oder wesentlich geringer ausfielen. Oder zu der Entdeckung, daß es sich bei dem Dieb um den Schwiegersohn handelte. Oder man trieb jemanden auf, der durchgebrannt war, nur um festzustellen, daß er oder sie schon längst von diesem sogenannten Zuhause hätte durchbrennen sollen.

Aber die Sache konnte auch dichter an die Grenze des Erlaubten führen, und ich haßte Gefängnisse. Ich verstand Edgar Woods Panik. Ich hatte Verständnis für jeden Ganoven dieser Welt, der seine Freunde verkaufte, um auf freiem Fuß zu bleiben. Irgend etwas in mir drängte mich, es auf die rauhe Tour zu versuchen und die Grenze zu überschreiten, deren andere Seite vergittert war. Der gleiche Drang hatte in mir gewühlt, als mir Willie das kühle, weiße Kokain angeboten hatte. Es lauerte in meinen Hoden und Eingeweiden. Ein Gefühl, als stünde der Teufel hinter mir. Als ich mich umdrehte, war nichts da, nicht mal mein eigener Schatten.

DIE GRENZE

«Der Arbeitstitel meines neuen Buches», erklärte Sandy. «*Über die Grenze*. Aber im Augenblick scheint nur der Titel zu stehen. Also schlepp mich von meiner Schreibmaschine weg, erzähl mir von Edgar Wood, und ich helf dir die Restaurants abzuklappern.»

Das Thema ihrer Studie – für einen Washingtoner Seelenklempner geradezu unvermeidlich – beschrieb, weshalb jemand, der alles hatte, eben das durch höchst illegale Handlungen aufs Spiel setzen sollte, um das zu bekommen, was er ja offensichtlich bereits besaß. Wood paßte eindeutig in diese Kategorie. Es war ein wunderbar zufälliges Zusammentreffen. Jetzt hatten wir beide einen absolut gerechtfertigten, rationalen Grund, zusammenzusein, ohne daß dabei sexuelle Hintergedanken im Spiel waren.

«Eine derartige Frage setzt voraus», sagte ich, «daß der Mensch rational veranlagt und das Verbrechen eine Abweichung ist. Genau das ist es nicht. Es ist die tatsächliche Norm.»

«Ist es das?» fragte sie. «Du überschreitest die Grenzlinie. Aber ich glaube, du tust das, um etwas aufzuklären. Und das bringt dich in einen Konflikt. In gewisser Weise hilft es dir, dich mit den Leuten zu identifizieren, hinter denen du her bist. Doch es verletzt dich auch gleichzeitig, denn wenn du jemanden seiner Strafe zuführst, dann meinst du, du solltest ebenfalls bestraft werden.

Doch ich möchte wetten, dein Mr. Wood denkt nicht so. Er hält seine Ankläger für Peiniger, die ihn lediglich schikanieren wollen. Die Leute, die ich studiere, sind die Menschen, die es wirklich tun. Die ungemein erfolgreiche Persönlichkeit, die, wie es scheint, alles hat oder bekommen kann, ohne die Grenze zu überschreiten. Eines haben sie alle gemeinsam: David Begelman, Direktor von Columbia Pictures, der Nickels und Dimes stahl; oder John Mitchell; oder Arbeitsminister Ray Donovan, der von Mitgliedern der Genovese-Familie beschuldigt wird; oder Ed Meese, der die Leute, die ihm Geld leihen, mit Regierungsjobs belohnt. Kein einziger von ihnen erkennt die Grenzlinie. Selbst wenn sie geschnappt werden, sind sie der Ansicht, daß sie lediglich wie gewöhnlich ihre Geschäfte erledigt haben.»

«Das gleiche alte Lied kannst du von jedem Schmalspurganoven in Rikers oder Attica hören, das ist nichts Besonderes.»

«Meistens überquert man die Grenze mit Frauen», schnappte sie. «Aber das ist langweilig, und du bist in dem Fall sowieso nicht der Typ, an dem ich interessiert bin.»

Einiges davon stimmte nicht. Aber ich widersprach ihr nicht – ein Zeichen von Weisheit und Reife.

«Eine andere Sache», sagte Sandy, die immer noch so einfache Dinge wie Habgier in den komplexen Rahmen einer Persönlichkeitsstruktur zu transformieren versuchte, «ist die, daß sie alle übermäßigen Erfolg anstreben. Paß auf die Übereifrigen auf.»

«Dein Mann», sagte ich. Der Psychologe hatte seine Psyche entblößt, der Freudianer war mir ausgerutscht. Wir hatten uns gegenseitig schon immer zu gut verstanden.

«Wir haben uns gegenseitig schon immer zu gut verstanden», seufzte sie und lächelte. «Vielleicht hätte ich zulassen sollen, daß du mich heiratest.»

«Genau deshalb hast du's nicht getan.»

Lawrence Choate Haven hatte mich mit Fotos von Wood versorgt. Ein Washingtoner Zeitungsarchivdienst hatte Fotos von Mel Brodsky. Sandra hatte eine Liste der zwölf protzigsten Restaurants der Hauptstadt zusammengestellt, die auf meiner Theorie basierte, daß kein Mann, der soviel Geld verdiente wie Wood, sich in eine Lage manövrieren konnte, in der er acht Millionen Dollar stehlen mußte, wenn er nicht über einen ausgesprochen protzigen Geschmack verfügte. Die Maître d' im *Four Seasons* erkannte Wood. Das Trinkgeld, das ich ihm gab, hielt ich für mehr als üppig. Er schien nicht beeindruckt zu sein.

Der Maître d' im *Leone d'Or*, für meinen Geschmack ein bißchen *haut*, erinnerte sich, daß die beiden Männer auf den Fotos zusammen gespeist hatten. Was mir sagte, daß sich Wood in der Nähe von D. C. befand, und daß Brodsky zumindest einer der Männer war, die ihn verhörten. Als ich Mr. Brodsky bei der SEC anrief, sagten sie mir, daß er nicht da wäre, erboten sich aber, eine Nachricht weiterzuleiten. Ich fragte, ob er später anwesend wäre. Sie wußten es nicht. Morgen? Sie wußten es nicht, würden aber jederzeit eine Nachricht notieren. Ich entschied, daß sich Mr. Brodsky dort aufhielt, wo sie Wood versteckt hatten.

Sandra fuhr mich zum *Watergate* zurück. Ich erwartete, daß sie mich absetzen würde, doch sie stieg aus und überließ dem Portier den Wagen.

Der Lift war heiß und überfüllt. Sandy öffnete ihren Mantel. Im August reifen in Miami die Mangofrüchte heran. Ihre erotischen Formen hängen so schwer von den Zweigen, sie sind so saftig und reif, daß ein Mann allein beim Anblick eines Baumes eine Erektion kriegen kann. Sandys Brüste erinnerten mich an die Mangozeit, vielleicht war es auch umgekehrt, und die drei im Fahrstuhl befindlichen Männer aus dem mittleren Westen in mittleren Jahren glotzten sich praktisch die Augen aus. Sie hatten drei Frauen bei sich, die offensichtlich nichts für reife Früchte übrig hatten.

«Ich hab dich nie zuvor richtig in Action erlebt», sagte Sandy mit tiefer, gedehnter Stimme. «Du hast ein paar gute Bewegungen, kann's kaum erwarten, mehr davon zu sehn.» Sie rundete die Bemerkung mit einem Extraschwung ihres Hinterteils ab, als wir den Lift verließen. Aus irgendeinem Grund war sie verärgert.

Ihr Ärger hielt an, während ich meine Telefonate erledigte. Willie Contact hatte Brodskys Adresse und Telefonnummer, im vorstädtischen Maryland. Willie benahm sich wie Held, weil er das herausbekommen hatte.

Ich rief Joey D' in New York an. Der Mann mochte alt sein, aber er hatte das New Yorker Tempo drauf, und er würde mir in einer Stunde mehr liefern als Willie am ganzen Tag. Ich bat ihn, mir herauszusuchen, was für einen Wagen Brodsky fuhr, welche Zulassungsnummer der Wagen hatte, und Brodskys Kreditstatus. Er fragte mich, ob ich Sandy gesehen hatte.

«Ja», gab ich zu und schaute sie an.

Er grunzte.

«Sie ist glücklich verheiratet oder zumindest gründlich verheiratet und bringt nicht das geringste Interesse für mich auf.» Ihre Lippen formten das Wort ‹Lügner›, und ich fuhr fort: «Aber sie war mir eine große Hilfe, rein im Sinne der Ermittlungen.»

Er versprach, mir bis fünf alles zu besorgen und legte auf.

«Ein gewaltiger Schuft hat sich gebessert», sagte Sandy bitter, «und die Frauen dieser Welt wissen nicht, was ihnen entgeht.»

«In unserer gesamten gemeinsamen Zeit», erwiderte ich, «hab ich dich nie wütend erlebt.»

«Du hast mich nie verheiratet erlebt.»

«Ich kann verstehn, daß meine Ehe schiefgegangen ist», sagte ich. «Natürlich gab ich ihr die Schuld, aber ich glaub nicht, daß irgendeine Frau mit meiner Haltung und Einstellung vollkommen zufrieden wäre. Verstehst du, wenn sie fragte, was mir wichtiger wäre, sie oder meine Arbeit, dann würde ich tatsächlich sagen, die Arbeit. Dann würde sie fragen, ob ich ihr immer die Wahrheit sagte. Darauf würde ich antworten, ich weiß nicht. Allein die Tatsache, daß es ehrliche Antworten waren, reicht nicht als Entschuldigung.»

«Ein gewaltiger Schuft sieht seine Fehler ein! Da-dum, da-dum!»

«Aber du bist cleverer als ich, und jeder Mann, der dich kriegt, hat einfach Glück gehabt.»

«Der Mann, der mich gekriegt hat», sagte Sandy, «denkt manchmal, die Ehe wäre ein Gefängnis.»

»Gefängnis», sagte ich, «ist keine Metapher. Es gibt nichts, das so wie das Gefängnis ist.»

«Und er denkt, Freiheit ist alles, was unter fünfundzwanzig ist und schnell rutschende Höschen hat.» Sie funkelte mich an. «Das solltest du verstehn. Das ist nicht weit von deinem Stil entfernt.»

«Hilft es, wenn ich mit dir ins Bett geh», schlug ich zurück, «oder hilft es, wenn ich's nicht tu?» Dann tat es mir leid, und ich sagte, «Würde es helfen, wenn ich dir erzähl, daß du eine der wunderbarsten Frauen bist, die mir je begegnet sind? Was ganz Besonderes. Daß ich mich verzweifelt nach dir sehne. Daß ich dir zuhöre, wenn du sprichst, weil ich deiner Intelligenz vertraue. Daß nur noch Asche in meinem Mund zurückblieb, als du mich verlassen hattest. Denn all das ist wahr. So denke ich über dich.»

Sie nickte ein Ja und sagte dann: «Ist dir je aufgefallen, daß das Leben ein verdammtes Klischee ist? Ehrlich gesagt, ich fühle mich beleidigt; ich hielt mich für zu gut, um in einem Klischee zu leben.»

«Sandy, das Leben ist schlimmer als ein Klischee. Es ist ein Country-and-Western Song.»

COWBOYS

Mel Brodsky hatte eine Frau, Priscilla, und zwei Kinder im Alter von zwei und vier. Er besaß einen sechs Jahre alten Buick und einen ein Jahr alten Rabbit-Diesel. Der Buick war blau; der Rabbit war gelb und noch nicht vollkommen abbezahlt. Er wohnte in einem Haus in einer Siedlung außerhalb von Gaithersburg, Maryland, das noch mit Hypotheken in Höhe von 78 000 Dollar belastet war.

Wenn er nicht der häusliche Typ war, dann hatte er Probleme.

Die Siedlung hieß River Oaks. Ich vermutete, daß folglich weder ein Fluß noch Eichen vorhanden waren, doch da täuschte ich mich; eine Eiche stand neben dem Schild, das die Zufahrt markierte. Die Siedlung besaß außerdem eine Schule, einen Supermarkt, ein Freizeit-Center mit zwei Schwimmbecken. Es war eine kleine, abgeschlossene Welt der Pendler, die die Wahl zwischen Gartenapartments, Wohnungen oder Reihenhäusern haben. Die Siedlung mochte erst zehn oder fünfzehn Jahre alt sein, und von der einen Eiche abgesehen war kein Baum dicker als mein Oberschenkel.

Oak View Lane schlängelte sich einen Hügel hoch und endete als Sackgasse. Drei Reihen von aneinandergeklebten Häusern und Wohnungen bildeten ein U. Zu jeder der zweiundzwanzig Wohneinheiten gehörten zwei Parkplätze; Besuchern standen weitere sechs Extraparkplätze zur Verfügung. Es war eine dieser Gegenden, in der ein Observationsposten so unauffällig wie ein Muselmane auf einem Kardinalskonvent wirkte.

Glücklicherweise mündeten all die kleinen Wege mit Baumnamen in eine einzige Hauptstraße, zugleich die einzige Ausfallstraße. Sie führte zum Highway. Die andere Seite, von Büschen bestandenes Ölland, war bis jetzt noch nicht erschlossen worden.

Am nächsten Morgen war ich um 5.30 Uhr wieder da, bewaffnet mit einem billigen Fernglas, einem Poncho und einer Thermosflasche mit dem stärksten Kaffee, den ich hatte auftreiben können. Ich suchte mir ein gemütliches Plätzchen auf einem hinter Bäumen versteckten Felsen.

Gegen 6.30 Uhr kam die schiefergraue Dämmerung und mit ihr der Regen.

Ich zog die Kapuze meines Ponchos über meinen Kopf, als die schweren Tropfen durch die Zweige zu klatschen begannen. Anfangs lagen noch Pausen dazwischen. Dann kamen sie gleichmäßig und stetig. Plop, plop. Plop, plop, kleine Schläge auf meine Kapuze. Dann schneller und ungleichmäßig. Plonk, plop. Plop, plop, plop. Plonk.

Es störte mich nicht, daß sich irgendwie nach und nach eine kleine Pfütze im Inneren meines Ponchos ansammelte, genau dort, wo ich saß, und ich mich wie ein Baby in nasser Windel fühlte. Es machte mir nicht besonders viel aus, daß meine Schuhe nicht direkt wasserdicht waren und es in meinen Socken etwas schlüpfrig wurde. Ich konnte mit einem gelegentlichen unternehmungslustigen Tropfen leben, der dem Poncho auswich und den Weg auf meinen Augen oder meinem Nacken fand. Ich war sogar bereit, es erheiternd zu finden, als ich pinkeln mußte; mit dem Ellenbogen hielt ich den Poncho hoch, mit der einen Hand meinen Pisser, während ich mit der anderen Hand das Fernglas auf die Straße richtete. Aber das Klatschen auf meinem Kopf verwandelte die Sekunden in Minuten, die Minuten in Stunden.

Brodsky war ein fauler Hund; der gelbe Rabbit tauchte erst um 9.30 Uhr aus dem Straßengewirr der Siedlung auf, und ich haßte ihn für jede einzelne der 14400 Sekunden, die in diesen vier Stunden weggetropft waren.

Er machte es wenigstens dadurch wieder gut, daß er sich leicht verfolgen ließ.

Er nahm die 270 zum Beltway, als würde er in die Innenstadt fahren, schlug dann aber einen Bogen um die Stadt und nahm die 66 und 28 in südöstlicher Richtung nach Virginia.

Wir mochten fünfzehn oder zwanzig Meilen von der Stadt sein, da bog er von der Staatsstraße ab auf eine Landstraße. Die Landschaft war schlichtweg ländlich. Ich verlor ihn nach einer Kurve, hinter der es einen Hügel hinab ging, aus den Augen. Als die Straße wieder geradeaus führte, und ich ihn hätte sehen müssen, lag die Straße ohne irgendein Anzeichen eines Rabbits vor mir. Ich raste los, aber nach zehn Minuten hatte ich nichts weiter als das Gefühl eingeholt, in die Irre zu fahren; es gab zu viele Stellen, wo er abgebogen sein konnte.

In dem Stück, wo ich ihn verloren hatte, gab es eine schmale Abbiegung. Ich fuhr zurück. Nach fünfzehn Minuten auf dieser Straße kam ich vier Meilen von der Stelle entfernt, wo ich abgebogen war, wieder heraus. Doch ein Detektiv muß hartnäckig und entschlossen sein. Sie nannten Bulldog Drummond nicht deswegen *Bulldog*, weil er klein und vierschrötig war. No, Sirrr!

Wieder nahm ich die Abzweigung. Sechs Wege oder Zufahrten gingen von ihr ab. Die Bäume am Rand standen dicht, und ich konnte lediglich zwei Häuser sehen. Vor keinem stand ein gelber Rabbit.

Einer der Wege war überwuchert. Ich wendete und fuhr vorsichtig hinein. Versteckt hinter den Bäumen stand die Hülle eines Farmhauses, das zuerst vom Feuer und dann von Vandalen und dem Wetter zerstört worden war. Mein Mietwagen war hier vor igendwelchen fremden Blicken sicher, und ich beschloß, den Rest der Gegend zu Fuß abzusuchen.

Dreißig Minuten später und vier Häuser weiter fand ich den gelben Rabbit. Er duckte sich neben einem schnittigen grünen Jaguar mit New Yorker Kennzeichen.

Das Tageslicht hatte einen scharfen, blaugrauen Schimmer. Dagegen wirkte das gelbe Licht der Glühbirnen drinnen warm und einladend. Es war ein solides, altes, zweistöckiges Haus aus Stein und Holz. Aus einem großen Steinkamin trieben dünne Rauchwolken. Es war ein hübsches Versteck und sehr, sehr weit von Attica entfernt.

Dicht unter den Bäumen schlich ich um das Haus herum. In der Volksschule hatten sie mir erzählt, daß Indianer völlig lautlos durch die Wälder marschieren können. Da knackt nicht mal ein abgestorbener Zweig unter den Füßen. Nicht mal ein Schmatzen, wenn sie ihre Mokassins aus dem knöcheltiefen Schlamm zogen. Damals in der Volksschule hatte ich ihnen geglaubt.

Ich bahnte mir schmatzend und Zweige zertretend meinen Weg bis zur Stirnseite des Hauses und dann weiter bis unter die Fenster des Wohnzimmers.

Wood saß vornübergebeugt da. Er sprach zögernd, während sich die Spulen des auf dem Tisch stehenden Tonbands drehten. Er nippte an einem großen, kristallenen Cognacschwenker. Nach jedem Schlückchen starrte er in das Glas, auf der Suche nach einer Antwort, von der er wußte, daß sie nicht auf dem Boden des Glases zu finden war. Schließlich hörte er allmählich auf zu reden und starrte nur noch vor sich hin. Das von der Dachrinne tropfende Wasser lief mir den Rücken hinunter.

Für Edgar Wood war die Sache unwiderruflich schiefgegangen.

Ich sah sein Gesicht, so grau wie der strömende Regen, und fragte mich, wann, nicht ob ich an ihn herankommen würde.

Doch da waren immer noch die Flasche für dreißig Dollar, die glühenden Scheite im Kamin und der Fünfzigtausend-Dollar-Wagen vor der Tür. Diese Gedanken gaben mir einen gesunden Schuß Zynismus zurück. Richter McCarthy würde weiterhin Burschen den Fluß hoch in den Knast schicken, weil sie ein Radio für fünfzehn Dollar gestohlen hatten. Typen wie Wood gingen schlicht in Pension, von genügend Luxus umgeben, um jedes eventuelle Schamgefühl zu dämpfen. Die Welt war in Ordnung.

Ich konnte nicht hören, was sie sagten. Doch morgen oder übermorgen würde es in diesem Raum noch ein zusätzliches Ohr geben, und ich würde ein Plätzchen finden, wo sich noch ein Paar Tonbandspulen drehten, um all das aufzuzeichnen, und Lawrence Choate Haven würde eine Aufnahme erhalten, so klar und deutlich wie die von Mel Brodsky.

Ich machte mich auf den Rückweg durch die Wälder und die Straße entlang zu meiner verlassenen Zufahrt.

Die ganz und gar nicht verlassen war.

Ein sehniger junger Bursche mit einer Kanone lehnte an meinem Mietwagen. Ein hübscher neuer silberner Cadillac Coupe de Ville parkte ungefähr sechs Meter entfernt.

Es mußte der Zweig gewesen sein, auf den ich getreten war.

«Hi, Jungs», sagte ich und winkte fröhlich.

Der sehnige Bursche lächelte sein bestes *Hab ich dich erwischt* – Lächeln. Er sah nicht aus wie der aufstrebende junge Anwalt der Börsenaufsichtsbehörde, also streckte ich meine Arme mit geöffneten Handflächen seitlich weg. Ich dachte, es wäre am besten, wenn er sich nicht bedroht fühlte.

Da ich sonst nichts zu tun hatte, ging ich im Geist sämtliche Möglichkeiten durch. Ich konnte fliehen. Vermutlich würde ich nicht mal fünfzehn Meter schaffen. Ich konnte meine Kanone ziehen. Keine üble Idee, wenn man davon absah, daß ich keine bei mir hatte. Ich konnte auf die Knie sinken und betteln und bitten. Ich beschloß, das mit dem Betteln als As im Ärmel zu behalten, falls sie wirklich unangenehm werden sollten.

Er winkte mich voran. Ich kam näher, langsam, mit offenen Händen und freundlichem Gesicht.

Am Coupe de Ville glitt eine Scheibe lautlos herunter. Ein weiterer Revolver richtete sich auf mich. Mein hagerer Kumpel bedeutete mir, mich neben den Wagen zu stellen. Er klopfte mich ab, gründlich, professionell. Ich hielt ihn immer noch nicht für ein Mitglied einer unserer zahlreichen Behörden, die das Gesetz vertreten.

Er öffnete die Hintertür des Caddys und winkte mich hinein.

Vorne saßen zwei Männer. Sie sahen mich an und begannen zu diskutieren.

«Er wird den Rücksitz naß machen.» Ein spanischer Akzent.

«Na und», erwiderte sein Partner mit dem gleichen Akzent. «Willst du raus in den Dreck?»

«He, das sind echte, handgemachte Lederpolster.»

«Scheiß drauf, wenn er die Polster versaut, kauf dir einen neuen Wagen», sagte der zweite Mann. Bei mir machte es klick, weil das Benehmen zu dem Akzent paßte. Ich hatte ihn bei einigen Großen im Kokainhandel aufgeschnappt; der Akzent war kolumbianisch. Meine Reaktion auf diese Erkenntnis war zwiespältig; ich war verwirrt und hätte mir gleichzeitig vor Angst beinahe in die Hose gemacht.

«Steig ein», sagte der erste. Ich stieg ein und gab mir Mühe, nicht zu tropfen.

«Was willst du mit dem Mann im Farmhaus?» fragte er nicht unfreundlich.

Es war noch zu früh für die Wahrheit. Ich kam allerdings nicht schnell genug auf eine gute Lüge. Ich hätte es mit ein paar flotten Sprüchen probiert, aber die Koks-Cowboys, die ich kennengelernt hatte, waren ungemein empfindlich und leicht erregbar gewesen. Ich antwortete nicht.

Die Kanone, die ich zuerst nur durch das Fenster gesehen hatte, schob sich nun langsam über die Lehne des Sitzes. Sie kam ganz allmählich hoch, dick und fett und rund wie der Vollmond beim Erntedankfest.

«Jemand hat mich beauftragt, ihn zu finden.»

«Weiter», sagte der Mann ohne Revolver. Der Mann mit Revolver starrte mich träge an. Ich konnte nur hoffen, daß er wirklich an seinen Polstern hing und noch nicht bereit war, das neueste Modell zu kaufen.

«Und herauszufinden, was er aussagt.» Wie leicht ich doch umfiel. Damit würde ich mir keinen großen Respekt erwerben.

«Laß es sein», teilte er mir mit.

«Okay», sagte ich.

«Steig aus», sagte er. Das war's? Das war alles? All diese Kanonen und noch nicht mal eine bedeutungsvolle Konversation? Ich stieg aus.

Es war noch nicht alles.

Mein sehniger Kumpel bedeutete mir, mich auf den Boden zu legen. Mir fiel nichts ein, was ich dagegen hätte einwenden können. Ich legte mich mit dem Gesicht nach unten. Ein Stein bohrte sich in meine Rippen. Der Rest war weicher Schlamm. Aber es gab schlimmere Dinge als Nässe und Dreck. Dann hörte ich, wie sich die Vordertür des Caddys öffnete. Jemand stieg aus und kam auf mich zu. Ich konnte seine Gegenwart spüren. Dann kniete er nieder, sein Knie mitten in meinem Kreuz. Es war an der Zeit, daß ich mein As aus dem Ärmel zog. Ich machte mich bereit, ihn mit meinem Betteln und Bitten niederzukämpfen, als ich fühlte, wie sich sein Revolver gegen meinen Hinterkopf preßte. Das machte mich sprachlos.

Er hatte eine Frage. «Verstehst du?»

«Ich verstehe», sagte ich und bekam dabei schlammverschmierte Zweige in den Mund. Der Revolver bewegte sich.

Dann schoß er. Die Welt explodierte in meinem Ohr. Dreck und Steinchen spritzten wie Blut und Knochen gegen mein Gesicht. Reflex und Furcht rissen meinen Körper hoch. Die Seite meines Kopfes hämmerte. Aber ich lebte. Er hatte neben meinen Schädel gefeuert; an Haar und Kopfhaut spürte ich die versengte Bahn.

«Gut», sagte er mit charmanter Schlichtheit und erhob sich.

Ich hörte, wie er zum Wagen zurückging. Die Vordertür knallte zu. Dann schloß sich die hintere Tür. Die Geräusche drangen schwach durch das Dröhnen in meinen Ohren und das Hämmern meines Blutes.

Ich glaubte zu hören, wie sich die großen Räder auf dem schlammigen Weg in Bewegung setzten. Ich hatte Angst mich umzudrehen und ihnen nachzusehen. Doch ich tat es. Ich sah zu, wie der Caddy glatt und selbstzufrieden davonrollte, seine handgearbeiteten Ledersitze noch trocken und sauber. Das Kennzeichen war eine Diplomatennummer vom District of Columbia. Ich merkte mir die Nummer.

Lieber Gott, es ist großartig, am Leben zu sein.

SECHS

Ich rief Lawrence Choate Haven über seine Privatleitung an und berichtete ihm, ich hätte Edgar Wood gefunden.

«Das ging ja recht schnell», sagte er und erkundigte sich, wo sich Wood befand. Ich sagte es ihm und begann ihm meinen Plan zu erklären, ein Abhörsystem zu installieren. Er wollte nichts darüber wissen.

«Hatte Wood je mit Kolumbianern zu tun?» fragte ich.

«Kolumbianern?» Er klang so verblüfft, als hätte ich mich nach Südmolukkern erkundigt.

«Ja, so wie Peruaner oder Ecuadorianer, bloß ein Land drüber.»

«Soviel ich weiß, hatte Edgar Wood keine Klienten in Kolumbien.»

«Wie steht's mit Kokain? Hatte Wood mit Kokain zu tun?»

«Auf gar keinen Fall.» Choate Haven hörte sich so an, als verteidige er seine eigene Integrität oder die von Choate, Winkler, Higgiston, Hahn & Moore, je nachdem, welche höher einzuordnen war, als wüßte er nicht ganz genau, daß er nur seine Korridore hinunterzuwalzen brauchte, um mit nur einem gespitzten Ohr den Wind in den Strohhalmen von Dutzenden junger Mitarbeiter zu hören, die sich ihren Weg ins Verlorene Paradies schnupften.

«Wood war ein Dieb», erinnerte ich ihn. «Und Kokain und Geld passen zusammen wie Abélard und Héloise oder Cagney und Lacey.»

«Es ist sicher richtig, daß Mr. Woods weiße Weste ernsthaft beschmutzt ist; das ist eine Tatsache, die sich nicht leugnen läßt. Ich kann daraus jedoch nicht folgern...»

«Daß er», unterbrach ich ihn, «die grundlegendsten ethischen Voraussetzungen seines Berufsstandes brechen würde...»

«Meiner Meinung nach», sagte er in einem Ton, der deutlich machte, wer hier der Auftraggeber und wer der Angestellte war, «läßt die Art seiner Verfehlungen, die gewiß umfangreich sind, nicht darauf schließen, daß er mit Rauschgift zu tun hatte. Gewiß gibt es weder einen Beweis noch einen Hinweis auf eine derartige Verwicklung.»

Er machte weiter, sprach in vollen Absätzen, und mir wurde allmählich klar, daß er solche Dinge wirklich nicht hören wollte. So was sollte ich besser für mich behalten, bis zu dem Zeitpunkt, an dem sich die Notwendigkeit ergab, mein Wissen zu teilen.

Meine erste Reaktion auf die Begegnung mit unseren lateinamerikanischen Nachbarn war beschwingte Ausgelassenheit gewesen, obwohl jemand, der sich über Schmerz, zerschrammte Knie und einen Streifschuß freut, wohl einen psychischen Defekt haben muß. Den Tod erlebt man, soweit ich das bis jetzt herauskriegen konnte, nur einmal. Also möchte ich ihn mir bis ganz zum Schluß aufheben. Wie ein Dessert. Vielleicht bin ich ein Adrenalin-Junkie.

Als ich Joey D' in New York anrief, kehrte ich gerade wieder in die nüchterne, reale Welt zurück, so wie jeder andere Junkie auch von seinem Trip zurückkehrt, und ich konnte die Anspannung, die Furcht und den Zorn in meiner Stimme hören. Er fragte, ob ich in Ordnung wäre; ich glaube, mein Ja klang nicht sehr überzeugend.

«Hör mal, Kid, hast du dir in die Hose geschissen?»

«Nein.»

«Konntest du deine Blase nicht mehr kontrollieren?»

«Leg mal 'ne Pause ein», sagte ich. «Wofür hältst du mich?»

«Dann bist du also in Ordnung. Du hast's lebendig überstanden, alle Teile intakt plus saubere und trockene Hosen. Mehr kann man nicht verlangen.»

«In der Gegend, aus der du stammst, sieht man das wohl so, ja, Joey?»

«Man kommt damit zurecht», sagte er. «Hör zu, denkst du daran, dir jemand zur Unterstützung zu besorgen?»

«Yeah, sicher, was soll ich machen? Vielleicht Onkel Vincent herrufen?»

«Ich hab so den Eindruck, als hättest du verschiedene Sachen laufen, in verschiedene Richtungen. Und niemand kann die hinten und vorne im Auge behalten und gleichzeitig in Bewegung bleiben. Deshalb gibt's bei der Armee auch Jungs für die Vorhut und Nachhut.»

«Am schwersten wird's werden», sagte ich, laut denkend, «diese Kolumbianer zu überprüfen. Sie hatten Diplomatenkennzeichen. Wenn der Caddy heimfährt, dann ist deren Heim eine Botschaft oder sonstwas in der Art. Die normale Prozedur wäre, sich auf die Lauer zu legen, ein paar Fotos zu schießen und sie den Typen zu zeigen, die vielleicht was über sie wissen könnten. Da sitz ich also in meinem Mietwagen mit meinem Teleobjektiv und mach mir ein paar gemütliche Stunden. Ich steh bloß vor der Botschaft. Also wird das Sicherheitspersonal der Botschaft sofort auf mich aufmerksam werden. Falls nicht die D. C.-Cops, auf Patrouille im Botschaftsbezirk, mich zuerst finden. Dann klingeln die Telefone, und das FBI taucht auf; und wenn das FBI auftaucht, kann schließlich die CIA nicht weit sein. In der Zwischenzeit hängt der Botschafter am roten Telefon und spricht mit dem Außenministerium.»

«Bei dem Job steht 'ne Menge Geld auf dem Spiel, richtig?»

«Und ob», sagte ich. Der Gedanke daran erwärmte mich.

«Dann hab auch keine Angst, ein bißchen was davon auszugeben. Teile den Reichtum. Such dir einen Burschen, der Observationen durchführt, der beispielsweise einen Kombi hat, auf dem steht, ‹Wir sind die Installateure, denen kein Rohr widerstehen kann›. So was in der Art. Die können den ganzen Tag dort sitzen.»

«Natürlich denkst du da schon an jemanden.» Ich wußte genau, wen immer er auch empfahl, es würde ein Italiener sein, ohne jede Phantasie, der diese Tätigkeit schon länger ausübte, als ich lebte.

«Yeah, ich denke da an jemanden.»

«Noch eins wär ganz gut», sagte ich, bevor er es mir vorschlagen und mich als Trottel hinstellen konnte. «Ich bräuchte jemand, der mir Rückendeckung gibt, wenn ich zu dem Farmhaus zurückgeh.»

«Yeah», sagte er und gab mir die Namen und Telefonnummern durch, die er vor sich liegen hatte.

Gene Tattalias Firma nannte sich Ace Investigations; mit einem derart phantasievollen Namen hatte ich gerechnet. Ich seufzte, vereinbarte aber trotzdem ein Treffen. Stolz zeigte er mir ein Foto von dem Wagen, den er für derartige Dinge benützte. Ich war angenehm überrascht. Der Wagen sah genau so aus wie der Kombi einer Telefongesellschaft. Als ich herausfand, daß es tatsächlich ein Telefonwagen war, den er von einer Telefongesellschaft mietete, war ich ehrlich beeindruckt. So etwas mußte man Respekt zollen.

Er brauchte weniger als zehn Minuten, um festzustellen, daß der Coupe de Ville auf die Handelsmission zugelassen war. Ich erklärte mich mit seinem hohen Honorar einverstanden; wir gaben uns die Hand, und er versprach, am nächsten Tag mit der Observation zu beginnen.

Im Spiegel des Hotelzimmers betrachtete ich mir die Pulververbrennungen an der Seite meines Kopfes und die kleinen Schnitte, verursacht von den herumschwirrenden Felssplittern, und erkannte, daß die Distanz vom Leben zum Tod geringer war, als ich mir für gewöhnlich eingestehen wollte.

Als ich zu Hause anrief, ging Wayne an den Apparat.

«Es ist E. T., Mom», kreischte er. Auch wenn Glenda nicht weiter von ihm entfernt gewesen wäre als das Innere meines Schädels von den Brandspuren, er hätte die Nachricht trotzdem mit höchster Lautstärke verkündet. «Er ruft hier an.»

Damals, als ich Anfang Zwanzig war, lebten all meine Freunde allein. Don O'Malley, der mit einer süßen kleinen Frau in einem süßen kleinen Häuschen in Brooklyn Heights lebte, bildete die einzige Ausnahme. Sie hatten zwei kleine Kinder, die genauso interessiert über Möbel wie über Gäste krabbelten. Seine Frau kochte tatsächlich zu Hause richtige Mahlzeiten und buk selbst Brot und Kuchen. Wann immer ich sie besuchte, kam ich mir wie ein Minenarbeiter vor, der nur die schnell zusammengezimmerten Holzhütten und die Eiswüsten des Yukons kennt und nun aus Dreck und Kälte heimkehrt. In ein richtiges Heim, das durch die Liebe einer Frau warm und hell erstrahlte, voller Glück und heranwachsendem Leben.

Genauso fühlte ich mich stets, wenn ich zu Glenda und Wayne heimkam. Selbst wenn sie keinen Kuchen backte und wir uns das Kochen teilten. Sie war der Schutz vor dem Sturm.

Meine eigene Ehe hatte nur zwei Jahre gedauert, aber unsere Scheidungen fielen in die gleiche Zeit. Wir rückten enger zusammen, wie das bei Opfern ähnlicher Katastrophen häufig der Fall ist. Zu der Zeit entdeckte ich, daß das hübsche kleine Häuschen in Heights mit Feindseligkeit, Zorn und sexueller Frustration vollgestopft war, und daß dies schon immer so gewesen war. O'Malley hielt das wegen seiner Vorstellung von Ehe und wegen der Kinder zehn Jahre lang durch. Er besuchte Prostituierte, wann immer ihn der Drang nach einem Ersatz für Liebe überwältigte.

Glenda kam ans Telefon. Sie erkundigte sich nach dem Stand der Dinge. Ich erzählte ihr, daß ich den Vormittag in den Wäldern zugebracht und Cowboy und Indianer gespielt hätte.

«Wayne ist erwachsener als du. Ich lebe mit zwei Sechsjährigen, nicht mit einem.»

«Fünf und ein halbes und ein viertel», hörte ich Wayne brüllen; Leute, die erst wenige Jahre hinter oder nur noch wenige Jahre vor sich haben, beharren auf dieser präzisen Richtigstellung.

Glenda war nicht meine Frau, was ich für positiv halte. Sie war auf eine emotionale Weise intelligent, reif, kämpfte fair und hatte meist vernünftige Ansichten. Sie wollte mindestens so oft mit mir schlafen wie ich mit ihr. Wenn sie Kopfschmerzen hatte, so pflegte sie zu lügen und zu sagen, ihr ginge es großartig.

Untreue jedoch konnte sie nicht ertragen. Ihr gefiel nicht mal die Vorstellung, mir könnte es schwerfallen, treu zu bleiben. Sie operierte mit einer andersgearteten emotionalen Logik; für sie war Treue ebenso natürlich und normal wie das Mittagessen.

Manche Leute betrachten das als eine Mann-kontra-Frau Angelegenheit. Vielleicht ist es das auch. Doch ich hatte nie mit einer Frau zu tun, die das Ganze als eine philosophisch-psychische Geschlechtssache behandelt hätte. Keine einzige hat je gesagt: «Nun ja, Männer sind nun mal so, das sehe ich ein.» Der Dialog besteht stets aus Verwünschungen und Tränen.

Diesmal wollte ich nichts dergleichen aufkommen lassen und spielte es auf ihre Weise. Es funktionierte ganz gut. Mehr oder weniger.

Sandy konnte sich die Brandspuren an meinem Kopf und die Verletzungen in meinem Gesicht anschauen; gemeinsam würde uns das als Vorwand völlig genügen. Wir konnten einen süßen Sturm aus stoßenden, schwitzenden Leibern entfesseln. Würde ich mich danach besser fühlen? Die Stimme in mir sagte: «Darauf kannst du wetten.» Die Stimme war womöglich im Recht, und das Hotel hatte das Telefon direkt neben das Bett gestellt. Doch wenn ich den Hörer abnahm und wählte, so konnte das für mich gefährlicher sein als der Mann mit dem Revolver.

XJ-12

Im Schein der Nachmittagssonne konnte man leicht die Schrift an den beiden Pick-ups lesen, die vor dem Haus im vorstädtischen Alexandria parkten – Polatrano & Söhne. Vater Polatrano, ein ehemaliger Cop namens Franco, erwartete mich an der Haustür. Er hatte seine zwanzig Jahre runtergerissen, war in Pension gegangen und hatte dann eine Firma für Landschaftsgestaltung gegründet. Damit hielt er seinen großen Körper fit und verdiente ganz ordentlich; die Firma verschaffte ihm das Vergnügen, Dinge wachsen und gedeihen zu sehen, um ihn dann aber auch wieder zu langweilen. Deshalb betätigte er sich gelegentlich auch noch in einer Variante seines alten Berufsstandes.

Er hatte eine Segeltuchtasche bei sich, aus der er, nachdem wir im Auto saßen, eine Thermosflasche holte und mir Kaffee anbot.

«Ich persönlich bevorzuge eine .38er, Polizeistandardausführung», erklärte er mir während der Fahrt. «Aber mit jedem Jahr schleppen diese Kerle mehr Feuerkraft mit sich herum. Also hab ich mir einen Rabbi zugelegt.»

Aus der gleichen Tasche zog er eine kurze, kompakte Maschinenpistole, eine israelische Uzi, damit ich sie bewundern konnte.

«Ich nenne sie Rabbi Begin. Ich respektiere diesen Mann. Zäher Hund. Kämpfte als Guerrilla gegen die Briten. Natürlich haben sie ihn als Terroristen bezeichnet. Na ja, das hier» – er tätschelte die Waffe – «ist mein persönlicher Terrorist.»

Gene Tattalias Observierung war gut gelaufen; achtundvierzig Stunden nach unserem Gespräch hielt ich die Fotos meiner kolumbianischen Freunde in Händen. Ein paar Stunden später hatte ich die Vergrößerungen von meinen persönlichen Lieblingen. Jetzt braucht er nur noch zwei Dinge für mich tun: die passenden Namen zu den Gesichtern zu finden und sie im Auge zu behalten, um sicherzustellen, daß sie den Bezirk nicht verließen, während Franco und ich nach Virginia fuhren.

Von einer Telefonzelle aus, nur wenige Meilen von dem Farmhaus entfernt, fragte ich bei Gene nach. Die bösen Buben befanden sich immer noch in der Stadt.

Trotzdem suchte ich mir einen anderen Parkplatz. Das machte zwar einen Zwei-Meilen-Spaziergang erforderlich, aber Laufen ist schließlich gesund. Sicherlich gesünder, als wenn auf einen geschossen wurde. Der Regen hatte endlich aufgehört, die späte Sonne glühte auf, und ich bemerkte, daß die Bäume zu sprießen begannen. Ah, es war Frühling.

Brodsky nahm Wood tagsüber in die Mangel. Wood machte nicht den Eindruck, als würde er für sich kochen, deshalb vermutete ich, daß er an den meisten Abenden zum Essen ausgehen würde.

Als wir ankamen, stand der leuchtend gelbe Rabbit neben dem geduckten, stromlinienförmigen, grünen Jaguar.

Franco und ich machten es uns im Schutze einiger Büsche gemütlich und warteten. Wenn Wood das Haus verließ, würde ich hineingehen, und Franco würde draußen Wache schieben. Blieb Wood zu Hause, so würden wir am nächsten Abend und dann am übernächsten zurückkehren, bis die Luft rein war.

Als Mel aufbrach, begleitete ihn Wood bis zu seinem Rabbit. In der Stille des Abends konnte ich hören, wie Wood offensichtlich zum zweitenmal fragte, ob Brodsky ihm nicht beim Abendessen Gesellschaft leisten wollte. Brodsky lehnte mit Hinweis auf die in Gaithersburg wartenden Frau und Kinder ab.

Wood stand da und sah dem abfahrenden kleinen Diesel nach, sein Gesicht eine leblose Maske. Als er sich dann umdrehte und sein eigenes Auto betrachtete, veränderte sich sein Gesichtsausdruck.

Vor mehreren Jahren war ich mit Simonet, einem Mannequin der Luxusklasse, im Bett gewesen. Nachdem sie vier oder fünf gute Gründe zu der Annahme hatte, daß ich zu nichts anderem mehr als einem totenähnlichen Schlaf in der Lage war, schlüpfte sie aus dem Bett und schlich lautlos in ihr Wohnzimmer. Hier war ihr Lieblingsplatz, vor einer vollständig spiegelverkleideten Wand. Ich sah zu, wie sie sich betrachtete. Sie untersuchte jede Pore ihrer Haut, jeden Zentimeter ihres Fleisches; von ihren Zehen angefangen bis zu der Unterseite ihres Pos entging ihr nichts. Sie drehte Pirouetten, zog ein Schmollmündchen, zeigte die Zähne und biß sich auf die Lippe, sie drehte und wendete sich, strich über die samtene Glätte ihrer Bauchdecke, betastete die gefährliche Zone unter dem Kinn, war stolz auf die makellose Reinheit der Innenseite ihrer Schenkel. Es war, als betrachte sie gleichzeitig ihre Vergangenheit, ihre Gegenwart und ihre Zukunft. Was auch der Fall war. Nichts, was während der letzten Stunden zwischen den Bettlaken geschehen war, kam auch nur annähernd an die Intensität heran, die ihr Spiegelbild reflektierte.

Genauso betrachtete jetzt Edgar Wood sein Auto, wenn auch mit weniger Anmut und Dramatik in seinen Gesten. Schlammspritzer, die das englische Grün verunstalteten, stellten eine persönliche Beleidigung dar, Flecken im Inneren waren Charakterfehler.

Er ging zurück ins Haus. Als er wieder herauskam, trug er statt des Anzugs alte Hosen und ein altes Hemd. In einer Hand schleppte er eine Flugtasche, in der anderen einen Staubsauger mit einem baumelnden Verlängerungskabel.

Er legte ein Handtuch auf den Boden und holte dann sein Putzzeug aus der Tasche – Nerzöl, Möbelpolitur, Seife, Lappen, Staubwedel, Schaufel, Bürsten, Chrompolitur, Schwämme, Watte – als würde er eine Operation vorbereiten.

Ich seufzte vor Ungeduld. Das Zuschauen würde genauso ermüdend werden wie die Arbeit selbst. Franco bot mir wieder Kaffee aus seiner Thermosflasche an. Er war mit Sambuca versetzt und schmeckte ausgezeichnet.

Allein für das Wageninnere brauchte Wood fast drei Stunden. Ich dankte Gott, daß die Sonne jeden Moment untergehen mußte, und er sich nicht mehr um das Äußere des Wagens kümmern konnte.

Er ging ins Haus. Wir warteten. Wir schlürften die letzten Tropfen Kaffee. Endlich tauchte er wieder auf. Selbst aus der Entfernung konnte man sehen, daß seine Kleidung maßgeschneidert war. Wahrscheinlich stammte sie aus der Saville Row, wo man die gleiche Form des Understatemens pflegte wie bei Rolls-Royce. Die schlichte Feststellung, daß nichts auf der Welt teurer ist. Sein Gesicht war von einer frischen Rasur leicht gerötet und sein von der Dusche noch feuchtes Haar sauber gekämmt. Er blieb einen Moment lang stehen und sprach in die Luft hinein. Es hörte sich an wie, «Oh, jetzt in England sein.»

Als er endlich den Wagen gestartet hatte, saß er da und lauschte mit geneigtem Kopf, ob alle zwölf Zylinder im Gleichklang liefen. Für mich hörte es sich gut an, all das viele Geld, das da vor sich hin schnurrte. Vorsichtig ließ Wood den Wagen die Einfahrt hinabrollen. Als er die Straße erreichte, konnten wir hören, wie er aufs Gas trat und davonröhrte. Das Geräusch erstarb in der Ferne. Ich stand auf und ging ins Haus.

Es war ein Kinderspiel. Ein Küchenfenster war offen, und ich mußte nicht erst an irgendwelchen Schlössern herumfummeln. Ich öffnete die Abdeckung von einem Lichtschalter und schloß den kleinen Sender an den Strom an. Das Mikrofon nahm den Platz einer Schraube ein.

Als Aufnahmegerät hatte ich ein Paar zusammengeschaltete Panasonics; wenn das erste Band zu Ende war, schaltete sich das zweite Band automatisch ein. Beide reagierten auf Geräusche und beide liefen mit einem Viertel der normalen Geschwindigkeit. Eine C120-Kassette, die pro Seite normalerweise sechzig Minuten lief, brachte mir nun vier Stunden pro Seite. Sie wechselten zwar nicht automatisch die Kassette, aber ich hatte doch eine Gesamtlaufzeit von acht Stunden. Die Sitzungen schienen nicht länger als sechs Stunden zu dauern; ich rechnete mir aus, daß es trotz der durch Nebengeräusche ausgelösten Starts und Stops reichen würde. Ersatzbatterien waren angeschlossen, so daß beide Geräte unabhängig vom Strom waren. Einmal täglich mußte jemand kommen und die Bänder und, falls nötig, auch die Batterien wechseln. Es war billiger und weniger verdächtig als die Errichtung eines vollständig ausgerüsteten Lauschpostens, den rund um die Uhr jemand überwachen mußte.

Wir testeten die ganze Sache, ich drinnen und Franco draußen. Es funktionierte. Wir stellten die Geräte in eine wasserfeste Kiste, die wir im Boden vergruben. Wir streuten altes Laub darüber und zogen als Antenne einen Draht an einem Baum hoch.

Dann schlenderten wir durch den Wald zu unserem Wagen; niemand wartete mit einer Pistole oder sonst etwas Häßlichem auf uns.

Es geht doch nichts über einen kleinen Waldspaziergang an einem kühlen Abend, um sich ordentlich Appetit zu holen. Zuvor hatten wir ein Restaurant in einem kleinen Einkaufszentrum entdeckt. Es nannte sich *Scotch & Sirloin*. Mir gefiel der Name, weil für die Zubereitung dieser beiden Sachen so wenig Aufwand nötig ist, daß ich mit einiger Berechtigung erwarten konnte, daß zumindest eins von beiden einwandfrei serviert werden würde.

Ich hörte Sirenen, als wir uns näherten. Automatisch schaute ich auf meinen Tacho, dann in den Rückspiegel, bevor ich erkannte, daß die Sirenen nicht mir galten. Als wir um die Kurve fuhren, kamen aus entgegengesetzter Richtung die zuckenden Lichter auf uns zu und bogen in die gleiche Einfahrt wie wir ein. Ich dachte mir nicht viel dabei, während ich hinter ihnen herfuhr.

Vier Streifenwagen standen mit kreisenden Lichtern da; am hinteren Ende des Platzes, wo fast keine Autos parkten, herrschte hektische Betriebsamkeit. Neugierig wie jeder andere Zivilist schlenderte ich hinüber.

Woods Körper lag auf dem Asphalt, verkrümmt, mit dem Gesicht nach unten. Über die hastig errichtete Polizeibarrikade hinweg konnte ich erkennen, daß etwas wie ein Rohr oder Wagenheber seinen Hinterkopf zerschmettert hatte. Ich schaute mich auf dem Parkplatz nach seinem XJ-12 um.

Ein Uniformierter und ein Detective in Zivil unterhielten sich mit einem Kellner. Ich schob mich näher heran, um ein bißchen was von dem Gespräch aufzuschnappen.

«Der Mann hier sagt, das Opfer wäre seit ungefähr drei Wochen gekommen. Gewöhnlich allein», sagte der uniformierte Beamte.

«Was ist mit einem Wagen? Weiß er, was für einen Wagentyp das Opfer fuhr?» erkundigte sich der Detective, der offensichtlich die gleiche Spur wie ich verfolgte.

«Einen hübschen Wagen, einen wirklich hübschen Wagen», sagte der Kellner. «Einen Jaguar, aber von der normalen Sorte.»

«Sie meinen eine Limousine?» fragte der Detective.

«Yeah.»

«Parkte er ihn normalerweise hier?»

«Ich weiß nicht, was er normalerweise tat. Ich hab den Wagen nur einmal gesehn.»

«Hier draußen?» fragte der Detective.

«Wenn ein Mann so eine teure Karre hat, dann parkt er sie gern dort, wo ihm keiner, der seine Wagentür öffnet, den Lack verkratzen kann», sagte der Uniformierte.

«Yeah, ich schätz, wir haben hier einen Autodiebstahl in Verbindung mit einem Raubüberfall. Aber schaun wir uns trotzdem um. Vielleicht finden wir den Wagen.»

Ich bemerkte, daß einige der Cops die neugierigen Zuschauer musterten. Wir waren mittlerweile fünfzehn bis zwanzig Personen. Direkt auf Seite 58 des Handbuchs für Morduntersuchungen steht, «Fotos von den Leuten in der Menge machen. Häufig befinden sich Zeugen... einschließlich möglicher Verdächtiger, unter den Zuschauern.» Ich war weder das eine noch das andere, aber meine Tätigkeit hier vertrug trotzdem keine nähere Untersuchung.

Ich warf einen letzten Blick auf die Leiche. Die ausgeplünderte Brieftasche lag ganz in der Nähe. Der Ring von seinem Finger und die silbernen Manschettenknöpfe waren verschwunden. Der Kragen seines maßgeschneiderten Hemdes und der Saville Row-Anzug waren blutbefleckt. Seine Schuhe waren vom Sturz verschrammt. Innen waren seine Hosen von Urin und Exkrementen, die sein Körper im letzten Moment von sich gegeben hatte, verschmutzt, außen vom Öl und Abfall des Tages.

Die Morgenausgabe der *Washington Post* brachte den Mord. Die Story war im Tonfall gedämpfter Schizophrenie gehalten. Die Reporter wollten ganz eindeutig etwas aus dem Fall «geheimer Bundeszeuge ermordet» herausholen; die Cops beharrten hartnäckig auf «Raub, ähnlich einigen anderen Fällen, die in letzter Zeit in dieser Gegend verübt wurden»; und die Herausgeber erinnerten sich daran, daß ein Reporter der *Post* einen Pulitzerpreis für Journalismus gewonnen hatte, den er besser in der Sparte Fiction erhalten hätte.

Die Story mußte auch in der *New York Times* erschienen sein, denn Choate Haven rief mich an. Fall abgeschlossen.

«Ich kann immer noch Kopien der Vernehmungen besorgen», erklärte ich ihm, scharf auf den Bonus.

«Das ist nicht nötig. Was immer Mr. Wood der SEC erzählt hat, wird schon bald enthüllt werden. Seine Aussagen mögen sie zwar zu weiteren Nachforschungen anregen, doch ein Prozeß muß anhand von Fakten geführt werden und darf nicht auf dem basieren, was ein zorniger Mann aus reinen ‹Revanchegelüsten› von sich gegeben hat.»

«Glauben Sie, er wurde wegen seiner Aussagen ermordet?» fragte ich.

«Der gewöhnliche Mann auf der Straße stellt sich vor, große Firmen wären in jede Art von Mord und Totschlag verwickelt, vielleicht weil er weder die Möglichkeit noch die Ausbildung besitzt, um die Situation realistisch einzuschätzen. Als juristischer Berater von Over & East habe ich Zugang zu allen Bereichen ihrer Operationen, und ich kann Ihnen versichern, und zwar ganz offiziell, daß anhand der Realität, anhand der Fakten diese Art von Spekulation schlichtweg lächerlich ist. Wäre Mr. Wood am Leben und würde er als Zeuge auftreten, dann vermute ich, daß Over & East wie üblich wesentlich mehr für Anwaltshonorare als für irgendwelche Geldstrafen ausgeben würde.»

Edgar Wood, ein zufälliger Bissen irgendeines hungrigen Mannes. Für die eigenen Taten zu sterben wurde als glorreich bezeichnet. Es spielte keine Rolle, ob der Tod dreckig und die Taten billig und geschmacklos waren; man konnte immer noch, wie bei Jesse James, einen Song daraus machen. Wenn man glaubt, es gibt einen Meeresgott und Poseidon ersäuft einen aus Gründen persönlicher Bosheit, dann kann man in dem Wissen untergehen, daß man seinen eigenen, ganz persönlichen Tod stirbt. Wir sehnen uns danach, die Wirkung mit einer Ursache zu verbinden, die mit uns persönlich in Zusammenhang steht; darin liegt eine gewisse Würde. Wood war einfach nur tot.

Es sei denn, daß es die Kolumbianer waren.

Es ging mich wirklich nichts mehr an. Was mich anging: Choate Haven hatte weder Geld zurückgefordert noch eine Abrechnung verlangt. Und ich hatte ihn nicht daran erinnert. Es war noch genug übrig, Dollar für Dollar und nach Stundenlohn gerechnet, um den Fall zu dem lukrativsten Fall zu machen, den ich je gehabt hatte.

PATCHEN

Als ich Wayne kennenlernte, war er ungefähr zwei. Ich hatte nicht viel Ahnung von Kindern, also beschloß ich, ihn wie einen jungen Hund zu behandeln. Es funktionierte recht gut.

Wenn man einen kleinen Jungen oder einen Hund wie eine richtige Person behandelt, erzeugt man gewaltige Frustrationen. Nimmt man sie beispielsweise mit auf einen Spaziergang und erwartet von ihnen, daß sie gleichmäßig, ja sogar zielbewußt dahinmarschieren, dann hat man ein ernsthaftes Problem. Für jedes der beiden Tierchen ist es ganz normal, vorauszurennen, zurückzukommen, hier das zu untersuchen, dort etwas anderes zu beschnüffeln, und wenn sie auf ein Exemplar ihrer eigenen Spezies treffen, dann müssen einige recht merkwürdige Rituale durchlaufen werden.

Sie «Bei Fuß» anzubrüllen ergibt keinen Sinn. Einen Anfall zu bekommen, weil sie einen Spaziergang aus einer anderen Perspektive betrachten als man selbst, ist für alle Betroffenen alles andere als sinnvoll.

Wayne näherte sich nun dem Knirpsalter – fast schon ein richtiger Mensch, bloß kleiner. Ich glaube, wir fanden uns gegenseitig lehrreich.

In uns allen gibt es eine dunkle und eine helle Seite. Das lernte ich, als ich mir mit Wayne zweimal die gesamte «Krieg der Sterne»-Trilogie ansah.

Die innere Kraft in uns besitzt ihre eigene Dringlichkeit. Sie erzeugt den Drang zu handeln und kümmert sich nicht darum, welche Formen diese Handlungen annehmen. Sie ist moralisch, ohne ein Konzept der Selbsterhaltung oder Selbstzerstörung.

In D.C. spürte ich das Erwachen dieser Kraft wie einen Adrenalinstoß. Es war nicht die Versuchung von Drogen, einer Frau oder von Gewalt; diese Dinge standen immer zur Verfügung. Ich wollte den Kitzel, den einem das Überschreiten der Grenze verschafft. Ich wollte das Gefühl haben, daß ich jung, zäh und widerstandsfähig war; daß in den Beinen genügend Kraft für fünfzehn Runden steckte und daß ich die Körpertreffer wegstecken und bei acht wieder auf den Beinen sein konnte. Wobei ich vergaß, daß ich beim letztenmal, als ich zu Boden gegangen war, zwei Jahre gebraucht hatte, um mich daran zu erinnern, was es bedeutete, wieder auf die Beine zu kommen.

Zwei Scheidungsfälle später beschloß ich, etwas von dem Geld auszugeben, das ich in D.C. verdient hatte. Wir schickten Wayne zu Glendas Eltern, um ihn dort verziehen zu lassen, und fuhren hoch nach Mohonk.

Wir nahmen ausgiebige Frühstücke zu uns, zogen uns für das Dinner entsprechend an und lebten wie der normale Landadel, vielleicht mit Ausnahme einiger Stellungen, in denen wir uns liebten. Ich wanderte oder kletterte, Glenda schlenderte. Ich bevorzugte die Morgenwanderung: ein schneller Marsch die Berge hoch, um den Sonnenaufgang zu beobachten, dann zurück auf einen kurzen Sprung in den See, in den das Wasser der Schneeschmelze strömte. Wenn ich ins Wasser tauchte, begann mein Herz zu hämmern, als hätte es eine Dosis Amylnitrat verpaßt bekommen. Außerdem begann ich Kletterunterricht zu nehmen, mit Haken und Ösen und allem Drum und Dran. Nach einem kleinen Fehltritt riß ich mir die Haut von zwei Fingern.

«Wenn du Berge hochrennen und über Felsen klettern willst wie ein Kind, wenn du in eisiges Wasser springen und das Gefühl einer simulierten Herzattacke spüren willst, nur zu. Ich treff dich dann im Hotel zum Tee», sagte Glenda und meinte es auch so.

Jede andere Frau hätte mir den Aufenthalt verschönt mit Bemerkungen wie «Wir sind zusammen hierhergekommen, warum bleibst du nicht bei mir», oder schlimmer noch, sie hätte versucht mitzuhalten. Blasen und Zerrungen verschwiegen, ohne je ein Wort der Klage von sich zu geben; nur in ihren Augen wäre das Opfer erkennbar gewesen, das in dem unsichtbaren Kontobuch gerade niedergeschrieben wurde, in dem Frauen die Schulden festhalten, die Männer unwissend im Laufe der Zeit ansammeln.

In der Woche nach unserer Rückkehr nach Manhattan rief Choate Haven an.

Edgar Wood hatte eine Tochter, eine Ehefrau und eine Geliebte zurückgelassen. Als Treuhänder des recht beträchtlichen Vermögens fungierte die Treuhandabteilung von Choate, Winkler, Higgiston, Hahn & Moore. Die Geliebte war abgelegt worden, als Wood die Stadt verlassen hatte, da ihre Dienste zu beschwerlich geworden waren. Für den Nachlaß wäre sie ohnehin nicht in Frage gekommen. Die Ehefrau hatte sich ihrem Mann längst entfremdet und war bei seinem Tod zu dem Entschluß gelangt, daß sie als Witwe wesentlich besser lebte denn als Frau eines lebenden Diebes.

«Edgar Woods Tochter jedoch ist jung und beeindruckbar. Sie hat auf seinen Tod in neurotischer, ja geradezu besessener Manier reagiert. Die Ursache dafür könnten Schuldgefühle sein. Bei seinem Tod befand sie sich im Ausland, ich glaube auf Ibiza, und aufgrund von Problemen mit der Überseeverbindung erfuhr sie erst nach dem Begräbnis von seinem Tod.

Die Polizeiberichte, die wir für sie besorgt haben, stellen eindeutig fest, daß es sich um einen schlichten Raubüberfall gehandelt hat. In den vorangegangenen Monaten hat es anscheinend mehrere ähnliche Vorfälle gegeben, wenn auch nicht mit tödlichem Ausgang. Ich bin sogar so weit gegangen und habe mit den örtlichen Behörden gesprochen und mich selbst vergewissert, daß sie den Fall mit allergrößter Sorgfalt und Gründlichkeit behandelt haben.

Trotzdem scheint die junge Miss Wood das Gefühl zu haben, daß nicht genug getan wurde. Sie hat angedeutet, daß die Polizei etwas verbergen will. Um ganz offen zu sein, einige ihrer Aussagen und Anschuldigungen waren, gelinde gesagt, recht extravagant. Angesichts ihrer Trauer und ihres Kummers haben wir uns bemüht, ihren hysterischen Ausbrüchen mit Toleranz zu begegnen.»

Ich sah es deutlich vor mir. Ein halbes Dutzend Männer in Nadelstreifenanzügen bildeten einen ernsten, toleranten Kreis um die kreischende, verzogene Tochter des reichen, toten Wood. Ein junges, hysterisches Ding, das mit ihrem Gucci-Täschchen nach immer väterlicher werdenden alten WASP schlägt, die in dieser Stimmung jeden Vergleich mit einer Steinmauer aushalten. Ihre Frustration wird größer und größer, bis sie an ihrer Kleidung zu zerren und zu reißen beginnt, dem italienischen Seidenhemdchen und den Designerjeans. Der Jeansstoff gibt nicht nach, aber die Seide reißt und beim Anblick des nackten Busens beginnen die Nadelstreifen nach einem Beruhigungsmittel zu rufen.

Und so kam ich ins Spiel. Als Beruhigungsmittel.

«Obwohl ich und die anderen Treuhänder den Einsatz eines Privatdetektivs als reine Geldverschwendung betrachten, ist das Vermögen doch so beträchtlich, daß Miss Wood es sich gewiß leisten kann, ihren Gefühlen nachzugeben.

Wir hatten Klienten, die ihr Geld für weitaus albernere Sachen ausgegeben haben, das können Sie mir glauben.»

Humor, Marke Choate Haven. Schockiert stellte ich fest, daß ich mit ihm gemeinsam kicherte.

«Da Sie ja mit dem Fall einigermaßen vertraut sind, dachte ich mir, Sie wären vielleicht der passende Mann.»

«Sollte ich das erwähnen?» fragte ich.

«Dafür besteht kaum eine Notwendigkeit. Und ich denke, Sie sollten Ihre Berichte über unsere Büros laufen lassen. Das ist für Sie bequemer, und natürlich erhalten Ihre Berichte auf diese Weise mehr Gewicht.»

«Mein Job», sagte ich, «scheint teilweise oder ganz daraus zu bestehen, Miss Wood in der Hinsicht zu beruhigen, daß alles, was getan werden kann, auch getan worden ist. Ich glaube, es wird sie mehr beruhigen, wenn sie mit mir direkten Kontakt hält. Natürlich werde ich Ihnen als ihr Anwalt ebenfalls alles mitteilen.»

«Das hat was für sich», gab er zu.

«Noch eines. Hat die SEC mittlerweile etwas gegen Over & East unternommen?»

«Nein. Und ich verstehe auch die Bedeutung dieser Frage nicht.»

«Nun, Sir» – er reagierte befriedigt auf die Anrede Sir – «wenn das der Fall wäre, dann würde das die Wood-Aussagen in den Vordergrund rücken. Kopien seiner Aussagen könnten uns Klarheit verschaffen, ob jemand ein Motiv hatte, ihn zum Schweigen zu bringen oder nicht. Ich bin einer Meinung mit Ihnen», fügte ich schnell hinzu, «daß wir höchstwahrscheinlich nichts finden werden. Aber seine Position als Zeuge ist offensichtlich die Basis für die Befürchtungen und Verdächtigungen der Tochter. Wenn wir sie beruhigen und wieder zurück auf den Boden der Tatsachen bringen wollen, dann müssen wir uns schnurstracks um diese Angelegenheit kümmern.»

«Ich verstehe, worauf Sie hinauswollen, und Sie mögen durchaus recht haben. Falls die SEC einen Prozeß anstrengt, dann werde ich versuchen, wesentliche Teile der Aussagen für Sie zu besorgen.»

Dieses Mal wurde ich mit einem Scheck bezahlt. Ein Vorschuß für zwei Wochen. Danach würden wir Bilanz ziehen und entscheiden, ob sich eine Fortsetzung lohnte. Außerdem erhielt ich eine Kopie des Polizeiberichts und die Telefonnummer und Adresse der Tochter.

Als ich sie anrief, klang ihre Stimme ruhig und geschäftsmäßig; und angenehm. Wir verabredeten uns für den nächsten Tag, einen Samstag, um drei Uhr nachmittags.

Dann rief ich den alten Chip an und verabredete mich mit ihm um eins zum Squash.

Zur Feier des nächsten überbezahlten Jobs kaufte ich mir einen Headschläger mit Turniersaite. Dieser kleine Luxus kann sehr aufregend sein.

Obwohl er verlor, drei zu null, merkte ich, daß er mit mir zufrieden war. Jede Vermittlung zwischen einem angestellten Anwalt und einem Partner ist ein Test. Hätte ich versagt, nachdem ich von Chip empfohlen worden war, dann hätte Chips Kopf auf dem Block gelegen. Anscheinend hatte Choate Haven ihm gegenüber diese Angelegenheit nicht mehr erwähnt. Er engagierte mich noch einmal, um so seine Zufriedenheit zum Ausdruck zu bringen. Die Erleichterung war gewaltig, und Chip litt unter einem Anfall von Dankbarkeit, der an Wärme und Herzlichkeit grenzte.

Chips Bereich war Treuhandverfahren und Vermögensverwaltung, die Sauna schien ein guter Platz zu sein, ihn ein bißchen auszuhorchen. Ich fragte ihn, ob er etwas mit dem Wood-Vermögen zu tun hatte.

«Großer Gott, nein!»

«Wieso diese Betonung?» fragte ich.

«Dieser Name» – er lachte – «dieser Name hat bei Choate, Winkler, Higgiston, Hahn & Moore den gleichen Klang wie Leo Trotzkijs Name bei einem D.A.R.-Treffen, den Töchtern der Amerikanischen Revolution, oder Ronald Reagans Name bei einer S.D.S.-Versammlung. Gibt es überhaupt noch einen S.D.S.? Na ja, jedenfalls so was Ähnliches.»

«Tatsächlich?» lockte ich ihn.

«Tatsächlich. Wood ist... ein Verräter an seiner Klasse. Ein Wurm im Apfel, die Schlange im Garten, alles zusammen. Anwälte, die für ihn gearbeitet haben, rennen herum und erzählen jedem, der es hören will oder auch nicht, wie sehr sie in Wirklichkeit für andere Partner tätig waren. Und die Partner selbst sagen Sachen wie, ‹Edmund Wer? Oh, Sie sagten Edgar. Ein verständlicher Fehler, ich kannte den Mann kaum.› Der Typ, der das Büro neben ihm hatte, will ein anderes Büro. Hier entsteht nicht nur Schuld durch Geschäftsverbindung, hier entsteht Schuld allein durch Nähe.»

«Deine Arbeit ist also im Grunde stinknormal. Die Erbschaft verwalten von verschwenderischen Kindern, vier Generationen nach irgendwelchen Räuberbaronen als Vorfahren.»

«Eigentlich nicht.»

«Nein?»

«In der Abteilung Treuhand und Vermögen kann es durchaus dramatisch und aufregend zugehen.»

«Nein!!»

«Doch! Du würdest nie erraten, wer uns engagiert hat, damit wir seine finanziellen Angelegenheiten in Ordnung bringen und für die zukünftige finanzielle Sicherheit seiner Familie sorgen, jetzt, wo er lebenslänglich sitzt... Ricky Sams.»

Ricky war ein heißes Eisen. Die *New York Post* hielt für ihn ständig auf Seite 5 Platz frei. Mit Foto. Die Berichterstattung über ihn war fast so umfangreich wie die über heldenhafte Cops. Einst war er der große Heroin-König von Harlem, jetzt war er der beste Bundeszeuge seit Joseph Valachi. Ricky war ein absoluter Star.

«Tss, tss, all das schmutzige Geld.»

«Nicht in der Form», sagte Chip ruhig, «in der wir die Sache handhaben. Steuern und zurückliegende Steuern werden bezahlt. Tatsächlich verhält sich die IRS bemerkenswert fair, wenn es um Gesetzesstrafen geht. Ich vermute, so ist es ihnen lieber, als wenn alles in Panama, Liechtenstein und den Caymans verschwindet. Natürlich», fügte er sehr tugendvoll hinzu, «wären wir dann nicht beteiligt, falls Sam dies wünschte.»

«Selbstverständlich», grinste ich.

«Im Grunde», sinnierte er, «ist es schon ein bißchen komisch, wie anständig und ordentlich das alles abläuft. Wobei mir einfällt, das alles, was ich gesagt habe, öffentlich zugänglich ist. Ich habe nichts ausgeplaudert, was durch das Anwalt-Mandanten-Geheimnis geschützt ist. Schließlich bin ich kein Edmund Wer.»

«Richtig. Du bist ein braver Junge», sagte ich.

«Und ich hätte dich geschlagen, wenn dieser verdammte neue Schläger nicht gewesen wäre.»

Als hätte man sie mit einem Flußboot von New Orleans hochgeschafft, so stehen einige Gebäude auf der Südseite der Tenth Street, zwischen Fifth und Sixth Avenue, durch schmiedeeiserne Balkone miteinander verbunden. Die Nordseite der Straße, wo Christina Wood wohnte, bestand aus großen, beeindruckenden, gepflegten Sandsteinhäusern mit schmucken Türen und Verzierungen. Alles in allem war es eine der schönsten Straßen in einer Stadt, die mit Schönheit nicht übermäßig gesegnet ist.

Ich läutete. Keine Antwort. Meine Uhr zeigte drei Minuten nach drei. Nun, ich war gewarnt worden. Ich lehnte mich gegen die Veranda, schlug die *Times* auf und vertrieb mir die Zeit wie jeder wohlerzogene New Yorker.

Um drei Uhr acht tauchte sie auf. Sie trug ein Kopfband, Sweatshirt und Shorts. Sie roch nach frischem Schweiß, Jugend und Gesundheit. Eine große Frau, muskulös, vor Energie vibrierend.

«Christina Wood?» erkundigte ich mich.

«Oh, verdammt, ich hab mich verspätet. Es tut mir leid, wirklich. Kommen Sie rein.»

Sie öffnete den Briefkasten mit einem Schlüssel, der an ihren Joggingschuhen befestigt war, nahm die Apartmentschlüssel aus dem Briefkasten und sperrte die innere Tür des Gebäudes auf. Sie wohnte ganz oben, ohne Lift. Ich folgte ihr, starrte den ganzen Weg auf ihre Shorts, die sich über den Ansatz ihrer Pobacken hochzogen. Ich dankte den Designern von Sportkleidung und den Erfindern von Treppen.

«Es tut mir wirklich leid. Ich mußte einfach raus und laufen... ist mir echt peinlich. Haben Sie was dagegen, wenn ich mich schnell dusche? Möchten Sie inzwischen was zu trinken? Saft? Bier? Irgendwas anderes?»

«Bier», sagte ich.

Ich setzte mich hin, sagte Bier und dachte Scotch und bei Gott, da war sie, meine Frau, so wie ich stets gewußt hatte, daß sie sein würde, und ich ging hinüber zu ihr und sie sagte, komm heim zu mir, einfach so...

Die Treppe hinter ihr hochsteigend, sie nicht aus den Augen lassend...

Und ich fragte mich, wie Gott das alles in so ein kleines Hinterteil gepackt haben konnte...[1]

Es gab keinen Grund, auf Resonanz zu hoffen, doch die Saite war angeschlagen, und das Echo schwang durch die Korridore meines Lebens und zupfte das Gedicht aus den Tiefen meiner Erinnerung, das ich dem Mädchen mit den schwarzen Haaren und den blauen Augen vorgelesen hatte, in einer mondhellen Nacht auf dem Hügel

1 «Er war allein (WIE IN DER REALITÄT)», Kenneth Patchen, Gesammelte Gedichte. (Alle folgenden Zitate entstammen der gleichen Quelle.)

über dem Fluß, als ich neunzehn war und das Leben ein einziger Blaubeerkuchen.

Ich trank mein Bier und hoffte, das Klingeln in meinen Ohren würde nachlassen. Sie kam aus der Dusche, in Jeans, die nicht zu eng waren, einem BH unter einem schlichten Baumwollhemd, ohne Make-up, die Haare trockengerubbelt. Sie hatte nichts Provokatives an sich, doch das Klingeln hielt an.

«Miss Wood», sagte ich.

Sie sagte: «Christina», und bei Gott, da stand sie, meine Frau... «Fein», sagte ich. «Mein Name ist Tony»... so wie ich stets gewußt hatte, daß sie sein würde.

Sie sagte meinen Namen, und ich war froh, ihn aus ihrem Munde zu hören.

«Ihr Anwalt, Mr. Haven, bat mich, Nachforschungen über den Tod Ihres Vaters anzustellen.»

«Nachdem er dazu gezwungen worden war. Wußten Sie das?»

«Wie meinen Sie das?»

«Sie wollten es nicht. Für sie bin ich nichts weiter als ein hysterisches Kind. Ich engagierte eine andere Anwaltskanzlei. Sie behaupteten, es gäbe einen Interessenskonflikt. Ich wußte, daß ein Interessenskonflikt bestand. Sie haben Daddy verfolgt, nicht angeklagt, verfolgt. Jetzt obliegt ihnen die Vermögensverwaltung, und sie blockieren eine Untersuchung, wer ihn getötet hat. Ich halte es immer noch nicht für richtig, daß sie das Vermögen verwalten, aber solange sie in wichtigen Dingen tun, was ich von ihnen verlange, ist es mir egal.»

«Gerichtsschlachten sind teuer.»

«Und ob, und bis die Sache mit dem Vermögen nicht geregelt ist, was Jahre dauern kann, kann ich mir das auch nicht leisten», sagte sie. Ihre Augen waren grün, ein sanftes Grün, Meergrün.

«Es freut mich, daß mein Honorar aus dem Nachlaß bezahlt wird; es ist mir immer lieber, wenn meine Klienten es sich leisten können, mich zu engagieren.»

«Ich bin mir nicht sicher, ob ich es mir leisten kann», sagte sie mit echtem Mißtrauen in der Stimme. «Für wen arbeiten Sie, für sie oder für mich?»

«Für Sie.» Auf immer und ewig.

«Wo also fangen wir an?» fragte sie in geschäftsmäßigem Ton. Nur wir beide waren in diesem Raum, und nur geschäftliche Betätigung konnte uns retten. Also kümmerten wir uns ums Geschäft.

«Wir haben beide den Polizeibericht gelesen», sagte ich. «Er ist direkt und ohne Umschweife abgefaßt; sie haben ihren Job erledigt. Autopsie und Spurensicherung sind umfassend, absolut umfassend. Sie haben befragt, wen sie befragen konnten, und dabei ist nichts herausgekommen. Jetzt brauchen wir einen Grund, um darüber hinauszugehen, um nach weiteren Dingen zu suchen.» Daß sie ein wunderschönes Hinterteil hatte, war zwar kein ausreichender Grund, aber manchmal reichte das.

Sie fragte mich, ob ich über die Umstände informiert wäre, die ihren Vater nach Virginia gebracht hätten.

Ich bejahte das. «Aber ist Ihnen irgendein ganz spezieller Grund bekannt, irgendein Motiv, mit dem wir anfangen könnten?»

«Alle wollten sie ihn loswerden.»

«Wer sind alle?»

«Alle, verdammt noch mal, jeder einzelne von ihnen. All diese Senior-Partner in dieser erhabenen, steifen, ausgestopften Anwaltskanzlei. Jemand hatte ihren geheiligten Namen beschmutzt. Ein Sakrileg, ein Sakrileg. Oder vielleicht hat er all das Geld gar nicht allein gestohlen. Es war eine Menge Geld, und das ging eine ganze Zeit so, ohne daß jemand was bemerkte. Hätte Daddy das alles alleine machen können? Ja, ich weiß, so steht es in den Akten. Er war unschuldig bis zum Beweis seiner Schuld, und das haben sie bewiesen, und mein Vater war ein Dieb.» Sie bemühte sich um ein ausdrucksloses Gesicht. Sie schluckte. «Armer Mann. Immer, immer hat er sich zu sehr bemüht.»

Sie fuhr hoch und rannte ins Schlafzimmer. Ich hielt sie nicht in meinen Armen, während sie sich die Augen ausheulte. Ich schlürfte mein Bier und wartete, während sie sich das Gesicht wusch.

«Tut mir leid», sagte sie, als sie zurückkam.

«Nicht nötig, das ist schon okay», sagte ich. Es mußte Männer in ihrem Leben geben, die all das sagten, was ich ihr sagen wollte. Es mußte!

Ich trank mein Bier aus. Sie ging in die Küche und holte zwei weitere Biere, eins für mich, eins für sich selbst; ich hatte vermutet, daß sie Designer-Wasser mit einem Schuß Zitrone trank.

«Ich bin wieder soweit», sagte sie, nachdem sie einen Schluck genommen hatte.

«Gut. Fahren Sie fort.»

«Ich wollte sagen, vielleicht half ihm noch jemand. Ich meine, es muß doch recht schwer sein, ganz allein acht Millionen Dollar zu klauen.» Beinahe hätte sie gekichert. Ihre Stimmungen wechselten schnell. Irgendwo zwischen der trauernden Tochter und der geschäftstüchtigen jungen Dame versteckte sich das unberechenbare Kind, das man auf Ibiza nicht schnell genug hatte finden können. «Ich mein, denken Sie doch nur mal dran, so viel Geld zu klauen, und ganz allein.»

«Fällt Ihnen sonst noch jemand ein, außer diesem Unbekannten?»

«Sie halten nicht viel von der Idee, was?» fragte sie trotzig.

«Ich glaube, wenn es jemanden gegeben hätte, dann hätte er ihn gegen irgendwelche Vergünstigungen oder Versprechungen hochgehen lassen. Ich meine, schließlich hat er seinen Hals zu retten versucht, indem er vor der SEC aussagte.»

«Vielleicht, vielleicht auch nicht. Er wandte sich nur gegen Leute, die sich zuvor gegen ihn gewandt hatten.»

Falls sie lediglich einen Hauch von Anstand für ihren Vater retten wollte, den er meiner Meinung nach nicht besessen hatte, so konnte ich nur ihre Loyalität bewundern. «Sonst noch jemand?» fragte ich.

«Goreman», sagte sie. «Charlie Goreman. Daddy haßte ihn zum Schluß. Er schuldete Daddy eine Menge. Er hatte Daddy alles zu verdanken, und er rührte keinen Finger, um ihn zu retten.»

«Wieso?»

«Ich kenn die Einzelheiten nicht, aber ich weiß, daß Daddy ihn während des Krieges rettete. Er sagte, ohne ihn wäre Onkel Charlie heute nicht mehr am Leben.»

«Onkel Charlie?»

«So nannte ich ihn, als ich noch klein war. Er war vernarrt in kleine Mädchen. Und er stand unserer Familie nahe.»

«Das klingt, als wäre er der Letzte, der...»

«Ich weiß nicht recht. Wenn man darüber nachdenkt, dann hat es Charlie Goreman furchtbar schnell furchtbar weit gebracht. Kann es jemand auf vollkommen legale Weise so schnell so weit bringen? Vielleicht wußte Daddy was von ihm. Ich hörte, er hätte ihm bei der Gerichtsverhandlung gedroht.»

«Waren Sie bei der Gerichtsverhandlung dabei?»

«Nein», sagte sie und trank hastig ihr Bier.

«Wieso nicht?»

Sie wehrte die Frage mit einem Kopfschütteln ab. «Und es hätte fast jeder aus der Spitzengruppe von Over & East sein können. Daddy wußte fast alles über alle. Vielleicht ein anderer mit einem großen, schmutzigen Geheimnis, und der hatte Angst, mein Vater würde darüber reden. So furchtbar viele Leute kommen in Frage.»

«Vielleicht versuchen Sie lediglich, seinem Tod eine tiefere Bedeutung zu verleihen», sagte ich.

«Darüber hab ich auch schon nachgedacht – ich bin so wütend, ich will einfach irgend jemand oder irgend etwas die Schuld geben. Als ein Onkel von mir starb, sagte meine Tante ständig, es wäre die Schuld des Arztes, der Arzt hätte es verpfuscht; ich hörte Leute sagen, es wäre Gottes Wille, aber es klang nie so, als würden sie es auch glauben...

Aber wenn er wirklich absichtlich getötet wurde, um ihn zum Schweigen zu bringen, dann wäre es doch recht geschickt, es wie einen normalen Raubüberfall aussehen zu lassen. Manchmal haben auch Paranoiker echte Feinde.»

«Das letzte Mal, als ich dachte, ein paar Leute wären hinter mir her», sagte ich, «da waren sie auch hinter mir her.»

«Danke», sagte sie.

«Aber ich brauch immer noch einen Ort, wo ich anfangen kann, nach einem Motiv zu suchen.»

«Als er verhaftet wurde und dann während der Verhandlung und vor allem, als er zu diesem schrecklichen Ort verurteilt wurde, da stieß er Drohungen aus...»

«Ja, ich weiß. Eine Menge Leute haben Schlimmeres über mich gesagt. Man braucht sich deswegen keine Sorgen machen, außer der Typ, der die Drohungen ausstößt, hat die Mittel und den Mut, sie auch wahrzumachen. Wenn sich also jemand genügend Sorgen machte, um Ihren Vater zu töten, dann deswegen, weil Ihr Vater über die nötigen Mittel verfügte, und sie glaubten, er würde sie auch einsetzen. Und niemand scheint zu wissen, worum es sich bei diesen Mitteln gehandelt haben könnte.»

«Tut mir leid, ich weiß es nicht. Tut mir leid.»

«Übrigens», sagte ich, «war Ihr Vater in irgendwelche Geschäfte in Südamerika verwickelt? In Kolumbien?»

«Nicht daß ich wüßte. Warum?»

«Wie steht's mit Kokain?»

«Daddy? Kokain?» Sie klang so ungläubig wie Choate Haven. «Oh, Gott, nicht daran zu denken.»

«Nicht mal als reine Geldanlage?»

«Weshalb fragen Sie?»

«Könnte es sein?»

«Ich kann nicht... ich schätze, es steht mir nicht zu, nein zu sagen.» Ihr hübsches Gesicht fiel wieder zusammen, und sie rannte erneut ins Bad.

«Es... es tut mir leid», sagte ich zu ihrem Rücken.

Ich hörte das Spritzen von Wasser, als sie sich das Gesicht wusch. «Warum? Warum haben Sie das gesagt?» fragte sie, als sie wieder aus dem Bad kam. «Wollen Sie damit auch noch das letzte zerstören, was von ihm übrig ist?»

«Hören Sie, es tut mir leid. Es war ein Schuß ins Blaue. Vor ein paar Jahren hatte ich einen Fall, da wurde ein Typ auf fast die gleiche Weise getötet, von einigen Kolumbianern wegen eines Coke-Deals. Sie versuchten, es wie einen Raubüberfall aussehen zu lassen, und stahlen den Wagen des Mannes.»

«Stimmt das? Haben Sie wirklich deshalb gefragt?»

«Weshalb ich wirklich gefragt habe? Weil ich einfach gar nichts in der Hand habe, und das wäre vielleicht eine Idee gewesen. Bis ich was anderes finde, muß ich mich weiter auf so weit her geholte Vermutungen stürzen.»

Das Geschäftliche war erledigt. Es gab keinen Grund mehr zu bleiben. Die Illusion, daß es für uns noch andere Dinge zu sagen und zu tun gab, hing schwer in der Luft. Meergrüne Augen, das emotionale Vibrieren ihrer Kehle, die langen Flanken, so lebendig, daß sie zu glühen schienen, dunkle Haare, in denen sich die Sonnenstrahlen verfingen, und ein großartiger Arsch, all das, so versuchte ich mir einzureden, waren oberflächliche Dinge. Nicht zu vergleichen mit so einer soliden, realen und wunderbaren Struktur, wie sie Glenda und Wayne in meinem Leben darstellte. Es war eine närrische Zeit, um närrisch zu sein. Wie immer.

BAUM – VOM BLITZ GETROFFEN

In dem Farmhaus in Virginia war von Edgar Wood nichts weiter zurückgeblieben als sein kristallener Cognacschwenker und die Flasche VSOP, in der sich gerade noch ein Doppelter befand. Ich saß auf seinem Stuhl und wirbelte den Brandy in seinem Glas herum.

«Sag mir, Geist, was war dein Geheimnis? Hat es sich gelohnt, dafür zu töten? Hat es sich, deiner Einschätzung nach, gelohnt, dafür zu sterben? Hast du es Mel Brodsky erzählt? Oder wolltest du es dir bis zum Schluß aufbewahren, als As im Ärmel? Sag mir, Mr. Wood, wußtest du, wie schön deine Tochter ist? Wenn du zurückschaust und wählen könntest zwischen zehn oder zwanzig oder wieviel Jahren auch immer und acht Millionen Dollar, für was würdest du dich entscheiden?»

Ich nippte an seinem Brandy, ließ ihm viel Zeit für eine Antwort, aber er war, wie ich mir schon gedacht hatte, so schweigsam wie ein Grab.

«Ich werd mit einer ganzen Menge Leute über dich reden müssen, Edgar. Am liebsten unterhalt ich mich ja mit deiner Tochter, aber ich muß auch mit der Polizei reden, mit Brodsky, und ich weiß nicht, wo ich da den Hebel ansetzen und wie ich da rankommen soll. Und bei Charlie Goreman, da braucht's noch mehr Hebelkraft. Und die Kolumbianer. Um dir die Wahrheit zu sagen, ich schreck da sogar ein bißchen davor zurück. Vielleicht will ich niemanden verletzen, vielleicht hab ich auch einfach nur Angst vor ihnen... verstehst du, da gibt es einen Punkt, wo wir übereinstimmen. Furcht und Rache, da treffen sich die Geister.

So long, Edgar», sagte ich und leerte seinen Brandy. «Das war das erste und letzte Treffen unserer Geister. Jetzt muß ich mich an die Arbeit machen.»

Mein Mikrofon und die Aufnahmegeräte nahm ich wieder an mich. Schließlich war das teures Spielzeug. Alles war intakt, die wassersichere Kiste hatte gute Arbeit geleistet, nur die Batterien waren leer. Außerdem war ich ungemein neugierig, ob jemand anderes hier eine ähnliche Vorrichtung installiert hatte.

Ich schaute in den Telefonhörern, in der Klimaanlage, unter der Heizungsverkleidung, hinter den Bildern an der Wand – von denen keines einen zweiten Blick wert war, falls man nicht gerade englische Jagdszenen liebte – und in der größten Sammlung von *Reader's Digest*-Büchern nach, die ich je gesehen hatte. Ich suchte alles ab, was eine Unterseite, eine Rückseite oder eine Innenseite besaß, sämtliche 112 verstaubten Deckenleisten eingeschlossen.

Ich schaute überall nach, bis es nur noch die Wände anzuschauen gab. Ich klopfte kräftig dagegen, und meine Knöchel sagten mir, daß es sich um eine solide Wand handelte. Die Zierleiste bestand aus hartem Holz, über das drübergestrichen worden war. Ich konnte es erkennen, weil jemand es angehoben hatte und die Farbe abgesprungen war... Oh!

Ich arbeitete mich vorsichtig vor, und nach ein paar Minuten hatte ich es. Gute Arbeit; das Gerät war direkt an eine Stromleitung angeschlossen.

Ich nahm meine Ausrüstung mit und ließ ihre an Ort und Stelle zurück. Dann machte ich mich auf den Weg zu Captain Robert E. L. Deltchev im Culpeper County Police Headquarters.

Ich hatte mir den Ort als ein Südstaatengericht mit einem Gefängnis vorgestellt, das nach grausamen Geheimnissen, kleinlicher Polizeigewalt und Rassendiffamierungen roch, gehalten im Neorealismus der vierziger Jahre von Warner Brothers. Doch das Revier war lediglich schäbig, überfüllt und funktional. Ein Polizeirevier, das überall in den USA hätte stehen können.

Der Cop hinter der Glasscheibe am Eingang sah aus, als hätte er das vorgeschriebene Pensionsalter um fünfundvierzig Minuten überschritten. Das Telefonvermittlungssystem, in dem er herumstöpselte, war zwanzig Jahre hinter der Zeit her. Er hatte einen Klumpen Kautabak in der Backentasche stecken, auf dem er mit träger Gleichmäßigkeit herumkaute. Zwischen den einzelnen Bissen erklärte er mir: «Captain iss nich da.»

«Wann wird er da sein?» fragte ich.

«Weiß wirklich nicht», sagte der Cop. Er bediente das Telefon und stöpselte die Kabel in die richtigen oder falschen Löcher. Das ging eine ganze Weile so zu; es bereitete ihm anscheinend keinerlei Mühe, mich zu ignorieren.

«Ich habe einen Termin», sagte ich. Er nickte und ließ eine Kaugummiblase aus dem Mund quellen. Das enttäuschte mich; ich hatte wirklich auf Kautabak getippt.

«Vielleicht können Sie ihn anrufen. Möcht wetten, er hat einen Streifenwagen, in dem Funk eingebaut ist. Vielleicht könnten Sie ihn daran erinnern, daß er eine Verabredung mit mir hat.»

«Glaub ich nich», sagte er und kümmerte sich weiter um seine Vermittlung, als dort Lämpchen an- und ausgingen.

Ich wartete. Ein paar andere Leute kamen und gingen, Cops und Zivilisten. Die merkwürdigste Gruppe wurde von einem sehr großen Mann in Uniform mit einem pockennarbigen Fleischklumpen als Gesicht angeführt, der angestürmt kam wie ein Zerstörer auf Patrouille. In seinem Kielwasser trudelten eine angespannt blickende Frau, die wie eine New Jersey-Hausfrau gekleidet war, und ein Mann, der mit einiger Wahrscheinlichkeit ein Zivilbulle sein mußte. Zehn Minuten später stürmten sie wieder hinaus.

Nachdem sie verschwunden waren, erkundigte ich mich erneut bei dem Cop am Empfang, «Wann und wo find ich Deltchev?»

«Warum haben Sie nicht mit ihm gesprochen, als er hier war?» antwortete er und schob sich einen neuen Kaugummi in den Mund.

«Wann war er hier?»

«Ist gerade gegangen.»

«Entweder ich hab den Film schon mal gesehn, oder ich hab das Buch gelesen», murmelte ich.

«Was für 'n Buch?»

«Kommt Deltchev zurück?» knurrte ich.

«Meistens», sagte er und bearbeitete seinen neuen Gummi.

«Ich geh auf einen Kaffee. Soll ich Ihnen noch ein bißchen Kaugummi mitbringen?» sagte ich.

«Das iss aber nett. Wirklich. Ich mag diesen Doublebubble mit Weintraubengeschmack», erwiderte er und bot mir sogar einen Nickel an. Ich nahm ihn.

Es war authentischer Südstaatenkaffee, der echtem Kaffee nur in der Hinsicht ähnelt, daß beide mit Wasser anfangen und warm serviert werden. Wenn ein New Yorker Kaffeeladen dieses Zeug einem N.Y.P.D.-Cop versetzen würde, dann würde der ihnen prompt den Laden wegen Betrugs dichtmachen. Und obwohl es Kühe in Virginia gab – was ich in Culpeper gesehen hatte, womöglich sogar mitten in der Stadt –, war das weiße Zeug, das sie mir in die warme, bräunliche Brühe geschüttet hatten, Milchpulver aus Ohio. Und dazu süße Hörnchen. Der pure Zucker.

Jetzt, wo ich wußte, wie Deltchev aussah – ein pockennarbiger Marinezerstörer –, wartete ich draußen, wo ich darüber nachsinnen konnte, wo der Duft der Magnolienblüten geblieben war.

Drei Stunden nach meiner Ankunft und nach weiteren drei Tassen warmen, gefärbten Wassers kam Deltchev wieder angedampft. Er hatte immer noch die gleiche Gruppe im Schlepptau, und ich reihte mich ein, wie ein weiteres Stück Treibgut, von seinem Kielwasser eingefangen.

Als es bei dem Versuch, Deltchevs Büro zu betreten, zu einem kleinen Verkehrsstau kam, fiel ihm meine Gegenwart auf.

«Wer sind Sie?»

Ich stellte mich vor und erinnerte ihn an unsere nun bereits um drei Stunden überschrittene Verabredung.

«Jetzt hab ich keine Zeit mehr», verkündete er.

«Hören Sie, Captain, ich bin den ganzen Weg von New York runtergeflogen, um mit Ihnen zu sprechen.»

«Möcht wetten, daß Ihre Arme verdammt müde sind.» Die Fleischklumpen seines Gesichts verzogen sich kurz zu einem Lächeln, damit wir alle wußten, daß es sich um einen Witz handelte.

«Es ist in der Nähe von Wasser, von fließendem Wasser», sagte die Frau, die wie eine Hausfrau aus New Jersey aussah.

«Hören Sie, Captain», sagte ich. «Ich habe hier drei Stunden auf Sie gewartet.»

«Sie muß sich konzentrieren», sagte der andere Bursche, der in der Polyesterkleidung eines Zivilbullen.

«Belästige mich nicht, mein Sohn», sagte Deltchev.

«Wir sind bereit, Ihnen alle Zeit zu geben, die Sie brauchen», sagte der andere Bursche zu Deltchev. «Aber nicht bei diesen Störungen.»

«Haben Sie gehört, haben Sie gehört, was der Mann sagte?» wandte sich Deltchev an mich und deutete dabei mit einem Finger, etwas kleiner als eine Zaunlatte, auf mich. «Und jetzt Schluß mit diesen Störungen.»

«Wedeln Sie mir nicht mit dem Finger vor dem Gesicht herum», knurrte ich.

Der Mann in Zivil trat zwischen uns und gab mir einen Stoß. Ich wollte nicht gerade einen Bullen in einem Polizeirevier niederschlagen. Es gibt einige Formen der Dummheit, die selbst ich übertrieben finde. Also sagte ich nur: «Wenn Sie mich verdammt noch mal anrühren, dann brech ich Ihnen den verdammten Arm.»

Anders als Deltchev hatte er ungefähr meine Größe, und ich wäre vielleicht dazu in der Lage gewesen.

In diesem Moment betrat ein schlanker, sehr adrett gekleideter Schwarzer die Szene, den ich ebenfalls für einen Cop hielt, und schob sich zwischen mich und den Rempler.

«Was gibt's?» erkundigte er sich ruhig. «Irgendein Problem?»

«Das verdammte Problem ...», begann ich zu erklären.

«Tillman», bellte Deltchev, «kümmer dich um ihn. Dan, du kommst mit mir. Wir haben zu tun.» Und damit stürmte er in sein Büro, gefolgt von den beiden anderen. Tillman blieb bei mir.

«Detective Tillman», sagte er mit dem gleichen Selbstbewußtsein. «Was kann ich für Sie tun?»

«Ich bin wegen Captain Deltchev extra von New York gekommen. Ich hatte einen Termin mit ihm vereinbart. Ich habe drei Stunden gewartet.»

«Sind von den Medien?» fragte er.

«Medien?»

«Also wahrscheinlich nicht», sagte er. «Wer sind Sie?»

Ich erzählte es ihm, gab ihm sogar meine Karte. Ich erklärte ihm, weshalb ich hier war.

«Ein Jammer, daß Sie nicht von den Medien sind», sagte er.

«Was geht hier vor?» fragte ich.

«Kommen Sie mit in mein Büro. Ich bin derjenige, der jetzt im Grunde die Wood-Sache in Händen hat. Tut mir leid», sagte er, während ich ihm folgte. «Sie sind zu einem schlechten Zeitpunkt gekommen. Bei uns sind ein paar kleine Mädchen verschwunden, drei Stück, und wir haben die Leiche einer vierten gefunden. Der Captain ist ein bißchen beunruhigt.»

Er bot mir einen Platz an, öffnete dann einen Aktenschrank und holte den Papierkram hervor. Ich beglückwünschte ihn zu dem großartigen Bericht und zu der gründlichen Polizeiarbeit.

«Gibt es noch irgendwas?» fragte ich. «Irgendeine neue Spur, irgendein Detail, das nicht ins Gesamtbild paßt oder vielleicht auch nur ein paar Gedanken und Vorstellungen, die nicht in den Bericht eingeflossen sind?»

«Der augenblickliche Stand entspricht fast genau dem Bericht. Ich geb Ihnen noch ein paar Hintergrundinformationen. In letzter Zeit hatten wir einen erheblichen Anstieg an Autodiebstählen. Scheint so, als erstreckt sich das über die ganze Gegend, bis rüber nach Maryland. Die Bande bearbeitet gern Einkaufszentren, vor allem, wenn es dort Restaurants gibt. Nicht *McDonald's* oder *Burger King*, sondern richtige Restaurants. Man kann sich ausrechnen, wenn ein Typ ein Restaurant geht, dann hat man ein oder zwei Stunden Zeit, bis er wieder rauskommt. Bis dahin ist der Wagen längst in irgendeiner Werkstatt, wo er umfrisiert wird. Das Ganze schaut sehr nach Organisation aus, denn es gibt ein Grundmuster, und außerdem sind sie recht wählerisch. BMWs, Volvos, Mercedes, Saabs, die kleineren Caddies, Lincolns. Alles, was teuer ist. Ich schätze, eine Menge der Wagen werden als Ersatzteile verkauft. Haben Sie eine Ahnung, was ein Austauschmotor für einen BMW kostet?

Wir hatten ein Opfer, vor drei Monaten. Er speiste mit seiner Frau und sagte, ‹Oh, Liebes, ich hab meine Brieftasche im Wagen vergessen.› In Wirklichkeit wollte er bloß zur Telefonzelle schleichen, um seine Geliebte anzurufen. Doch von der Telefonzelle aus sah er, wie zwei Burschen an seinem brandneuen Seville herummachten. Da er ohnehin schon in der Zelle war, wählte er den Polizeinotruf. Mittlerweile hatten die Burschen bereits die Autotür offen, was nicht länger als ein paar Sekunden dauert, und er rannte schreiend aus der Telefonzelle; die Burschen sprangen in den Wagen, mit dem sie gekommen waren, und rasten davon. Eine knappe Minute später erschien der Streifenwagen auf dem Parkplatz, aber die Burschen sind längst über alle Berge, und das Opfer hat sich nicht mal das Kennzeichen gemerkt, geschweige denn, wie das Auto der Burschen aussah.»

«Konnte er sie beschreiben?»

«Jung, groß, schwarz, das ist alles.»

«Wie schaut's mit Raubüberfällen oder Gewalttaten aus?»

«Drei in der Art. Große Ähnlichkeit mit unserem Fall. Zwei der Opfer wurden von hinten auf den Kopf geschlagen. Wir haben's hier entweder mit den gleichen Leuten zu tun, oder sie haben alle das gleiche Trainingsprogramm absolviert. Falls es ein Mord war, der so aussehen sollte, als würde er in Verbindung mit einem Autodiebstahl stehen, dann hat jemand seine Hausaufgaben sehr ordentlich gemacht.»

Die Tür knallte auf und ein weiterer schwarzer Cop in Uniform kam hereingestürmt. «Muß mit dir reden, Bill.»

Ungerührt sagte Tillman, «Was gibt es, Jimmy Lee?»

Der andere Cop warf mir einen Blick zu, doch Jimmy Lee sagte, «Nur zu.»

«Du kennst doch Nora Anne Johnson? Ihr gehört der Krämerladen oben in der Davis Road.»

«Mmmmh.»

«Sie ist eine brave Frau; arbeitet hart und geht in die Kirche. Sie wohnt in meinem Streifengebiet oder was zumindest mein Streifengebiet sein sollte, außer daß ich jetzt am anderen Ende des Bezirks nach einem vom Blitz getroffenen Baum in der Nähe von fließendem Wasser suche – gestern war's übrigens stehendes Wasser – währenddessen wurde sie ausgeraubt. Nora Anne arbeitet hart für ihre paar Nickel und Dimes, wirklich hart. Deshalb will sie das Geld auch nicht so einfach rausrücken, und deshalb hatten sie sie niedergeschossen. Sie haben sie niedergeschossen! Ich weiß ziemlich genau, wer's ihr besorgt hat. Ich weiß es. Aber der Captain, der läßt mich nach diesem vom Blitz getroffenen Baum suchen, und ich kann meinen wirklichen Job nicht erledigen, und der besteht darin, mich um die Menschen in meinem Streifengebiet zu kümmern. Kannst du da irgendwas unternehmen?»

«Jimmy Lee», sagte Tillman mit unendlich geduldiger Stimme.

«Scheiße, ich weiß ja, daß du's nicht kannst. Mußte bloß bei irgend jemandem Dampf ablassen.»

«Jimmy Lee, versuch einfach nur, die Sache nach Vorschrift durchzuziehen. Reich ein offizielles Gesuch ein. Schriftlich.»

«Du meinst... dann hat der Captain mich am Arsch.»

«Nur auf kurze Sicht. Auf lange Sicht stehen dir die Vorschriften zur Seite, wenn du dich an die Vorschriften hältst. Mach's richtig und danke Gott vom Verwaltungsdienst.»

«Haben Sie irgendwelche Freunde bei den Medien?» fragte mich Tillman, nachdem der Polizist gegangen war.

«Was läuft hier eigentlich ab?»

«Der Captain hat sich eine Psychopathin an Land gezogen. Ist extra von New Jersey gekommen. Sie hat ein ganzes Notizbuch voll mit all den Leichen, die sie gefunden hat. Und der Kerl, der Sie gestoßen hat, war – ich weiß nicht recht, was er wirklich ist – früher ein Cop, und jetzt fährt er nur noch mit ihr herum. Sie sind in New Jersey gewesen; erledigen die ihre Sachen auf die Weise?»

«Ich komm nicht gerade oft nach New Jersey.»

«Haben Sie eine Ahnung, wie viele Dienststunden er auf solchen Quatsch verschwendet, von dem Jimmy Lee gerade gesprochen hat? Und wieviel echte Arbeit nicht erledigt wird? Ich weiß es. Ich habe alles verfolgt.»

«Mir scheint, der Raubüberfall auf Edgar Wood ist ein bißchen anders abgelaufen als die anderen», sagte ich.

«Der Unterschied besteht darin, daß jemand gestorben ist. Es fängt damit an, daß die Kids Wagen für Vergnügungsfahrten knakken. Sie borgen sich eine Kiste, kurven ein bißchen damit herum und lassen sie stehn, als wär nichts gewesen. Dann rechnen sie sich aus, daß sie damit auch ein paar Kohlen machen können. Es ist ganz leicht. Beim erstenmal kriegt keiner eine harte Strafe. Sie kriegen Bewährung. Wenn sie das zweite Mal geschnappt werden und noch auf Bewährung draußen sind, dann haben sie wirklich was zu verlieren. Wenn sie also direkt bei der Tat erwischt werden, dann schnappen sie sich das erstbeste Stück, das ihnen in die Finger kommt. Zum Beispiel ein Bleirohr statt eines mit Sand gefüllten Sockens und schon liegt ein Toter auf dem Boden. Und das paßt genau zu den Fakten, die wir haben. Ich will nicht stur oder engstirnig erscheinen, aber bevor nicht irgendwas dagegen spricht, ist das die Richtung, in der ich ermitteln muß.»

Sein Telefon klingelte. «Jawohl, Sir... nein, Sir... so bald wie möglich... ich kümmer mich sofort darum», sagte er in den Hörer. Er legte auf und wandte sich an mich. «Wenn die Medien mal einen scharfen Blick auf diese Sache werfen würden, dann könnten wir uns vielleicht wieder um die wirkliche Polizeiarbeit kümmern. Ich mein die richtigen Medien, nicht den *Enquirer*, von dem Captain Deltchev bereits interviewt worden ist. ‹Polizei-Captain verblüfft von den Fähigkeiten berühmter Hellseherin›, so heißt die Schlagzeile. Idioten.»

«Wood war der Bundeszeuge, der vor der SEC aussagte.»

«Yeah, das weiß ich.»

«Wußten Sie, daß in dem Farmhaus, in dem er wohnte, eine Abhörvorrichtung installiert war?»

«Was sagen Sie da?»

«Ich sage, Mr. Detective, daß ich zu dem Farmhaus gegangen bin, in dem sie ihn versteckt gehalten haben, und dort eine Abhörvorrichtung entdeckt habe, die meiner Meinung nach nicht der SEC gehört, weil man sie dann wieder mitgenommen hätte.»

«Was hatten Sie dort oben zu suchen?»

«Ich wollte mich umschaun, wie es meine Pflicht ist, um alles, was ich finde, den örtlichen Behörden zu übergeben, was ebenfalls meine Pflicht ist, selbst wenn die mich einen halben Tag lang warten lassen.»

«Wie ist die Anlage versteckt?»

«Wollen Sie etwas unternehmen? Ist das der Anstoß, den Sie brauchen, um die Ermittlungen wieder aufzunehmen oder in eine neue Richtung zu leiten?»

«Ja, ich glaube, das könnte durchaus sein; natürlich sind wir momentan sehr knapp an Leuten und können dafür nur wenige Dienststunden abzweigen. Schließlich stehn die meisten unserer Männer im Dienste kosmischer Kräfte.»

«Oh.» Mehr brachte ich nicht heraus.

«Wenn allerdings eine große Nachrichtenagentur oder das Fernsehen sich mal ein bißchen um unsere Situation hier kümmern und sie ins rechte Licht setzen könnte, dann wäre ich vielleicht in der Lage, die Arbeit zu tun, die wir beide so gern getan sehen wollen.»

«Vielleicht kenn ich ein paar Leute.»

«Ich werd einfach mal glauben, daß Sie alles versuchen, was in Ihrer Macht steht, mit welchen Kontakten auch immer. In der Zwischenzeit werde ich mich zu dem Farmhaus begeben, mir die von Ihnen beschriebene Abhörvorrichtung ansehen, falls möglich Fingerabdrücke nehmen und ein paar Spuren verfolgen... was ich so und so tun würde, da ich ein Cop bin und einen Job zu tun habe... doch wegen Ihrer guten Absichten werde ich die gewonnenen Erkenntnisse mit Ihnen teilen.»

«Ich habe so ein Gefühl», sagte ich. «Darf ich offen sprechen?»

«Sie dürfen. Nur zu.»

«Wenn Deltchev geht, dann könnte vielleicht Bill Tillman der erste schwarze Captain der Detectives in der Geschichte von Culpeper werden.»

«Nun, ich glaube nicht, daß es so schnell gehen wird, obwohl das nicht schaden würde. Aber ich sage Ihnen, ganz gleich, ob es nun so oder so läuft, es würde diesem Schwachsinn ein Ende setzen. Und ich hasse schwachsinnige Sachen. Falls es mir je gelingen würde, diese Welt vom Verbrechen zu befreien, dann würde ich mir als nächstes den Schwachsinn und die Dummheit vorknöpfen.»

«Noch vor dem Rassismus?»

«Rassismus ist Teil der Dummheit.»

«Ich glaube, ich mag Sie, Detective», teilte ich ihm mit.

OWSLEY LEBT

Bürokraten hängen an ihren Geheimnissen wie Bankiers an ihren Zinsen. Geheimnisse sind die Münzen des Königreichs, sie verheißen Ansehen und Macht. Sie verleihen dem Bürokraten das, was er am innigsten ersehnt: ein Gefühl der eigenen Bedeutung.

Ich saß in meinem einsamen Motelzimmer. Wie sollte ich irgendwelche Geheimnisse aus diesem Brodsky herausholen? Das Problem schien unlösbar. Dann fiel mein Blick auf die im Zimmer ausliegende Bibel. Konnte sie die Antwort auf meine Frage liefern? Lagen die Lösungen für die Probleme in diesem Buch verborgen? Ein seltsames Gefühl überkam mich, so als würde mich eine fremde Kraft steuern, als ich nach dem Buch griff. Wie von selbst öffnete es sich an einer bestimmten Stelle: «Jener, der ein Weib nimmt, setzet sich aus, etwas zu verlieren.» Die Bibel in ihrer Weisheit wies hier auf die zahlreichen Möglichkeiten der Erpressung hin.

Es war ganz einfach: ich mußte lediglich Brodsky mit irgendeiner Nutte in einem *E-Z Sleaze Motel*, vorzugsweise auf einem Wasserbett, auf Video aufnehmen. Bei Scheidungsfällen hatte ich gelernt, daß Ehefrauen besonders wild werden, wenn ihre Ehemänner in Wasserbetten fremdgehen.

Die andere Möglichkeit war, eines seiner Kinder zu kidnappen und es gegen die Kopien der Aussagen wieder einzutauschen. In meiner Ehe hatte es keine Kinder, jedoch zwei Hunde gegeben, und um ihretwillen hatte ich das ganze zweite Jahr durchgehalten. Eines Abends dann setzten wir uns zusammen und redeten. Sie teilte mir mit, daß sie auch ohne mich zurechtkäme. Ein paar Jahre später begegnete ich einem der Hunde im Central Park, und er benahm sich so, als würde er mich kaum kennen. Meine Beziehung zu Wayne hatte mich gelehrt, wie weit jemand gehen würde, um ein Kind zu beschützen – und dabei war Wayne noch nicht einmal mein eigenes Kind.

Wenn ich einfach zu Brodsky ging und ihn fragte, konnte er schlimmstenfalls nein sagen. Danach konnte ich immer noch irgendwas Schreckliches unternehmen, damit er es sich noch einmal überlegte.

Auf die vage Chance hin, daß er schlichtweg anbot, «Ja, lesen Sie die Aussage in Ruhe!» marschierte ich zum Haus von Brodsky, zu einer Zeit, zu der er, wie ich hoffte, sein Abendessen bereits hinter sich hatte. Außer meinem jugendlichen Charme und einer Flasche Johnny Walker Black hatte ich nichts anzubieten.

Mel öffnete selbst, nachdem ich geklingelt hatte. Zum erstenmal sah ich ihn aus der Nähe. Sein rötliches Haar machte vorn allmählich einer hohen Stirn Platz. Er hatte blaue Augen. Weder himmel- noch stahlblau, weder Eis- noch Paul Newman-Blau, sondern einfach nur blau. Seine Haut war hell, und nach der ersten Stunde am Strand von Miami würde er einen Sonnenbrand haben. Er war kleiner als ich und hatte ein bißchen Übergewicht, hielt sich aber ordentlich in Schuß. Er sah aus, als könnte er, wenn man ihn dazu aufforderte, oft und leicht lächeln.

Ich stellte mich mit meinem echten Namen vor, zeigte meinen echten Ausweis und fragte, ob er ein paar Minuten Zeit für mich hätte.

«Worum geht's?»

«Sehen Sie, Mr. Brodsky, die Sache ist kompliziert. Warum bitten Sie mich nicht herein? Wenn Sie Scotch mögen, dann können wir diese zwölf Jahre alte Flasche knacken, und ich erklär Ihnen alles. Danach können Sie mich hinauswerfen, wenn Sie wollen.»

«Mel, wer ist da?» Die Stimme einer Ehefrau aus dem Inneren des Hauses.

«Ein Mann, der Scotch zu verschenken hat», rief er zurück und ließ mich herein.

«Das ist gut», ertönte die gleiche Stimme. In einer Hose, einer weiten Bluse und barfüßig kam sie ins Wohnzimmer. Jetzt erst bemerkte ich, daß auch Mel barfüßig war. Sie war größer als er.

«Ein Privatdetektiv», sagte sie nach meiner Vorstelllung. «Wie bezaubernd.»

Das Wohnzimmer war in erster Linie gemütlich und in zweiter Linie kindersicher eingerichtet. Mel holte Eis und Gläser, ich öffnete die Flasche.

«Worum geht's?» wiederholte er.

Ich zögerte. Mrs. Brodsky erfaßte die Situation schnell. «Ist das eine Sache, bei der ich besser nicht dabei bin?»

«Ich weiß es nicht.» Mel zuckte mit den Schultern.

«Ja», sagte ich. Wenn ich einen Mann darum bitten will, einen dienstlichen Vertrauensbruch zu begehen, dann ziehe ich es vor, das nicht in Gegenwart des höchsten Symbols der Wohlanständigkeit – der Ehefrau – zu tun.

«Na schön», sagte sie, nicht im geringsten gekränkt. «Dann nehm ich eben meinen Drink und geh ins Bett. Wenn Sie mit meinem Mann fertig sind, dann schicken Sie ihn mir bitte nach.» Ich mochte sie.

«Mr. Brodsky, Sie haben die Zeugenaussagen eines Mannes namens Edgar Wood entgegengenommen.»

«Sagen Sie Mel zu mir.»

«Okay, Mel. Ich heiße Tony. Es hat wohl nicht viel Zweck, um den heißen Brei herumzuschleichen. Ich untersuche seinen Tod.»

«Sie kommen mir irgendwie vage bekannt vor», sagte er und schaute mich an, auf der Suche nach einem Zeitpunkt oder einem Ort, zu dem mein Gesicht paßte. Ich schloß mich der Suche an, schaute zurück und konnte nichts Bekanntes entdecken.

«Die Familie hat mich engagiert. Sie glauben, mit dem Raubüberfall sollte lediglich ein gezielter Mord vertuscht werden.»

«Ich komm einfach nicht drauf, woher ich Sie kenn. Sind Sie aus D. C.?»

«Nein», sagte ich.

«He! Haben Sie mal Jura gemacht?»

«Ein Jahr. Yale.»

«Hmmmm. Ich bin auf die N.Y.U gegangen. Was ist mit College?»

«Stony Brook.» Langsam begann es mir zu dämmern.

Keine Chance mehr, ihn wiederzuerkennen. Sie hatten ihn *A.K.A.* gerufen, und dieses schüttere, rötliche Haar war voll, gekräuselt und gigantisch gewesen. Nicht direkt Afrolook, aber viel hatte nicht gefehlt. Ein wirrer Kranz um überschwengliche Augen und Lippen, die im chemischen Glanz funkelten. *A.K.A.* bedeutete *Acid King Also.*

«Tony C., der letzte der Brooklyn-Greaser», sagte er gedehnt.

«Ohhhh, wow!» riefen wir im Chor. Es war wirklich ehrfurchtgebietend. Eine Sturmbö aus der Vergangenheit. Es war das erste Mal, daß ich «Ohhh, wow!» gesagt hatte seit dem republikanischen Aufstieg von '68.

Erinner dich, oh erinner dich, als die Welt noch schlichtweg verrückt war und nur darauf wartete, neu geformt zu werden. Da ging immer nur die Sonne auf, wenn man ein Mädchen in dem Gefühl des sanften Nachglühens nach Hause brachte und *A.K.A.* begegnete, der durch die Bäume trieb. Oder Sonnenuntergang, wenn wir in einer nebligen Winternacht ein Freudenfeuer entzündeten, unter den Sandklippen der Felsen vom Long Islands-Nordufer. Der Schein des Feuers und das Sonnenlicht ließen das Rot und Gold seiner Aura aufblitzen, und sein Köprer bewegte sich mit der ungeschickten Grazie eines Teddybärs, der sich für eine Waldfee hielt.

«Du fragst dich wahrscheinlich», sagte er mit einem Grinsen, das dem alten Grinsen sehr ähnlich war, «wie ich von dort» – seine Hand deutete irgendwo in den Äther – «schließlich hier gelandet bin. Ich werde es dir sagen.

Ich hatte eine Vision. Die meisten Leute sehen, wenn sie eine Vision haben, die Welt des Geistes vor sich. Sie sehen Gott – mit dem Tom Landry eine ganz persönliche Beziehung unterhält. Sie sehen den Kosmos. Aber rein zufällig hatte ich mit dem Kosmos schon was laufen. Es ist es, und es ist ich, alles sehr angenehm. Deshalb war meine Vision mehr weltlicher Natur.»

Ich nickte, als würde das alles irgendeinen Sinn ergeben.

«Ich war von der Schule abgegangen. Ich kam auf meinem Weg nach Tanger von der Westküste zurück an die Ostküste und fand mich in der Grand Central Station wieder. Entweder wollten wir von da irgendwohin fahren, oder jemand hatte vorgeschlagen, wir sollten noch einen Blick auf die Züge werfen, bevor sie wie die Dinosaurier ausstarben. Es war die Rush-hour, an einem Donnerstag.

Ganz plötzlich, als wäre ein himmlischer Damm gebrochen, kamen sie wie eine Flutwelle angeströmt. In richtigen grauen Flanellanzügen. Erinnerst du dich noch an die Zeiten, als Kleidung noch Uniformen waren, als sie gleichbedeutend mit Statements waren? Sie gab einem Identität. Jedenfalls wurden wir von einer Menge richtiger Owsleys – dem Mann von der Straße – davongeschwemmt, und ganz plötzlich betrachtete ich all diese Leute mit den Augen der Liebe. Der Mythos ging dahin, daß sie alle unterdrückte graue Automaten waren, gefangen in einem kafkaesken amerikanischen Traum.

Ich durchstieß diesen Mythos. Das waren Menschen. Sie funktionierten, hatten Heime, Mann-Frau-Beziehungen, zogen Kinder groß. Und ich erkannte, daß Hippie, Soldat, grauer Anzug, Philosoph oder Trainer – all das war das gleiche, wenn man nur ein menschliches Leben lebte.

Urplötzlich fühlte ich mich frei. Ich war frei. Ich konnte mich anpassen.

Ich rannte aus dem Bahnhof, drängte mich durch die Menge, auf der Suche nach dem nächsten Geschäft der Brooks Brothers. Und da war auch schon eins, auf der Madison Avenue. Während ich mich zur Krawattenabteilung durchkämpfte, zerbrach ich mir den Kopf, ob das auch alles wahr sein konnte, ob es möglich war. Sie hatten wunderschöne Krawatten, Seide, Baumwolle, gestrickt. Einige von erlesener Langweiligkeit, andere ausgeflippt verspielt. Schon nach dem ersten Blick wußte ich, daß irgendwo auf diesen Ständern meine Krawatte auf mich wartete.»

«Ohhh, wow», sagte ich zum zweitenmal nach anderthalb Dekaden. «Du hast also die Krawatte gekauft, wurdest ein braver Spießbürger und schworst den Drogen ab», beendete ich seine Geschichte.

«O nein. O ja. O nein», stellte er klar.

«O nein? O ja? O nein?» fragte ich.

«Ich hab die Krawatte geklaut.»

«Natürlich.» Das hätte ich wissen müssen.

«Ich wollte ein Buch schreiben, mit dem Titel *Klau diese Krawatte!*, aber dann schrieb schon Abbie sein Buch.»

«Eine großartige Gelegenheit dahin.»

«Yeah», seufzte er, der Sache immer noch nachtrauernd.

«Du wurdest bürgerlich», trieb ich ihn weiter.

«O yeah, ich ging zurück zur Schule und strengte mich an. Ich erkannte in einer Vision...»

«Einer anderen Vision», unterbrach ich ihn.

«Nein. Nein. Gleiche Vision, in Grand Central. Ich erkannte, alles war ein Spiel. Ich erkannte, daß ich das Spiel spielen konnte.»

«Aber die Drogen hast du nicht aufgegeben?»

«Selbstverständlich nicht», sagte er entschieden. «Wie sonst hätte ich mir den Kopf klarhalten können?»

«Oh.»

«Du kannst dich bei diesen Spielchen verlieren, Mann, wirklich verlieren. Du kannst zu einer Flipperkugel werden, die vollkommen außer Kontrolle durch die Gegend saust, und dabei vollkommen vergessen, daß du eigentlich der Flipperspieler sein solltest.»

«Verstehe», sagte ich, obwohl mir ganz und gar nicht klar war, ob ich wirklich verstand.

«Jedes Jahr fahren wir in Urlaub, an irgendeinen verlassenen Strand oder hoch in die Berge, und dann lassen Priscilla und ich uns fallen. Das bläst einem die Spinnweben raus.»

«Oh. Klingt nicht übel.»

«O yeah, das sorgt für eine unglaublich gesunde Beziehung. Du weißt ja, die meisten Pärchen, vielleicht sogar alle modernen Paare, reden davon, wie ehrlich und offen ihre Beziehung ist, aber das ist meistens schlichter Blödsinn und billiger emotionaler Chic. Ich mein, die Frauen lernen von *Cosmo, Redbook* und *Donohue,* daß es so sein sollte; die Männer erfahren es von *Penthouse* und ihren Frauen. Wenn du dir die Quellen anschaust, dann merkst du, was für unglaublich verlogene Signale ausgesandt werden. Alle schreien sie, ‹Ehrlichkeit, Ehrlichkeit, Ehrlichkeit!›, aber der Umgang miteinander entspringt ‹Hochmut, Betrug und Hochmut›.»

«Ich weiß nicht, Glenda – das ist die Frau, mit der ich zusammenlebe – schwört auf *Donohue.*»

«Das tun sie doch alle. Aber wenn du der Sache nicht wirklich auf den Grund gehst, wenn du nicht wirklich mal rausgehst, wo du zurückschaun und deinen eigenen Scheiß sehen kannst und das schwammartige Zeug, das in deinem Geist wuchert, Furcht, Unsicherheit, die unaufrichtige Verschlagenheit deiner eigenen Verteidigungsargumente, wo du den Müll als Müll sehen kannst, wenn du das nicht machst, dann kannst du auch nicht ehrlich sein, selbst wenn du willst.»

«Und das funktioniert?»

«O yeah...» Er dehnte die Worte, wie es nur ein wahrer Raumkadett kann, «... es ist wunderschön.»

«Priscilla», rief er nach einigen Momenten der Selbstbesinnung. Sie kam herunter, und Mel hielt bezüglich meiner Person eine begeisterte Einführungsrede. Dann erkundigte er sich, wie es mir ergangen war.

Vielleicht lag es an der Raumkadettenatmosphäre, die sich hinter der grauen Flanell-Fassade ausbreitete, oder es war der taktische Entschluß, daß man mit Ehrlichkeit und Offenheit weiterkommt; jedenfalls erzählte ich mehr von der Wahrheit, als ich erwartet hatte.

«Du hast Jura gemacht», gab er mir das Stichwort.

«Ich hab's hingeschmissen», sagte ich.

«Warum denn? Jura ist doch ein umwerfendes Spielchen.» Er kicherte zusammen mit Priscilla über irgendeinen gemeinsamen Witz. Er ließ sich von der Couch rutschen und setzte sich auf den Boden, wo er sich offensichtlich wohler fühlte. Sie rutschte hinüber, so daß sie ihm mit einem Finger durch die Überreste seines roten Schopfes fahren konnte.

«Mein Vater starb. Es war im Sommer nach meinem ersten Jahr. Ich arbeitete während der Semesterferien in einer dieser Wall Street-Firmen. Ich redete mir damals ein, daß ich... daß ich in gewisser Weise auch eine Vision hatte. Aber es war eine Vision, die Dinge abschließt und nichts öffnet. Sie hatten all die Geistesgrößen, das Beste vom Besten, und benützten die Leute als Hühnerscheiße, als Assistenten der Senilen und Korrupten. Die Unterwürfigkeit war noch beschissener als bei der Army. Die Army war eine Welt blinden Gehorsams, und man erwartete von einem Soldaten, daß er versuchte die Regeln zu umgehen. In der Anwaltskanzlei herrschte freiwillige Unterwürfigkeit, und man erwartete von den Mitarbeitern, daß sie es auch noch liebten. Das Jurastudium machte Spaß. In der Anwaltskanzlei galt es Formulare und alles. Das war der Grund, jedenfalls der Grund, den ich damals mir gegenüber anführte.»

Ich schenkte mir einen weiteren Drink ein und machte es mir auf dem Fußboden bequem.

«Aber vielleicht stimmte das gar nicht. Für meine Mutter blieb genügend Geld übrig, wenn ich ihr alles überließ und sie es richtig investierte. Wenn sie bis zu ihrer Pensionierung zusätzlich arbeitete, konnte sie gut über die Runden kommen. Oder ich hätte die Kohle nehmen und die Schule abschließen können. Aber dann hätte ich ihr was geschuldet, dann wäre ich verantwortlich gewesen. Eingesperrt. Ich hätte den Abschluß machen müssen, einen guten Abschluß, und dann einen Job bei einer der großen Anwaltsfirmen annehmen müssen, abhängig vom großen Geld. Vielleicht ging's auch darum.»

«Eines Tages», sagte Priscilla, «möchtest du vielleicht erwachsen werden.»

«An einer ganzen Menge von Tagen», erwiderte ich, nicht im mindesten gekränkt, «ziehe ich das in Erwägung.»

«Gab es nicht noch eine andere Möglichkeit, um für den nötigen Lebensunterhalt zu sorgen?» fragte Mel.

«Yeah, ich hatte... habe einen Onkel Vincent. Aber dann wäre ich ihm was schuldig gewesen.»

«Was er braucht», sagte Mel und schaute seine Priscilla an, «ist die Liebe einer braven Frau. Um ihm den richtigen Weg zu zeigen.»

«Das mag sein, aber was ich jetzt erst mal brauch, ist die Edgar Wood-Story.»

«Armer Edgar», sagte Priscilla. «Er war so ein alberner Mann... Er nahm das alles sehr ernst, nicht wahr, Mel?»

«Yeah, er hatte kein Gefühl dafür, daß es ein Spiel ist. Überhaupt kein bißchen Gefühl für Spaß.»

«Muß ja recht deprimierend für dich gewesen sein, mit ihm zusammenzuarbeiten», deutete ich an, um langsam an den Kern der Sache heranzukommen.

«Edgar Wood», sagte Mel, «handelte so, als wäre alles real. Er war sehr ernsthaft.»

«Attica ist sehr real», sagte ich automatisch. «Gefängnisaufenthalte haben so eine Art und Weise, den Sinn für Humor zu untergraben.»

«Ich glaube, ich verstehe, was du meinst», sagte Priscilla. «Man muß schon einen sehr starken Kern haben, ein sehr festes, unbeirrbares Gespür für die Irrealität, um sich seinen Sinn für Humor im Gefängnis zu erhalten.»

«Oh wow, Gefängnis», sagte Mel, als käme ihm diese Idee zum erstenmal. Er wurde allmählich betrunken. «Wir hätten ihn da rausgehauen, verstehst du.»

«Wirklich?»

«O yeah, so wird das Spiel nun mal gespielt.» Er strahlte. «Tauschgeschäfte bilden die Grundlage aller Spielchen. Vor allem, wenn es um die Einhaltung der Gesetze geht.»

«Er hat dir also gutes Material geliefert, huh?»

«Ehrlich?» fragte Mel. «Ehrlich und aufrichtig?»

«Yeah, warum nicht», sagte ich.

«Tauschgeschäft», sagte er.

«Was?»

«Tony», machte mich Priscilla netterweise aufmerksam, «was hast du anzubieten für Informationen über Edgar Wood?»

«Yeah, ein Tauschgeschäft», wiederholte Mel, schlau und betrunken.

Ich probierte die Chose mit der verzweifelten, von Kummer und Trauer heimgesuchten Tochter, die erst dann wieder ruhig schlafen konnte, wenn der Beweis erbracht war, weshalb ihr Daddy sterben mußte. Vielleicht hatte es was damit zu tun, daß mir was an ihr lag, jedenfalls lieferte ich eine verdammt gute Vorstellung.

«Tony, das ist ja alles recht interessant. Und es ist wirklich ganz toll, daß du ebenfalls ein Nicht-Harvard-Mann bist. Ein Schüler von Old State U und City High. Genau wie ich. Und Priscilla findet dich womöglich niedlich...»

«Eindeutig», sagte sie.

«Aber. ABER! Als Anwalt. Als ein Mann von Ehre. Als Gentleman. Ich habe geschworen, keinen Buchstaben, kein Pünktchen, kein Komma, keinen Strichpunkt von dem zu enthüllen, was unser Zeuge, der dahingeschiedene Edgar Wood, mir anvertraut hat... Außer! Außer du hast irgendwas dafür anzubieten.»

«Ich kann kaum wissen, Mel, was ich anbieten soll, wenn ich nicht weiß, was die Sache wert ist, die ich haben will.»

«Probier's.» Mel genoß sein Spielchen.

«Hör mal, Mel, hier geht's um Mord. Mir ist Over & East scheißegal und die Spielchen im Aufsichtsrat; ich kann dir sofort garantieren, daß die kein Wort von mir erfahren. Ich such lediglich ein Motiv für einen Mord.»

«Du hast den springenden Punkt nicht mitgekriegt, alter Kumpel», sagte Mel.

«Doch, doch, ich versuche mich bloß daran vorbeizumogeln.»

«Tony, es heißt quid pro quo, wie du mir so ich dir und all das. Außer du willst bloß über alte Zeiten plaudern, was ich für eine tolle Idee halte.»

«Willst du was Schlüpfriges über Over & East?» murmelte ich, und er nickte. Seit fast zwanzig Jahren ermittelten sie gegen Over & East, ohne etwas Solides in Händen zu haben.

«Ich weiß nicht recht, vielleicht hab ich da was. Es könnte eine Kokain-Connection geben.»

Seine Spieleraugen wurden wieder hell und klar, und ich hätte schwören können, daß sich eines seiner Ohren tatsächlich aufstellte, wie bei einem Beagle. Er wartete, daß ich weiterredete. Ich wartete ebenfalls.

«Worum geht's?»

«Was steht in den Zeugenaussagen?»

«Erzähl mir, was du weißt, und wenn es was taugt, kannst du die Aussagen lesen.»

«Ich muß da noch ein paar Spuren verfolgen und ein paar Details klären», sagte ich. «Das wird Zeit und Geld in Anspruch nehmen, und gefährlich ist es auch. Aber ich werde es tun. Ich werde es für dich tun. Laß mich einen Blick auf die Aussagen werfen, weil ich vielleicht eine Verbindung entdecke, die du nicht erkennen kannst, und weil es mir bei dem, was ich zu ermitteln habe, behilflich sein wird. Dann mach ich mich an die Arbeit und berichte dir alles, was ich erfahren hab.»

«Tony, ich würde dir gerne vertrauen», sagte Mel aufrichtig.

«Das würde er», säuselte Priscilla. «Er liebt es, den Leuten zu vertrauen, aber er tut es nie. Das ist Teil des Spiels.»

«Also gut, ich werde folgendes tun», sagte Mel. «Und das auch nur, weil wir uns von früher kennen. Du lieferst mir einen Hinweis, auf dem ich einen Fall aufbauen kann oder der wichtig genug ist, um als Bestandteil eines Falles zu dienen, dann kannst du die Zeugenaussagen lesen.»

CAPPUCCINO

Gene Tattalia hatte seine Hausaufgaben gemacht. Der Typ auf dem Vordersitz, der das Reden besorgt und mir ums Haar das Ohr abgeschossen hatte, war Hencio deVega. Er arbeitete bei der kolumbianischen Handelskammer und hatte den Diplomatenstatus.

Genes Leute hatten ihn zwei Tage lang observiert. Am ersten Tag hatte er sie nervös gemacht. Beim Fahren drehte er sich ständig um. Sie dachten, er hätte gemerkt, daß er beschattet wurde, aber damit lagen sie falsch. Nach einer Weile erkannten sie, daß deVega sich nach jeder Blondine umdrehte. Nach jeder – von honig über platin bis schmutziggelb.

Um ihn aus der Reserve zu locken, hatte Gene einen unglaublich komplizierten Plan entwickelt, der auf dem Letelier-Fall basierte. Letelier, chilenischer Ex-Botschafter, war mitten in D.C. ermordet worden. Agenten des US-Justizministeriums verfolgten die Spur der Bombenleger bis nach Chile und setzten deren Auslieferung durch, obwohl die Killer für die chilenische Geheimpolizei arbeiteten. Nebenbei erreichten sie noch die Absetzung des Colonels, der die Geheimpolizei leitete. Als Folge davon war die einzige Person, die einen kriminellen, südamerikanischen Diplomaten in Angst und Schrecken versetzen konnte, ein Agent des Justizministeriums. Der Fall, so versicherte mir Gene, wäre südlich vom Rio Grande eine absolute Legende.

«Dieser Fall braucht», sagte ich, «eine Blondine und eine Kugel aus einem .45er. Das ist die einzige Sprache, die diese Burschen verstehen.»

«Was diesem Fall fehlt», biß Gene zurück, «ist Einfallsreichtum, Eleganz, Kreativität. Ich möcht wetten, Sie wollen sogar Franco Polatrano einsetzen.»

«Was'n los m't Franco?» sagte ich.

«Was'n los m't Franco iss, daß er so redet.»

«So übel», sagte ich großzügig, «klingt es gar nicht.»

Gene besorgte Whitney, eine einsfünfundsiebzig große, aschblonde, erstklassige Nutte, zum Discountpreis von 350 Dollar pro Nacht, basierend auf dem Versprechen, daß sie lediglich zu schauspielern brauchte. Normalerweise verdiente sie wesentlich mehr, doch im Augenblick hatte sie eine kleine Infektion, und der Zahnarzt hatte ihren Gaumen in Arbeit, also waren Versprechungen alles, was sie guten Gewissens liefern konnte; wir waren die einzigen, die bereit waren, allein für Versprechungen zu zahlen.

Den .45er besaß ich bereits.

Am ersten Abend, an dem wir deVega folgten, war er in Gesellschaft. Am zweiten Abend ging er allein aus. Als er ein Restaurant in Georgetown besuchte, folgten ihm Gene und Whitney. Ein ordentliches Trinkgeld brachte ihnen einen Tisch ganz in der Nähe von Hencio ein.

Gene ist ein Typ, der keine Zeit verschwendet. Er wartete bis Ende der Vorspeise, bevor er den Streit vom Zaun brach.

«In letzter Zeit hast du Anton ziemlich oft gesehn», sagte er.

«O Gene, sei nicht albern, du weißt, daß zwischen uns nichts ist.»

«Früher war mal was», murmelte er düster.

«Das war vor langer, langer Zeit.»

«Du nennst sechs Monate eine lange Zeit!»

«Neun Monate, Darling, mindestens neun Monate.»

«Du hast ihn wiedergesehen. Das merk ich doch.»

«Gene, ich schwöre dir...»

«Wann immer du einen dieser dunklen, südländischen Typen siehst, dann mußt du einfach deine kleinen weißen Beinchen breitmachen, nicht wahr... nicht wahr?»

«Hör auf, Gene», flüsterte sie. «Die Leute können uns hören.»

«Laß sie doch», schnappte Gene. «Ich bin schließlich nicht die Schlampe.»

«Du bist ein echter Bastard, das bist du», sagte sie mit gesenktem Kopf; während ihre Finger an der Serviette zerrten, gab sie einen kleinen Schluchzer von sich.

«Das sind wir, der Bastard und die Hure.»

«Gene, bring mich nach Hause», sagte sie mit unterdrücktem Schluchzen in der Stimme.

«Um mir», erwiderte er langsam und bösartig, «noch eine Dosis von dem Tripper zu holen?»

Mit einem damenhaften kleinen Japser verpaßte Whitney dem guten Gene einen Schlag, so realistisch wie seine Anschuldigung. Gene schlug zurück. Wie auf ein Stichwort hin erhob sich deVega, um die Ehre der Lady zu verteidigen.

«Ein Mann, der eine Frau schlägt, ist kein Mann!»

«O yeah!» Gene erhob sich und baute sich vor ihm auf. «Ich sag dir was, wenn du sie willst, dann kannst du sie haben. Warum auch nicht, alle anderen hatten bereits das Vergnügen.» Das waren seine Abgangsworte.

«Kann ich Ihnen behilflich sein?» erkundigte sich deVega eifrig bei Whitney. «Das war ja schrecklich. Eine Schande.»

«Nein, nein», schnüffelte sie. «Kümmern Sie sich einfach nicht um mich.»

Der Kellner hatte Gene hinausstürmen sehen. Wie in vielen anderen Restaurants war auch hier der Kellner für die Rechnung verantwortlich. Er geriet in Panik, und fast augenblicklich bekam Whitney die Rechnung unter die Nase gehalten. Mit den Tränen kämpfend holte sie ihre Geldbörse hervor, die wie geplant leer war. Sie begann verzweifelt zu suchen. Wie eine Forelle nach der Fliege, so schnappte deVega nach der Rechnung.

«Das übernehme ich», bellte er den Kellner an. «Sehen Sie nicht, daß die Lady außer sich ist? Bringen Sie ihr einen Brandy.»

Whitneys Hinterteil schwenkte einladend hin und her, als sie vor deVega die Stufen zu der chicen, kleinen Georgetownwohnung hochging, die Gene für eine Woche gemietet hatte. Dieses sanfte Rollen schob das bißchen, das von deVegas Verstand noch übrig war, hinter seinen Reißverschluß zurück. Sie öffnete die Tür. Er trat ein. Sie machte die Tür wieder zu – von außen.

Franco saß in einem Lehnstuhl. Dunkle Sonnenbrille, weiße Seidenkrawatte, dunkles Hemd, den flottesten Seidenanzug, den wir in der kurzen Zeit hatten auftreiben können, und ein Colt Magnum. Auf dem Colt steckte ein Schalldämpfer, was ihn noch größer aussehen ließ als Dirty Harrys Colt.

Gene kam aus der Küche. Er hatte einen .45er mit Schalldämpfer in der Hand. Ich folgte ihm. Verglichen mit Franco war sowohl mein Anzug als auch meine Waffe ein Muster an Geschmack und Zurückhaltung. Von meiner Krawatte konnte man das unglücklicherweise nicht behaupten.

«Isser das?» sagte Gene aus dem Mundwinkel heraus.

Gene mochte es nicht, wenn man Italiener stereotypisierte. Aber ich hatte ihn davon überzeugt, daß Stereotype leichter zu verstehen sind, und daß Klischees eine gewisse Klarheit besitzen.

Ich nickte und ging auf deVega zu. Ich schlug ihm den Lauf meines .45ers hart gegen den Kopf. Das war ein Klischee, aber es ging einfach darum, deVega nicht mit originellen Einfällen zu verwirren. Außerdem genoß ich es.

«Okay, Kid», sagte Gene, «wir kümmern uns drum.»

«Gino, ich will's ihm selber besorgen.»

«Kid, dein Onkel Vincen' sagt, du sollst's nich' selber erledig'n, kapiert? Überlaß einfach uns die Chose.»

«Was wollt ihr?» sagte deVega.

Ich verpaßte ihm ein Klischee, genau in den Solarplexus. Keuchend kippte er nach vorn. Ich gab Franco ein Zeichen, der sich mit untadeliger, lautloser Würde erhob. Er durchquerte den Raum, so schweigsam und solide wie der Tod selbst, bis er dicht vor deVega stand.

«Ich besitze den Diplomatenstatus», japste deVega. «Meine Regierung...»

Francos Rückhand kam ohne jede Vorwarnung und warf deVega zu Boden. Franco lächelte und rückte seine seidenen Manschetten zurecht. Er jagte mir einen Mordsschrecken ein, und ich wußte immerhin, daß er bloß schauspielerte.

Ich kniete nieder und rückte die Mündung meines Colts gegen deVegas Ohr. Franco rammte deVega seinen Schalldämpfer in die Eier.

«Was zum Teufel hast du für ein Interesse an Edgar Wood?»

«Ich weiß nicht, wovon Sie sprechen.»

«Hencio», sagte ich, «es wird dich wesentlich glücklicher machen, wenn du es weißt.» Er antwortete nicht, also erklärte ich es ihm. «Hencio, Franco wird dir jetzt die Eier abschießen.»

«Das könnt ihr nicht tun», sagte er.

Franco drückte ab.

Es war eine Platzpatrone. Aber selbst eine Platzpatrone enthält Pulver und irgendeine Füllung, meist Wachs, um die Treibladung an Ort und Stelle zu halten. Hätte das Wachs direkt die Genitalien getroffen, dann hätte es bei der Wucht ernsthaften Schaden anrichten können. Doch Franco war ein vorsichtiger Mann, und so hielt sich der Schaden in Grenzen. Es riß lediglich deVegas Kleidung auf und fetzte etwas Haut von der Innenseite seines Oberschenkels; die heißen Gase aus dem Lauf versengten den Fleck wie eine Flamme.

DeVega kreischte. Sein Urin löste sich und plätscherte auf den Boden. Seine Hände umklammerten seine Genitalien.

«Sprich mit mir, Hencio.» Sehr sanft, sehr müde.

«Ich hab dir nichts getan, tu mir auch nichts, bitte.»

«Sprich mit mir, erzähl mir von Edgar Wood.»

«Ich hab dir nichts getan, ich wollt dich bloß warnen.»

Ich schlug ihm ins Gesicht.

«Wir hatten Angst, er würde reden.»

«Worüber?»

«Wer seid ihr?» bettelte er.

«Wir sind die Leute, bei denen man sich keinen Scheiß erlauben darf, Scheißkopf. Und jetzt red, bevor mich die Sache langweilt, und ich Franco das tun lasse, weshalb er hier ist.»

«Es geht um das, was wir mit Charles Goreman gemacht haben.»

Endlich. Da war es. «Was?» fragte ich.

«Es war ein großer Deal, sehr groß, der größte Deal, den ich je gesehn hab.»

«Erzähl's mir. Alles.»

«Ich könnte meinen Job verlieren.»

«Zum Teufel mit deinem Job, denk an dein Leben.»

«Wenn meine Regierung Bescheid wüßte, hätte ich keine zehn Minuten mehr zu leben.»

«Worüber Bescheid wissen, du verdammter Arsch. Hör auf, Zeit zu schinden. Was zum Teufel hast du getan?»

«Wir haben nichts getan... gar nichts. Goreman machte alles. Wir haben bloß mitgemacht. Das heißt, wir haben nicht mal mitgemacht. Wir haben es erst hinterher herausgefunden, aber wir konnten nichts mehr dagegen tun.»

«Du hast deinen Anteil abbekommen, oder?»

«Nein, nein, ich schwör's», sagte er. Franco rammte ihm die Kanone in die Eier. *«Si, si*, ja, aber nicht viel.»

«Wieviel?»

«Gerade hunderttausend Dollar. Was ist das schon? Das ist gar nichts bei einem Achtunddreißig-Millionen-Dollar-Deal.»

«Erzähl's mir, Hencio. Geständnisse erleichtern die Seele», sagte ich. Das war so ungefähr der größte Coke-Deal, von dem ich je gehört hatte. Und hier ging es lediglich um den Großhandelspreis, nicht um den Preis für die Straße.

«Wenn ich rede, laßt ihr mich dann laufen? Und sagt nichts meiner Regierung?»

«Hencio. Du bist ein Arschloch. Solange du redest, bist du am Leben. Wenn mir das, was du erzählst, gefällt, dann bleibst du vielleicht am Leben. Aber wenn du auch nur noch einen einzigen

Versuch machst, um die Sache rumzuquatschen, schießt dir Franco deinen Pimmel ab.»

«Okay, okay», jaulte er. «Es war '76. Im Sommer. Charlie Goreman kam zu uns, als Brasilien von der großen Kälte heimgesucht wurde. Sie erinnern sich daran, nicht wahr?»

Natürlich erinnerte ich mich nicht daran.

«Zu dem Zeitpunkt lag der Preis so bei achtzig, manchmal neunundsiebzig, manchmal einundachtzig, aber er ging nie über zweiundachtzig. Und Charlie dachte, daß der Preis steigen würde. Schnurstracks durchs Dach nach oben, meinte er. Er wollte sich dranhängen und dachte, wir sollten die Fahrt mitmachen. Das klang vernünftig. Also kratzten wir zehn Millionen Dollar zusammen und Charlie ebenfalls, und los ging's. Er hatte recht. Kaffee setzte zum Höhenflug an.»

«Kaffee?»

«*Si*. Kaffee, was sonst.»

Ich schaute zu Gene hinüber, was ein Fehler war. Er biß sich auf die Unterlippe und schüttelte sich vor unterdrücktem Gelächter. Als sich unsere Blicke trafen, gab es kein Halten mehr; wir platzten laut heraus.

Hencio war total verwirrt. Franco blieb Franco – steinernes, undurchdringliches Gesicht.

«Oh, Scheiße. Komm, Hencio, erzähl uns den Rest», stieß ich zwischen einzelnen Lachanfällen hervor.

«Was ist los, was ist los, warum lacht ihr?»

«Erzähl uns einfach den Rest», sagte Franco für mich.

«Okay. Also, Kaffee stieg auf einen Dollar pro Pfund, dann auf einen Dollar und fünfzehn Cent. Dann zwei Dollar. Wer hätte sich '76 so was denken können? Niemand außer Charles Goreman. Bei zwei Dollar fünfzig wurde meine Regierung reichlich nervös. Es ist verrückt. Jetzt stürzt es wieder ab, sagen alle. Aber Goreman sagt: ‹Nein, es steigt weiter.›

Diese dämlichen *Maricones»,* sagte er, nach all den Jahren immer noch frustriert. «Sie glaubten Charles Goreman nicht. Sie gaben mir den Befehl, ihm zu sagen, er solle uns da raushalten. Bei zweiundachtzig Cent fingen wir an. Bei zwei Dollar fünfzig hatten wir nach Aufteilung des Gewinns netto 8,4 Millionen gemacht.

Goreman sagte: ‹Okay, ich halt euch raus.› Aber er ist sicher, daß der Marktpreis weiter steigen wird. Er bleibt drin. Mit seinem Geld. Und mit unserem Geld. Der Markt erreicht eine Spitze von drei Dollar und vierzig Cent. Ich glaub, er stieg sogar ein bißchen früher aus, bei drei Dollar zweiunddreißig. Ein kleiner Extraprofit von 8,2 Millionen. Und gerade so, als hätte er genau das getan, was ihm angewiesen worden war, schreibt er uns lediglich die ersten 8,4 Millionen gut und behält den Rest.»

«Ist das alles?» fragte ich.

«Nein!» sagte er empört. «All das passierte noch mal.»

«Auf dem Weg nach unten», vermutete ich.

«*Si*. Jawohl. Er meinte, der Markt würde abstürzen. Ich empfahl dringend, auf diesen Mann zu hören, der so recht gehabt hatte und daß wir mit allem einsteigen, 18,4 Millionen.»

«Und Goreman», spann ich den Faden weiter, «stieg mit den acht Millionen ein, die er nicht erwähnt hatte, plus seinem normalen Anteil.»

«*Si*. Insgesamt ungefährt fünfunddreißig Millionen. Der Preis sinkt auf zweihundert Cent, und meine Regierung kriegt's mit der Angst und will aussteigen. Goreman sagt, es geht weiter runter. Wenn er so was sagt, dann glaub ich ihm, doch ich muß den Anweisungen gehorchen. Ich sag ihm, er soll uns raushalten. Er sagt okay, läßt uns aber drin. Es ging weiter bis auf hundertsechzig Cent. Meiner Vermutung nach hat Goreman bis hundertachtundsechzig Cent durchgehalten.»

«Und was passierte?» fragte ich. «Hat er gezahlt?»

«Sicher hat er gezahlt. Aber nur das, was sich ergeben hätte, wenn er den Anweisungen gefolgt wäre. 21840000 Dollar, das waren die ursprünglichen zehn plus die Hälfte vom Profit. Das ist ausgezeichnet, 11,8 Millionen Profit bei einem Einsatz von zehn Millionen. Doch Mr. Goreman schlug aus unseren zehn Millionen einen Gewinn von 32300000 heraus.»

«Wie bist du dahintergekommen?»

«Warenhandel ist nur ein kleiner Kreis, wie in der Politik. Ich hörte, daß Goremans Nettogewinn wesentlich höher wäre als meine Summen.»

«Und da hast du versucht, noch was aus ihm herauszuholen?»

«Ich fuhr nach New York, um das Problem mit ihm zu diskutieren.»

«Natürlich. Was hast du ihm erzählt?»

«Ich warnte ihn, daß ich meine Regierung und die Aufsichtsbehörde der Vereinigten Staaten informieren würde.»

«Was sagte Goreman?»

«Er sagte: ‹Es ist mir scheißegal, was du tust. Ich stehe deiner Regierung näher als du.› Er sagte, daß zum Schluß ich als der Sündenbock dastehen würde. Am Ende würde ich barfuß Kaffeebohnen pflücken und in Eselscheiße treten.»

Ich lachte.

«Dann versuchte ich ihm klarzumachen, daß er die Sache ernst nehmen müsse. Die Südamerikaner hätten es satt, von den Yankees übers Ohr gehauen zu werden, und die *Communistas* würden ordentlich Propaganda daraus schlagen.»

«Und?»

«Das erschütterte ihn kein bißchen. ‹Mir ist es egal›, sagte er, ‹ob das ganze verdammte Land zusammenbricht oder nicht. Und weißt du was, wenn das der Fall ist, dann marschierst du immer noch barfuß durch Eselscheiße.› Doch dann lächelte er. Er sagte: ‹Hencio, du hast deine Regierung von dieser Sache überzeugt› – was der Wahrheit entspricht – ‹und bis auf dich haben alle einen guten Schnitt gemacht. Das ist einfach nicht richtig›, sagte er und gab mir am nächsten Tag hunderttausend Dollar bar auf die Hand.»

«Du lügst», sagte ich. Franco spannte seinen Colt.

«Ja, ja. Es waren zweihunderttausend Dollar.»

«Wußte Edgar Wood davon?»

«Ich habe keine Ahnung.»

«Hast du deshalb die Abhörvorrichtung in seiner Wohnung angebracht?»

«*Si*. Ja. Das war der Grund.»

«Hat er über dieses Geschäft gesprochen?»

«Nein.»

«Aber du hattest Angst, er würde es tun. Und deshalb hast du ihn umgebracht.»

«Nein, nein.»

«Du hast ihn getötet, stimmt's Hencio? Damit du nicht durch Eselscheiße laufen mußt.»

«Nein. Wir haben's nicht getan», jaulte er.

«Sag die Wahrheit, du kleiner Scheißer. Hättest du es nicht getan, dann hätte ich es tun müssen. Du hast mir einen Gefallen getan, wenn du den Job erledigt hast, deshalb kannst du von mir aus verschwinden.»

«Ich ... ich hab's nicht getan. Wir waren selbst sehr überrascht. Das ist die Wahrheit. *La verdad*.»

«Wie du willst.» Ich zuckte mit den Schultern. «Er gehört dir», sagte ich zu Franco. «Gib mir fünfzehn Minuten, damit ich dafür sorgen kann, daß ich woanders gesehen werde.»

«*Señor,* Mister, bitte. Ich habe Ihnen nichts Böses getan.»

«Du hast mich angelogen, Hencio.»

«Nein, ich habe Ihnen alles erzählt, so wie es war.»

«Okay, raus mit dir.»

«Was?» sagte Hencio.

«Raus! Du sollst zum Teufel noch mal verschwinden», brüllte ich ihn an. Er war zu verblüfft, um sich rühren zu können. Franco packte ihn am Kragen und zerrte ihn hoch. Gene hielt die Tür auf, und Franco warf ihn hinaus.

«Wie sollen wir seine Pisse aus dem Teppich kriegen?» erkundigte ich mich bei Gene.

«Mach dir deswegen keine Sorgen. Ich rufe einen Reinigungsdienst an.»

«Gut», sagte ich. «Vergiß nicht, es auf die Rechnung zu setzen.»

«Bestimmt nicht», versicherte er mir.

«Da ist noch was», sagte ich. «Kennst du irgendwelche Reporter, die sich gern ein bißchen über die Polizei lustig machen möchten?»

«Ich kenne nur solche Reporter», sagte er.

«Ich meine es ernst. Ich hätte da eine Story über einen verrückten Cop, unten in Virginia, der im ganzen Land rumrennt und nach einem vom Blitz getroffenen Baum neben einem plätschernden Bächlein sucht.»

HANDELSGESCHÄFTE

Wir feilschten mehr als zwei Stunden herum und tranken dazu die Reste meiner Flasche und machten eine weitere Flasche auf, bevor Mel Brodsky und ich zu einer Einigung kamen: ein Tauschgeschäft zwischen dem, was ich wußte, und dem, was er hatte.

Ich hatte nichts zu verlieren. Er hatte zwei kleine Kinder, die, ohne es zu wissen, vom Job ihres Vaters abhängig waren. Ich fragte ihn, weshalb er es überhaupt tun wollte.

«Weißt du, was sie sagen? Es heißt, wenn die SEC vor Gericht geht, dann ist die Stunde der Amateure angesagt.»

«Das stört dich?»

«Der Jammer ist, sie haben recht. Deshalb will ich Over & East am Arsch kriegen, und dafür bin ich bereit, fast alles zu tun.»

«Und dann?»

Er schaute mich an, als wäre die Sache doch ganz offensichtlich. «Nun, einer der professionellen Scouts wird mich bemerken. Man wird mir einen Vertrag anbieten, und ich werde in der Ersten Liga spielen, beispielsweise bei Douglas, Cohen oder Choate, Winkler. Ich möchte in der juristischen Profiliga mitspielen.»

Er hatte mir sein Wort gegeben, daß er seine Karten auf den Tisch legen würde, wenn ich meine aufdeckte. Ich erzählte ihm, was Hencio deVega mir erzählt hatte. Meiner persönlichen Meinung nach war das, was Goreman getan hatte, eher bewundernswert als strafbar, aber schließlich hab ich bloß ein abgebrochenes Jurastudium hinter mir. Mel war zwar von der Sache nicht sonderlich begeistert, aber er glaubte, was daraus machen zu können.

«Ich hab Kaffee aufgesetzt», sagte er. «Einen ganzen Topf. Wenn du müde wirst, brauchst du bloß die Couch umklappen.»

«Was murmelst du da?»

«Ich sagte, du kannst die Kopien der Zeugenaussagen lesen. Ich habe nichts davon gesagt, daß du sie mitnehmen kannst. Du kannst dir Notizen, aber keine Kopien machen. Du wirst sie hier lesen.»

«Oh, Shit», sagte ich.

«Du kannst nächtelang hierbleiben, solange es eben dauert», bot er großzügig an.

«Oh, Shit», sagte ich.

Er und Priscilla gingen nach oben zu Bett. Ich schenkte mir eine Tasse Kaffee ein. Er war gut. Frisch gemahlen, 100% kolumbianisch. Sie hatten ein hübsches kleines Porzellankännchen und eine Zuckerschale aufgebaut, alles für mich. In dem Kännchen war echte Sahne – 100% Kuh. Sehr gut.

Von den Zeugenaussagen konnte man das nicht sagen. Sie waren weitschweifig, zornig, bösartig, rachsüchtig, vor Neid strotzend.

Es begann 1954. Charles Goreman war ein hitziger junger Rohstoffhändler, Ex-Schuhverkäufer, vorzeitiger Collegeabgänger, Ex-Makler, dessen Englisch immer noch einen schweren Akzent hatte. Edgar Wood war bereits sein Anwalt.

Samson Construction war eine in Familienbesitz befindliche Firma im Suffolk County, am Ostende von Long Island. Während des Krieges waren sie durch Militärkontakte richtig fett geworden. In den Nachkriegsjahren verlagerte sich das auf Staats- und Bezirksebene, allerdings waren dort ihre Beziehungen nicht ganz so gut. Sie hatten einen großen Vertrag laufen, die Renovierung und Erweiterung eines Luftwaffenstützpunktes, und in dieses Projekt viel investiert. Zu diesen Investitionen gehörte auch der Ankauf des Grund und Bodens um die Basis herum in der Absicht, das Gelände teilweise wieder zur Erstellung von Unterkünften für das Luftwaffenpersonal an die Regierung zu verkaufen.

Der Kongreß strich das Projekt aus der Förderung des Jahres '55 aufgrund diverser Rivalitäten zwischen den Militärs. Samson steckte in großen Schwierigkeiten.

Wie einer der Haie, die um Montauk Point herumkreuzen, so witterte Goreman Blut. Samson wollte verkaufen, bevor sie mit dem Bauch nach oben den Fluß hinabtrieben. Sie verlangten 6 Millionen Dollar. Goreman schätzte den wahren Wert der Firma auf ungefähr 8 Millionen, falls jemand die Aktivposten der Firma ausweidete, anstatt sie weiterzuführen. Er bot 5 Millionen.

Nicht daß er etwa diese Summe auch nur annähernd besessen hätte. Er besaß ungefähr 200000 Dollar. Das reichte kaum für die Anwaltshonorare, Verrechnungskosten und ähnliches.

Doch er hatte das, was man damals eine radikale Idee nannte. Die Firma, die er kaufte, würde er als Sicherheit für das Darlehen geben, das er benötigte, um die Firma kaufen zu können.

Das erschien durchaus sinnvoll, falls der neue Besitzer bereit war, die Firma auszuschlachten. Die vorhandenen Immobilien allein waren bereits den geforderten Preis wert; wenn alle Vermögenswerte verkauft waren, dann war zumindest ein minimaler Profit sichergestellt. Goreman wies darauf hin, daß das gegenwärtige Management die Firma vielleicht in den Bankrott führen würde, indem sie die Vermögenswerte nach und nach verpfändeten, um die Firma über Wasser halten zu können, während er einen klaren Schnitt machen und sämtliche Vermögenswerte sofort in Bargeld verwandeln würde. Den mit Samson in Verbindung stehenden Banken gefiel diese Idee.

Doch die Logik der Bürokratie läßt nicht zu, irgend etwas Neues anzufangen. Und im großen und ganzen zogen Banken es vor, etablierten Firmen riskante Darlehen zu geben anstatt risikolose Darlehen an einen Unbekannten.

Die offizielle Version lautet, daß Charlie sie von seinen guten Absichten überzeugte und sie mit Dollar-und-Cent-Argumenten auf seine Seite zog. Edgar Woods Version lautete, daß Goreman zwei hohen Bankbeamten Optionen auf Samson-Besitz anbot. Der geschätzte Wert des in Frage kommenden Landes betrug 50000 Dollar. Der Optionspreis lag bei 1000 Dollar bei einem Kaufpreis von 25000 Dollar. Laut Wood streckte Goreman sogar noch die 2000 Dollar vor.

Später, als das Geschäft gelaufen war und Goreman Eigentümer von Samson Construction war, kaufte er das Land für 50000 Dollar zurück. Das einzige Geld, das bei diesem Geschäft tatsächlich den Besitzer wechselte, waren 25000 Dollar für jeden Bankbeamten.

Noch waren nicht die goldenen Zeiten von Over & East angebrochen, doch Charles Goreman besaß nun seine erste Firma. Das Muster war entworfen. Die Saga von Raub und Plünderung, von Fressen und Gefressenwerden, nahm ihren Anfang.

Goreman kaufte von der Regierung den aufgegebenen Luftwaffenstützpunkt für weitere 400000 Dollar. Zusammen mit dem umliegenden Land bot er die ganze Sache als Paket der Bussman Aircraft an, die ein Testgelände für ihre neue Generation von Jet-Flugzeugen suchte. Bussman zahlte 1720000 Dollar für das Paket. Goremans Nettogewinn belief sich auf ungefähr 300000 Dollar. Doch den eigentlichen Schokoladenguß auf der ganzen Sache stellte der Vertrag dar, für Bussman sämtliche Bauarbeiten durchzuführen.

Er verkaufte zwei große Parzellen an Konkurrenten von Levitt, die Imitationen von Levittown aufbauten. Aber während diese Geschäfte über die Bühne gingen, benötigten sie dringend Bargeld. Die Lösung – laut Wood – kam von Wood.

Anstatt die Einrichtung auf einen Schwung zu verkaufen, stellten sie ein paar grellrot gestrichene Schuppen auf, ließen ein paar bunte Fahnen flattern und verkauften die Sachen im Einzelhandel zu Discountpreisen. Das fiel mit der zweiten großen Abwanderungsbewegung nach dem Krieg aus den Städten zusammen, wozu noch der Boom der Schöner-Wohnen-Bewegung kam. Es war eine echte Geldmaschine. Auf kurze Sicht kam Bargeld ins Haus; auf lange Sicht wurde daraus Samson Hauseinrichtungen & Eisenwaren, die drittgrößte Ladenkette dieser Art im Land.

Zu der Zeit, als Samson Construction in Over & East umbenannt wurde, gliederte es sich in zwei Betriebe, Baufirma und Einzelhandelsverkäufe, und verfügte über Bargeld in Höhe von 4 Millionen Dollar.

Das Geld blieb nicht lange im Haus. Es schien, als haßte Goreman das Zeug, außer, er konnte es als Hebel einsetzen. Seine Theorie lautete: leihen, leihen, leihen, denn da die Inflationsrate die Zinsrate übertraf – was während der siebziger Jahre der Fall war –, wurde man um so reicher, je mehr Schulden man hatte. Die Sache funktioniert jedoch anscheinend nur mit Summen jenseits der 10-Millionen-Grenze. Außerdem ging Goreman davon aus, daß er leicht zur Zielscheibe eines anderen werden könnte, falls er Bargeld anhäufte, da er ebenfalls stets auf Firmen aus war, die Bargeldreserven hatten.

Auf eine komische Art und Weise las sich das alles recht spannend. Als würde man erfahren, weshalb Napoleon überhaupt dazu kam, General zu werden. Doch das Verbrechen – Bestechung im Geschäftsbereich – lag über 30 Jahre zurück; es ließ sich weder beweisen noch hätte jemand Interesse daran gehabt.

Mel drängte Wood, über die Gegenwart zu reden. Wood erwiderte: «Goreman war von Anfang an durch und durch verfault. Wenn ich mit ihm fertig bin, wird er eine stinkende, verwesende Leiche sein, und jeder wird sehen, wie verfault und stinkend er ist. Ich möchte, daß Sie ihn so sehen, wie er wirklich ist. Der amerikanische Traum, am Arsch.»

«Edgar», sagte Mel, und ich konnte mir gut die Geduld in seiner Stimme vorstellen, «es geht darum, daß ich was in die Hand kriege, um ihm ein Verfahren anzuhängen.»

Laut Wood blieben Goremans Beziehungen zu den Banken weiterhin unsauber. Sie unterstützten ihn großzügig und vollständig. Sie gaben Privatdarlehen unter dem normalen Zinssatz, eingeschlossen den inneren Kreis von Over & East, Wood.

Mel forschte nach Namen und Daten und Zahlen. Nur sehr langsam rückte Wood damit heraus. Alles in allem war Over & East ein guter Kunde. Sie nahmen viele schwindelerregende Kredite auf, zahlten sie aber stets zurück, meist sogar pünktlich. Wenn eine Bank gewisse Beamte richtig zu schmieren wünschte, so war der dabei entstehende Gestank nicht schlimmer als der von um Rosen gestreuten Düngemitteln.

Dann tauchte der Name Michele Sindona auf.

Ein Name, der für Wirtschaftskorruption, Banken, Regierung, Kirche und Mafia stand, alles in einem großen Spinnennetz zusammengewoben.

Wie korrupt und niederträchtig war er wirklich? Er war so verdorben, daß Maurice Stans auf der Suche nach Geldspenden für C. R. E. E. P. ein Angebot von einer Million Dollar von Sindona ablehnte. Selbst Richard Nixon wollte mit ihm nichts zu tun haben.

Er kam – als «Bankier des Vatikans» berühmt geworden – in die Staaten und kaufte gerade noch rechtzeitig Franklin National, um die größte Bankkatastrophe in der Geschichte der USA in die Wege leiten zu können.

Was die Franklin umbrachte, war höchstwahrscheinlich ein von Nelson Rockefeller, damals Gouverneur von New York, angeregtes Gesetz, das es großen Banken erlaubte, geographisch zu expandieren. Ganz plötzlich hatte die kleine Bank nebenan eine Filiale eines Giganten als Konkurrenten, oft genug genau auf der anderen Straßenseite.

Vielleicht wäre die Franklin mit jedem anderen am Ruder auch gesunken, doch es erscheint unwahrscheinlich, daß irgendein anderer dabei 45 Millionen veruntreut und auf dem Weg nach unten fast so viele Bankbetrügereien begangen hätte. Es wären auch nicht viele Bankpräsidenten auf die Idee gekommen, sich selbst zu entführen, um nicht aussagen zu müssen.

Goreman hatte mit Sindona Geschäfte gemacht. Selbst nach dem Zusammenbruch der Franklin, selbst nach den Anklagen.

Das Merkwürdige an der Geschichte, die Wood Brodsky erzählte, war, daß dabei Sindona – der Mann, der Regierungen korrumpierte, Päpste hereinlegte und mit der amerikanischen und sizilianischen Unterwelt in Verbindung stand – wie ein Grünschnabel aussah. Es gab da ein äußerst kompliziertes Tauschgeschäft. Ich mußte die Aussage dreimal lesen, vorwärts und rückwärts, bevor ich begriff, was da gelaufen war.

Over & East war Eigentümer von Arco-Rich, einer Brokerfirma, mit der es schnell abwärts ging. Sie hatte 12 Millionen gekostet. Zur Zeit des Tauschgeschäfts hätte sie auf dem freien Mark bestenfalls einen Preis von 5 Millionen erzielt. Goreman übergab Sindona die Firma für Anteile an der Società Generale Immobiliare im Werte von 5,9 Millionen Dollar und eine griechische Touristenniederlassung. Es war kein Geheimnis, daß Sindonas S. G. I., die größte Immobilien- und Baugesellschaft Italiens, nur noch einen halben Schritt vom Bankrott entfernt war und daß der Marktkurs weit unter dem Nennwert lag. Das Touristenzentrum stand ebenfalls am Rande des Bankrotts. Bei Licht betrachtet war hier Schrott gegen Schrott getauscht worden.

Der griechische Besitz konnte jedoch in den Büchern mit 12 Millionen geführt werden. Der tatsächliche Wert ließ sich unmöglich feststellen. Die griechische Regierung – es war die Zeit des Obristenregimes – war wild auf ausländische Investitionen. Sie waren nur zu glücklich, den Besitz zu hoch zu taxieren und zusätzlich noch der Over & East Steuerbegünstigungen einzuräumen. Over & East benützte die Firma, die extra wegen des griechischen Besitzes gegründet worden war, um sofort ihre Anteile an der S. G. I. zu verkaufen. Es ging hier um Vermeidung von Steuern; eine Übersee-Filiale verkauft Übersee-Aktiva. Das war notwendig, da der tatsächliche Verlust hier durch die Überschätzung des griechischen Besitzes zu einem Gewinngeschäft aufgemotzt worden war.

Voller Stolz hatte ich das am frühen Morgen um 5.08 Uhr herausgefunden. Es war schlichte Selbstüberschätzung, daß ich mich auf die Couch legte, um das nächste Kapitel zu lesen. Das bösartige Geplapper fröhlicher Kinder wecke mich. Mein Kopf schmerzte, meine Füße stanken, und der Geruch des brutzelnden Schinkens ließ mir die Magensäure in den Hals steigen.

Ich bat Mel, mir die Kopien mitzugeben, damit ich sie zu einer zivilen Zeit lesen konnte. Er blieb unerbittlich, was verzeihlich war, Unverzeihlich war, daß er das auch noch in fröhlichem Ton sagte.

Im Motel duschte und rasierte ich mich. Ich rief Detective Sergeant Bill Tillman an, um ihm zu erzählen, was ich herausgefunden hatte und um zu hören, ob er auf irgendwas gestoßen war.

«Tony, wir haben Ärger», sagte er, sofort als er meine Stimme erkannt hatte. Das klang interessant, also gab ich ein neugieriges Grunzen von mir.

«Diese Reporterin, die Sie mir geschickt haben.» Reporterin? Geschickt? Ich? «Ich weiß nicht, ob sie die richtige Person für die Sache hier ist. Unsere Psycho hat ihr eine Vorlesung gehalten und ihr erzählt, daß sie den Pulitzerpreis gewinnen wird, weil ihr Geist aufgeschlossener wäre als der anderer Leute und den Wert der Dinge erkennen könnte, die von anderen achtlos beiseite geschoben würden. Ich glaube, sie fällt drauf rein.»

Während er sprach, versuchte ich zu denken. Mir fiel ein, daß ich mit Gene über die Sache gesprochen hatte. Er mußte etwas unternommen haben und würde es mir in Rechnung stellen. Wie sollte das in der Spesenabrechnung auftauchen: 250 Dollar Bestechungssumme (was immer Gene auch tat, es schien nie weniger zu kosten), um einen Reporter dazu zu bringen, eine Story über ein Medium zu schreiben?

«Sind Sie zum Farmhaus gegangen, Bill?»

«Glauben Sie, sie schauspielert nur, damit diese Irren ihr gegenüber offener reden?»

«Und das Mikrofon, haben Sie's gefunden?»

«Natürlich hab ich's gefunden. He, Sie werden nicht glauben, wem das gehört. Oder gehörte, weil sie behaupten, sie hätten's verloren.»

«Okay, Bill. Wem?»

«Der DEA!» verkündete er. Das machte Sinn. Warum sollten die Kolumbianer die Ausrüstung kaufen, wenn die Drogenbekämpfungsbehörde genügend Geräte um sie herum installiert hatten? Wenn man Hencio deVega einen Revolverlauf in die Eier schob, dann würde er den Transfer der Ausrüstung wahrscheinlich in allen Einzelheiten beschreiben. Ich erklärte das Tillman.

«Danke für die Mitteilung», sagte er. «Was meinen Sie, wie ich mit Ihrer Reporterin umgehen soll?»

«Der Umgang mit den Medien ist eine äußerst delikate Angelegenheit, Bill.»

«Ich weiß, Tony, ich weiß.»

«Halten Sie sich einfach an die Fakten, Daten, Arbeitsstunden, Einsätze und hoffen Sie das Beste. Bleiben Sie am Ball.»

«Das werd ich tun. Danke», sagte er.

Ich wollte nichts anderes als schlafen, den Tag gegen die Nacht eintauschen. Ich schwamm ein paar Runden im Pool des Motels, doch als ich mich danach hinlegte, gingen meine Gedanken und meine Träume ineinander über. Edgar Wood und ich waren im Gefängnis, schauten bei der Vergewaltigung eines jungen Burschen zu. Der Junge versuchte zu schreien, doch jedesmal schlugen sie ihm ins Gesicht und besorgten es ihm von hinten. Dann schnappten sie sich Edgar. Als sie ihn packten und zu Boden warfen, drehte er sich um und sah mich an. Er schrie um Hilfe. Als sie ihm die Hosen runterrissen, fiel ihm seine Maske vom Gesicht und Christina kam zum Vorschein.

Ich wollte nicht träumen. Ich zwang mich aufzuwachen.

Sie war hübsch, aber wenn ich ein hübsches Mädchen wollte, dann brauchte ich mich nur Ecke Fifty-seventh und Fifth aufzubauen oder einen Blick in die Aerobic-Klassen im Club zu werfen oder zurück zur Clara Barton High-School in Brooklyn zu gehen und zuzusehen, wie die Mädels aus Puerto Rico vorbeischlenderten. Ich hatte zu viel zu verlieren, um all das für einen umwerfenden Orgasmus aufs Spiel zu setzen.

Lear-Jets donnerten rüber zu den Inseln. Manager von Over & East fuhren mit ihren Sekretärinnengeliebten in firmeneigene Hotels. Jedermann flog, fraß, soff und vögelte auf Firmenkosten. Wood ließ sich lang und breit darüber aus, wer was auf Kosten von Over & East anstellte. Mit dem Geld der Aktionäre, wie er tugendhaft feststellte. Und mit wem sie es trieben, wobei er sogar auf bevorzugte Sexualpraktiken hinwies. Es gab da einen Vizepräsidenten, der davon überzeugt war, daß Analsex den Tatbestand der Untreue nicht erfüllte. Der Anwalt seiner Frau zerstörte später anscheinend dieses Denkmodell.

Obwohl ich die Seiten lediglich überflog, benötigte ich eine weitere Nacht, um wenigstens einen vagen Kern aus all diesen Klatschgeschichten herauszufiltern; ich haßte diese aufgeblasenen Trivialitäten.

Woods Empörung und seine Anschuldigungen waren ohne Maß und Ziel. Es klang immer gleich, ganz egal, ob er nun über Sex im Büro sprach oder über politische Korruption, worauf er endlich in der dritten Woche seiner Aussagen und meiner dritten Lesenacht zu sprechen kam.

Die Over & East-Flotte war Stephen Caldwell, einem Großunternehmer aus New Jersey und zu der betreffenden Zeit Schwager des Gouverneurs, zur Verfügung gestellt worden. Dies fiel zeitlich mit der Wahlkampfsaison zusammen.

Over & East setzte Caldwell außerdem noch als Hauptbauträger in New Jersey ein. Einige der Aufträge – die wiederum mit der Wahlkampfkampagne zusammenfielen – waren laut Wood zwischen 300 und 400 Prozent überbezahlt, was eine zusätzliche Summe von geschätzten 5 Millionen Dollar ergab. Dieses Geld sollte, so erklärte Wood, seinen Weg zu den wichtigen Politikern im Staate finden.

Die Resultate deuteten darauf hin, daß dies der Fall gewesen war. Zahlreiche Stadtverwaltungen ebenso wie der Staat erwiesen Over & East beträchtliche Gefälligkeiten. Straßen- und Eisenbahnverbindungen wurden ausgebaut, wenn sie zu O.&E.-Besitz führten. Jersey hatte ein Steuerbegünstigungsprogramm verabschiedet, um neue Industrien anzulocken. Dieses Programm wurde zweimal zugunsten von Over & East ausgelegt, als lediglich bereits bestehende Firmen übernommen und reorganisiert wurden. Ausnahmen wurden gewährt, was Abfallbeseitigung und Abgasquoten anbelangte.

Ich las diese Geschichten mit wachsender Erregung. Heiße Eisen, selbst für New Jersey, wo bei der letzten Vorwahl in Newark während ihrer laufenden Bewerbung vier der fünf Bürgermeisterkandidaten unter Anklage standen.

Mel bestätigte meine Erkenntnis wenig später am Frühstückstisch, übertönt vom Gekreisch der Kinder. Es waren tatsächlich, stimmte er mir zu, heiße Eisen.

«So heiß», sagte Mel, «daß Caldwell dafür bereits gesessen hatte, ebenso wie mehrere Manager der Over & East-Tochter, John's River Chemical and Refining, Inc.»

Charles Goreman hatte über seinen Anwalt Edgar Wood Entsetzen und tiefe Empörung bekundet. Jeder, der bei John's River etwas zu sagen gehabt hatte, war entlassen oder versetzt worden. Ein spezieller Entschuldigungsbrief mit ausgiebigen Erklärungen und Begründungen war an jeden Aktionär versandt worden. Bei der nächsten Aktionärsversammlung wurde Charles Goreman für sein verantwortungsbewußtes Eintreten gelobt.

«Was für ein Scheiß», sagte ich. «Er hat dir nichts als Scheiße verkauft.»

«Wir hatten ihn nur drei Wochen, verdammt noch mal», sagte Mel. «Wood stand im Mittelpunkt. Er wußte über alles Bescheid. Und er spuckte es aus, zwar langsam, aber er spuckte. Wir haben ihn lediglich zu früh verloren.»

«Brodsky, weißt du, was ich denke? Ich denke, daß Charles Goreman ein verdammt cleverer Mann ist. Aalglatt, trickreich, segelt hart am Wind. Das ist alles. Edgar Wood war ein zorniger Mann, der eine Menge Drohungen ausstieß – Versprechungen, die er nicht halten konnte. Das passiert, wenn Leute außer sich geraten. Es gab zum Beispiel Leute, die sagten, sie würden mich umnieten, aber hier stehe ich immer noch. Und dann denke ich mir, daß ein paar dämliche Autodiebe, Halbamateure, auf frischer Tat ertappt wurden und Edgar Wood dabei ein bißchen zu hart erwischten. Das ist alles, was ich mir dabei denke.»

Von Brodsky zum National, zum La Guardia, zu einer Telefonzelle, und als sie sagte «Kommen Sie her», zu Christina Woods Apartment.

«Bis jetzt», mußte ich ihr mitteilen, «hat sich nichts ergeben.»

«Ich möchte, daß Sie weitersuchen. Sie müssen. Bitte.»

«Natürlich tu ich das, wenn Sie's wollen. Ich will noch ein paar Sachen über Ihren Vater erfahren. Sie erzählten mir, Sie wären bei der Verhandlung nicht anwesend gewesen. Waren Sie bei seiner Verhaftung hier?»

«Können wir einen Spaziergang machen? Oder eine Tasse Kaffee trinken gehen?»

Wir spazierten Richtung Westen. Ich brachte sie zum Lachen, als ich ihr von Mel Brodsky, dem Drogenking der SEC, erzählte. Sie nahm meinen Arm, als wir die Sixth Avenue überquerten. Die beiläufige Verflechtung unserer Gliedmaßen sandte einen Schauer durch meinen ganzen Körper.

«Waren Sie hier, als Ihr Vater verhaftet wurde?» fragte ich erneut.

«Ja. Ja, ich war hier.» Es klang wie ein Geständnis.

«Was sagte er? Wie reagierte er?»

«Er sagte, es wäre nichts, nichts Ernstes. Er sagte, sie könnten nichts beweisen, und es würde bald vorüber sein.»

«War das alles?» Sie ließ meinen Arm los. Eine Leere blieb zurück. Der entschwundene Arm ließ Sehnsucht und Begierde in mir aufsteigen.

«Das ist alles, was er zu mir und meiner... Mutter sagte.»

«Reden Sie weiter. Sie hörten, wie er zu jemand anderem etwas sagte, ja?»

«Am Telefon. Ich hörte ihn am Telefon. Er unterhielt sich mit einem seiner Anwälte, glaube ich. Er fluchte. Jedes zweite Wort war verdammt. Ich lasse das weg, wenn ich versuche, ihn aus der Erinnerung zu zitieren.»

«Sicher, ich kann's mir vorstellen.» Es hätte wahrscheinlich genauso wie die Aussagen geklungen.

«Er sagte, das Ganze wäre eine persönliche, hinterhältige Sache.

Die anderen Partner hätten was gegen ihn, weil er ein Emporkömmling wäre und nicht zu ihrem kleinem Club gehöre. Wenn es um einen anderen gegangen wäre, sagte er – und da wurde mir zum erstenmal klar, daß er schuldig war, daß Daddy ein Dieb war –, dann hätte man soviel Höflichkeit aufgebracht und zuerst mit ihm geredet.»

«Haben Sie je mit ihm darüber gesprochen?»

Sie ging ein Stückchen von mir weg. Nach einer langen Pause kam sie zurück und sagte: «Ich habe es versucht.»

«Und?»

«Mein liebe Tochter», äffte sie ihren Vater zornig nach, «du mußt dich um diese Angelegenheit nicht kümmern. Das ist bloß Rauch, und wo Rauch ist, ist nicht immer Feuer. Aber ich wußte, daß es brannte. Aber ich ... er wollte nicht mit mir darüber reden.»

«Sie haben Charles Goreman als ‹Onkel Charlie› bezeichnet. Standen Sie ihm nahe? Stand er der Familie nahe?»

«Als ich süße sechzehn war» – die Erinnerung daran schien ihr zu gefallen – «schenkte Charlie mir einen Pelzmantel. Er war sehr nett. Er sagte, ‹Jetzt, wo du eine erwachsene Frau bist, mußt du auch einen Mantel wie eine erwachsene Frau haben.› Es war ein russischer Zobel. Ich gab mir keine Mühe herauszufinden, wieviel er gekostet hatte. So konnte ich zu meinen Freundinnen sagen, ‹Natürlich hab ich keine Ahnung, was er gekostet hat. Er ist ein Geschenk von einem Mann.›»

«Ihr Vater schien eine heftige Abneigung gegen Goreman zu haben, zumindest am Ende. Hatte das irgendwas damit zu tun?»

«Mit was?»

«Mit Geschenken wie einen Pelzmantel.»

«Nein», sagte sie nervös.

«Hatte er schon immer was gegen Goreman gehabt?»

«Wenn ich so zurückdenke, ich glaube schon, zumindest in gewisser Weise», sagte sie nachdenklich. «Daddy hielt viel von Statussymbolen. Es gab Clubs, die Charlie einluden, deren Mitglieder aber niemals mit Daddy auch nur ein Wort gewechselt hätten. Charlie unterhielt sich mit Präsidenten und Königen. Er machte Geschäfte mit Regierungen und den Bossen von Konzernen, die größer und mächtiger waren als einige dieser Länder. Und wenn Daddy mit diesen Leuten überhaupt ins Gespräch kam, dann behandelten sie ihn, als wäre er ... Dreck. Nein, nicht ganz, aber als wäre er ein Angestellter.»

Wir waren an der West Street angekommen, dort, wo sie auf den West Side Highway traf, sechs Fahrbahnen hektischer Verkehr. Die Fußgängerampel zeigte Rot, doch ein Hauch von Grün ließ sich noch erahnen. Wir schauten uns an, packten uns an den Händen und rannten los.

Lachend und keuchend schafften wir es, uns vor dem Ansturm der Blechlawine in Sicherheit zu bringen; dann schlenderten wir auf das Morton Street Pier hinaus.

Schwule Pärchen kamen uns Hand in Hand entgegen. Einzelne Männer saßen da, starrten auf den breiten Fluß hinaus und träumten von Matrosen in Heerscharen. Ein Homo schlenderte vorbei, musterte mich von oben bis unten, warf Christina einen verächtlichen Blick zu und schnüffelte angewidert. Wir waren die letzten Heterosexuellen.

«Sie müssen das nicht aus irgendwelchen Schuldgefühlen heraus tun», sagte ich.

«Glauben Sie das?»

«Ich kann es nicht wirklich beurteilen. Ich sag Ihnen lediglich, daß Sie das nicht nötig haben.»

«Wollen Sie die Sache fallen lassen? Wollen Sie das damit sagen? Soll das heißen, Sie wollen aufgeben?»

«Nein. Ich muß Ihnen lediglich reinen Wein einschenken. Es ist Ihr Geld, und Sie haben ein Anrecht darauf zu wissen, wie es ausgegeben wird.»

«Das Geld ist mir egal, es ist genug davon da», sagte sie achtlos. «Und wenn sich herausstellt, daß er, wie jeder zu glauben scheint, von einem Autodieb umgebracht wurde, dann werde ich das akzeptieren. Ich will es nur wissen.»

«Ich werde tun, was ich kann», sagte ich.

Wir waren am Ende des Piers angelangt. Die Sonne senkte sich dem Horizont entgegen; von Westen her zogen Wolken heran. Als sie die Sonne erreichten, tauchten sie den Smog über New Jersey in leuchtende Farben. Es versprach, ein herrlicher Sonnenuntergang zu werden.

«Ich weiß überhaupt nichts von Ihnen», sagte sie. «Sie machen den Eindruck, als gäbe es eine Frau in Ihrem Leben.»

«Ja. Ja, es gibt eine.» Ich schaute von ihr weg, auf den Fluß hinaus. Ich wollte nicht sehen, wie sich ihr Gesichtsausdruck veränderte, wenn sie Tatsachen wußte.

«Erzählen Sie mir von ihr.»

Ich wandte mich ihr zu. Unsere Blicke trafen sich; ihre Augen waren meergrün und blickten zu mir auf und ... ja, es war alles da. Das Gedicht in meinem Kopf, die gespannte Atmosphäre in ihrem Zimmer, der Ausdruck, den ich beim erstenmal gesehen und für eine Illusion gehalten hatte – das alles war kein Wunschdenken. Das waren Manifestationen ihrer Wünsche. Es war alles da, was es gab, und wir wußten es beide.

Ich starrte in ihre Augen. Meine Hand bewegte sich nach oben und berührte ihre Wange.

Die Leidenschaft schläft wie ein Hund in seinem Zwinger. Und selbst wenn das Tier erwacht, wird es noch durch Gitter, Halsbänder und Leinen an der Freiheit gehindert. Später dann, nach der Untersuchung und den Anschuldigungen, weiß immer noch niemand, wer das Tor unversperrt gelassen hat.

Meine Stimme klang dünn und heiser, als ich sagte: «Spielt es eine Rolle?»

«Ich glaube nicht.»

Sie drehte den Kopf, und ihre Lippen drückten sich gegen meine Handfläche. Sie waren feucht, sie waren geöffnet und sie küßten mich. Ein unhörbarer Laut ertönte, ein Schrei, und ich hob ihren Mund dem meinen entgegen. Wir sanken uns in die Arme; jeder Schwule auf dem Pier hätte unsere königliche Lust und die Reinheit meiner Erektion voller Neid betrachtet. Wir gingen zu ihrem Apartment zurück, zu ihrem Bett, küßten uns in totaler Vergessenheit an Straßenecken, einen mondsüchtigen Ausdruck auf den Gesichtern, unsere Körper weich und ineinanderfließend, den Blicken der ganzen Welt preisgegeben.

Die Tür fiel hinter uns ins Schloß. Brüste und Pobacken, Schultern und Schenkel, Augen, Penis, Knöchel, Lenden und Fingergelenke – den ganzen Tag sind das vollkommen gewöhnliche Dinge, wie Rühreier, Schuhe und Türen. Dann kommt der Augenblick, wo die Tage weggerissen werden und das Gewicht einer Frauenbrust, der fette Mond im Herbst, das Lachen eines Narren, wo all das so frisch und ehrfurchterregend wirkt wie jener Moment, in dem du weißt, daß die Kugel dich verfehlt hat.

Ich hätte Gedichte rezitieren mögen. Dichter waren früher gefährliche Männer, die zu Krieg und Aufruhr riefen, die verbotene Betten öffneten und unsagbare Begierden weckten und die jeweiligen Götter ihrer Zeit herausforderten. Heute, so scheint es, fehlen den Poeten Klauen und Zähne; es gibt sie so gut wie nicht mehr.

Aber wir haben immer noch den Rock 'n' Roll.

Der Weg stand offen. Wir beide gaben Laute von uns, als ich ihn betrat. Wir schmolzen dahin, versuchten den unstillbaren Hunger zu stillen. Wir begannen den Anfang vom Ende. Es war ein warmer, feuchter Ort, voller Rhythmen; wir begannen zu vergessen, daß es nur Rock 'n' Roll war, und da schwang eine Ballade mit, uralt und zärtlich, jenseits der hämmernden Afrorhythmen.

Ficken allein kann nicht so gut sein, so voller Wunder. Wenn alles bebt und zittert, wenn die Augen so zueinander drängen wie die Hüften, was ist es dann? Das Wort Liebe treibt durch den Raum, doch das kann einfach nicht sein.

Als die ersten Orgasmen verebbten, stemmte ich meinen Oberkörper von ihrem Körper hoch und schaute ihr in die Augen. Wir waren feucht vom Schweiß. Einige Haarsträhnen klebten an ihrer feuchten Stirn; ich strich sie beiseite.

«Kannst du die Nacht bleiben?» fragte sie.

«Ja», sagte ich. Ich hatte nicht angerufen und mitgeteilt, daß der Matrose wieder in den Hafen einlaufen würde; auf diese eine Nacht würde es nicht ankommen.

Nachdem die zweiten Orgasmen verebbt waren, hielten wir uns wortlos umklammert; immer noch wortlos. Man kann beim ersten Rendezvous vögeln, aber man kann nicht «Ich liebe dich» sagen. Und jedesmal, wenn ich meinen Wortschatz nach einem Satz absuchte, lief es so ziemlich darauf hinaus. Wenn Blicke Worte waren, wenn Berührungen Worte waren, wenn die Art des Gebens und des Nehmens Worte waren – und das sind sie –, dann war alles gesagt.

Die Wolken, die von Westen heraufgezogen waren, hatten den Himmel nicht bedeckt. Die Nacht war klar; wir standen am Fenster, und ein leuchtender Mond schaute auf uns herab. Sie glitt auf die Knie und betrachtete meinen Körper, als hielte sie ihn für ein ebenso großes Wunder wie ich den ihren.

Als ich jung war und meine ersten Erfahrungen mit Frauen sammelte, gab es einen Moment, der mich mehr als alle anderen erregte. Es war nicht die erste Berührung einer Vulva oder einer Klitoris oder das Ritual des sich gegenseitig Ausziehens. Der Moment kam schon früher, noch voll bekleidet, meist nach einem leidenschaftlichen Kuß. Der Moment des Sichhingebens. Der Moment, wenn Widerstand und Spannung schmolzen und ich tatsächlich spürte, wie der ganze Leib des Mädchens weich und hingebungsvoll wurde. Der Moment, in dem sich all ihre hinhaltenden «Neins» in ein «Ja» verwandelten.

Dieser Moment ist aus meinem erwachsenen Sexualleben verschwunden. Vielleicht haben sich die Zeiten geändert, und Sex ist kein Kampf mehr zwischen dem männlichen «Ja» und dem weiblichen «Nein». Das Sichhingeben ist durch beiderseitige Übereinkunft ersetzt worden.

Christina berührte diesen Ort meiner Jugend, wo die sexuellen Gefühle gewachsen sind. Das Land der Phantasie im Inneren traf auf die Realität vor mir, als sie einen Weg fand, mir dieses Geschenk ihres Sichhingebens zu bereiten. Die Hitze meines Bluts ließ meinen ganzen Körper pulsieren. Sex selbst wurzelt in Sehnsucht und Begierde, und Begierde ist eine Erektion des Geistes.

Der Mond kam wieder hervor. Die Krallen ihrer Sexualität senkten sich in das Herz meiner Begierde. Sie sah zu mir auf. Meergrüne Augen, sanft vor Zärtlichkeit, ihre Wangen ganz zart gerötet.

«Ich möchte», sagte sie, «ihn in den Mund nehmen.»

DAHEIM

Es gibt Aspirin, Alka-Seltzer, Orajel, Kokain, Tylenol, Desenex, Morphium, Valium, Brioschi, Gras, Schnaps, Stress-Vitamine und Aufputschmittelchen für all die Wehwehchen, die den Spaziergang durchs Leben zu solch einem mühseligen Marsch werden lassen. Aber Verliebtsein als alles überragender Schmerzkiller wird von nichts übertroffen. Ich ging nach Hause, mit beschwingtem Schritt und glänzenden Augen.

Ich holte Wayne frühzeitig von dem Kinderhort ab, in dem er sich nach der Schule aufhielt, um ihm sein Geburtstagsgeschenk zu geben – die Mitgliedschaft in meinem Squash-Club, zusammen mit einem Schläger für Anfänger und einer Anzahl Trainingsstunden.

Bald, so dachte ich, würde auch die Zeit kommen, wo er das Kämpfen lernen mußte. In meiner Jugend gab es bei der Police Athletic League, im Catholic Youth Center und bei der YMCA Boxunterricht. Ich fragte mich, ob das heute auch noch so war. Heutzutage drehte sich alles um Karate und Kungfu, was natürlich auch seinen Zweck erfüllte. Es kommt nicht auf die jeweilige Technik an; es geht darum, daß man lernt, mit Angst, Gewalt und Schmerz umzugehen, bis man cool genug ist, bei seiner Technik zu bleiben, während in einem und um einen herum die Gewalt tobt.

Ich bin kein Liebhaber der Gewalt, weder im Austeilen noch im Einstecken, noch wollte ich Wayne in diese Richtung drängen. Aber einen Schlag einzustecken, ohne ihn zurückzugeben, kann einen länger anhaltenden Schmerz auslösen als eine zerschlagene Lippe oder eine gebrochene Rippe.

Meine zweiten gebrochenen Rippen holte ich mir bei einem Gefängnisaufruhr. Ein Wärter, der offiziell auf der gleichen Seite wie ich kämpfte, zerschlug sie mir mit einem Gewehrkolben. Aber er hatte Gründe, mich zu hassen, und nutzte diese Gelegenheit. Gebrochene Rippen heilen langsam. Also mußte ich erst darauf warten und dann auf eine günstige Gelegenheit. Es dauerte vier Monate. Bis wir uns in Freiheit vor seiner Lieblingsbar trafen, hatte ich eine Art Scham- und Schuldgefühl empfunden.

Das war ein Thema, über das Glenda und ich uns streiten konnten, so wie beispielsweise über die Angelegenheit von privaten und öffentlichen Schulen.

Es kann frustrierend und geradezu verwirrend sein, wenn man das erste Mal auf dem Squashcourt steht. Doch Yogi, der große, gutgelaunte Junge aus Sri Lanka, sorgte dafür, daß es Wayne Spaß machte. Ich war ihm dafür dankbar. Nach dem Unterricht ging ich mit Yogi in den Court, und er war gnadenlos. Obwohl er den Unterricht für die Kleinen gut macht, frustriert es ihn, auf so niedrigem Niveau zu spielen. Anschließend spielte ich mit Wayne.

Auf dem Heimweg in der U-Bahn wurde Wayne sehr ernst.

«Ich bin mir nicht sicher, ob mir mein Name gefällt», sagte er.

«Wieso, was soll damit sein?»

«Ich weiß nicht... bleibt den Leuten ihr Name ihr ganzes Leben lang, immer und ewig?»

«Muß nicht sein», sagte ich. «Aber mir ist nicht klar, was mit Wayne nicht in Ordnung sein soll.»

«Na jaaa», druckste er herum.

«Komm schon, was ist los?»

«Na jaaa», zögerte er, «er ist nicht wirklich hart.»

«Was meinst du, was härter wäre?»

«Ich weiß nicht.»

«Komm schon, Junge, woran denkst du?»

«Ich dachte, vielleicht Rocco, aber der ist vielleicht zu hart.»

«Yeah, der ist ganz schön hart. Wie wär's mit Angel? Ich kenn 'ne Menge harte Burschen, die Angel heißen.» Das stimmte. Und Jesus.

«Awww, komm, du machst dich über mich lustig.»

«Vielleicht zieh ich dich ein bißchen auf. Aber nur ein ganz kleines bißchen. Und jetzt erzähl mir, woran du denkst.»

«Ich erzähl's dir, aber nur, wenn du ernst bleibst.»

«Okay, ich werde ernst sein.»

«Versprochen?»

«Versprochen. Drei Pfoten aufs Herz und ersticken will ich und all diese Sachen», sagte ich.

«Nun ja, Rocco ist zu hart, weißt du, also dachte ich, vielleicht Anthony.»

Was soll man da machen? Ihm übers Haar streichen? Ihn umarmen? Ihm einen leichten Boxhieb gegen den Oberarm verpassen? Ja, das war vielleicht das Härteste.

Der koreanische Obststand vor unserem Block hatte hübsche

Frühsommerblumen. Instinktiv kaufte ich einen Strauß für Glenda, dann fragte ich mich, ob das eine heimliche Entschuldigung darstellen sollte. Oder schlimmer noch, ob sie es so betrachtete. Dann dachte ich, ich hätte die Blumen so oder so gekauft, hörte auf, mir den Kopf zu zerbrechen, und gab lächelnd die 4,98 Dollar aus.

Kurz bevor wir hineingingen, sagte Wayne: «Erzähl Mom nichts davon, daß ich meinen Namen wechseln will. Ich glaub nicht, daß sie dafür schon bereit ist.»

Glenda begrüßte die heimkehrenden Squashspieler mit Umarmungen und Küssen. Meine waren wesentlich erotischer, aber Wayne störte das nicht.

Trotz der vorangegangenen körperlichen Anstrengungen wollte Wayne sein Abendbrot nicht aufessen; es zog ihn zu seinem Freund in 26D hinauf, der ein neues Videospiel besaß. Er erkundigte sich, ungefähr jeden vierten Tag, ob wir nicht einen Hund halten könnten. Hunde, erklärte er, würden gern die übriggebliebenen Hamburger fressen. Ich hätte ebenfalls gern einen Hund gehabt. Das war die einzige positive Assoziation, die ich zur Ehe empfand. Allerdings war ich dagegen, einen Hund in der Stadt zu halten; wenn überhaupt, dann erst, wenn Waynes unregelmäßige Anfälle von Verantwortungsbewußtsein länger anhielten. Ich verstrickte mich in immer mehr Verpflichtungen. Nicht mehr rückgängig zu machende, vorstädtische Haushaltsverpflichtungen. Ich überlegte, ob ich mich davor fürchtete und ob diese Furcht mich in das Tal der himmlischen Schenkel geführt hatte. Vielleicht war ich einfach nur sprunghaft.

Auf jeden Fall sagte ich: «Nein.»

«Warum nicht?»

«Weil ich nur große Hunde mag. Und ein großer Hund könnte dich glatt auffressen. Also gibt's keinen Hund, bis du groß genug bist, um ihn dir vom Hals zu halten.»

«Wie groß?»

«Sooo groß. Riesengroß.»

Glenda nickte begeistert Zustimmung. Sie sah mich mit einem Ausdruck an, der besagte, *Diese Logik sollte ihn in die Knie zwingen.* Wayne gab ein nachdenkliches «Oh» von sich, als wäre das tatsächlich der Fall.

«Du bist furchtbar lange weg gewesen.» Glenda knabberte an meiner Lippe, nachdem die Tür hinter Wayne ins Schloß gefallen war. Der Abwasch mußte warten; wir wirbelten ins Schlafzimmer.

Sie gab ein «Mmmmm» von sich, als ich ihr den Sweater über den Kopf zog. Sie streckte die Arme nach oben, und ich stieß sie aufs Bett zurück, ihre Arme über dem Kopf gefangen. Sie stieß kichernde und stöhnende Laute aus, als ich an ihrem Bauch herumknabberte. Ich attackierte ihren BH, und ihre Brustnippel sprangen heraus, um guten Tag zu sagen.

«Es ist so lange her. Ich brauch meinen Teil.»

Ich wechselte von ihren Nippeln zu ihren Lippen über. Zwischen den Küssen sagte ich: «Komm schon, du hattest deinen Vibrator.»

«Das ist nicht dasselbe» – sie errötete – «als wenn ich dich in mir spür.»

Ich wußte, was ihr gefiel und was sie befriedigte und ließ nichts davon aus. Etwas in meinem Inneren sagte mir, daß ich besser gewartet hätte, bis das Essen in meinem Magen zur Ruhe gekommen war. Hier liegt vermutlich der Unterschied zwischen Verliebtsein und einer Beziehung.

Später ging ich los, um Milch und Kaffee für den nächsten Morgen zu holen. Von einer Telefonzelle aus rief ich Christina an. Unser Gespräch war albern und sinnlos. Ihre Stimme streichelte mich und hüllte mich ein.

Nachdem Wayne zu Bett gegangen war, erkundigte sich Glenda nach dem Fall, den ich bearbeitete.

«Ich weiß nicht», sagte ich. «Eigentlich existiert gar kein richtiger Fall, und dann wieder existiert er doch.»

«Irgendwas geht in deinem Kopf vor. Ich spür's», sagte Glenda. «Hast du was für deine Klientin übrig?»

«Ach komm!»

«Vermutlich ist sie irgend so ein heißer Zahn. Reich, jung, schicke Klamotten», sagte Glenda ironisch. Und forschend. Ihre Intuition entsetzte mich lediglich deswegen nicht, weil sie sich auch vollkommen grundlos genauso paranoid verhalten hätte.

«Wie geht's denn Sandy so?»

«Keine Ahnung. Bei dem Trip hab ich sie gar nicht gesehen.»

«Wie konntest du das nur versäumen? Ich nehme an, ihre Titten sind so üppig und prächtig wie eh und je.»

«Weiß ich nicht», protestierte ich. «Als ich sie sah, ruhte mein Blick keusch oberhalb ihres Halses, ganz abgesehen davon, daß ich sie angewiesen hatte, weite Pullover zu tragen.»

«Wenn du nicht solche sexy Schultern hättest», sagte Glenda, «dann hätt ich dich schon vor langer Zeit all diesen bösen Frauen zum Fraß vorgeworfen.»

«Du liebst mich bloß wegen meines Körpers, was?»

«Natürlich. Mit deinem Charakter ist kein großer Staat zu machen. Und bei deinen Manieren könnte ich dich gewiß nicht meiner Frau Mutter vorstellen.»

«Bring doch deinen Ehemann zu deiner Frau Mutter.»

«Mutter betete meinen Mann an. Aber schließlich mußte sie auch nicht mit ihm ins Bett gehn.»

«Heißt das, ich soll mit deiner Mutter ins Bett, bloß um einen guten Eindruck auf deine Familie zu machen?»

«Sie wär nicht dein Typ.»

«Und wie sieht der deiner Meinung nach aus?»

«Große Titten, wie bei Sandy. Oder junge, läufige Typen wie diese Christina Wood.»

«Was», fragte ich irritiert, «soll das eigentlich?»

«Ich wollte, ich könnte dir vertrauen.»

«Ich weiß nicht, was mein nächster Schritt sein wird», sagte ich – ein anderer Fleischbrocken, auf dem sie herumkauen konnte. «Ich würde mich gern mit Charles Goreman unterhalten. Aber ich werd mich da in Geduld üben müssen. Überall hör ich, wie clever und durchtrieben er ist; wenn ich auf ihn losgeh, bevor ich irgendwas in der Hand hab, zeigt er mir bloß die kalte Schulter.»

«Könnte der Anwalt – wie heißt er doch gleich? – dieser Haven dich nicht mit ihm bekanntmachen?»

«Over & East ist so ungefähr der größte legale Kunde in New York. Ich brauch also einen verdammt guten Grund, bevor er mich auf ihn loslassen würde.»

«Die Sache liegt dir wirklich am Herzen – oder willst du nur das Thema wechseln?»

«Ich glaube, es geht mir irgendwie gegen den Strich, daß da ein spezieller Kreis, eine abgetrennte Sphäre existiert, wo Verbrechen nicht mehr Verbrechen ist ... das klingt genau so, als hätte es mein Vater gesagt ... ich bin mir nicht mal sicher, ob Wood wirklich ermordet wurde, ich mein, ob es ein geplanter Mord war. Doch wenn es so war, dann hat man darum eine hohe Mauer gezogen, und falls ich herausfinde, wer dahintersteckt, dann wird mich eine hohe Mauer daran hindern, etwas dagegen zu unternehmen.»

Sie strich mir übers Haar. Ich stand auf und marschierte nackt auf und ab.

«Kennst du Stew McCarthy?»

Sie schaute mich verständnislos an.

«Richter Paul Stewart McCarthy, der Richter, der Wood verurteilte. Der Richter, der mit meinen Ermittlungen wegen der Bestechungsaffären im Department befaßt war», erklärte ich.

«Du mochtest ihn», erinnerte sie sich.

«Yeah. Ich sag dir was, ich versteh, warum er Wood in den Knast schicken wollte. Den ganzen Tag lang sitzt er da. Die hirnlosen, hoffnungslosen Junkies und die kleinkarierten Ganoven ziehen mit ihren verzweifelten Groschenverbrechen durch den Gerichtssaal. Das Gesetz verlangt, sie in die Hölle zu schicken. Und um keinen Irrtum aufkommen zu lassen, Attica ist die Hölle. Dann kommt Edgar Wood. Mit seinem Geld und seinen hochkarätigen Anwälten und seinen Beziehungen ist er sich verdammt sicher, daß er den Preis für einen Gefängnisaufenthalt nicht zahlen wird. Gefängnis, das ist für den Abschaum, das Gesindel, die Süchtigen und die Dealer.

Und der Richter», fuhr ich fort, «wer weiß, wozu er sie verdonnert hat und was er trotz allem dabei gefühlt hat. Er fühlt es. Er sieht Edgar Wood, und um der Seele des Richters Paul Stewart McCarthy willen muß McCarthy Wood ins Gefängnis schicken. Ansonsten ist er nichts weiter als eine lebende Lüge, es geht dann nicht mehr um Gerechtigkeit, es ist dann bloß noch... irgendwas anderes.»

«Tony», sagte meine Frau. «Es ist schon gut.»

Ich blieb schweigend stehen, während sie sich setzte, ebenfalls schweigend. Beide waren wir von der Tiefe meines Gefühls überrascht – der zornige Puritaner war zum Vorschein gekommen, den ich vor Jahren zu begraben versucht hatte, als ich sah, wieviel Unheil dadurch – wie mit jeder anderen Leidenschaft auch – ausgelöst werden konnte. Ich hatte das tief vergraben, zusammen mit der Schuld und den Schuldgefühlen, wohl wissend, daß ich ebenso schuldig war wie jene, die ich ins Gefängnis geschickt hatte.

«Warum sprichst du nicht mit McCarthy?» sagte sie nach einer Weile.

«Wozu?»

«Nun, als ich mal in einer Jury saß, schien es mir, als würden im Gerichtssaal eine Menge Dinge ablaufen, die im Protokoll nicht erwähnt werden. Nicht nur gewisse Betonungen oder die Art und

Weise, wie sich die Leute anschaun, sondern auch tatsächlich gesprochene Worte.»

«Clevere Lady», sagte ich, stieg wieder ins Bett und kuschelte mich an sie. Sie knipste das Licht aus. Ich war wieder daheim und fiel in einen tiefen, ruhigen, traumlosen Schlaf.

BESCHATTUNG

«Wann bist du zurückgekommen?» fragte mich Joey D'.

«Gestern nachmittag», behauptete ich.

«Schätze, das stimmt nicht ganz.»

«Oh, tatsächlich?»

«Yeah. Ich hab mich mit Gino unterhalten, und er meinte, du müßtest schon zurück sein. Vorgestern bist du aus deinem Motel raus. Doch das ließe sich erklären, das würd mich nicht mißtrauisch machen. Was dich verrät, Junge, ist dieses verdammte Grinsen in deiner Fresse. Das hast du nur, wenn du dir was Neues unter den Nagel gerissen hast.»

«Wofür zum Teufel hältst du dich eigentlich? Für meinen Vater?»

«Dann hab ich also recht», sagte er.

«Oder für meine Mutter?»

«Tony, du bist ein dämliches Arschloch. Ich kenn dich. Du brauchst die paar gottverdammten Leute. Es hilft dir nicht, wenn du dich nur um dich selber kümmern mußt. Wenn du kein Zuhause hast, dann rennst du los und machst jeden Scheiß, der in deiner Reichweite ist. Ich will dir nicht dabei zuschaun, wie du Zeug schnüffelst und Pillen einwirfst. Ich will dich nicht aus der Gosse holen und Kaution für dich stellen müssen.»

«Du bist nicht meine Frau, du bist nicht meine Mama, also scher dich zum Teufel», schrie ich ihn an.

«Okay, aber zuvor sag ich, was zu sagen ist. Und zwar ruhig. Ich hab dir einmal oder ein halbes dutzendmal, je nachdem, geholfen, wieder auf die Beine zu kommen. Vielleicht, weil dein Vater und ich Freunde waren. Vielleicht, weil ich glaube, daß du ein cleverer Junge und guter Partner bist, wenn du nicht gerade auf diesem Trip bist. Aber mittlerweile bin ich älter geworden. Ich bin müde. Ich hab jetzt nicht mehr die Geduld, den Babysitter zu spielen. Du bist auch älter geworden und solltest es besser wissen.»

«Okay, ich hab dir zugehört. Darf ich jetzt auch mal was sagen? Was soll das alles? Ich bin in einem fremden Bett gelandet, ein einziges Mal. Na und? Ist das vielleicht das Ende der Welt? Seit die Erde sich dreht, Joey, hat es da vielleicht mal eine Zeit gegeben, wo Männer nicht ein bißchen was nebenbei laufen hatten? Wenn du damals in Sizilien mit einem Mädel was gehabt hättest, dann hätte dich ihr Mann oder ihr Vater umgebracht. In der Bibel haben sie Ehebruch mit Steinigung bestraft. Hast du trotz dieser Überreaktionen von einen einzigem Ort gehört, wo der Ehebruch völlig verschwunden wäre? Weißt du, wann es das nicht mehr geben wird, daß man was nebenbei hat? Wenn Männer und Frauen ohne die Teile geboren werden, mit denen sie es tun können», sagte ich mit der entsprechenden Geste.

Er lachte. Gott sei Dank.

«Ich mag Glenda. Sie ist gut für dich, und ich will nicht, daß du das kaputtmachst.»

«Weißt du was? Ich mag Glenda auch, und ich bin ganz deiner Meinung, sie ist wirklich gut für mich. Und jetzt, da die Gruppentherapie vorbei ist, tun wir wieder so, als wäre das ein Büro, ja?»

«Sicher. Übrigens, ich glaub, du hast dich in D. C. ganz gut gehalten; zumindest hast du mir nicht irgendeine Suppe eingebrockt, die ich auslöffeln muß.»

Ich brachte ihn auf den neuesten Stand. Was ihn am meisten freute, waren die Rechnungen, die wir ausschreiben konnten, dem Wood-Besitz sei Dank. Dann bat er mich, heute abend eine Beschattung für ihn zu übernehmen. Eine Scheidungssache, leicht zu observieren.

«Meine Enkel», erklärte er, «besuchen ihre Großmutter. Sie sind jetzt vier und fünf.»

Ich sagte, das ginge in Ordnung. Dann rief ich den Richter an. Er konnte mir sowieso erst am nächsten Tag einen Termin geben. Ich rief Christina an und unterhielt mich ein bißchen mit ihrem Anrufbeantworter. Dann rief mich meine Mutter an. Ich erzählte ihr, daß ich am Leben und Glenda gesund wäre und daß Wayne wachsen und Squash spielen lernen würde. Wir verabredeten uns zum Essen. Christina rief mich zurück. Ich sprang ins nächste Taxi.

Sie telefonierte, als ich ankam. Aber wir fingen trotzdem sofort an. Als ich ihr Haar streichelte, machte sie einen Buckel wie eine Katze und drückte sich gegen mich. Ich beugte mich über sie und küßte ihre Stirn, ihre Wangen, ihre Ohren. Sie hielt mit einer Hand den Hörer zu, und ich bekam die Hitze ihres Mundes zu spüren. Das zündete. Sie erhob sich und drückte ihren Rücken gegen mich. Ich legte die Arme um sie, und meine Hände tasteten nach dem Fleisch ihrer Taille und ihres Bauches. Sie murmelte ein paar merkwürdig erstickt klingende Worte ins Telefon, legte auf, und wir gingen ins Bett.

Es hat in meinem Leben so viele Frauen gegeben, daß ich irgendwann zu zählen aufgehört habe. Ich habe die meisten der Dinge getan, die ich mir während des Masturbierens vorgestellt hatte. Und seit meiner ersten Frau war auch das übelste Sexabenteuer noch gut gewesen. Doch Christinas und meine Sexualität waren maßgeschneiderter als die Saville Row-Anzüge ihres Vaters.

Mitten in das Schwitzen und die Laute hinein, die keine Worte waren, hörte ich eine Stimme sagen, unerwartet und unerwünscht: «Ich liebe dich.» Es war meine Stimme. Sie umklammerte mich noch fester. Ihre Arme preßten meinen Körper an sich.

Später, als wir gemeinsam unter der Dusche standen, sagte sie: «Du solltest solche Sachen nicht sagen», während ihre Augen, ihre Stimme und ihr Körper das Gegenteil ausdrückten. «Ich bin froh», sagte sie, «daß du eine andere hast. Ich möchte nicht, daß du zu einem Problem für mich wirst.»

«Sicher», sagte ich und küßte sie unter dem Wasserstrahl.

Wir zitterten beide, als ich ging; das Gefühl der Trennung hing greifbar in der Luft.

Joey D' wartete Ecke Neunundvierzigste und Madison auf mich. Seine Beobachtungsgabe war zu ausgeprägt, daß er mein noch feuchtes Haar nicht bemerkt hätte, doch er sagte lediglich: «Danke, daß du für mich einspringst, Junge», und marschierte gleich los, um seine Ex-Frau, seinen Sohn, seine Schwiegertochter und seine Enkelkinder zu besuchen.

Innerhalb von zehn Minuten, so gegen 4.30 Uhr, strömten die Horden aus den Bürotürmen. Ich hielt nach einem kleinen Steinchen in dem rollenden Erdrutsch Ausschau, doch mein Mann machte es mir leicht, ihn herauszupicken, weil er sich bemühte, einen halben Schritt schneller zu gehen als die restliche Herde. Ein typischer Werbeheini von Doyle, Dana: Fitnessclub und Gesichtsbräuner, doch gleichzeitig gehetzt und verhärmt, mit einer Menge Geld, aber nie genug. Zumindest nicht für das, was seine Frau mit ihm vorhatte.

Er wandte sich Richtung Norden. Er ging nur einen halben Block, dann betrat er ein Gebäude, das einst die Erzdiözese von New York gewesen und nun zum Hotel umgebaut worden war. Er marschierte durch den gepflasterten Hof, dann durch das Gewölbe der Lobby und die Marmorstufen hinunter. Er bog nach links in

Harry's Bar. Holz und Bleiglas trennte *Harry's* von der Lobby, also mußte ich nicht mal eintreten, um ihn beobachten zu können.

Er saß an der Bar, behielt den Eingang im Auge, behielt seine Uhr im Auge und versuchte, seinen Drink langsam zu trinken, was ihm nicht gelang. Dann kam sie herein.

Sie war nichts Besonderes. Nicht alle Köpfe in der Bar drehten sich nach ihr um, benommen von der Länge ihrer Beine, ihrem wippenden Busen oder ihrem wackelnden Hintern. Doch für ihn war sie alles. Er stieg aus seiner Besorgnis auf wie ein Schmetterling in die Sonne, und ich konnte sehen, wie die Bar und der Rest der Welt für sie verblaßten, als sie nur noch füreinander da waren.

Das Auge meiner Mini-Kamera öffnete und schloß sich lautlos; wieder mal hatte Kodak einen Moment eingefangen, der vor Gericht in Erinnerung gebracht werden würde.

Er warf einen Geldschein auf die Theke, und sie gingen hinaus. Ich folgte ihnen. Sie kamen nicht weiter als bis zu den Fahrstühlen. Ich stieg mit ihnen zusammen ein und nach ihnen wieder aus. Sie hatten nur Augen füreinander.

Während sie sich vor der Tür des Hotelzimmers umarmten, schlenderte ich vorbei. Als ich hörte, wie sich die Tür hinter mir schloß, drehte ich mich wieder um. Ich suchte den Service-Raum und trat ein. Aus meiner Aktentasche holte ich Mikrofon und Recorder. Ich versteckte das kleine Tonband unter einigen Handtüchern. Das Mikrophon mit seinem winzigen Saugnapf drückte ich in die obere rechte Türecke. Den Sender befestigte ich mit Klebeband oben am Türrahmen. Ich ging wieder in die Kammer, überprüfte, ob alles funktionierte und begab mich wieder nach unten.

Bei *Harry's* schlug ich fünfundvierzig Minuten tot, ging hoch, drehte die Kassette um, gab ihnen noch mal fünfundvierzig Minuten und sammelte alles wieder ein. Es war ein früher, warmer Abend; ein Sonnenstrahl fiel weiter unten auf die Stufen der St. Patrick's-Kathedrale. Ich setzte mich auf die breite Treppe und kontrollierte das Band. Wenn genügend schmutziges Zeug drauf war, dann war der Job erledigt; wenn nicht, dann mußte ich noch mal zurück und noch ein Band einlegen.

Es war umwerfend. Bei ihr bekam er so schnell einen hoch. Und bei seiner Frau blieb alles schlaff... Ich drückte auf Vorlauf, und aus den Kopfhörern tönte Stöhnen und schrille Schreie... und wie oft! Sie mochte seine Zunge da, ja, genau da! Und langsamer,

langsamer... klatsch! Er liebte es, wenn sie ihm den Arsch versohlte, während er es ihr besorgte...

Wir hatten ihn im Sack. Man muß zahlen, wenn man herumspielen will, zumindest meinen das die Ehefrauen. Ich fragte mich, ob er auch seine Geliebte verlieren würde, wenn ihn seine Frau erst mal bis aufs Hemd ausgeplündert hatte. Das passierte oft. Egal, jedenfalls hatten wir wieder mal einen Job erfolgreich abgeschlossen.

DER RICHTER

Seine Ehren Richter Paul Stewart McCarthy ließ ein alles andere als richterliches Lachen ertönen, nachdem ich ihm, so verständlich wie möglich, eine Kurzzusammenfassung der SEC-Aussagen von Edgar Wood geliefert hatte.

«Das Komische dabei ist», erklärte er, als er wieder sprechen konnte, «wenn Wood wieder hier bei mir zur neuen Urteilsverkündung aufgetaucht wäre und nicht mehr zu bieten gehabt hätte, wissen Sie, was ich dann gesagt hätte?... Drei bis fünf Jahre Attica.»

«Rechneten Sie damit, daß er mehr auf den Tisch legen würde?»

«Interessante Frage. Bestellen Sie uns noch eine Runde und *lassen* Sie uns nachdenken.» Für ihn Jameson's, für mich Bier.

«Bei der ersten Urteilsverkündung», sagte er, nachdem er sich die Kehle angefeuchtet hatte, «war der Mann völlig außer sich. Er hatte einen Schock, würde ich sagen, aber schockiert sind sie schließlich alle.» Bei der Erinnerung daran kicherte er. «Er versprach, er würde alles hochgehen lassen. Die ganze dreckige Mannschaft bloßstellen.»

«Erinnern Sie sich noch genau, was er sagte? Ganz genau?»

Er schloß die Augen, durchstöberte den Aktenschrank in seinem Hirn. Seine Lider schnappten auf, und er rezitierte mit monotoner Stimme: «Die ganze verdammte Bande ist keinen Deut besser als ich. Das ganze Gesindel ist bis ins Mark verrottet. Dieser weiße, angelsächsische Superprotestant Choate Haven, dieser Schwanzlutscher Goreman, die verdammten Culligan, Scott und Shaw...» Er zwinkerte und legte eine kleine Pause ein. «Ich bin mir nicht sicher, ob ich das letzte Trio richtig hinbekommen hab, aber ich glaub schon. Sie sind alle bei Choate, Winkler, Higgiston, etcetera, denke ich.»

«Ja, das sind sie», bestätigte ich.

«Wissen Sie, was ein echter Jammer ist», sagte er nach einem weiteren Schluck. «Heutzutage wird auf unterstem Niveau geflucht. Nur Ficken und Schwanzlutschen, weiter nichts. Damals, als ich noch ein Junge war, da hätten sie gesagt, dieser Choate Haven, dieser selbstzufriedene Satansbraten, der da mit seinem breiten

Arsch in seinen Superclubs sitzt, ist ein verkommener, speichellekkender Abschaum von einem Informanten, der seine eigene geliebte Mutter für eine Rolle gebrauchtes Klopapier an die Briten verkaufen würde. Der Niedergang der Sprache, selbst wenn es nur englisch ist, ist eine traurige, bedauernswerte Angelegenheit.»

«Wann», fragte ich, «sind Sie so irisch geworden?»

«Ich glaub, ich versuch nur vor der Realität zu flüchten; die nagt wahrhaftig an mir.»

«Was hat Wood sonst noch genau gesagt?»

«Zur Sache, zum Geschäft», beklagte er sich. «Aber ohne die Nebensächlichkeiten und Seitensprünge wäre das Leben eine öde Angelegenheit... Also dann, mal sehn... hat er noch irgendwelche anderen Namen erwähnt...? Nein. Aber es waren zwei oder drei Burschen von Over & East da. Klughorn war einer davon. Ich erinnere mich an ihn, weil er als Zeuge aufgetreten war. Und... Silly? Sally? Diller, das war's. Wood deutete auf sie und sagte, ‹Ihr Scheißkerle geht mit dem sinkenden Schiff unter. Ihr fickt mich nicht in den Arsch und kommt ungeschoren davon.›»

«Wie reagierten sie?»

«Gut erzogen und wohlanständig. So, als hätte Edgar die ganze Sache wie ein Mann hinnehmen müssen. Mich überrascht es nie, wenn sie zusammenbrechen. Mich überrascht lediglich, wenn sie nicht zusammenbrechen. Na ja, jedenfalls früher mal.»

«Gab es zu der Zeit noch eine Reaktion? Sagte Wood irgendwas, das sich danach anhörte, als hätte er gegen irgendeinen was Spezielles in der Hand? Reagierte jemand auf seine Drohungen erschrokken?»

«Zu der Zeit... Damals dachte ich, die Sache könnte ein Großereignis werden. Der Skandal des Jahres. Vor allem mit dieser Bande von Choate usw. Eine solche Bastion der Wohlanständigkeit, so rein und schneeweiß. Welch ein Jammer, dachte ich damals, daß sich seine Geschichten wahrscheinlich nicht um die Anwälte, sondern um die Firma drehen würden. Darauf war ich nicht so sonderlich scharf. Bei einem Monstrum wie Over & East rechnet man mit skandalösen Dingen. Damit wird der Skandal automatisch kleiner, verstehen Sie?»

«Mit alldem kann ich nicht viel anfangen», seufzte ich.

«Der Junge braucht eine heiße Spur.»

«Offen gesagt, Stewart, es ist schwer, ohne irgendeine Spur gegen sie zu ermitteln. Da kann man nur nach Papieren suchen, und das ist mit Durchsuchungsbefehlen schon seit Jahren gemacht worden. Wenn die IRS mit ihren unbeschränkten Möglichkeiten sie nicht festnageln kann, wie sollte ich es dann können?»

«Tony, mein Junge, ich werde Ihnen was sagen, das die Sache noch schlimmer macht. Schon während der Gerichtsverhandlung dachte ich mir, wenn unser Mr. Wood so ein heißes Eisen im Feuer gehabt hätte, dann hätte er es längst vor der Urteilsverkündung eingesetzt. Er hätte mit der Staatsanwaltschaft ein Geschäft gemacht.»

«Shit», sagte ich.

«Wissen Sie, was Ihr Problem ist?»

«Euer Ehren, sosehr ich Sie auch mag und respektiere – und Sie sind in New York der einzige Richter, dem ich mein Taschengeld anvertrauen würde –, ich hab es satt, daß die Leute mir ständig erzählen, was mein Problem ist.»

«Sie fangen an, es persönlich zu nehmen.» Er sprach weiter, als hätte ich ihn nicht unterbrochen. «Und das ist es natürlich nicht. Wenn Sie herausfinden wollen, wer die Tat begangen hat, das ist Ihr Geschäft, aber es ist nicht Ihr Leben.»

«Ich kenn den Film. ‹Ist nicht persönlich gemeint, ist nur Geschäft.›»

«Der Witz dabei ist, mein Junge, daß es genau so ist. Sie begreifen das nicht. Das hat Sie zu einem guten Cop gemacht und Sie als Cop ruiniert. Zum Teufel, Junge, ich könnte mir vorstellen, daß Sie sich womöglich jedesmal verlieben, wenn Sie in einem Bett landen. So denkt eine Frau.»

«Was hab ich nur an mir, Euer Ehren, daß sich jeder in bezug auf meine Person so verdammt scharfsinnig vorkommt?»

PASTA FAZOOL

Vor langer Zeit mal war Vincent, der älteste Bruder meines Vaters, mein Lieblingsonkel. Er war derjenige, der immer den neuesten Wagen fuhr und mit großartigen Geschenken ankam.

Ich weiß nicht genau, was geschah. Mein Vater war Bauarbeiter. Vor dem Krieg hatte er für die Gewerkschaft gekämpft; danach war er Gewerkschaftsfunktionär geworden. In den fünfziger Jahren schlossen sich die Regierung und die großen Bosse zusammen, um die Gewerkschaft von allen Linken zu saubern. Mein Vater durfte seinen Mitgliedsausweis behalten, er durfte weiter arbeiten, aber gewerkschaftspolitisch durfte er nicht mehr tätig werden. Um nicht in Bitterkeit zu versinken und um die Zeit totzuschlagen – das zusätzliche Geld war nicht der eigentliche Antrieb –, wurde mein Vater nebenbei Bauunternehmer.

Es war ganz natürlich, daß er sich mit seinem Bruder zusammentat. Vincent hatte das Geld, er hatte die Kontakte. Vincent machte drüben in Jersey große Geschäfte. In Brooklyn wurden sie Partner.

Dann gab es Streit. Ich hab keine Ahnung, worum es dabei ging. Zu der Zeit war ich erst acht. Auch später ließ sich mein Vater nie näher über die Details aus. Es war bei der Beerdigung meines Vaters, als ich meinen Onkel wiedersah, fünfzehn Jahre später.

Unsere nächste Begegnung fand schon eine Woche später statt. Ich begegnete ihm mit einer vorgefaßten Meinung. Mein Vater hatte mit Vincent nichts zu tun haben wollen. Mein Vater hatte seit dem Streit bis zu seinem Tod kein Wort mehr mit ihm gesprochen, was mich natürlich zu der Annahme verführte, daß Vincent all das repräsentierte, was mein Vater bekämpft und verachtet hatte.

Dann überschüttete mich dieser Fremde – und für mich war er mittlerweile längst zu einem Fremden geworden – bei einer Portion Kalbsbraten mit Emotionen, als wäre ich der verlorene Sohn, als wäre ich es, der zurückkehrte. Er bot mir an, meine Ausbildung zu bezahlen, mich den Leuten vorzustellen, die mir helfen konnten. Mich durchs Leben zu führen, nun, da ich ein Waisenkind war und keinen Vater mehr hatte, der mir hätte helfen können. Dieses Essen war das letzte Mal gewesen, daß ich ihn gesehen hatte.

Als ich mit Glenda und Wayne das Restaurant betrat und Vincent neben meiner Mutter sitzen sah, war ich erst mal sauer. Und saß in der Falle.

Onkel Vincent erhob sich lässig zur allgemeinen Vorstellung. Er nahm meine Hand und flüsterte mir zu: «Hoffentlich ist dir das nicht unangenehm.»

Ich zuckte mit den Schultern und wollte mich hinsetzen. Er hielt meine Hand fest.

«Ich werde alt, Tony, sehr alt. Ich wollte dich sehen.»

«Okay», sagte ich.

«Es ist alles so lange her. Ich wollte niemals mit meinem Bruder streiten. Das mußt du verstehn.»

«Es spielt keine Rolle», sagte ich. «Setzen wir uns hin und bringen's hinter uns.»

Ich küßte meine Mutter – dieses Recht steht ihr zu – und setzte mich neben sie. Vincent war zu schnell für mich. Er rückte Glenda einen Stuhl zurecht, was sie schlecht ablehnen konnte, worauf er sich neben mich setzte.

Beim Antipasto flüsterte Wayne Glenda zu, wie alt Vincent aussähe. Glenda brachte ihn zum Schweigen. Solche Sachen berührten ihren Sinn für Anstand in der gleichen Weise wie der Bohrer eines Zahnarztes mein Nervensystem.

«Das ist schon in Ordnung», sagte Vincent. «Schon in Ordnung. Ich bin ein alter, alter Mann. So wie du ein sehr junger Mann bist. Für beides muß man sich nicht schämen. Stimmt's, Tony?»

Natürlich fragte Wayne: «Wie alt?» Glenda war schockiert.

«Ich bin dreiundachtzig. Ganz ordentlich, was?»

«Woowwww!» Wayne war beeindruckt. Es dauerte eine Weile, bis er eine derart ehrfurchtgebietende Zahl verdaut hatte. «Hat's dich schon vor dem Fernsehen gegeben?»

«Ja. Und vor einer ganzen Menge anderer Sachen auch.»

«Was für welche?»

«Videospiele. Filme mit Ton. Computer. Klimaanlagen. Geschirrspüler.»

«Wir haben keinen Geschirrspüler», sagte Wayne. «Ich muß den Abwasch machen.»

«Eine bescheidene Übertreibung», sagte Glenda.

«Gab es damals Baseball? Gab es die Brooklyn Dodgers? Tony hat die Brooklyn Dodgers wahnsinnig oft gesehn», fuhr Wayne fort.

«Sicher gab es Baseball. Ich erinnere mich, als ich das allererste Mal hier war; das war 1919. Es war das Jahr, als die World Series hingebogen wurden.»

«Waren sie schief?» erkundigte sich Wayne.

«Nein», sagte der alte Mann ernsthaft. «Die Glücksspieler bezahlten das bessere Team, damit es verlor.»

«Awhhh, Baseballspieler würden so was nie machen», sagte Wayne, mit einer noch zynischeren Realität konfrontiert, als ich sie gewöhnlich repräsentierte.

«Die Zeiten damals waren rauher, Wayne. Viel rauher. Das weiß nicht mal Tony, wie rauh und hart es wirklich war. Sportler verdienten bei weitem nicht so viel Geld wie heutzutage. Hör zu – du auch, Tony, vielleicht lernst du was dabei. Ich mußte drei Jahre lang jede Woche sieben Tage schuften, um Tonys Vater von Sizilien rüberkommen zu lassen.»

Als wir beim Dessert waren, beugte sich Onkel Vincent zu mir herüber und sagte: «Schau, Tony, ich weiß, daß du von mir nichts annimmst. Ich hab es früher versucht, und du hast nein gesagt. Ich will dich gar nicht aufregen. Aber ich hab für den Jungen eine Kleinigkeit gekauft. Ich würde es ihm gerne geben, wenn du erlaubst. Nur mit deiner Erlaubnis.»

Falls es eine Möglichkeit gab, nein zu sagen, dann fiel sie mir jedenfalls nicht ein. Hätte er für Wayne was anderes kaufen können als das Teuerste? Es war ein Head Graphite-Schläger, allerbeste Besaitung. Die 120 Dollar waren für Vincent nichts weiter als Taschengeld. Ebenso wie die Dinerrechnung, die bereits bezahlt war, wie ich feststellen mußte. Nicht mal darum konnte ich mich mit ihm streiten.

Draußen zog er mich für ein weiteres Wort unter vier Augen beiseite.

«Hör mir zu, Tony. Wenn es irgendwas gibt, was du brauchst, ruf mich an. Ohne jede Verpflichtung. Du kannst mir eine Postkarte schicken, du brauchst nicht mal mit mir zu reden, wenn du nicht willst. Wenn du Hilfe brauchst, dann helf ich dir.» Seine Hand grub sich in meine Schulter. Er küßte mich auf die Wange. Sein Atem roch wie Tod, gegrillt in Knoblauchbutter.

Dann hatte meine Mutter das letzte Wort.

«Hör mich an, Tony», sagte sie. «Vincent ist ein alter Mann. Er gehört zu unserer Familie. Daß du nicht mit ihm sprichst, das ist nicht richtig.»

«Pop hatte unrecht?»

«Das hab ich nicht gesagt. Das hab ich niemals gesagt... Tony, bist du wütend auf mich?»

«Nein, Mom, ich liebe dich.» Ich umarmte sie und gab ihr einen Kuß. Vincent fuhr sie in seinem Cadillac heim.

WIEDERAUFNAHME

Detective Sergeant Bill Tillman rief mich am nächsten Morgen an.

«Ich habe gerade an Sie gedacht», sagte ich.

«Sagen Sie nicht solche Sachen, jetzt, wo sie endlich wieder nach Nutley zurückgegangen ist.»

«Tut mir leid», sagte ich. «Wie hat diese Story funktioniert?»

«Wie die Story funktioniert hat?» sagte Tillman. «Ich will dazu nur eines sagen. Ich hab die Story über die Hellseherin und den Polizisten gerahmt und an meiner Wand aufgehängt. Ich will Ihnen nur den ersten Satz zitieren: ‹Wenn Sie je eine geschickte Betrügerin kennenlernen wollen, dann besuchen Sie die Hellseherin, die Reportern den Pulitzerpreis und Polizei-Captains Beförderungen verspricht.› ... Also, mein Freund, ich schulde Ihnen was, und ich zahle das jetzt mit Vergnügen zurück. Wir haben eine neue Spur in dem Fall.»

«Bin schon unterwegs.»

«Es geht darum, daß wir uns einen Kellnerlehrling des Restaurants, in dem Wood seine letzte Mahlzeit gegessen hat, zur Brust genommen haben. Es stellte sich heraus, daß zwei Typen in dem Restaurant waren, zwei Abende, bevor Wood ermordet wurde, und sich nach ihm erkundigt haben. Die andere Seite, die ich zu bearbeiten versuche, ist die DEA, diese kolumbianische Sache. Das ist ein Problem. Sie berufen sich beide auf ihre diplomatische Immunität.»

«Vergessen Sie das. Wie schaut's morgen aus?»

«Das geht», sagt er. Ich reservierte den Flug und rief anschließend Christina an.

Ich sagte «Hallo», und sie sagte: «Ich glaub nicht, daß ich dich noch mal sehen will.»

«Was ist los?»

«Für dich ist alles in bester Ordnung. Du kommst her und amüsierst dich, dann gehst du heim zu deiner – zu Glenda. Und ich bin allein. Ohne dich bin ich recht gut zurechtgekommen.»

Der Traum des Fallens ist weitverbreitet. Ich träume ihn manchmal. Ich stehe am Rand einer Klippe oder einer Brücke oder, was am häufigsten vorkommt, am Rande eines Daches. Plötzlich ist das, was ich eben noch unter den Füßen hatte, verschwunden. Eine Traumstimme versucht zu schreien, doch die Stimmbänder sind wie gelähmt.

«Christina, es war so schön zusammen.»

«Genau das ist es ja. Du hebst mich so hoch, und dann falle ich so tief. Wenn es nicht so wunderbar wäre, würde es keine Rolle spielen. Für dich ist alles bestens, du gehst nach Hause, du gehörst zu einer anderen, und wenn ich an ihrer Stelle wäre, würde mir das ganz und gar nicht gefallen.»

Es gab keine Möglichkeit, am Telefon dagegen anzukämpfen.

«Hör mir einen Moment zu», sagte ich.

«Nein. Mein Entschluß steht fest.»

«Es geht um deinen Vater. Um den Fall.»

«Was? Was ist damit?»

«Das möcht ich dir lieber selbst erklären. Nicht am Telefon.»

«Also gut. Aber glaube bloß nicht, daß ich bei deinem Anblick meine Einstellung ändere.»

Natürlich glaubte ich das nicht. Vom Taxi aus rannte ich die Stufen zu ihr hoch. Sie hielt sich stocksteif; unberührbar, unküßbar. Sie führte mich ins Wohnzimmer und bot mir einen Sessel an, in dem nur eine Person Platz hatte. Sie setzte sich so, daß der Tisch zwischen uns stand. Ich war glücklich, im gleichen Raum mit ihr zu sein.

«Die Polizei in Virginia», sagte ich ohne Umschweife, «ist auf einige Indizien gestoßen, die andeuten, daß dein Vater vorsätzlich ermordet wurde. Es ist nur eine vage Spur, aber ich flieg runter, um zu sehen, ob man was daraus machen kann.»

Ihre Augen wurden feucht. Sie beugte sich vor. Ich teilte ihr die wenigen Details mit, die ich wußte.

«Tony, Tony», sagte sie und streckte die Hände nach mir aus.

Ich bewegte mich um den Tisch herum, und sie legte ihre Arme um mich. Sie vergrub den Kopf in meinem Schoß, und ihre Tränen machten uns beide naß.

«Ich hasse sie. Wer immer sie sind, ich hasse sie. Werden sie ungestraft davonkommen? Werden sie das?»

Ich blickte hinunter in ihre feuchten Augen. «Ich werde diejenigen finden, die ihn getötet haben, und ich werde tun, was in meiner Macht steht.» Noch während ich sprach, wurde mir klar, daß ich dieses Versprechen vielleicht nicht hätte abgeben sollen. Denn ich würde mich daran halten. Wie ein Junge, der eine Mutprobe ablegt, sind für mich die dämlichsten Versprechungen die heiligsten. Ich glaube, so schlidderte ich in die Ehe. Ich hatte es gesagt. Da ich es gesagt hatte, hielt ich es auch.

Schweigen rahmte das Versprechen ein. Vielleicht verstand sie, was ich eben getan hatte. Vielleicht auch nicht.

Ich nahm ihre Hände in die meinen und zog sie sanft hoch. Sie erhob sich und sank in meine Arme. Unsere Lippen berührten sich, ihr Schmerz und ihr Zorn verwandelten sich in Lust und Hunger.

«Du bist zurück, du bist zurück», rief sie, als hätte sie geglaubt, ich wäre für immer und ewig verschwunden. Oder tot. Wir hatten nicht die Zeit, ein Bett zu suchen. Wir lagen auf der Couch, noch halb bekleidet. Ihre Beine spreizten sich und schlangen sich um meine Hüften, als wäre das für mich der einzige Ort auf der ganzen Welt, wo ich mich aufhalten könnte. Und so war es auch. Ich drang in sie ein, so verzweifelt und hoffnungslos wie die Suche nach der Wahrheit.

«Ich liebe dich», sagte ich, einen Wimpernschlag, bevor mich der Orgasmus in eine tobende, brüllende Finsternis stürzte. «Ich liebe dich, ich liebe dich», hörte ich sie durch den Sturm rufen.

Ein gewaltiges Gelächter stieg tief aus meinen Eingeweiden nach oben, während wir dalagen, ein wirrer Haufen von Kleidern und verschlungener Gliedmaßen. Ein Teil davon war die pure Freude. Ich war völlig high, total verliebt in die Frau in meinen Armen, und ich hatte ein glückliches, zufriedenes Zuhause, zusammen mit einer Frau, die zu den schönsten zählte, die ich je kennengelernt hatte.

Der Konflikt war schon so alt, daß sämtliche Witze darüber bereits einen Bart hatten. Das ging schon zwanzigtausend Jahre so, von den Keulen bis zu den Computern, und der einzig intelligente Kommentar zu dieser Situation, den ich je gehört hatte, stammte von Tommy Moe Raft, einem kleinen Komiker mit Hängebacken und den Augen eines Bassets, der gerade einssechzig maß. «Bitte, bitte, biiitte», bettelte er Enid, die Blondine, mit der er in seinen Sketchen auftrat. Sie, ohne Absätze gute einsachtzig groß, mit Beinen, die ihm fast bis zu den Hängebacken gingen, jammerte: «Was ist mit deiner Frau, Tommy?» Tommy beruhigte Enid: «Wir können erst mal ohne sie anfangen.»

Dann machten wir es noch mal. Sie wußte nicht, weshalb ich lachte, aber es gelang ihr mit Leichtigkeit, durch dieses Gelächter bis in meinen innersten Kern vorzustoßen.

DAS TÄUBCHEN

«Was haben Sie herausgefunden?»

«Walter LeRoy Johnson», sagte Bill Tillman und zog die Akte heran, «alias LeRoy Johns, John Walters, John Waterson, Walter LeRoy, Roy Walters und LeRoy Watson hat unter jedem dieser Namen geheiratet. Er ist produktiv, aber nicht phantasievoll.» Er schaute auf und sagte: «Das steht nicht in der Akte, das war ein Kommentar.» Dann las er weiter. «Männlich, schwarz, siebenundsechzig, Haarfarbe schwarz, braune Augen. Vierzig Jahre lang Bigamie und nicht erfüllte Unterhaltsverpflichtungen. Sein letzter Haftbefehl, wegen dem wir ihn hochgenommen haben, stammt aus Seminole, Texas, aufgrund einer Anzeige einer gewissen Mrs. Althea Johns. Weiterhin existieren laufende Haftbefehle aus Alabama, Arizona, und zwei stammen gleich von nebenan aus West Virginia.»

«Sehen Sie ihn», sagte ich, um seine kühle Fassade anzukratzen, «als eine unglückliche Karikatur?»

«Ja, das tue ich», sagte er, ungerührt wie immer. «Und zwar nicht als den haltlosen, vagabundierenden Nigra, sondern als Folge des kulturellen Defizits der südstaatlichen Armut, ganz gleich in welcher Hautfarbe sie in Erscheinung tritt. Eine aussterbende Gattung, wenn der ökonomische und erzieherische Standard steigt.»

Wir tauschten ein leeres Lächeln.

«Wenn ich dann mit etwas zur Sache Gehörendem fortfahren könnte...»

«Bitte», sagte ich.

«Anscheinend», sagte er, die Akte durchblätternd, «nein, nicht anscheinend, sondern tatsächlich. Zum Beweis hab ich hier eine vereidigte Erklärung vorliegen. Ein Mr. und eine Mrs. Clayton Delaney aus Seminole, die Arbeitgeber von Mrs. Althea Johns, waren auf Besuch bei Verwandten in Casanova, ein paar Schritt drüben im Farquier County. Sie hielten zum Abendessen im *Scotch 'n' Sirloin* – Mr. Johnsons Arbeitsplatz –, und als er ihre Teller einsammelte, erkannten sie in ihm den Mann, der ihre Angestellte, Mrs. Johns, hatte sitzenlassen. Sie sprachen den Verdächtigten nicht an, sondern informierten pflichtgetreu nach ihrer Rückkehr besagte Althea Johns. Mrs. Delaney war anscheinend der Meinung, daß dies ihre Pflicht wäre.»

Er blätterte eine Seite um. «Mrs. Delaney war so mitfühlend... das steht nicht im Bericht, das stammt aus einem Gespräch... das die Fälle verlassener Frauen im allgemeinen betrifft, daß sie einen Anwalt zur Klageerhebung engagierte, der wiederum eine Vorladung beantragte usw. usw. Sie können es sich anschaun, wenn Sie wollen.»

«Danke, ich habe genug davon gesehn.»

«Nun, sie riefen dann auch noch an», sagte er und schloß die Akte. «Sowohl der Anwalt als auch der Arbeitgeber. Also gruben wir die Vorladung aus der Tiefe der Akten, wo sie unter wesentlich wichtigeren Sachen verborgen war, und fuhren los, um Walter Johnson einzusammeln. Danach unterzogen wir ihn natürlich erst mal einer Routineüberprüfung.

Ich weiß nicht, ob Sie Bescheid wissen, aber wir sind vor kurzem staatsweit an das Computernetz angeschlossen worden, mit Bundesauskunft. Ich hab das vor ein paar Jahren durchgedrückt. Manchmal funktioniert es recht gut. Bei D's, M's, W's und P's funktioniert es sogar ausgezeichnet. Wenn andererseits der Name mit einem F oder einem B beginnt, dann kann man sicher sein, daß einen die eigene Akte nie einholen wird. Zum Unglück von Walter LeRoy benutzte er all diese W-Namen, und der Computer war begeistert.

Der verhaftende Beamte, Samuel D. Culpepper, der, nebenbei bemerkt, ein richtiger alter Knacker ist, schaut sich den Computerausdruck an und liefert eine fast authentische Imitation eines Südstaatensheriffs. ‹Du steckst bis zur Halskrause in Schwierigkeiten, Junge.› ... Hat jemals jemand daran gedacht, Polizeibeamten zu verbieten, Fernsehen zu schauen? ... Laut Culpepper begann der Gefangene zu jammern und zitierte die Bibel bezüglich der Schwäche des Fleisches. Der Verdächtige bot ‹wichtige Informationen› gegen seine Freilassung an. Culpepper bezweifelte, daß ein so alter, ignoranter Kerl irgendwas von Bedeutung wissen könnte, und brachte diese Zweifel auch deutlich zum Ausdruck. Worauf Johnson sagt: ‹Was is' mit dem reichen alten Weißen, dem sie den Schädel zermatscht hab'n?› Selbst Culpepper schien irgendwie mitbekommen zu haben, daß es sich dabei um einen wichtigen Fall handelt. ‹Rühr dich nicht von der Stelle›, befahl er Johnson – eine reichlich überflüssige Anweisung für einen Mann in der Zelle – und rannte zu Deltchev. Deltchev schickte Culpepper, sehr zu dessen Mißvergnügen, zu mir. Ich mußte ihn zu seiner ausgezeichneten Polizeiarbeit beglückwünschen.

Offenbar ist Mrs. Althea Johns nicht nur eine äußerst moralische, kirchenliebende Frau, sondern physisch auch noch ungemein stark. Johnson wollte lieber im Gefängnis sitzen, als zu ihr zurückzugehen. Es ging ein bißchen hin und her, und schließlich erzählte er mir, daß sich zwei Tage vor dem Mord zwei Männer an ihn herangemacht hätten. Sie hatten ein Foto von Wood und fragten Johnson, ob er diesen Mann je gesehen hätte.

Johnson behauptet, daß er dies anfangs abgestritten hätte, doch dann hätten sie ihn physisch genötigt, und ihm wäre nichts anderes übriggeblieben, als Wood zu identifizieren.»

«Sie hören sich so an», sagte ich, «als wären Sie vom Wahrheitsgehalt von Mr. Johnsons Aussage nicht völlig überzeugt.»

«Stimmt. Nicht völlig. Vielleicht haben sie ihn bedroht, aber ich weiß, daß zehn Dollar auch gereicht hätten. Ich glaub nicht, daß er sich auch nur ein bißchen gesträubt hat.»

«Irgendwelche Namen?»

«Ich fürchte nein», sagte er.

«Beschreibung?»

«Schon, aber ich hab keine Ahnung, wie weit die zutrifft. Johnson fing mit einem einfachen Schwarzen an, groß und jung.» – «Wie groß?» war meine erste Frage. – «Er fing mit einem Kerl an, groß genug, um zwei Footballer draus zu machen. Nach einigem Zureden einigten wir uns auf einen Mann von ungefähr einsachtzig, der andere ein bißchen größer. Der Einsachtziger ist ein bißchen schwergewichtig. Der Größere ist dünner und hat eine große Narbe auf der rechten Wange, vielleicht auch auf der linken. Sie sind beide braun, genau in der Mitte zwischen afrikanischem Blauschwarz und einem Achtelmischling. Alter über zwanzig, höchstens dreißig. Nach Johnsons Worten jung, aber keine Kinder mehr. Haare mittelkurz, natur und... na ja, Johnson ist nicht gerade ein ergiebiger Zeuge. O ja, der Magere schien ein bißchen high.»

«Von was?» fragte ich.

«Konnte Johnson nicht sagen, nur eben ein bißchen high.»

«Ist das alles, Bill?»

«Ich hatte den Eindruck, ich hätte Ihnen einen detaillierten Bericht gegeben. Tatsächlich befürchtete ich schon, Sie könnten sich beklagen, ich wäre zu geschwätzig.»

«Wie kann ich mich über was beklagen, das ich nicht mal buchstabieren kann?»

«Warum nicht? Wir haben hier Beamte, die können weder Diebstahl noch Verbrecher buchstabieren, nicht mal Mord.»

«Wie geht der Krieg gegen die Dummheit voran?» erkundigte ich mich.

«In ungefähr achtzehn Monaten hat Deltchev seine zwanzig Jahre abgerissen. Er könnte versuchen, fünfundzwanzig oder sogar dreißig durchzustehen, aber es sieht recht gut aus, daß es bei zwanzig bleibt. Außerdem geht das Gerücht um, daß der Chief für ihn etwas sehr Verwaltungsmäßiges finden wird, falls er bleibt. Astrale Aktenverwaltung oder so was.» Die Spur eines Lächelns tauchte auf Tillmans ausdruckslosem Gesicht auf.

«Wo ist Johnson jetzt?»

«Wenn das nicht pfiffig ist, wie Sie mich an den Gefallen erinnern, den Sie mir erwiesen haben, und dann ganz unauffällig die Schlüsselfrage nachschieben», sagte Tillman, während sein Gesicht den üblichen unerschütterlichen Ausdruck annahm. Ich glaube, ich wurde tatsächlich ein bißchen rot. «Wir haben ihn laufen lassen und Texas mitgeteilt, er wäre uns entwischt. Im Augenblick haben wir ihn nötiger als sie. Mrs. Althea Johns kann ihn haben, wenn ich mit ihm fertig bin, aber das hab ich ihm nicht gesagt.»

«Erzählen Sie es mir nun oder nicht?»

«Natürlich erzähl ich's Ihnen. Und Sie werden ihn nicht mal den Vorschriften entsprechend in die Mangel nehmen, was durchaus okay ist, denn Sie brauchen ja keinen Fall zusammenzuschnüren, der vor Gericht bestehen kann. Ich bin sogar überzeugt davon, daß Sie ein bißchen grob zu ihm sein werden. Und vielleicht holen Sie was aus ihm raus, was ich nicht aus ihm rausholen konnte. Ich verlange nichts weiter von Ihnen, als daß Sie sich keine strafwürdige Handlung zuschulden kommen lassen. Diese Südstaaten-Cops können sehr unangenehm werden.»

Ein «Ich danke Ihnen» erschien mir angemessen.

Johnson wohnte in einem Trailer, der ein bißchen schief auf einigen Zementblöcken direkt neben einer Landstraße stand. Vorne wuchsen ein paar Blumen, seitlich daneben Sonnenblumen, Bohnen und Tomaten.

Er arbeitete in der Spätschicht, in der er Teller abtransportierte und sich beschimpfen ließ. Also kamen Franco und ich im Morgengrauen. Für den Besuch hatte ich Franco noch einmal den Seidenanzug und die Dirty-Harry-Kanone herausholen lassen.

Über den Hügeln tauchte ein rosiges Glühen auf, das einen herrlichen Tag versprach, als wir die Tür eintraten.

Johnson rollte sich auf seiner schmalen Schlafstatt herum und glotzte uns aus trüben Augen an. Seine Zähne steckten in einem Glas auf dem Tisch. Daneben stand eine Lampe. Ich knipste sie an und drehte sie so, daß sie ihm ins Gesicht schien. Franco richtete seine Kanone auf ihn.

«LeRoy», sagte ich, «du bist den falschen Leuten auf den Schlips getreten.»

Er rollte die Augen und schüttelte den Kopf.

«Im März hast du einen Typen namens Wood ans Messer geliefert, da unten in dem Restaurant, in dem du arbeitest.»

«Nein, Siir, nein, Siir, weiß nich', wovon Sie red'n.»

«LeRoy, hör auf, bei mir diese dumme Nigger-Masche abzuziehn. Ich nehm dir das nicht ab.»

«Ich würd's Ihnen sagen, aber ich weiß nix.»

«LeRoy, das stimmt nicht. Du hast sogar mit der Polizei gesprochen. Du hast mit dem Polizisten Culpepper gesprochen und mit Detective Tillman.»

«Dann wissen Sie, was ich gesagt hab.»

«Das ist noch nicht alles. Erzähl mir den Rest.»

«Lass'n Sie mich meine Zzzähne...»

Franco schmetterte mit der Kanone Glas und Zähne zu Boden. Dann packte er die dünne Matratze und riß sie hoch. Der alte Mann rollte auf den Boden des Trailers. Franco schleuderte die Matratze gegen die gegenüberliegende Wand.

«Wieviel haben sie dir gezahlt, damit du Wood hochgehn läßt? Wieviel?» schrie ich ihn an.

«Nix, nix. Haben mir angst gemacht.»

Ich zog meinen .45er, spannte den Hahn und drückte ihm die Mündung gegen den Kopf. «Bete, LeRoy, bete, denn in der nächsten Sekunde bist du tot.»

«Blosss zzzwanzig Dollar, das iss' alles.»

«Sie zahlten dir zwanzig, weil du ihnen gesagt hast, der Mann auf dem Foto würd in deinem Restaurant essen.»

«Das iss richtig, das iss richtig», sagte er sofort überschwenglich. Die Wahrheit ist so kompliziert; Lügen sind so einfach.

«Nein, das ist nicht richtig. Willst du wirklich sterben, du dämlicher Mutterficker?»

«Mehr hab ich nich' gemacht. Das iss' alles. Bitte, nich' diesen armen alten Mann erschiesssen.»

«Deine letzte Chance, am Leben zu bleiben, armer alter Mann. Wo hast du sie angerufen?»

«Woher wissen Sie, daß ich sie angerufen hab, woher?»

«Wo hast du sie angerufen?» Ich zog eine Hundert-Dollar-Note aus meiner Tasche und ließ sie vor seinen Augen baumeln. «Wenn du mir sagst, wo du sie angerufen hast, dann gehört das dir. Wenn ich das Warten satt hab, bist du ein toter Mann.»

«Ich kann mich nich' mehr an die Nummer erinnern», sagte er, den Tränen nahe – ich jagte eine Kugel durch die Wand.

«Ich glaub, vielleicht in meiner Brieftasche», stammelte er.

«Schau nach, Franco, schau nach.»

Franco fand die Brieftasche in den speckigen Hosen, die über der Rückenlehne des einzigen Stuhls hingen. Er warf den Inhalt auf den Boden. LeRoy besaß gerade drei Dollar, einen Führerschein und verschiedene Papierzettel. Franco überflog die Zettel und kam mit einem abgerissenen Serviettenstück hoch, auf dem Zahlen standen.

«Dasss iss' sie», schrie LeRoy voller Inbrunst. «Das musss sie sein. Der Herr iss mit mir. Er hat die Nummer gerettet, die mir das Leben rettet.»

«Namen. Ich will Namen hören», sagte ich.

«Bei Gott, ich weiß nich'. Wenn ich was wüßte, ich würd's Ihnen sagen.»

«Mr. Johnson», sagte ich und ließ die hundert Dollar zu Boden flattern, «es war mir ein Vergnügen, mit Ihnen Geschäfte zu machen.»

Als wir wieder in meinem Mietwagen saßen, sagte Franco: «Gar nicht so übel für einen Grünschnabel. Woher wußtest du, daß der Alte sie angerufen hat?»

«Seine Antworten waren zu simpel, zu einfach. Aber vor allem fehlte da was. Woher wußten die Täter, daß sie zu dieser Zeit auf dem Parkplatz sein mußten? Haben sie dort, drei, vier Tage gewartet? Ich glaub nicht, daß sie soviel Geduld hatten. Also mußte jemand Wood hingehängt haben.»

«Noch was», sagte ich, «ich bin ein Riesenarschloch. Ebenso Tillman, du und Deltchev. Wir sind alle Arschlöcher.»

«Wie das?»

Ich hielt ihm den Papierfetzen hin. Er wandte den Blick von der Straße ab und schaute drauf. Er zuckte mit der Schulter; ihm sagte das nichts.

«Es ist eine Zwei-null-zwei Nummer.»

«Und?»

«Also ist es ein Ferngespräch gewesen. Das muß festgehalten sein, vielleicht beim Restauranttelefon, obwohl ich wetten möchte, daß der Anruf von der Telefonzelle aus gemacht wurde. Eine Spur, die sich verfolgen läßt und die ein oder zwei Stunden vor Woods Tod gelegt wurde. Die Polizei hätte das bereits im März entdecken müssen. Ich hätte es bei meiner Reise hier runter in die Finger kriegen müssen; ein jeder von uns hätte bloß ein bißchen nachdenken müssen, verflucht noch mal, anstatt einen alten Mann zu terrorisieren.»

«Alt ist nicht gleichbedeutend mit gut. Immerhin hat er bei einem Mord mitgeholfen, für zwanzig Dollar. Soweit es mich betrifft», sagte Franco, «gehört er zu dem ganzen Abschaum.»

«Hast du Beziehungen zur Telefongesellschaft?»

«Ich hab Polizeikontakte. Ich besorg dir den Namen und die Adresse, die zu der Nummer gehören.»

«Danke.»

«Nichts zu danken», sagte er und fügte dann widerwillig hinzu: «Du mußt ein ziemlich guter Cop gewesen sein.»

«Ich war kein Cop. Korruption. Ich war bei der Anti-Korruptions-Abteilung.»

«Oh», sagte er; in seiner Stimme schwang Erkennen und Unbehagen mit. «Der Tony Cassella.»

«Yeah, der Tony Cassella.»

«Es muß eine Menge Leute geben, die nicht viel für dich übrig haben.»

«Das geht in Ordnung», sagte ich. «Zum Teufel mit ihnen, wenn sie keinen Spaß verstehn.»

«Das war kein Spaß. Das war eine verdammt rauhe Sache, die du da abgezogen hast... Wenn du mich fragst...»

«Ich frag dich nicht.»

«Du hast das Richtige getan. Du hattest deinen Job. Du hast ihn getan. So wird das Spiel nun mal gespielt. Wenn dabei jemand was abkriegt, dann ist das sein Problem. Sie müssen ja nicht mitspielen.»

«Danke», sagte ich.

«So ist's nun mal... Verstehst du, ich hätte nie in Pension gehen sollen. Ich bin erst sechsundfünfzig, zwei Jahre nicht mehr bei der Polizei, und schon werd ich langsam verrückt. Du reißt deine dreißig Jahre ab und denkst, da hast du deine Pension, und mit einem Nebenjob machst du noch mal die Hälfte von dem, was du früher verdient hast, ohne dich dabei mit hochnäsigen Leuten rumschlagen zu müssen. So stelle man sich das vor, aber ich hätte ein Cop bleiben sollen.»

Ich zahlte meine Rechnung im *Colonel Culpepper Holiday Inn* und rief im *Watergate* an, aber das war voll. Das *Best Western* am U.S. 1 in D.C. hatte das ‹Zimmer Frei›-Zeichen draußen. Während Franco loszog, um seine Beziehungen spielen zu lassen, bewunderte ich mein Zimmer.

Ich rief Glenda an. Sie sagte mir, ich solle vorsichtig sein. Ich hörte, wie sie sich unhörbar auf die Lippe biß, während sie die Frage zurückzuhalten versuchte, die ihr von ihrer Unsicherheit und Eifersucht aufgedrängt wurde.

Ich rief Choate Haven an. Ich teilte ihm mit, daß ich einen wichtigen Hinweis hatte: die Telefonnummer des möglichen Täters.

Ich rief Christina an. Sie nannte mich «Angel». Die Frau war eindeutig nicht richtig im Kopf. Also waren wir schon zu zweit.

Franco kam mit seiner Mappe und einem dicken, ledergebundenen Notizblock an, von der Sorte, wie sie Cops mit sich herumschleppen.

«Der Telefonanschluß ist auf James Carlton Alexander Jr. eingetragen; in Franklin, knapp außerhalb von New Jersey... laut Motor Vehicle fährt er einen '83 Pontiac Firebird, schwarz, Kennzeichen R, U, S, H, One – Rush 1.»

«Gute Arbeit», sagte ich. «Ich werd Tillman anrufen.»

«Hältst du das für eine gute Idee?»

«Ja», sagte ich und griff zum Telefon. «Erstens spielt er ehrlich mit mir. Er hat mir Johnson serviert, falls du das vergessen hast. Zweitens, falls ich was auf eigene Faust unternehme...» Am anderen Ende der Leitung wurde der Hörer abgenommen, und ich fragte nach Tillman. Er war nicht da, und ich hinterließ ihm eine Nachricht. «...jetzt hab ich ganz offiziell versucht, Kontakt mit den Behörden aufzunehmen.»

«Was hast du geplant?» fragte er.

«Das Problem ist, daß ihn die Cops, sagen wir mal, verhaften. Sie stellen ihn in einer Reihe zur Identifizierung auf. Wenn LeRoy den Mut hat, ihn zu identifizieren, dann will ich kein hingebungsvoller Heterosexueller mehr sein. Andererseits weiß ich selber nicht, wie ich gegen ihn vorgehen soll, zumindest nicht, bis ich ein bißchen mehr über ihn weiß.»

«Das ist sehr intelligent, denn –» er blätterte um – «Mr. Alexander Jr. ist nicht gerade der nette Junge von nebenan. Eine Verurteilung – '77, bewaffneter Raubüberfall. Plus vier Verhaftungen ohne Verurteilung: Rauschgift '78, tätlicher Angriff '78, Angriff mit einer tödlichen Waffe '82 und Besitz gestohlenen Eigentums. Er ist siebenundzwanzig.»

«Ich werd mal einen vorsichtigen Blick auf den Mann werfen.»

«Das wird nicht funktionieren. Sobald du dich in der Nachbarschaft blicken läßt, haben sie dich auch schon ausgemacht. Der Trick besteht darin, die Situation für dich auszunützen. Wir lassen eine Zwei-Mann-Observierung laufen. Der Verdächtige entdeckt den ersten Mann und schüttelt ihn ab. Wenn er denkt, jetzt ist er wieder sauber, hängt sich der zweite Mann dran.»

«Dazu braucht man ein paar technische Kleinigkeiten...»

Mit überzeugender Selbstzufriedenheit griff Franco in seine Mappe und holte zwei Walkie-talkies heraus. Ich zog eine Grimasse.

«Ich weiß, was du denkst», sagte er. «Walkie-talkies bringen meist mehr Ärger als Nutzen... mehr Show als Verständigung... aber die hier sind wirklich recht gut. Und...–» er warf einen weiteren Gegenstand aufs Bett – «ein Signalgeber, der von einem Magneten am Wagen des Verdächtigen gehalten wird, und dazu der Richtungsweiser.» Die Sachen kamen nur so aus dem Beutel gepurzelt. «Und schließlich habe ich noch Rabbi Begin und ein paar Ersatzmagazine bei mir.»

«In Ordnung», sagte ich und fühlte mich bis unter die Zähne bewaffnet und sehr gefährlich.

Ich folgte ihm nach Rhode Island, dann links rüber nach New Jersey und schließlich ein paar Blöcke weiter nach Franklin. Mit der Gegend hatte Franco recht gehabt. Mein weißes Gesicht war ein Vollmond in mitternächtlichem Himmel.

RUSH 1, frisch poliert und schwarz glänzend, parkte in der Mitte des Blocks, zwei Türen von Alexanders Adresse entfernt. Franco rollte vorbei. Ich blieb neben dem Firebird stehen und stieg aus meinem gemieteten Dodge aus. Ich schaute mir den Firebird an, ohne einen Versuch zu machen, dabei unverdächtig zu wirken. Mit einer Hand wirbelte ich meine eigenen Autoschlüssel herum und ließ sie aus den Fingern gleiten. Als ich mich bückte, um sie wieder aufzuheben, drückte ich den kleinen Sender gegen die Innenseite der hinteren Stoßstange.

Vier Autos zurück gab es einen freien Parkplatz, und ich rollte hinein.

Jede vorbeigehende Person starrte mich an. Das reichte vom Blick aus den Augenwinkeln bis zum herausfordernden Glotzen. Auch die Blicke hinter den Fenstern konnte ich spüren. Den Vogel schoß ein niedlicher Sechsjähriger mit einem aufgemotzten Fahrrad ab, der mich zweimal umkreiste und dann an mein offenes Fenster kam und sagte: «Ich weiß, wer du bist, Mann.»

Mehrere Leute betraten Alexanders Gebäude und tauchten kurz darauf wieder auf. Entweder erledigten sie einen schnellen Einkauf oder überbrachten die Nachricht, daß «der Mann» vor dem Block wartete. Oder beides. Ein Gesicht tauchte in dem Fenster auf, das ich für das seine hielt.

Als er herauskam, hatte er es sehr eilig. Zu meiner Überraschung war LeRoys Beschreibung einigermaßen zutreffend. Er war einsfünfundachtzig, hellbraun, so um die 170 Pfund, mit einer Narbe, die seine rechte Gesichtshälfte vom Auge bis zu der dicken Oberlippe spaltete.

Er stieß zurück, fuhr mit der hinteren Stoßstange auf, fluchte, schaltete die Automatik auf Vorwärtsfahrt, trat aufs Gas und schoß mit quietschenden Reifen davon.

Er raste die Fifth entlang auf die Florida zu, als die Ampel umschaltete. Beinahe hätte ich meine Heckstoßstange verloren, schaffte es aber, an ihm dran zu bleiben; ich wollte nicht, daß er mich zu leicht abschüttelte. Ich rief Franco per Funk und kam zu meiner Überraschung tatsächlich durch.

«Keine Sorge, Kid, der Richtungsweiser funktioniert, wir verlieren ihn nicht.»

Ich blieb hinter dem Firebird, der nach Norden Richtung Georgia fuhr. Er wühlte sich nach links durch den Verkehr in die Farrgut, holte einen kleinen Vorsprung heraus. Ich glaubte die schnelle Schwenkung seiner Rücklichter in die Arkansas zu sehen, doch als ich dort ankam, war er verschwunden.

«Er hat bloß einen Bogen geschlagen», sagte Franco. «Ich hab ihn. Richtung Norden auf der Georgia.»

Ich fuhr wieder auf die Avenue, versuchte aufzuholen. Ich sah ihn ganz kurz, wie er in Piney Branch einbog, doch das war nur ein Täuschungsmanöver. Er fuhr sechsmal im Kreis, bevor er wieder auf die Georgia bog, doch als ich dort nach Norden fuhr, war er nirgendwo zu sehen. Francos Richtungsweiser bewies, daß er Richtung Südwesten davonraste.

Ich fuhr ungefähr in diese Richtung, und Franco teilte mir mit, daß sich das Auto nicht mehr bewegen würde. «Warte, bis ich ihn gefunden hab», sagte er. Ich wartete.

«Komm her, Ecke Kalmia und Myrtle», erklärte er mir. Ich brauchte ein paar Minuten, bis ich das auf meinem Plan gefunden hatte. Ich entdeckte Franco, parkte hinter ihm, stieg aus meinem Wagen aus und in seinen ein. Es war eine wunderschöne Gegend, die direkt an den Rock Creek Park grenzte; hügelig, hohe Bäume, viel Landschaft zwischen den großen, teuren Herrschaftshäusern. Sehr teuer.

«Jajaja», sagte Franco mit tiefer Befriedigung, «die Täubchen kehren heim zu ihrem Schlafplatz... Siehst du das Haus, das letzte da in der Biegung?» Es war ein zweistöckiges Gebäude; zwölf Zimmer, Steinbau, weit zurückgesetzt, mit einer großen, ein Stückchen abseits stehenden Garage.

«Ich seh den Wagen nicht», sagte ich.

«Schätze, er steht in der Garage... Hast du je von Mark Wellby gehört?» Meine Antwort bestand aus einem Schulterzucken, und er fuhr fort: «In dem Bezirk hier ist er das, was Nicky Barnes oder Ricky Sams mal in New York waren. Er ist das Schwergewicht. Sie nennen ihn Doc.»

«Ich erinnere mich irgendwie an ihn», sagte ich. «Muß schon sehr lange zurückliegen.»

«Er wollte in einem der Parks eine Statue aufstellen, aber die Stadt hat ihn nicht gelassen», sagte er.

«Das war's.» Mir fiel ein, daß es sich um eine Statue im Gedenken an Rashaan Roland Kirk gehandelt hatte. Wellby hatte eine Studie in Auftrag gegeben – Kirk als Jazzbesessener, Tenorsaxophon in einem Mundwinkel, die Klarinette im anderen – und war bereit, für die Errichtung der Statue an irgendeinem öffentlichen Ort zu zahlen sowie für die Erhaltung aufzukommen. Niemand regte sich darüber auf, als sein Angebot abgelehnt wurde. Ich hätte es für eine großartige Idee gehalten. Ich war mal dabeigewesen, als Roland Kirk spielte.

«Wenn man den Baum schüttelt, fallen die Früchte runter», murmelte Franco vor sich hin. «Ich will verdammt sein: Doc Wellby.»

«Wir werden folgendes machen», befahl Detective Polatrano. «Ich vermute, daß der Doc gerade in diesem Moment dem Täubchen klarmacht, es solle davonflattern. Wenn er zum Airport will, dann schnappen wir ihn uns. Wenn er was anderes macht, dann folgen wir ihm und finden heraus, was er vorhat. Du vornweg, ich als Nachhut. Wenn er in Panik gerät, okay. Wenn er hierher zurückkommt, dann ruf ich ein paar Freunde im Präsidium an. Die suchen Doc Wellby mit einem Hausdurchsuchungsbefehl heim. Das wird ihnen viel Spaß machen.»

Es klang vernünftig. Es war seine Stadt. Ich erklärte mich einverstanden.

Ungefähr fünfundvierzig Minuten später öffnete sich die Garagentür. Ein ausgewachsener schwarzer Buick kam heraus. Franco und ich duckten uns, als er vorbeifuhr. Ich sah genug von den Männern drinnen, um mitzubekommen, daß Alexander Jr. nicht dabei war.

Zwanzig Minuten später ging die Garage wieder auf. Diesmal war es das Täubchen und der Firebird.

Er ließ es gemächlich angehen, so als hätte ihn der Doc angewiesen, nichts Dummes zu tun, z. B. wegen überhöhter Geschwindigkeit angehalten zu werden. Wir fuhren kreuz und quer durch die Gegend. Ich hing ziemlich weit zurück. Einmal verlor ich ihn, aber Franco hinter mir fand ihn über den Signalgeber wieder. Erst ging's nach Norden, dann zurück nach Süden, und schließlich führte mich Alexander Jr. in den Rock Creek Park. Es war eine herrliche Nacht; es duftete nach Bäumen, Blumen und frisch geschnittenem Gras.

Wir fuhren den Beach Drive runter, mitten durch den Park, dann nach Osten auf der Military Road und auf der Ridge Road weiter nach Süden. Die Straße schlängelte sich durch die Hügel, und ganz plötzlich drückte er aufs Gas. Ich trat das Pedal fast durchs Bodenblech, aber es reichte einfach nicht. Der letzte Saft fehlte. Ich verlor ihn allmählich.

So war es geplant. Ich rief Franco, um ihm zu sagen, daß der Verdächtige abgeschwirrt war, bekam aber keine Antwort. Ich versuchte es ein zweites Mal. Aus dem Augenwinkel bekam ich eine Bewegung rechts von mir mit.

Ein großer schwarzer Schatten schoß brüllend auf mich zu. Wir befanden uns auf Kollisionskurs. Ich versuchte auszuweichen, kam von der Straße ab. Erst als meine Reifen über das Gras schlitterten, erkannte ich, daß es sich hier um Absicht handelte und daß sie weiter hinter mir her waren.

Ihr Wagen war schwerer als meiner. Schlimmer noch, ich steuerte bereits in die Richtung, in der sie mich haben wollten – auf den Rand zu.

Ich knallte gegen kleine Bäumchen und Büsche, als ihr Wagen meinen wegdrückte. Ich versuchte zu bremsen. In dem Moment befanden sich die linken Räder schon in der Luft.

Im Zeitlupentempo überschlug sich der Wagen. Ich hatte genügend Muße, mir im taumelnden Licht der Scheinwerfer die Blätter zu betrachten. Ich hatte Zeit, an Sicherheitsgurte zu denken. Und warum ich meine nicht angelegt hatte. Während ich mich am Lenkrad anklammerte, um nicht mit dem Kopf gegen das Wagendach unter mir zu knallen, fiel mir kein einziger vernünftiger Grund ein, weshalb man seinen Sicherheitsgurt nicht anlegen sollte.

Während der nächsten Drehung rutschte das Walkie-talkie an mir vorbei. Ich schnappte es und brüllte, «Mayday! Mayday!» Ich ließ es wieder los, als mein Kopf gegen das Seitenfenster schlug. Nach der nächsten halben Rolle kam das Walkie-talkie zurück und traf mich genau zwischen die Beine. Ich hoffte sehr, daß Franco auf dem Weg zu mir war.

Der Wagen rollte und rollte, bis er mit der Schnauze gegen einen großen Baum knallte. Und damit war Schluß mit den Überschlägen – ein schönes Gefühl, auch wenn die Räder nach oben zeigten. Auf dem Dach ging es weiter, eine Art Rutschen und Gleiten, von Baumstamm zu Baumstamm.

Als wir schließlich zum Stillstand kamen, hing ich verkehrt herum da, kräftig zusammengequetscht, das Gewicht meines Körpers auf dem Nacken, während mein Kinn versuchte, sich ins Brustbein zu bohren. Ich drehte mich seitlich weg, zog meine Beine aus dem Lenkrad und landete mit einem dumpfen Knall auf dem Dach.

Ich spürte Panik, die Art von Panik, die man unter Wasser empfindet, wenn man nicht mehr genügend Luft hat. Die Fahrertür klemmte. Ich probierte es mit der Beifahrertür. Der Griff funktionierte, und die Tür ging auf. Unglücklicherweise stand genau davor ein Baum.

Ich schlängelte mich auf die Fahrerseite, während ich mir einzureden versuchte, daß ich jede Anwandlung von Furcht unterdrükken mußte; ruhiges, rationales, professionelles Handeln, darauf kam es jetzt an. Ich beschloß, den dämlichen kleinen Knopf hoch(runter?)zuziehen, der die Tür verschließt. Nachdem ich das getan hatte, konnte ich sie problemlos öffnen.

Der Baum auf dieser Seite war weiter weg, aber nicht weit genug.

Endlich hatte ich einen Geistesblitz. Zu jeder anderen Zeit wäre es nichts weiter als ein durchschnittlicher Einfall gewesen, aber jetzt in diesem Moment ging eine Glühbirne wie in einem Comic-Strip über meinem Kopf auf: Fenster!

Ich konnte das Fenster runterkurbeln (oder rauf?). Der Konflikt zwischen Ausdrucksform und Realität irritierte mich. Was war oben? Was unten? Und warum war mir das nicht egal? Der Konflikt mußte gelöst werden. Was ich auch tat. Ich beschloß, das Fenster in «geöffnete Position» zu kurbeln. Genau so funktioniert der Verstand eines Profis unter Stress.

Ich schlängelte mich hinaus, nicht gerade graziös, aber ich war draußen.

Salziges Blut brannte in meinen Augen und vernebelte mir das Blickfeld. Ich wischte es weg. Dann begann ich mich nach Verletzungen zu untersuchen. Dann hörte ich Geräusche. Ich schaute den Hügel hoch; zwei Männer näherten sich. Sie hatten Waffen; keiner von ihnen war Franco

Sie sahen mich gleichzeitig. Einer kam weiter auf mich zu, der andere hob seine Waffe. Ich hechtete zur Seite, als er feuerte. Er verfehlte mich. Ich versuchte eine Schlange zu imitieren und glitt mit Kopf und Körper so dicht wie möglich über den Boden.

Ich schob mich hinter einen Felsen, eine ausgezeichnete Verteidigungsposition. Mit einer Hand griff ich nach oben, um mir über die Augen zu wischen; mit der anderen Hand griff ich nach meinem Revolver. Er war nicht da.

Vermutlich war er mir in dem sich überschlagenden Wagen herausgefallen.

Ich war allein, nachts, im Wald. Zwei ausgewachsene Männer mit Kanonen jagten mich. Meine eigene Waffe war weg, und die

Männer befanden sich zwischen ihr und mir. Das war der Stoff, aus dem die Träume sind, und ich tat genau das, was ich auch in einem Alptraum getan hätte – ich geriet in Panik und rannte los.

«Ich hör ihn», hörte ich einen rufen und warf mich flach hin. Was immer er auch für ein Schießeisen benutzte, es ging los wie ein Donnerschlag; der Knall rollte den Hügel hinab, unten entlang und auf der anderen Seite wieder hoch. Ich bildete mir ein, die Kugel wäre an der Stelle eingeschlagen, wo eben noch mein Körper gewesen war.

Ich fing wieder an zu kriechen, bemüht, das zu glauben, was ich über Indianer gelesen hatte: daß es möglich war, sich fortzubewegen, ohne daß ein Zweiglein knackte. Wieder einmal zerbrach ein Mythos am Felsen der Realität. Zum Glück machten sie mehr Lärm als ich.

Wieder donnerte die Kanone los. In Deckung des Explosionsknalls rannte ich ein paar Meter und warf mich hin.

«Hast du was gesehn, auf das du geschossen hast?»

«Vielleicht hab ich, yeah», antwortete der Schütze.

«Diese verfluchte Kanone, zu verflucht laut. Hast du keinen Schalldämpfer?»

«Nein.»

«Dann benutz sie nur, wenn du einen guten Schuß anbringen kannst. Du holst uns noch wer weiß wen auf den Hals.»

«Wo zum Teufel ist er hin?» murmelte der andere.

Was für eine beruhigende Frage, dachte ich, während ich mir die gleiche Frage in bezug auf Franco stellte.

«Du gehst in die Richtung, ich in die andere», sagte der mit dem Schalldämpfer.

Jetzt, da sie sich getrennt hatten, glaubte ich eine Chance zu haben, einen erledigen zu können. Im Grunde wollte ich es gar nicht, aber es konnte gut sein, daß mir gar nichts anderes übrigblieb. Während ich auf allen vieren entlangkroch, fand ich alle möglichen Sorten abgebrochener Äste, alle feucht und weich und vermodert und nicht als Waffe tauglich.

Die knackenden Geräusche näherten sich schnell.

Mein Knie traf auf etwas Hartes. Es war ein Stück Rohr. Normalerweise hätte ich mich darüber aufgeregt. Öffentliche Parks mit Müll zu verschmutzen ist meiner Meinung nach das schlimmste antisoziale Verhalten, und für James Watt hatte ich noch nie was übrig gehabt. Doch man muß die Dinge im richtigen Zusammenhang sehen, und ich verliebte mich auf der Stelle in dieses Stück Eisen. Es war etwas über zwei Fuß lang, ungefähr wie ein Squashschläger.

Ich kroch durch ein weiteres Gebüsch, diesmal mit Dornen, was mir keinen sonderlichen Spaß machte. Endlich kam ich am anderen Ende heraus, rollte mich ab und schaute nach oben. Da war er: ein Muskelberg mit einer Kanone.

Ich zog meine Füße unter mich. Er hörte die Bewegung und drehte sich um. Während er das tat, trat ich vor und zielte mit meinem Racket nach der Kanone. In einem Punkt bin ich gut: ich kann den Ball im Auge behalten. Ansonsten schlägt man dorthin, wo man glaubt, daß der Ball hinfliegt, anstatt dorthin, wo er tatsächlich ist.

Ich traf. Die Kanone segelte davon.

Doch damit war es bei weitem noch nicht vorbei. Er war mir einiges an Größe überlegen. Ich war sicher, daß es ihn häufig in Verlegenheit brachte, wenn ihn die Leute versehentlich mit einer Wand verwechselten. Außerdem war er verdammt schnell. Er schlug schon nach mir, noch bevor ich zu einem zweiten Schlag ansetzen konnte. Seine Faust, hinter der sein ganzes Gewicht steckte, erwischte mich an den Rippen, und ich schlug einen Salto rückwärts.

Er setzte nach wie ein Profifootballer. Ich rollte weg. Er trat und erwischte mich wieder an den Rippen. Mit dem Fuß holte er zum nächsten Tritt aus. Der Stiefel schoß auf meinen Kopf zu, und ich zog die Schulter hoch. Sein Stiefel knallte dagegen und hob mich vom Boden hoch. Wieder wurde ich herumgeschleudert.

Ich rollte mich weiter und kam irgendwie außerhalb seiner unmittelbaren Reichweite auf die Beine. Als er sich auf mich stürzte, wich ich seitlich nach hinten aus; meine Schulter stieß gegen einen Baumstamm. Ich drehte mich um den Stamm und fing an zu rennen. Er hinter mir her.

Ich stoppte abrupt, stützte meinen Fuß ab, duckte mich tief. Als er sich auf mich stürzte, knallte ich ihm das Rohr mit einem perfekten Rückhandschlag gegen das Knie.

Ein deutliches Knirschen und Knacken war zu hören. Ein ungemein befriedigender Laut. Er überschlug sich. Er kreischte. Es war ein herrliches Gefühl zu wissen, daß er verkrüppelt war, wie ich hoffte, fürs ganze Leben.

Sein Partner war immer noch bewaffnet und gefährlich. Der

Schrei würde ihn schnell herbringen. Ich rannte wie ein Hase. Die Kanone donnerte los. Und noch einmal. Ich sprang um Bäume herum und über am Boden liegende Äste. Kurz vor dem dritten Schuß hechtete ich zu Boden. Etwas riß an meinem Arm und unterstützte meine Bauchlandung.

Automatisch griff ich nach der Stelle. Der Arm war noch dran, aber er fühlte sich feucht an. Zum Glück war nur ein bißchen Haut abgeschrammt worden, wie bei einer Beschneidung.

Der Verkrüppelte kreischte immer noch, und der mit der Kanone schrie zurück: «Wo bist du? Wo bist du?»

Ich rechnete mir aus, daß sich der Schütze in die andere Richtung bewegte, also rappelte ich mich hoch und rannte los. Plötzlich war ich aus dem Wald draußen und lief über kurz geschnittenes Gras. Vor mir lag eine Straße, dann weiterer Rasen und wieder Wald. Das hier war Niemandsland. Ich betete, daß der Verkrüppelte den Schützen aufhielt, und lief los.

Als ich den Wald auf der anderen Seite erreichte, sackte ich zusammen. Ich kroch in die Büsche und blieb keuchend liegen. Der Schock und der Adrenalinstoß verflüchtigten sich allmählich. Jeder Atemzug schmerzte. Es wurde immer schlimmer; ich merkte, daß meine Rippen gebrochen waren.

Ich riß ein Stück von meinem Hemd ab. Mit den Zähnen und einer Hand band ich den Fetzen um meine Armwunde. Das einzige, was meinen Rippen gutgetan hätte, wäre Ruhe und nochmals Ruhe gewesen, und das lag nicht im Bereich meiner Möglichkeiten.

Wenn man ein Stück mit dem Wagen gefahren ist und später die gleiche Strecke zu Fuß zurückgehen muß, dann merkt man erst, wie weit es war. Ich weiß nicht mehr, wie lange es dauerte; ich kletterte über Felsen, rutschte über lockere Erde in kleine Schluchten und stolperte über Äste und Zweige – mir jedenfalls kam es vor wie der längste Tag in meinem Leben.

Ich merkte, daß ich nicht vorausplanen konnte, daß ich nicht an den nächsten Hügel oder die nächste Mulde denken konnte. Ich brachte es lediglich fertig, mich auf den nächsten Schritt zu konzentrieren.

Dann gelangte ich an eine Straße. In einer Entfernung von knapp fünfzehn Schritt sah ich den Parkeingang.

Ich hatte Angst.

Das bedeutete, daß ich auf die offene Fläche hinaus mußte; hier würde ich vollkommen schutzlos sein, falls sie mich entdeckten.

Ich blieb gegen die Erde gepreßt liegen und wartete auf den günstigsten Moment. Dann erhob ich mich, worauf mir schwindelig wurde; ich verlor das Bewußtsein.

Ich glaube nicht, daß ich lange bewußtlos war. Als ich wieder zu mir kam, schleppte ich mich zu einem Baum und zog mich am Stamm hoch. Wieder wurde es schwarz um mich, doch ich spürte trotzdem noch die rauhe Borke. Als sich die Benommenheit legte, war ich immer noch auf den Beinen.

Ich nannte mich selbst einen wehleidigen Jammerlappen. Ich sagte mir, daß es keinerlei Notwendigkeit gab, mich in ein Pseudo-Delirium zu flüchten. Ich klaubte den Rest meiner Selbstachtung zusammen und stolperte los, Richtung City. Ich war nicht so weit hinüber, daß mir nicht klar gewesen wäre, weshalb Taxis nicht anhalten würden. Ich war dreckig und blutverschmiert, und die Haare hingen mir wirr ins Gesicht.

Ein Streifenwagen schlich vorbei. Ich winkte. Sie winkten zurück und rollten weiter.

Irgendwie kam mir die Gegend vage vertraut vor. Ich mußte irgendwo in der Nähe von Sandy sein. Sie hatte ein Telefon. Und Wasser. Ich wußte, daß sie Wasser hatte. Ich hatte große Sehnsucht nach Wasser.

Je näher ich ihr kam, desto schwerer fiel mir das Gehen. Mein Körper hätte nur zu gern aufgegeben. Ich machte ihm keinen Vorwurf daraus, aber ich wußte, daß ich unten bleiben würde, wenn ich erst mal unten war. Selbst als ich ihr Gebäude betrat und den Summer der Sprechanlage drückte, hütete ich mich davor, mich hinzusetzen. Ich lehnte mich gegen die Tür. Ich hörte ihre elektronisch verstümmelte Stimme und krächzte meinen Namen. Als ich durch die Tür fiel, schreckte ich hoch. Ich mußte mich daran festhalten, um nicht zu stürzen. Dadurch spannten sich die Muskeln über meinen Rippen, was mir schmerzhaft in Erinnerung rief, daß ich mich vorsichtig bewegen mußte. Ich glaube, die Tränen liefen mir übers Gesicht.

Im Lift konnte ich mich nicht mehr an das Stockwerk erinnern. Acht klang ganz gut, aber es gab keinen achten Stock, also drückte ich drei, weil die Zahlen ähnlich aussahen.

Ich hatte auch keine Ahnung, welche Tür es war. Zum Glück schien sie das zu wissen und stand in der geöffneten Tür.

«Weißt du, daß es nach ein Uhr nachts ist?» sagte sie.

Ich schüttelte den Kopf und ging weiter auf sie zu.

«Tony», sagte sie.

«Wo zum Teufel ist Franco abgeblieben?» fragte ich sie.

«Was ist passiert?» erkundigte sie sich.

«Wer zur Hölle ist das?» rief ihr Mann.

«Ruf einen Arzt», sagte sie. Ich lächelte. Das war die vernünftigste Idee des Tages.

«Ich bezweifle», sagte der Ehemann, «daß sein Name ‹Ruf-einen-Arzt› ist. Klingt mehr nach ‹Noch 'n Liebhaber›.»

«Jetzt ist nicht die richtige Zeit dafür», sagte Sandy vernünftig. Ich nickte zustimmend.

«Wenn ein fremder Mann mitten in der Nacht in solch einem Zustand auftaucht und ihr beide euch eindeutig zu kennen scheint, dann bin ich wohl berechtigt zu erfahren, wer er ist.»

«Bitte ruf einen Arzt», sagte sie.

«Polizei», sagte ich, brachte aber nur ein «Pl'zei» heraus.

«Ich bin sicher, daß auch das nicht sein Name ist», sagte der Ehemann erneut. Es war ein ungeeigneter Moment für Witze.

«Sein gottverdammter Name ist Tony», fuhr sie ihn an. «Und jetzt ruf einen Arzt.»

«Ich werd mir einen Brandy genehmigen», sagte er und marschierte davon.

Sandy half mir auf die Couch. Ich legte meinen schlimmen Arm um ihre Schulter. Er brannte und schmerzte, aber es war viel zu mühsam, jetzt extra noch den anderen Arm zu nehmen.

«Wenn ich erst mal unten bin», erklärte ich, «komm ich nicht mehr hoch.»

«Schon gut», sagte sie und half mir beim Hinsetzen. Bei gebrochenen Rippen ist es am schmerzhaftesten, sich von der Vertikale in die Horizontale begeben zu müssen und umgekehrt. Für jede Bewegung braucht man die Muskeln, die sich über die Rippen hinziehen.

«Brauch Hilfe», sagte ich, und sie stützte mich.

Die Couch fühlte sich wunderbar an. Der Ehemann kam mit seinem Brandy herein. Der Brandy verbreitete einen herrlichen Duft. Da wir offiziell nicht miteinander bekannt gemacht worden waren, brachte ich nicht den Mut auf, ihn ebenfalls um einen Brandy zu bitten.

Sandy rief einen Arzt an. «Es ist ein Notfall», hörte ich sie sagen. Dann sehr geduldig: «Würden Sie ihn bitte anrufen und ihm sagen, er soll mich zurückrufen?» Dann knallte sie den Hörer auf die Gabel. «Verdammte Antwortdienste.»

Der Ehemann schwenkte seinen Brandy. Er sprach zu ihr, obwohl er mich anstarrte. «Hast du sie so am liebsten? Ein bißchen rauh an den Kanten und ein kleiner Schuß Gosse?»

«Oh, halt die Klappe», sagte sie. «Dieser Hundesohn Bernstein läßt sein Haustelefon über einen Antwortdienst laufen.» Wieder wählte sie. Es mußte besetzt sein, denn sie warf den Hörer erneut auf die Gabel.

«Vielleicht wäre die Unfallstation passender», sagte der Ehemann. «Außer es gibt einen Grund, daß du ihn lieber hierbehalten möchtest.»

«Wo zum Teufel war Franco?» sagte ich.

Das Telefon läutete. Sandy nahm ab. «Allan», sagte sie, «ich brauch dich hier... Jemand ist verletzt... Allan, ich weiß nicht mal, ob er transportiert werden darf... Ja, Allan... danke dir... ich weiß, daß du... ich weiß, du brauchst deinen Schlaf, aber wenigstens hab ich dich nicht bei deinen Tai Chi-Übungen gestört; und jetzt schaff dein Hinterteil rüber, bitte.»

Sie legte auf und sagte: «Ärzte!» Es war ein Schimpfwort. Sie kam zu mir und sagte: «Kann ich irgendwas für dich tun?»

«Einen Drink», schlug ich vor.

«In Ordnung», sagte sie und wollte davonlaufen. Ich erwischte ihre Hand. «So schlimm ist es nicht», sagte ich. «Ich werd's überleben.» Nach dieser Erkenntnis begann ich das Dramatische der Situation zu genießen.

Mit einem Glas Brandy kam sie aus der Küche zurück. So ein Glas, in dem ihr Mann seinen Brandy herumschwenkte. Er bemerkte das auch. Aus der Art und Weise, wie er sie anschaute, konnte ich schließen, daß ich den Stoff aus seinem Privatvorrat bekam und nicht das Zeug ganz vorn im Schrank für unwillkommene Gäste.

In meiner Position konnte ich nicht trinken, aber aufrichten konnte ich mich auch nicht. Sie schob einen Arm unter meinen Kopf, hob ihn sanft an und legte mir ein Kissen unter.

«Was ist passiert?» fragte sie. Ich nahm ihr das Glas ab. Der Alkohol spülte die Klumpen in meiner Kehle weg. Ich dachte über ihre Frage nach. Was war geschehen? Ich war übereifrig und zu ehrgeizig gewesen. Ich hatte eine Sache in Angriff genommen, für die die Polizei zuständig gewesen wäre. Ich war sorglos gewesen. Meine Rückendeckung war nicht gerade die beste gewesen. Alles in allem: ich hatte mich nicht sonderlich intelligent benommen.

«Wenn man sich wie ein Arschloch benehmen will», erklärte ich, «muß man auch den Preis dafür zahlen.»

Sie lachte. Ich lachte. Lachen schmerzte; es brachte die Muskeln über den Rippen in Bewegung. Jedes «Ha» war ein kurzer Haken. Ihr Mann verstand, daß Lachen schmerzte. Also ließ er es bleiben.

«Ich mach dich besser ein bißchen sauber», sagte sie.

«Das wär ganz süß», sagte ihr Mann. Ich war der gleichen Meinung.

Sie beachtete ihn nicht, sondern ging in die Küche und kam mit einer Schüssel warmen Wassers und einigen Handtüchern zurück. Er funkelte sie an. Ich stöhnte auf, als sie mir übers Gesicht wischte. Unsere Arme verwickelten sich ineinander, als ich gleichzeitig meinen Brandy zu trinken versuchte.

«Wirst du mir erzählen, was passiert ist?» fragte Sandy.

«Wirst du mir erzählen, wer das ist?» fragte ihr Ehemann.

«Würdest du mir glauben», sagte ich zu Sandy, «daß ich einem eifersüchtigen Ehemann begegnet bin?»

«Noch einem?» scherzte Sandy.

Wieder lachten Sandy und ich. Wieder tat es verdammt weh. Ihrem Mann schien es noch größere Schmerzen zu bereiten. Ich hielt mir die Seite, wo die Rippen pochten und zuckten. Sie spülte das Handtuch aus.

«Ich bestehe darauf, daß du mir sofort sagst, wer diese Person ist und was er hier zu suchen hat.»

«Tony war ein Freund, ist ein Freund. Das liegt schon ein paar Jahre zurück. Ich vermute, er ist hier, weil er verletzt ist.»

«Zu mir war es zu weit», sagte ich. Irgendwas braute sich in ihm zusammen, und ich hatte sicher meinen Teil dazugetan, also fügte ich hinzu: «Tut mir leid, daß ich hier so einfach eingedrungen bin; es war der einzige Ort, der mir eingefallen ist.»

Die Sprechanlage summte, und Sandy sagte: «Würdest du aufmachen, bitte.»

«Kommen Sie oft her?» sagte der Ehemann zu mir.

Sandy ging zu der Sprechanlage und drückte.

«Ich weiß nicht, woran es liegt», sagte er, mich genau musternd, «aber ich habe den deutlichen Eindruck, daß der Mann hier einer deiner Liebhaber ist.»

«Hör bitte auf damit», sagte sie. «Dr. Bernstein ist auf dem Weg nach oben.»

«Ich dachte, für dich wäre er Allan.»

«Nur, wenn ich irritiert bin», sagte sie.

«Erzähl mir bloß nicht, du wärst mit ihm nicht im Bett gewesen.»

«Mit wem? Dr. Bernstein? Tony? Dem Lebensmittelverkäufer? Was soll der Quatsch?»

«Fangen wir doch gleich mal mit dem gebräunten Typen an, der da unsere Viertausendachthundert-Dollar-Couch vollblutet.»

«Ich hör sofort damit auf», sagte ich, als ich den Preis hörte.

«Bitte, tu mir das jetzt nicht an», sagte sie.

«Erzähl mir doch nicht, du wärst mit ihm nicht im Bett gewesen», beharrte er.

Sandy legte eine Pause an, kämpfte mit ihrem schwachen Punkt: ihre Unfähigkeit, eine direkte Lüge von sich zu geben. Sie konnte höflich, beschönigend und ausweichend sein, aber sie hatte ihre Grenzen.

Die Türglocke rettete sie.

«Würdest du bitte aufmachen?» sagte sie.

«Ich würde lieber nicht aufmachen», sagte er, seinen Brandy schlürfend. «Diese ganze Angelegenheit ist ausschließlich dein Problem. Ich möchte, daß es auch so bleibt.»

Sie ging zur Tür. Dr. Bernstein kam herein, ein Anblick wie Mark Spitz in seiner besten Zeit. War denn heute jeder im Training? Und hielt Diät? Was ist aus den freundlichen, alten, dicklichen Ärzten von damals geworden? Der Ehemann teilte sein gehässiges Funkeln, das bis jetzt mir allein gegolten hatte, zwischen dem Doktor und mir auf.

«Hiya, Sandy», sagte er und küßte sie auf die Wange. «Wie geht's, Paul?» sagte er mit lässigem Wedeln der Hand in Richtung Ehemann. «Was haben wir denn für eine Krise?»

«Ich bin die Krise», krächzte ich.

Bernstein kam gut gelaunt auf die Couch zugeschlendert. Nur das etwas zerzauste Haar und das T-Shirt, das er verkehrtherum an hatte, ließen darauf schließen, daß er eben erst aus den Schlaf gerissen worden war.

«Wollen Sie mir von der Sache erzählen?» fragte Bernstein mich.

«Willst du mir was erzählen?» erkundigte sich Paul bei Sandy.

«Ich bin ziemlich sicher, daß die Rippe gebrochen ist; alles andere sind nur Kratzer», sagte ich.

«Was soll ich dir erzählen?» seufzte Sandy.

«Bloß für ein paar Kratzer scheint das ganz ordentlich geblutet zu haben», sagte der Doktor.

«Nur zu, erzähl mir doch, daß du mit ihm nicht im Bett gewesen bist», sagte Paul.

«Yeah, scheint mir auch so», sagte ich, nachdem ich die Sache betrachtet und festgestellt hatte, daß der Oberarm von der Schulter bis zum Ellbogen blutverkrustet war. «Aber ich glaube, es ist nur eine Fleischwunde.»

Er betastete die Stelle, und es tat weh.

«Erinnern Sie sich an diese Klopf-klopf-Spielchen, Doktor?» sagte ich, um mich abzulenken.

«Aber sicher», erwiderte der Doktor und begann den Fetzen abzunehmen.

«Klopf, klopf», sagte ich.

«Wer da?»

«Unser Überraschungsgast, der verdreckte Typ», sagte Paul. «Oder der Doktor von nebenan.»

«Oooohhhh», sagte ich, als er den Stoff abzureißen begann.

«Oooohhh wer?» erwiderte der Doktor.

«Es hat keinen gegeben, seit wir verheiratet sind», sagte Sandy. «Genaugenommen, seit wir uns kennen. Das weißt du.»

«Du weichst mir aus», meinte Paul.

«Nicht ‹Oooohhh wer›», sagte ich und stöhnte erneut auf.

«Ich glaub, ich feuchte es besser etwas an, bevor ich es runterreiße. Warum nicht ‹Ooohhh wer?› So hab ich das Spiel in Erinnerung.»

«Tut mir leid, meine Schuld. Das ‹Ooohhh› war ein richtiges ‹Oooohhh›, nicht ein Teil des Spieles. Ich hätte verflucht sagen sollen», sagte ich und stöhnte wieder. Der Schorf brach auf, und es fing wieder an zu bluten.

«Was macht das für einen Unterschied?» sagte Sandy.

«Für dich? Wahrscheinlich überhaupt keinen», sagte Paul.

«Sie ziehen es vor, ‹verflucht› zu sagen, wenn Sie Schmerzen haben?» fragte mich der Doktor.

«Nein, das war fürs Spiel», erklärte ich.

«Bitte, können wir nicht damit Schluß machen», bat Sandy.

«Da. Es löst sich», sagte der Doc. «Okay, verflucht wer?»

«Nein. Verflucht wen», sagte ich.

«Das ist kein guter Witz», sagte der Doktor. «Nicht mal für einen Klopf-klopf-Witz. Kennen Sie irgendwelche Elefantenwitze?»

«Nein, ich kann nicht damit aufhören. Nicht, wenn du deinen Schmutz in unser Heim schleppst», sagte Paul. In Sandys Augen standen Tränen. «Warst du mit diesem Mann im Bett?»

«Vor langer Zeit», sagte sie erschöpft. «Da hab ich dich noch nicht mal gekannt.»

«Jetzt hab ich's», sagte der Doktor. «Nicht witzig, sondern sarkastisch.»

«Verflucht», schrie ich, als er den Stoff von der Wunde riß.

«Nicht noch mal», sagte der Doc.

Paul starrte Sandy an. Er sprach langsam, entschlossen und hinterhältig. «Wir sind zusammen in dieses Apartment gezogen. Bevor du mich kennengelernt hast, hast du nicht hier gewohnt. Wieso ist dein Liebhaber dann hier aufgetaucht?»

«Ich muß zugeben, Sie haben recht», sagte Bernstein zu mir. «Es ist lediglich eine Fleischwunde. Der Muskel ist nicht mal angekratzt.»

«Du willst wirklich Streit», sagte Sandy, die sich auf der Verliererstraße befand.

«Schätze, ich schau mir auch die Rippe an», sagte der Doc. «Sie sind ganz schön rumgeschubst worden, was?»

«Da brauch ich nicht lange nach einem Anlaß zu suchen», erklärte Paul. Entschlossen schüttete er ihr seinen restlichen Brandy ins Gesicht.

«Ouuuarrghhh», sagte ich, als Bernsteins Finger nach dem Bruch tasteten. Sandy schlug Paul ins Gesicht. Paul marschierte aus dem Zimmer.

«Yup. Gebrochen.»

Er tastete noch ein bißchen herum. Ich stöhnte auf und biß mir auf die Zunge. Sandy stand stocksteif mitten im Zimmer. Paul kam wieder anmarschiert. Er hatte seine Hausschuhe gegen Straßenschuhe getauscht. In einer Hand trug er seinen Anzug, in der anderen Aktenmappe und Socken. Er warf uns allen und dem Raum einen letzten gebieterischen Blick zu und marschierte hinaus.

«Etwas Demerol und Pflaster. Morgen röntgen», sagte ich.

«Eine recht gute Diagnose und Behandlung. Ich hasse es, mit meinen Patienten einer Meinung zu sein, aber das hätte ich auch verordnet», sagte Bernstein.

Während er seine Tasche nach dem Schmerzmittel und einer Spritze durchwühlte, kam Sandy zur Couch.

«Werden Sie oft verprügelt?» fragte Bernstein.

«Nicht so oft, wie ich es gern hätte», sagte ich und klimperte in einer Imitation von Alan Alda, der Groucho Marx imitierte, mit den Wimpern.

«Nach Ihrer Diagnose zu schließen», meinte der Doktor, «scheinen Sie Ihre Schmerzen recht gut zu kennen.»

«Wir alle kennen unsere Schmerzen gut», sagte ich so salbungsvoll wie möglich.

«Du Bastard», sagte Sandy.

«Was?»

«Du mußtest einfach deinen großen Auftritt haben. Die große dramatische Geste. Und meine ganze Couch vollbluten.» Dann bekam sie Schluckauf und sagte: «O Gott.» Unter Tränen fing sie an zu lachen. Ich lachte ebenfalls. Natürlich tat es teuflisch weh, und ich umklammerte meine Rippen, um den Schmerz an Ort und Stelle zu halten.

«Gut», sagte Sandy. «Ich hoffe, jedes ‹Ha› tut teuflisch weh.»

«Wir müssen Sie umdrehn», sagte der Doktor.

«Okay. Wenn Sie mir helfen», sagte ich. Vor der Drehung machte ich die Hosen auf.

Bei der Rolle schoß der Schmerz durch meinen Bauch, rauf und runter, doch als ich wieder flach lag, ließ er nach. In der Seitenlage zerrte er mir die Hosen runter.

«Normalerweise überlaß ich das meiner Krankenschwester. Sie zieht sich daran hoch», sagte er und rammte mir die Nadel in den Arsch. Ich stand im Begriff, mich zu verlieben, das war mir klar. «Ich liebe Sie, Doc.»

«Sind Sie sicher, daß Sie das zu einem Mann sagen möchten, der Ihnen gerade die Hosen runtergezogen hat?»

Die Schmerzen ließen nach, als das Demerol seine Wirkung tat. Ich rollte mich auf den Rücken. Ganz allein!

«Willst du auch einen Schuß?» sagte Bernstein zu Sandy.

«Nein, danke, Allan. Ich denke, ich werde auf innere Kräfte zurückgreifen.»

«Sandy, glaubst du, daß er endgültig weg ist?» fragte er.

«Wer weiß?»

«Nun, ich mein, du weißt, was ich zu sagen versuche», versuchte Allan zu sagen. «Ich will sagen, du weißt ja, was ich immer schon für dich empfunden hab... und in dieser Zeit der Einsamkeit und des Verlustes möchte ich deine Schwächeperiode gern ausnützen.»

«Allan, das wäre nicht ethisch.»

«Die Arzt-Patient-Beziehung ist heilig», warf ich ein, um ihn zu entmutigen.

«Das ist nicht das Problem», sagte Allan. «Sie ist nicht meine Patientin.»

«Das stimmt», sagte Sandy. «Ich bin seine Therapeutin.»

«Sandy», erklärte Allan, «ich schwöre dir, mit mir wäre es das Richtige. Ich würde mich nicht als Opfer fühlen.»

«Allan, sollten wir uns nicht zuerst um deine Funktionsstörung kümmern?»

«Sexuelle Funktionsstörung?» erkundigte ich mich interessiert.

«Nein», erwiderte er. «Medizinisch.»

An diesem Punkt schaltete ich mich aus, trieb langsam weg von Sandy und dem Doktor mit seiner medizinischen Funktionsstörung und dachte darüber nach, was aus Franco geworden war.

Als ich die Augen wieder aufschlug, war Bernstein verschwunden. Ich war mit Sandy allein. Sie saß neben mir auf der Couch. Ich hatte einen höllischen Durst und nahm einen Schluck von dem Drink, den sie in der Hand hielt.

«Tut mir leid, was ich dir da eingebrockt hab.»

«Nein, nein. Er hat nur nach einem Vorwand gesucht.»

«Hast du viele Liebhaber?»

«Es ist weit verbreitet, die eigenen Verfehlungen und Schuldgefühle auf andere Leute zu projizieren. Das macht er.»

«Tut mir leid», wiederholte ich. Sie beugte sich zu mir herab und küßte mich. Sanft, sauber und kühl. Ich schlang meinen gesunden Arm um sie und drückte sie an mich. Es war ein Kuß, der zu Demerol paßte wie Erdbeeren zu Sahne, Soda zu Whiskey, Fahrräder zu Frühling.

«Willst du das wirklich in deinem Zustand?» sagte sie.

«Ich schaff's schon», prahlte ich. «Aber nur, wenn du zart mit mir umgehst.»

«Du brauchst nicht anzugeben», sagte sie. «Jeder weiß, daß du lieber sterben würdest, bevor du zugibst, daß du nicht vögeln kannst. Ich habe mich nach deinem emotionalen Zustand erkundigt.»

«Mein emotionaler Zustand?»

«Als ich dich das letzte Mal sah, warst du sehr ernsthaft um die Aufrechterhaltung einer Beziehung bemüht. Ich will dich lediglich darauf aufmerksam machen, nur für den Fall, daß sich diesbezüglich nichts geändert hat.»

«Nun, die Wahrheit ist, daß ich mich verliebt hab.»

«Oh», sagte sie.

«In eine andere Frau. Eigentlich liebe ich sie beide.»

«Du bist ein Bastard», sagte sie freundlich. «Ich bin froh, daß du nicht mein Problem bist.»

«Es ist ein echtes Problem», sagte ich abwehrend. «Es ist ein Konflikt.»

«Das kannst du mir während der Praxisstunden erklären. Jetzt bin ich nicht im Dienst.»

«Na gut», sagte ich. «Darf ich dann ein bißchen an deiner Unterlippe herumknabbern? Für die hatte ich schon immer was übrig.» Sie kam ganz nahe heran und überließ mir ihre Unterlippe. Es wurde einer dieser Küsse aus Erdbeeren, Whiskey-Soda, Frühling. Und ihre Brüste preßten sich voll und schwer gegen meinen Brustkorb.

«Du machst dir also wegen Untreue keine Sorgen mehr», murmelte sie in mein Ohr.

«Ich weiß nicht. Ich mein, da ich ja bereits untreu bin, macht das es nun doppelt so schlimm oder bloß halb so schlimm, oder ist es eine geometrische Folge?» Sie kicherte. «Abgesehn davon kann ich immer sagen, ich wäre high gewesen. Und auf Dienstreise. Dienstreisen zählen nicht, oder?»

Ich war high. Ich war dankbar, am Leben zu sein. Sandy hatte gerade eben eine schwere Konfrontation und ein Trauma durchgemacht. Sie war eine verlassene Frau. Und ich war unterwegs, nicht in meiner Stadt. All das waren keine Entschuldigungen. Es war die Würze. Es war eine Szene, direkt aus der *Spätvorstellung*. Es war der Himmel.

TAGESVORSTELLUNG

Das einzig Angenehme am Morgen danach war, daß sich kein Blut in meinem Urin befand.

Sandy half mir aufzustehen. Sie lieh mir eine Zahnbürste. Sie suchte ein paar Kleidungsstücke ihres Mannes zusammen und half mir hinein. Sie rief ein Taxi und brachte mich auf dem Rücksitz unter.

«Wie wär's mit etwas Demerol?» sagte ich zu Dr. Bernstein.

So fröhlich und munter wie in der Nacht zuvor sagte Bernstein, «Bringen wir zuerst die Untersuchung hinter uns.»

Er röntgte die Rippen. Er löste den Verband von der Wunde, inspizierte sie, tat ein Antiseptikum drauf und legte einen Verband an. Ich gab ihm eine Urinprobe. Er musterte die Probe mit offensichtlicher Befriedigung.

«Und jetzt das Demerol?» sagte ich.

«Wie wär's mit etwas Tylenol? Oder Aspirin?»

«Seien Sie nicht so grausam», wimmerte ich. «Ich komme vor Schmerzen um, ich kann mich nicht mal allein hinsetzen. Ich kann allein nicht stehen. Ich brauche Hilfe.»

«Ich bin sicher, daß Sie das Demerol genießen würden», sagte er. «Aber Sie haben es nicht nötig. Die Schmerzen sind nicht so schlimm, und der Schock von letzter Nacht ist auch abgeklungen. Ich enttäusche Sie ungern, aber ich glaube, Ärzte sollten ultrakonservativ sein, wenn es um die Verschreibung von Substanzen geht, die zu Mißbrauch führen können.»

«Hören Sie, Doc...»

«Nein, nein. Was soll's sein? Aspirin oder Tylenol?»

«Aspirin», sagte ich. Er gestand mir eine großzügige Dosis normalen Aspirins zu. Es muß mindestens 00.000015 Dollar wert gewesen sein. «Schaun Sie, Doc, ich bin sicher, daß Sie ständig von den Leuten wegen guter Trips angehaun werden, aber hören Sie mir doch mal zu. Sie haben ja recht. Der Schmerz ist erträglich, oder wäre erträglich, wenn ich mich nicht bewegen müßte. Ich steck mittendrin in...»

«Ich würde ja gerne helfen...»

«Lassen Sie mich ausreden», sagte ich. «Erstens, ich verfolgte einen Killer, bevor mir das passierte. Ich muß herausfinden, ob er sich noch hier herumtreibt.»

«Empfehlenswert wäre das nicht», sagte Bernstein. «Mir scheint, er hat bei Ihnen schon recht ordentliche Arbeit geleistet.»

«Zweitens, es gab da einen Typ, der mir eigentlich Rückendekkung geben sollte. Als ich Schwierigkeiten bekam, war er nicht da. Vielleicht ist ihm etwas zugestoßen, vielleicht auch nicht. Das muß ich feststellen. Drittens, ich muß mit der Polizei reden, der D. C.-Polizei, über die Ereignisse der letzten Nacht, und mit der Virginia-Polizei über den Mann, der mir entwischt ist. Er kommt als Verdächtiger in einem Mordfall im Culpepper County in Frage. Viertens, ich muß den Avis-Leuten erklären, warum ihr Wagen mit dem Dach nach unten auf einer Klippe im Rock Creek Park liegt...»

«Haben Sie nicht die Zusatzunfallversicherung abgeschlossen? Das sollten Sie stets tun.»

«Ich hab's getan, aber...»

«Dann müssen Sie sich keine Sorgen machen.»

«Verdammt noch mal, Allan, Sie hören mir nicht zu. Es geht nicht um den verfluchten Wagen. Es geht nicht um die Schmerzen. Ich muß einiges erledigen...»

«Ich wäre geneigt, Ihnen zuzustimmen. Aber nicht als Arzt.»

«Allan, und wenn ich Sie auf den Knien anflehen muß, Sie müssen mir wieder auf die Beine helfen.»

«Ich versuche doch nur zum Ausdruck zu bringen, daß ich Sie durchaus verstehe, Tony. Und daß ich tun werde, was ich kann. Wie wär's mit etwas Coke? Würde das reichen?»

«Was?» sagte ich.

«Coke.»

«Sicher.»

«Es ist nur so, das muß eine persönliche Sache zwischen Ihnen und mir bleiben. Nicht eine Sache zwischen Doktor und Patient. Und bitte sagen Sie Sandy nichts davon. Als meine Therapeutin würde sie mich heftig schimpfen.»

«Ich verstehe», sagte ich und dachte mir, ich konnte immer noch zu einem späteren Zeitpunkt darüber nachdenken.

«Fünfundsiebzig das Gramm, und ich kann Ihnen eins ablassen.»

«He, he, he, Doc. Ich weiß, wir sind hier in D. C., und ich komm von außerhalb, aber das ist doch ein bißchen übertrieben.»

«Kaum. Es ist pharmazeutischer Stoff.»

«Tatsächlich», sagte ich ohne Überzeugung. Pharmazeutischer Stoff gehörte zu den Dingen, über die geredet wird, die man aber nie zu Gesicht bekommt. So wie das Wasser im Wein, Levitation oder einen guten Automechaniker.

«Tatsächlich», sagte er mit aufrichtigem Stolz. «Hier in unserer kleinen medizinischen Gruppe haben wir einen Optometriker.»

«Klingt gut», sagte ich. Er ging zu seinem Schreibtisch, öffnete eine verschlossene Schublade und entnahm ihr ein kleines Fläschchen. Ich gab ihm das Geld, er gab mir das Kokain. Ich legte vier Lines, und wir schnupften jeder zwei. Das Blut, das so träge durch meine Adern geflossen war, begann in meinen Arterien zu rauschen. Die Beschleunigung verlief glatt und sauber.

«Ich nehme meine Rolle als Arzt sehr ernst», sagte der Doktor. «Ich verschreibe nicht zuviel. Ich will keinen Drogenladen eröffnen. Als Privatperson», kicherte er, «hab ich natürlich wesentlich mehr Bewegungsfreiheit.»

«Ich werde folgendes tun», sagte ich. «Ich werde weiterhin sauer auf Dr. Bernstein sein, weil er mir kein Demerol gegeben hat, doch meinem Freund Allan werde ich dankbar sein, weil er mir ein bißchen was von seinem pharmazeutischen, nicht verschreibungspflichtigem Schmerzkiller abgegeben hat.»

«Das», sagte er ernsthaft, «trifft genau den Kern der Sache.»

Ich rief Franco zu Hause an. Ich konnte es kaum erwarten, herauszufinden, was er so getrieben hatte, während man auf mich geschossen und als Fußball mißbraucht hatte. Wenn er nicht eine verdammt gute Entschuldigung parat hatte, dann wollte ich ihm ein paar nette Sachen sagen.

Er war nicht zu Hause. Ich rief Gene an, in der Hoffnung, er wüßte vielleicht, wo Franco steckte. Gene war ebenfalls nicht zu Hause.

Doch seine Sekretärin hatte eine Nachricht für mich. Falls ich anrief, sollte sie mir ausrichten, ich könnte ihn im St. Agnes-Krankenhaus der Barmherzigen Mütter, in oder in der Nähe von Zimmer 510 erreichen. Ich fragte sie, ob irgendwas passiert wäre. Sie meinte nein, er wäre aus irgendwelchen geschäftlichen Gründen dort.

Der Taxifahrer war ein höflicher kleiner Kerl, der im Nebenberuf Alkoholiker zu sein schien. Das hatte ihn viel Kraft gekostet. Als ich mich auf ihn stützte, um auf den Rücksitz zu klettern, fiel er gegen meine Rippen.

Nachdem die Farbe in mein Gesicht zurückgekehrt war, und ich den Schwall seiner Entschuldigungen stoppen konnte, erklärte ich ihm, ich würde mich allein auf den Beifahrersitz begeben. Besten Dank.

Ich entdeckte Gene im Flur des fünften Stocks. Ich rief ihn an, und er drehte sich um und kam auf mich zugeeilt.

«Tony, wo zum Teufel hast du gesteckt?»

«Wo zum Teufel ich gesteckt hab? Die Frage muß richtig heißen, wo zum Teufel hat Franco gesteckt?»

«Jesus, Tony, du siehst aber übel aus. Was ist passiert?» Besorgt packte er mich am Oberarm, genau an der Schußwunde.

«Du dämlicher Trottel, nimm deine Pfoten von mir.»

«Wasisslos? Wasisslos?»

«Da hab ich einen Schuß abgekriegt, du Idiot.»

«Jesus, tut mir leid, ich wußte ja nicht, daß auf dich geschossen wurde.»

«Iss er das? Iss er das?» rief eine andere Stimme vom Gangende. Ich drehte mich um und sah eine Frau von ungefähr fünfundsechzig, klein, quadratisch und bösartig, die wie ein Panzer auf mich zugewalzt kam. Als ich merkte, wen sie mit ihrer Frage gemeint hatte, war es zur Flucht bereits zu spät.

Sie kreischte mich in einer Mischung aus Italienisch, Englisch und irgendeinem sizilianischen Dialekt an. Grob zusammengefaßt sagte sie ungefähr folgendes: «Du Bastard, du Bastard, du hast das meinem Franco angetan. Ich bring dich um, ich bring dein Blut zum Fließen, bis deine Adern ausgetrocknet sind. Ich dreh dir wie einem Hühnchen den Hals ab.»

Zuerst japste ich Verblüffung, dann grunzte ich vor Schmerz, als sie mir ihre Handtasche, die sie in Händen hielt, gegen die Rippen hämmerte.

Sie holte zum nächsten Schlag aus, aber ich war zu clever für sie. Ich krümmte mich zusammen und sank schnell zu Boden. Die Tasche zischte über meinen Kopf und traf Gene, der dumm genug war, sich zwischen uns werfen zu wollen.

Enttäuscht darüber, daß sie nur ein zweitrangiges Ziel getroffen hatte, holte sie mit dem Fuß aus, um nach mir zu treten. In ihrem Sprachgemisch kreischte sie etwas ähnliches wie: «Ich reiß dir deine kleinen Eier ab und steck sie in die Knoblauchpresse. Ich reiß dir dein winziges männliches Gerät raus und verkauf's an die Wurstfabrik, die daraus kleine neapolitanische Salamis macht.» Sizilianer haben in der Regel eine äußerst niedrige Meinung von Neapolitanern und deren Salamis.

In dem Moment erreichte uns ein junger Mann. Er legte die Arme um sie und zerrte die kreischende Frau davon.

Gene kauerte sich neben mich.

«Bist du in Ordnung?» fragte er.

«Nein.»

«Hör zu», drängte er. «Du mußt so tun, als wäre das, was Franco passiert ist, deine Schuld. Das ist sehr wichtig.»

«Wovon zum Teufel redest du?» erkundigte ich mich.

«Verstehst du, benimm dich einfach, als wär das, was Franco zugestoßen ist, deine Schuld.»

«Wer war diese Frau? Hat man sie für immer fortgeschafft?»

«Das war Mrs. Polatrano. Sie ist aufgeregt.»

«Was du nicht sagst.»

«Wirst du also tun, was ich dir gesagt hab?» fragte er.

«Gene, du erklärst mir besser, wovon du sprichst. Was ist mit Franco passiert?»

«Du weißt nicht, was mit Franco passiert ist?»

«Woher zum Teufel soll ich wissen, was mit Franco passiert ist? Es wär genaugenommen viel besser für ihn, ihm wär was Schreckliches zugestoßen, als Entschuldigung, daß er nicht da war.»

«Wo war er nicht da?» fragte Gene.

«Was sind wir denn? Vielleicht Juden? Jede Frage wird mit einer Gegenfrage beantwortet. Benimm dich wie ein Italiener. Mach Aussagen. Fuchtel mit den Händen zur Unterstreichung. Aber faß mich dabei nicht an.»

«Du weißt nicht, daß Franco einen Herzanfall hatte?»

«Keine weiteren Fragen. Ich stell dir Fragen, du gibst die Antworten. Wenn du brav bist, können wir später tauschen.»

«Sicher, Tony, sicher.»

«Franco hatte also einen Herzanfall. Du willst mir klarmachen, daß das meine Schuld war. Warum?»

«Ist es nicht so?»

«Hör auf damit. Antworten!»

«Ja, ich möchte, daß du sagst, es war deine Schuld.»

«Ich halte das für äußerst gefährlich. Ich nehme an, die Killerlady mit der Handtasche ist seine Frau. Ich hätte draufgehn können. Abgesehn davon ist es nicht meine Schuld.»

«Das spielt keine Rolle, Tony. Ich mein, du kannst ja wieder zurück nach New York. Franco hat keine Fluchtmöglichkeit.»

«Dann will er womöglich sterben. Hast du daran mal gedacht?»

«Yeah, aber der arme Bastard wird am Leben bleiben.»
«Wie geht's ihm?»
«Oh, die Ärzte sagen, er kommt durch. Er kann ein ganz normales Leben führen, bis auf dieses, jenes und das andere auch nicht.»
«Gut.»
«Wirst du es tun?»
«Was tun?» fragte ich.
«Mrs. Polatrano sagt, daß es deine Schuld ist. Was immer er auch getan hat, du hast ihn dazu überredet. Verstehst du, nimm ihm die Last von den Schultern.»
«Yeah, ich werd's tun. Telegraphisch. Ich nähere mich dieser Frau nicht bis auf Handtaschenreichweite. Hilf mir hoch.»
«Weißt du, Tony, du schaust gar nicht gut aus.»
«Keine Witze, Gino. Die alte Hexe hat mir direkt eins auf die Rippen gegeben. Jemand hat mir gestern nacht die Rippen gebrochen, und ich habe einen Arzt, der Aspirin für das beste Schmerzmittel hält.»
«Jesus, vielleicht kann ich dir ein bißchen Percodan besorgen.»
«Bitte, tu das, Gene», sagte ich, während meine süßen braunen Engelsaugen einen flehenden Ausdruck annahmen.
«Machen wir ein Tauschgeschäft», sagte der erpresserische Bastard. «Du erzählst der Frau die Story, und ich besorg dir das Percodan.»
«Abgemacht. Aber zuerst den Stoff. Ohne geh ich nicht zurück in den Ring.»
Er half mir vom Boden hoch und machte sich dann auf die Suche nach meinem kleinen Beruhigungsmittel. Ich ging kurz auf die Toilette. Sorgfältig suchte ich den Flur ab, bevor ich wieder auftauchte. Sie war nirgendwo zu sehen.
Dann besuchte ich Franco.
«He, Paisan», sagte ich. «Du schaust beschissen aus.»
«Yeah», grunzte er. «Hast'n erwischt?»
«Nein. Ist mir durch die Lappen gegangen.»
«Verdammt. Du kriegst ihn, Tony, ich zähl auf dich.»
«Sicher, Franco.»
«Das wird ein verdammt großer Fall, Kid. Der größte.»
«Sicher, Franco.»
Die Krankenschwester kam herein. «So, jetzt müssen wir aber ganz brav schlafen», sagte sie geschäftig. «Wir dürfen doch nicht zu müde werden, nicht wahr?»

«Jesus, Ihr redet ja wirklich so», sagte ich zu ihr.

«Was?» fuhr sie mich an. «Sie! Sie gehören nicht hierher.»

«He, Franco», sagte ich. «Bis zum nächstenmal.»

«Bis zum nächstenmal, Tony», sagte er betrübt.

Als Gene mit dem Percodan zurückkam, gingen wir in einen Besucherraum, der ganz in grünem Vinyl gehalten war. Eins nach dem anderem. Ich ließ mir die Percs geben. Er bot an, mir Wasser zu holen, aber da hatte ich bereits eine Tablette geschluckt. Ich holte meine Brieftasche hervor und durchsuchte sie. Die Notiz war verschmutzt und abgeschabt, aber der Name, den mir Gerald Yaskowitz gegeben hatte, damals, als alles anfing, war immer noch leserlich. Ich gab ihn Gene.

«Ich brauch ein bißchen Hilfe», erklärte ich ihm. «Würdest du diesen Typ anrufen? Und dann suchen wir uns einen halbwegs netten Cop, der mir nicht gleich den Arsch aufreißt, während ich ihm erklär, wie ich eine Ermittlung in einem Mordfall versaut hab. Dann treffen wir uns alle drei, der Cop, der Anwalt und ich, zur gleichen Zeit am gleichen Ort. Kannst du das erledigen?»

Er las den Namen und schien ihn zu erkennen. «Hast du gestern nacht jemand umgebracht, Tony?» erkundigte er sich besorgt.

«Was ist los mit dir, Gene? Warum beantwortest du Fragen ständig mit Fragen?»

«Machst du nicht das gleiche?»

«Gene, schau zu, daß du das wieder los wirst.»

«Yeah. Sicher. Ich bin wegen Franco ganz durcheinander. Außerdem könnt ich dir leichter helfen, wenn du mir erzählen würdest, was hier läuft. Ich mein, ich tapp ja völlig im dunkeln.»

«Yeah, nun, komm mit, dann wirst du alles mitkriegen. Ich hab nichts dagegen, daß du informiert bist, ich bin bloß viel zu müde, um die Geschichte öfters als notwendig zu wiederholen.»

«Ich könnte dir leichter helfen, wenn ich wüßte, was hier läuft.»

«Verdammt noch mal, Gene», brauste ich auf. «Ich zahl die Rechnungen. Ich hab zwei gebrochene Rippen und einen angeschossenen Arm. Ich bin müde und hab einen Demerol-Kater. Und jetzt mach, was ich dir gesagt hab.»

Sein Körper spannte sich, als wollte er mir im nächsten Moment einen Schwinger verpassen. Dann bekam er sich wieder in den Griff, warf mir einen Blick zu, der deutlich zum Ausdruck brachte, daß er sich nicht an Krüppeln verging, und marschierte den Flur hinunter zu einem Münztelefon.

Seymour Whitaker hatte eisengraues Haar, das aus seiner hohen Stirn zurückgekämmt war und über seinen Kragen fiel. Seine Koteletten waren dicht und buschig. Er schlurfte zu seinen Verhören, die Hände in den Taschen seiner chinesischen Hosen gestopft, so daß seine Arme seine chinesische Jacke über dem Bauch zurückhielten, der über den Gürtel quoll. Jeder nannte ihn Cy; er nahm 300 Dollar Vorschuß, Verrechnung gegen einen Stundenlohn von 150 Dollar. Er kannte sich auf Revieren und Gerichten in D.C. besser aus als die Cops. Aus diesem Grund hatte ich ihn auch gewollt und bezahlte gern sein Honorar.

Er hielt einen Detective namens Moynihan bei Laune, während ich meine Geschichte kurz zusammenfaßte. Als erstes gab Moynihan eine allgemeine Fahndung nach Alexander Jr. durch. Dann bekniete er den Staatsanwalt wegen eines Durchsuchungsbefehls für Alexanders Wohnung.

Als ich meinen Angreifer beschrieb, schien ihm ein Licht aufzugehen. Es gibt nicht allzu viele Leute, die wie Dave Butz aussehen, schwarz sind, einen Schalldämpfer benützen und für Doc Wellby arbeiten. Aus dem Verbrecheralbum suchte ich George Roland *Peanut Butter* Bernard heraus. Er hatte es mal als Boxer probiert, schien dann aber als vernünftiger Mensch eingesehen zu haben, daß er in seinem jetzigen Job lediglich austeilen konnte, ohne gleichzeitig auch einstecken zu müssen.

«Ich bin überrascht», sagte Moynihan mit einer gewissen widerwilligen Bewunderung, «daß Sie an ihm vorbeigekommen sind.»

Ich fühlte mich geschmeichelt. Aber ich hatte auch Schmerzen. Ich ging auf die Toilette, schluckte ein paar Percs und schnupfte einige Lines.

Als ich zurückkehrte, war die Stimmung im Raum auf Null gesunken. Der Grund dafür blieb mir nicht lange verborgen. Wir brachen alle gemeinsam auf und begaben uns ins Leichenschauhaus, wo ich die sterblichen Überreste von James Clayton Alexander Jr. identifizierte.

Wer immer es ihm besorgt hatte, er war jedenfalls mit einer Schrotflinte dicht hinter ihm gewesen. Ein großer Teil des Hinterkopfs und ein Teil von der Seite fehlten, doch seine Gesichtszüge waren noch einigermaßen intakt. Lebendig warer schon nicht sonderlich liebenswert gewesen; tot sah er schlimmer aus.

«Dieser Scheißkerl hätte uns zu Wellby führen können», sagte Moynihan über die Leiche hinweg.

«Vielleicht», sagte ich.

«Und er war auch an Ihrem Edgar Wood-Fall beteiligt. Den haben Sie auch versaut.»

«Könnte sein», gab ich zu.

«Ich könnte Sie hierbehalten und Ihnen das Leben zur Hölle machen...»

«Aber das werden Sie nicht», warf Cy ein.

«Aber das werde ich nicht», sagte Moynihan. «Zum Teufel damit. Ist schon genug Unheil angerichtet worden. Was zurechtgebogen werden kann, das werde ich zurechtbiegen. Ihr Anwalt hat mir versichert, daß Sie greifbar sind, um gegen Bernard auszusagen...»

«Das stimmt», sagte Cy.

«...und in bezug auf alle anderen Sachen, die noch aus diesem Scheißhaufen entstehen werden. Sie haben einen guten Anwalt, also ist mir klar, daß es reine Zeitverschwendung ist, Ihnen was anhängen zu wollen. Möchten Sie wissen, warum ich's trotzdem gern tun möchte?»

«Nein», sagte ich.

«Weil Sie mich für so dämlich halten, daß Sie glauben, Sie könnten auf meiner Toilette Kokain schnupfen und ich würd's nicht merken... Schaun Sie, daß Sie hier verdammt schnell verschwinden», sagte er und versetzte mir einen Schlag gegen den Arm. Unter dem Verband öffnete sich die Wunde und begann zu bluten.

LÜGNER

Ich machte mich auf den Weg, vom Leichenschauhaus zum National, vom National zum LaGuardia. Ich schnupfte, schluckte Percs und hing unzüchtigen Gedanken über zwei der vier Stewardessen nach. Langsam wurde ich wieder der alte. Vom LaGuardia ging's ins Büro. Dort traf ich auf Glenda.

«Ich hab etwas Dummes getan», sagte sie.

«Oh? Du auch?»

«Na ja, du mußt verstehen, daß ich mir Sorgen gemacht hab, als ich nichts von dir hörte. Du hast weder angerufen noch sonstwas.»

«Nur zu», sagte ich.

«Ich rief Joey an. Der hatte auch nichts von dir gehört, also kam ich her.»

«Und dann?» fragte ich und sah zu, wie unter der Anspannung ihr schlanker Körper steif wurde.

«Mir fiel dein Anrufbeantworter auf. Es geht mich nichts an, aber ich machte mir Sorgen, deshalb dachte ich, vielleicht hast du angerufen und für Joey eine Nachricht hinterlassen. Also spielte ich die Nachrichten ab.»

«Du hast meinen Anrufbeantworter abgehört?»

«Ja», sagte sie und biß sich auf die Lippe.

«Okay. Und was war drauf?»

«Weißt du das nicht?»

«Nein, ich weiß es nicht. Warum spielst du das Band nicht ab, dann wissen wir es beide.»

«Ich hab mir's ungefähr zwanzigmal angehört», sagte sie.

Ich gab mir keine Mühe zu verbergen, welche Anstrengung es mich kostete, den Raum zu durchqueren und das Band anzuschalten.

«Oh, Tony.» Christinas Stimme klang zärtlich und sehnsuchtsvoll. «Bitte, ruf mich an, bitte. Sobald du zurück bist. Ich muß dich sprechen. Dich sehen.» Es reichte nicht, um damit vor Gericht zu ziehen, aber es genügte, um eine Beziehung zu zerstören. In meiner Magengegend breitete sich ein hohles Gefühl aus, doch ich setzte ein Pokergesicht auf. Sie hatte ihre Karten aufgedeckt, ich noch nicht. Es war ein Spiel, das ich gewinnen mußte und konnte, denn auch für sie war es wichtig, daß ich gewann.

«Und?» sagte ich und schaute sie direkt an.

«Was geht zwischen dir und ... ihr vor?»

«Sei nicht albern. Sie ist nichts weiter als eine Klientin.»

«Lüg mich nicht an. Ich kann alles ertragen, aber keine Lügen.»

«Ach so? Du kannst es ertragen, daß ich dir untreu bin?»

«Ich hab nie gesagt, daß du das müßtest. Ich hab nie gesagt, du müßtest überhaupt irgendwas tun. Ich sag dir nicht, was du zu tun und lassen hast. Du triffst deine eigenen Entscheidungen.»

«Und wenn ich jetzt ja sagen würde? Ja, ich vögel sie?»

«Dann mach doch!» schrie sie. «Nur zu, pack deine Sachen, verschwind aus dem Haus und fick dir deinen kleinen Schwanz ab!»

«Entschuldige», sagte ich, auf sie zuschlurfend. «Verzeih mir, ich bin gereizt und bösartig. Ich hab zwei gebrochene Rippen und eine Schußwunde am Arm.» Gott sei Dank. «Wenn du mir helfen würdest, ich möchte gern mein Hemd wechseln. Ist schon wieder durchgeblutet.»

Ich begann mein Hemd aufzuknöpfen, damit sie die Prellungen und Quetschungen um die Rippen herum sehen konnte. Sie warf einen erschrockenen Blick darauf; dann bemerkte sie, wie es oben an meinem rechten Arm rot durchsickerte.

«Bist du in Ordnung?»

«Ich war nur sauer. Tut mir leid, ich hätte das nicht sagen sollen. Du weißt ja, wie ich manchmal bin. Miss Wood ist, soweit es mich betrifft, nichts weiter als eine Klientin. Sie neigt zur Hysterie. Sie haßt ihre Mutter. Wegen ihres Vaters empfindet sie Schuldgefühle. Zu ihrem Anwalt hat sie kein Vertrauen. Sie glaubt, daß auf der ganzen Welt außer mir niemand für sie da ist. Gelegentlich bezeichnet sie mich sogar als Engel. Was soll ich machen? Es ist schließlich ein Job. Ein Job, der sehr gut bezahlt ist. Ich krieg das Dreifache von dem, was ich sonst bekomm, was auch nur recht und billig ist, wenn dabei auf mich geschossen wird. Was mich anbelangt, ist das alles.»

Mir wurde schwindelig, und ich überließ mich dem Schwindelgefühl und hielt mich an ihr fest. Eine kurze Finsternis wirbelte vorüber, und als ich wieder sehen konnte, hatte ich ihr Gesicht dicht vor mir; sie schluckte und blinzelte die Tränen weg. «Baby, ich brauch dich», sagte ich. Zumindest das schien der Wahrheit zu entsprechen.

Glenda half mir aus dem Hemd.

«Sie ist hübsch, nicht wahr?»

«Ich werd dir eine Geschichte über Miss Wood erzählen», sagte ich. «Ich ging zu ihr, um ihr eine Zusammenfassung zu geben. Während ich dort war, rief ihre Mutter an und wollte sich mit ihr zum Essen verabreden. Christina regte sich furchtbar auf, schrie die Frau an und sagte, sie hätte andere Pläne. Sie wurde tatsächlich wütend, daß ihre Mutter die Frechheit besaß, sie in letzter Minute anzurufen. Ich dachte mir, ihre Pläne müßten wirklich wichtig sein, also erkundigte ich mich danach. Ganz ernsthaft antwortete sie: ‹Ich geh zu Bloomingdale's, um mir ein paar Badeanzüge zu kaufen.›»

«Ich möchte wetten», sagte Glenda, «daß sie die Modelle trägt, die ich nicht anzuziehn wage.»

«Das war nicht der springende Punkt der Geschichte.»

«Tut mir leid, ich hätte deinen Anrufbeantworter nicht abhören sollen», sagte Glenda, hin und her gerissen zwischen falscher Zerknirschung und echtem Bedauern.

Irgendwie kam es mir komisch vor. Ich fing an zu lachen. Natürlich tat es weh, und ich mußte mir die Rippen halten.

«Worüber», wollte sie wissen, «lachst du?»

«Anderer Leute Anrufbeantworter abhören», versuchte ich zu erklären. «Das kommt mir vor wie bei ‹Ich mach mir Sorgen wegen Harry, hast du in letzter Zeit mal seinen Anrufbeantworter gehört?› oder ‹Sie sieht aus, als würde in ihrem Mund nicht mal Butter schmelzen, aber du solltest mal ihren Anrufbeantworter hören.›» Das Lachen verdrängte die Angst; Sehnsucht nach Wärme und Zuneigung stieg in mir auf. «Warum», sagte ich, «kommst du nicht her und gibst mir einen Kuß.»

«Warum sollte ich?»

«Weil ich froh bin, wieder zu Hause zu sein, bei der Frau, mit der ich lebe und die ich liebe.»

«Bist du sicher?»

«Sicher bin ich mir sicher», sagte ich, und sie glitt vorsichtig in meine Arme. «Hilfst du mir ein Hemd anzuziehen und bringst mich dann nach Hause?»

«Ja», sagte sie.

«Und halt mich fest. Laß mich nicht wieder in meine alten Gewohnheiten zurückfallen.»

«Was ist mit dir passiert?» fragte sie.

«Warte, bis wir daheim sind, dann erzähl ich dir und Wayne alles auf einmal.»

«Warum?»

«Ist eine tolle Geschichte, voller Dramatik und Abenteuer, Autojagden und so 'n Zeug.»

«Besser als das *A-Team*?» fragte sie in Kenntnis von Waynes Vorlieben.

«Könnte sein», sagte ich, «wenn es nicht die Realität wäre.»

Doch Wayne schien es für genauso gut zu halten. Außer daß ich am Ende die bösen Buben nicht erwischt hatte.

«Wir sind ja noch nicht am Ende angelangt», erklärte ich. «Das ist eine dieser Fortsetzungsserien mit abgeschlossenen Episoden. Du mußt bis nächste oder übernächste Woche warten.»

«Wie bei den Miniserien.»

«Dann wirst du sie schnappen?»

«Das ist eine gute Frage.»

«Wenn du das sagst», meinte Wayne wissend, «dann heißt es, du weißt es nicht.»

«Richtig.»

«Aber du wirst sie schnappen. Du bist Tony, der Unerbittliche.»

«Du verschwindest jetzt besser ins Bett.»

«Kann ich vorher noch mal deine Verbände sehn? Bloß einen Blick? Huh? Huh? Darf ich?»

Nachdem er sich an meinem zerschlagenen Körper erfreut hatte, ging er zu Bett.

«Ganz ehrlich, Tony. Ist irgendwas zwischen euch beiden? Bitte lüg nicht, du weißt, das ist das einzige, was ich nicht ertragen kann.»

«Da ist überhaupt nichts», sagte ich wie aus der Pistole geschossen, bevor ich irgendwas Dämliches sagen konnte. Dabei schaute ich ihr offen und ehrlich in die Augen.

Ich war erschöpft. Meine Schuhe fühlten sich an, als wären sie weit, weit weg. Außerhalb jeder Reichweite. Das Kokain in meiner Tasche hätte mich aufgemuntert. Aber ich war jetzt zu Hause und hatte dieses Zeug nicht mehr nötig. Mit Glendas Hilfe zog ich mich aus. Sie legte sich neben mich, und während wir uns noch unterhielten, döste ich ein.

Plötzlich war Christina da. Sie sagte: «Erhebe dich und rette, was so wunderschön ist.» Also folgte ich dem Schwung ihrer Hüften nach unten. Ihr Mund liebkoste mich. Auf dem Flug nach Norden hatte mir eine Stewardess namens Laurie in und aus dem Sitz geholfen, hatte mir Drinks serviert und dann mein Angebot abgelehnt, gemeinsam ein Taxi in die City zu nehmen. Allerdings hatte sie mir ihre Telefonnummer gegeben. Sie tauchte ebenfalls in meinem Traum auf. Sie zog ihren Uniformrock hoch, bis dorthin, wo ihre langen, nackten Beine anfingen. Ihre Schamhaare waren dicht, gekräuselt und hatten einen warmen Farbton. «Du hast doch nichts dagegen», sagte ich zu Christina, als Laurie näher rückte. «Ich werde dich immer, immer hassen», erwiderte sie, «und auch Glenda.» Doch ihr Mund wurde immer größer und verschlang mehr und mehr von meinem Körper. Schatten drängten von der Wand heran. Große Männer murmelten: «Wo ist die Heroine» oder «Wo ist das Heroin», ich weiß nicht mehr genau, um was es ging, wollte es aber unbedingt herausfinden. Als sie begannen, die Nadeln in meinen Arm zu stechen, hörte ich Sandy lachen und lachen. «Du bist so ein Bastard», sagte sie. Dann fingen die Sirenen an.

Die Sirenen waren real, dröhnten von der Straße durchs offene Fenster. Glenda war real. Sie streichelte meine Erektion.

«Du könntest es wirklich im Schlaf machen», sagte sie und verzog das Gesicht.

«Yeah, aber du schwingst dich besser drauf, wenn wir es bis zur nächsten Station schaffen sollen.»

«In Ordnung», sagte sie und setzte sich rittlings auf mich. Sie befeuchtete die Spitze und senkte sich langsam ab. Als sie richtig plaziert war, hob sie lässig eine Hand, tat so, als würde sie die Pfeife des Stationsvorstehers betätigen und sagte: «Whooo awhooo.»

«Chuga chug, chuga chug», machte ich, und los ging's, wild kichernd den Schienenstrang entlang. Nachzulesen bei *Noch mehr Spaß am Sex* im Kapitel über das Fröhliche Bumsen.

«Ich muß ständig an dich und sie denken», sagte sie hinterher.

«Tu's nicht», sagte ich, bevor mir schwarz vor Augen wurde.

LIEBE UNTER SCHMERZEN

Das klingelnde Telefon, das mich um 11 Uhr vormittags weckte, war so bösartig wie ein Tritt in die Rippen. Ich verfügte in dieser Beziehung über genügend Erfahrung, um den Vergleich anstellen zu können, und er war kein bißchen übertrieben.

«Hast du deine Nachrichten abgehört?» fragte mich Joey D'.

«Was für Nachrichten?»

«Die von deinem Häschen und dem Anwalt.»

«Ahh, von meinen Klienten.»

«Klienten, meine Fresse!»

«Was wollen sie?»

«Sie sind beide scharf auf deine Gegenwart. Das Häschen macht die Sache noch etwas dringender.»

«Sind sie beide auf dem Anrufbeantworter, oder hast du die Gespräche entgegengenommen?»

«Beide auf dem Panasonic, Junge.»

«Tust du mir einen Gefallen?»

«Sicher», sagte er. «Ich werde sie löschen.»

«Danke.»

«Tu dir auch einen Gefallen, Junge.»

«Was für einen?» fragte ich.

«Sag dem Häschen, sie soll ein bißchen diskreter sein.»

«Joey D', was weißt du von der Sache?»

«Ich bin doch Detektiv, oder?»

«Joseph, es ist Zeit für eine ernsthafte Antwort.»

«Ich hab heute morgen einen Anruf von der Freundin bekommen. Von der, mit der du zusammenlebst, nicht von dem Häschen. Anscheinend waren deine Erklärungen gestern abend nicht absolut befriedigend.»

«Und?»

«Ich hab dich gedeckt, du Arschloch. Was du wirklich nicht verdient hast. Ich erklärte ihr, daß bei den betroffenen Opfern häufig eine Fixierung auf den ermittelnden Detective erfolgt. Vollkommen unabhängig vom Verhalten dieses Detectives. Diese Reaktion wäre normal, daß sie sogar in dem Handbuch ‹Verhalten und Auftreten der Öffentlichkeit gegenüber› beschrieben und an der Akademie behandelt wird. Selbst damals zu meiner Zeit, als die Psycho-Einschätzung noch nicht so in Mode war wie heutzutage.»

«Was sagte sie?»

«Sie sagte, ‹Danke, Joey. Jetzt, nachdem ich mit dir gesprochen hab, fühl ich mich viel besser!›»

«Danke, Joey», sagte ich aufrichtig.

Ich stieg aus dem Bett, ich ging ins Bad, ich putzte mir die Zähne, ich suchte meinen Urin nach Blut ab – all das waren größere Anstrengungen. Also schluckte ich eine Perc und zwei Aspirin, dann schnupfte ich vier Lines. Kleine.

Meine brave Glenda hatte Kaffee auf dem Herd stehen lassen, und ich brauchte ihn nur zu wärmen. Besten Dank. Zusammengesunken hockte ich vor meinem Kaffee und rief Mr. Haven an.

«Wie schnell können Sie hier sein, um mir eine Zusammenfassung der letzten Ereignisse zu geben?» fragte er.

Am liebsten hätte ich in einer Woche gesagt, krächzte aber stattdessen, «Wie wär's mit morgen?»

«Morgen bin ich nicht in der Stadt.» Womit er mir auf seine stille, gebieterische Weise zu verstehen gab, daß er jetzt sofort meinte und dafür schließlich auch bezahlte. Ich holte eine Gnadenfrist von zwei Stunden heraus.

Ich suchte tatsächlich das Apartment ab, bevor ich es wagte, Christina anzurufen. Und selbst dann setzte ich mich so, daß ich den Türknauf im Auge behalten konnte, für den Fall, daß er sich bewegte. Ich erzählte ihr von Glenda und dem Anrufbeantworter.

«Ich kann dich nirgendwo anrufen», sagte sie. «Bei deinem Partner laß ich nicht gern Nachrichten zurück. Er klingt so, als mag er mich nicht. Ich weiß, daß ich dich zu Hause nicht anrufen kann. Jetzt darf ich nicht mal mehr eine Nachricht auf dem Anrufbeantworter hinterlassen.»

Ich fragte sie, ob ich sie nach meinem Termin sehen könnte.

«Ich habe einiges vor, aber ich werd's versuchen. Tony, es gefällt mir nicht, daß ich mein Leben so gestalte, wie es ... in deinen Zeitplan paßt. Ich werde es versuchen, aber ich kann nichts versprechen.» Sie legte auf.

Ein kaltes, krampfartiges Gefühl keimte in mir auf. Es grenzte fast schon an Furcht. Der Gedanke, sie zu verlieren, preßte Feuchtigkeit aus den Poren meines Rückens, meiner Arme und meines Nackens.

Wenn ich schon Kokain in der Toilette eines Polizeireviers geschnupft hatte, dann konnte ich es auch in der Toilette einer Anwaltskanzlei tun. Was ich auch tat. Der Schmerz hielt sich in Grenzen, und ich konnte Choate Haven einen halbwegs zusammenhängenden Bericht erstatten.

«Ihre Zusammenfassung wichtiger Details aus diesen Ereignissen ist tatsächlich recht adäquat», sagte er. Ich fragte mich, ob er den Stil von John Houseman oder ob John Houseman diesen Stil von ihm gelernt hatte. «Ihre Mutmaßungen erscheinen mir allerdings nichts weiter als, nun ja, Mutmaßungen zu sein.»

Er lehnte sich zurück und brachte es fertig, gleichzeitig nachdenklich und scharfsinnig auszusehen; dann fuhr er fort:

«Ihre Annahme, daß dieser Alexander im Auftrag von Marcus Wellby, vermeintlicher Heroinhändler, gehandelt hat, wird nicht notwendigerweise durch Fakten gestützt. Er kannte nicht die Richtung Ihrer Ermittlungen. Ihr Partner war noch vor einiger Zeit als Polizist tätig gewesen, und man kann vernünftigerweise annehmen, daß Alexander Ihr Vorgehen für eine weitere, gegen ihn gerichtete Drogenfahndung hielt. Das würde die Fakten ebenso oder noch besser erklären als Ihre Theorie.

Sie sind sich offensichtlich der Schwäche Ihrer Hauptannahme bewußt, daß Wellby ein reiner Mittelsmann ist. Das Fehlen eines erkennbaren Motivs und das Fehlen einer erkennbaren Verbindung bedeuten nicht, daß beides nicht existiert.

In der Justiz ebenso wie in der Wissenschaft soll man die offensichtliche Schlußfolgerung, die klarste und schlichteste Erklärung den komplexeren Begründungen vorziehen, falls alle Fakten dabei berücksichtigt werden. Das Prinzip nennt sich ‹Occams Rasierer›, wie Ihnen sicherlich bekannt ist.

Das Fehlen eines erkennbaren Motivs und einer erkennbaren Verbindung zwischen Wellby und Wood ist ein Mangel, den Wood mit allen anderen teilt. Es ist deshalb kein Grund, nun Wellby als Hauptdrahtzieher zu streichen... Außer ich habe etwas übersehen.»

«Nein, Mr. Haven, ich finde sogar Ihre Analyse äußerst klar und erhellend. Ich werde Ihre Erkenntnisse zur Basis meiner weiteren Ermittlungen machen.»

«Ausgezeichnet», sagte er. «Und wie werden die aussehen?»

«In gewissem Sinne gibt es zwei Ermittlungen. Eine ist eine rein physische Spur, in D. C.: die Suche nach Alexanders Partner, *‹Pea-*

nut Butter› Bernard; einen Hinweis auf Alexanders Mörder zu erhalten. Das kann im Augenblick die Polizei besser erledigen als ich. Falls sie Erfolg haben, dann schalt ich mich ein. Die andere Ermittlung ist Papierkram. Falls es eine Verbindung zwischen Wood und Wellby gegeben hat, dann läßt sie sich in Telefonaufzeichnungen oder einer Akte oder seinem Tagebuch nachweisen.»

«Das klingt vernünftig.» Doch bevor ich einen Seufzer der Erleichterung ausstoßen konnte, fuhr er schon fort: «In diesem Vorgehen liegen jedoch einige vorgegebene Probleme. Jeder Mandant, der mit Wood in Verbindung stand, ist durch die anwaltliche Schweigepflicht geschützt. Ich kann Ihnen nicht gestatten, blindlings in den Papieren von Edgar Wood herumzuwühlen. Sie enthalten die Angelegenheiten unserer Mandantschaft. Außer natürlich, Sie können stichhaltige Beweise vorlegen, die auf einen speziellen Vorgang hindeuten.»

«Falls es überhaupt einen Hinweis gibt, dann ist er in seinen Papieren verborgen», sagte ich. Irgendwie mußte ich es schaffen, an die Papiere heranzukommen.

«Das mag für Sie eine frustrierende Entdeckung sein, Mr. Cassella, aber wir leben nun mal in einer Gesellschaft, die von Regeln und Gesetzen bestimmt wird. Die Polizei findet das frustrierend. Staatsanwälte finden das frustrierend. Selbst mich irritiert es gelegentlich. Aber wir müssen damit zurechtkommen, wenn wir als sozialer Organismus überleben wollen, und ich persönlich bin froh und dankbar, daß es so ist.»

Ich erhob mich, um zu gehen.

«Mr. Cassella», sagte er, «bringen Sie mir stichhaltige Beweise, dann werde ich mit den anderen Seniorpartnern sprechen, und wir werden Ihnen soviel wie möglich von den Papieren zugänglich machen.»

Ich ging, und mein Magen war ein einziger Klumpen. Ich erwartete das Schlimmste, wenn ich ihr gegenüberstehen würde. Ich erwartete, daß sie sagen würde, sie könnte mit der Sache nicht mehr fertig werden. Der Gedanke erfüllte mich mit tiefer Furcht, und ich vergaß ganz, daß ich es hätte sein müssen, der sagte: ‹Das kann nicht sein.› Ich vergaß es einfach.

Als ich durch die Tür kam, stand sie mitten im Zimmer; sie sah verstört und gequält aus. Als ich die Arme um sie legte, legte sie auch ihre Arme um mich. Als sich mein Mund auf dem ihren öffnete, hieß mich auch ihr Mund willkommen. Ihr weicher Leib drückte sich gegen mich, und mein Körper jubelte mitsamt all seinen zerschlagenen Teilen vor Freude. Liebe, Opiat und Schmerzmittel.

Ihr Hemd kam hoch und flog davon; ihre Brüste und ihr Bauch boten sich meinem Mund dar. Kleine Laute drangen tief aus ihrer Kehle. Ihr Rock ging auf und fiel über ihre langen Beine nach unten. Das kleine Bikinihöschen folgte, gefolgt von mir. Ihre warme Feuchtigkeit schmeckte angenehm. Ihre Finger zitterten, als sie meinen Kopf berührten, und ihre Knie verloren jede Kraft. Sie glitt nach unten, so daß wir beide voreinander knieten, Angesicht zu Angesicht, während sie sich selbst auf meinen Lippen schmeckte.

«Engel, mein Engel», sagte sie.

Als der Zeitpunkt gekommen war, um vom Boden aufzustehen, wurde mir schwindelig, und ich mußte mich an ihr festhalten. Der Schmerz schoß mitten durch mich durch.

«Mein Engel, du bist verletzt. Warum hast du nicht...»

«Ist bloß eine Verkleidung», sagte ich.

«Ist alles in Ordnung mit dir?»

«Yeah.» Zumindest hoffte ich es. «Hilf mir bloß hoch.»

Sie half mir ins Bett und half mir beim Ausziehen. Das Zaubermittel, das mich wieder aufrichten konnte, steckte in meiner Hosentasche, und ich ließ es mir von ihr geben. Ich schnupfte etwas und wurde wieder munter. Es war ein herrliches Gefühl, also gönnte ich mir noch eine Runde und bekam es plötzlich mit der Angst.

«Willst du auch was?» fragte ich.

Sie nickte. Ich gab ihr die Flasche. Nachdem sie geschnupft hatte, fragte ich, ob es genug wäre. Sie sagte ja.

«Dann spül den Rest runter», sagte ich. «Jetzt. Mach es jetzt gleich.»

Ich wartete. Dann hörte ich die Wasserspülung und wünschte, es wäre nicht geschehen; irgendwo im Abfluß konnte ich es noch erwischen.

Als sie zurückkehrte, faßte ich noch einmal alles kurz zusammen. Ich spielte Gewalt, Trauma und Tod herunter, so wie John Wayne es auch getan hätte. Sie reagierte perfekt: auf dem Gesicht Besorgnis, eine Träne im Augenwinkel, ihre Wange zart an meine Wunden gedrückt. Ich hätte den Moment ruiniert, wenn ich ihr erzählt hätte, wie vollkommen Sandys Kuß mit dem Demerol harmoniert hatte, also ließ ich den Teil weg.

«Mach nicht weiter. Ich möchte nicht, daß dir was passiert. Mein Engel, ich möchte dich nicht verlieren.» Der zynische Teil in mir, der Hundesohn, der sich in einem versteckt und einen nie verläßt, sagte, daß ihr Text direkt auf Stichwort kam. Aber selbst dieser Hundesohn liebte sie dafür, daß sie ihren Text so verdammt gut sagte.

«Das wird melodramatisch klingen», sagte ich. «Über Vendetta wurde viel gesagt und geschrieben. Ich hab nie was Gutes darüber gehört. Und all die schlimmen Sachen sind vielleicht wahr, doch es liegt eine tiefe Befriedigung darin zu wissen, daß jeder Schlag gegen mich und die Meinen zurückgegeben wird. Gerächt, wenn du so willst.»

«Tust du das für mich oder für dich?» fragte sie.

«Ich weiß nicht. Ich weiß lediglich, daß zuviel Schmerz und Scham in einem ungerächten Unrecht weiterlebt. Wie bei einer Vergewaltigung ist es das Opfer, das sich schmutzig fühlt.»

«Ja», gab sie zu. «So ist es.»

Tränen glitzerten in ihren Augenwinkeln.

«Ich kann nicht zulassen, daß du den Rest deines Lebens so leben mußt», erklärte ich.

Eine andere Art von Damm brach; heftig schluchzend klammerte sie sich an mich.

‹THE MAN› HÖCHSTPERSÖNLICH

Als Choate, Winkler, Higgiston, Hahn & Moore die Firma Over & East von den Anklagen gegen Edgar Wood in Kenntnis setzten, geriet einiges in Bewegung. Over & Easts eigene Rechtsabteilung nahm die Dinge in die Hand und beschlagnahmte beispielsweise Woods Papiere und versiegelte sein Büro. Sie informierten die Banken, daß Wood nicht länger berechtigt war, Schecks auszustellen oder irgendwelche geschäftlichen Transaktionen für den Konzern durchzuführen. Sie trafen die erforderlichen Maßnahmen, um Wood aus dem Verwaltungsrat und aus den Vorständen zahlreicher Tochterunternehmen auszuschließen. Die Personal- und Verwaltungsabteilung verlagerte das, was bisher unter Woods Zuständigkeit gefallen war, in andere Hände.

Doch gewisse Dinge erledigte Charles Goreman persönlich.

Sofort nach dem Treffen begab er sich in den Keller des Over & East-Gebäudes und suchte den Chef des Hauspersonals auf. Gemeinsam gingen sie in die Lobby. Der Mann öffnete die Glastür der Hinweistafel des Gebäudes. Goreman griff mit beiden Händen hinein und entfernte den Namen von Edgar Wood.

An der soliden Mahagonitür von Woods Büro prangte dessen Name in Bronzelettern. Goreman machte den Chef des Hauspersonals darauf aufmerksam, daß der Name praktisch eingraviert bleiben würde, selbst wenn man die Bronzelettern herausriß. Obwohl es längst nach Geschäftsschluß war, wurde die gesamte Tür ausgebaut und durch eine neue, unbeschriftete Tür innerhalb von 120 Minuten ersetzt. Goreman blieb da, bis alles das erledigt war.

Die Presse wollte unbedingt einen Kommentar von Goreman haben. Das einzige, was er sowohl öffentlich als auch privat dazu je von sich gab, war die Feststellung, daß Woods Taten wohl kaum das Format hatten, um Over & East ernsthaften Schaden zuzufügen, und daß die Interessen der Aktionäre davon in jedem Fall unbehelligt blieben.

Ich sagte Christina, daß ich mit Goreman reden müsse. Doch ich hatte keinen Hebel, wo ich ansetzen konnte, geschweige denn eine Empfehlung oder Einführung oder sonstwas. Ich hatte angerufen und mit der Assistentin der Sekretärin gesprochen, die wissen wollte, worum es ging, was ich ihr nicht verriet. Ich hatte meinen Namen und Telefonnummer hinterlassen. Es war zu keinem Rückruf gekommen.

«Oh, ich bin sicher, Charlie wird dich empfangen, wenn ich ihn darum bitte. Wenn du magst, können wir ihn auch gemeinsam besuchen», sagte Christina. Ich war einigermaßen überrascht.

«Ich hab dir doch erzählt... Charlie war immer furchtbar nett zu uns, zu mir. Er war der Liebling der Familie, selbst nach... Er ist mit meiner Mutter immer noch befreundet, obwohl ich glaube, daß er sie im Grunde nie wirklich mochte. Er schickt ihr immer noch Einladungen für die gesellschaftlichen Ereignisse, auf die sie so scharf ist. Wollen wir uns an ihn ranschleichen und ihn mit unseren Fragen überraschen? Wie soll ich's anstellen?»

«Sag ihm, ich will mit ihm sprechen, weil ich den Mord an deinem Vater untersuche... Jawohl, sag ihm genau das. Und ich muß auch mit allen Spitzenleuten von Over & East und Choate, Winkler reden. Du kannst sogar sagen, die Hand des Toten würde in diese Richtung weisen. Aber du brauchst ihm nicht zu erzählen, daß er ganz oben auf der Liste steht; das weiß er selbst.»

«Falls sich herausstellt, daß es Onkel Charlie war, ich könnt's einfach nicht glauben», sagte sie, und ich schaute sie fragend an. Sie schmiegte sich enger an mich, ihr kräftiger junger Frauenkörper sanft und weich, vielleicht aus der Zufriedenheit und Erfüllung des Moments geboren. «Im Augenblick scheint das alles so weit, weit weg zu sein... wenn du hier bist und wenn wir nicht darüber sprechen, dann vergesse ich manchmal, daß es überhaupt geschehen ist, und daß es Menschen gibt, die Menschen töten. Und selbst wenn wir darüber sprechen, dann spüre ich nicht mehr diesen Zorn. Ich glaube, ich fühle mich... sicher.»

«Ich liebe dich so sehr», sagte ich und fühlte, wie wir miteinander verschmolzen.

«Liebe mich nicht», sagte sie so leise, daß ich sie fast nicht hörte. Ich gab keine Antwort.

Goreman teilte Christina am nächsten Tag mit, daß es ihm am übernächsten Wochenende recht wäre. Er lud uns beide ein, ihn von Freitagabend bis Sonntag in seinem Haus in den Hamptons zu besuchen. Als sie mir davon erzählte, war sie so glücklich wie ein Schulmädchen in den großen Ferien. Sie hatte die Einladung für uns beide angenommen.

Es war nicht leicht, daheim dieses für Glenda verlorene Wochenende zu erklären. Ich sagte ihr wieder und wieder, wie sehr ich mich um ein Treffen mit Goreman bemühte. Es ist Bestandteil meines Berufes, Lügen und Legenden in die Welt zu setzen, aber das gehört normalerweise zur Außenwelt, es ist ein Spiel. Das Zuhause soll eine Zufluchtstätte von alldem sein und ist es bis jetzt auch immer gewesen. Daß ich diese Dinge nun auch ins Haus schleppte, war eine Verletzung dieser Zuflucht. Zwei Tage vor dem Wochenende verkündete ich, daß Goreman endlich bereit wäre, mich zu empfangen; ich wäre übers Wochenende in sein Haus in den Hamptons eingeladen.

«Ich nehme an, Miss Bikini begleitet dich», sagte sie.

«Fang bitte nicht wieder damit an.»

«Ja oder nein? Ein hübsches kleines Wochenende am Strand. Klingt perfekt für Miss Bikini.»

«Hör mal, das ist keine persönliche Angelegenheit. Hier geht es um meinen Job. Soweit ich weiß, wird sie nicht anwesend sein. Ich tu das, was ich tun muß, um meinen Lebensunterhalt zu verdienen. Wenn du deswegen ständig an mir herumnörgelst... ich weiß wirklich nicht, wie ich damit umgehen soll.» Und so ging es weiter und weiter, bis ich die Nacht im Büro verbrachte. Ich sagte Christina nichts davon, weil ich sonst in ihrer Wohnung gelandet und nicht da gewesen wäre, als Glenda früh um 6.15 Uhr anrief. Sie hatte nicht geschlafen und war bereit, Frieden zu schließen, was wir dann auch taten.

Nicht daß etwa die ‹Andere Frau› in dieser Woche mit mir zufrieden gewesen wäre.

«Wie kannst du behaupten, du liebst mich, wenn du mich nicht sehen willst», war einer ihrer Standardsätze. «Ich hab mich mit meinen Freundinnen darüber unterhalten, und sie alle meinen das gleiche. Daß ich verrückt bin, meine Zeit mit dir zu verplempern. Daß ich für dich lediglich ein Spielzeug bin, mit dem du dich nebenbei beschäftigst.»

«Wenn Frauen über Frauen reden», sagte ich, «glaub mir, ich habe genügend dieser Gespräche auf Band genommen, um Bescheid zu wissen, dann ist kein Mann je gut genug... Christina, hör mir zu. Ich wollte nicht, daß all das geschieht, genauso wenig wie du, aber es ist nun mal geschehen. Du komplizierst mein Leben, aber ich kann dich nicht aufgeben. Etwas in meinem Innern dankt Gott, daß du existierst.»

«Deswegen fühl ich mich noch lange nicht wohl dabei. Ich komm mir benutzt vor.»

«Und wenn ich frei wäre?» sagte ich. Es war ein Angebot, und ich war dumm genug, in der Richtung weiterzumachen.

«Tu das nicht. Du wirst es bedauern. Diese – Sache – sie gehört uns. Verliebtheit, heißer Sex, das nützt sich ab. Und wenn du mich brauchst, werd ich nicht da sein. So ist es nun mal. Wenn du sie verläßt, ich schwör's dir, dann wirst du mich nie wiedersehn.»

Was ich aber nicht glaubte.

Als wir in dem Wasserflugzeug saßen, das Charles Goreman uns geschickt hatte, war alles wieder anders.

«Ich hab mich wie ein neurotisches Kind benommen, nicht wahr?» sagte sie.

Ich gab ihr recht.

«Tut mir leid», sagte sie. «Ich habe mich gefragt, so eine Art Tagtraum, wie es wäre, wenn wir mehr als acht Stunden zusammen wären. Glaubst du, daß alles in die Brüche gehen würde?»

«Wir stehn gerade im Begriff, das herauszufinden.»

«Ein ganzes Wochenende mit dir. Ich bin so aufgeregt. Du hast keine Ahnung, wie sehr ich mich darauf gefreut habe. Weißt du, was du tust? Du liebst mich auf die gleiche Art und Weise wie in meinen Phantasien, wenn ich mich selbst befriedige.»

«Es ist das ‹wir›, wodurch es erst wirklich geschieht», sagte ich; verschiedene Teile meines Körpers waren einfach überwältigt.

«Wie kannst du dann abends nach Hause gehn?»

«Weil es, schätze ich, ein Zuhause ist. Es wäre anders, wenn ich sagen könnte, ‹Meine Frau versteht mich nicht›, aber das kann ich nicht. Sie ist nicht meine Frau, und sie versteht mich. Und da ist noch Wayne. Ich versuche ehrlich zu sein. Aber es ist nicht der Zauber da, den ich bei dir erlebe.»

«Entschuldige. Reden wir nicht mehr drüber. Ich habe mir selbst versprochen, daß ich dieses Wochenende nicht durch solche Gedankengänge ruinieren werde. Unser erstes gemeinsames Wochenende und vielleicht auch unser letztes.»

Wir landeten in dem ruhigen Wasser der Shinnecock Bay, wo ein Mercedes auf uns wartete. Das Herrenhaus war zu einer Zeit vor Erfindung der Einkommensteuer gebaut worden und setzte eine Dienerschaft voraus, die man sich leisten konnte; alteingesessene Neuengländer bevorzugten diesen Stil, damit sie ein Zweiundzwanzig-Zimmer-Haus als Hütte bezeichnen konnten.

Die Haushälterin, ein älteres, aber energisches Exemplar jener seltenen Rasse – einer echten Einheimischen aus den Hamptons –, empfing uns an der Haustür. Ihr Mund war fest zusammengepreßt, ihr eisengraues Haar war in strengen Schlachtlinien geschnitten, und ihr Name war Agnes. Sie begrüßte Christina herzlich und übersah mich nur deshalb nicht, weil sie die Blicke bemerkte, die Christina mir zuwarf.

Goreman erschien nicht zum Dinner. Er ließ sich aus irgendeinem Winkel des riesigen Gebäudes entschuldigen.

Obskure Signale gingen zwischen Agnes und Christina hin und her, und nach Beendigung des Dinners hatten sich unsere beiden getrennten Zimmer in ein gemeinsames Doppelzimmer ganz hinten im zweiten Stock mit Blick auf die See verwandelt. Die Geräusche der Brecher rollten herein und vermischten sich mit unseren eigenen lustvollen Lauten.

Der Glanz unerschöpflicher Fleischeslust umgab uns wie ein Glorienschein, als wir zum Frühstück herunterkamen. Selbst Agnes lächelte mir zu. Goreman war anwesend und gab sich onkelhaft, wenn er nicht gerade mit *Forbes, Journal,* der *Times* und seinen Notizen beschäftigt war. Ich wollte gerade die Themen anschneiden, wegen denen wir hier waren, als ein Sekretär hereinkam und Goreman mitteilte, daß ein Überseegespräch auf ihn wartete.

«Sie werden mich entschuldigen», sagte Goreman. «Dies soll zwar ein Ferienhäuschen sein, aber manchmal wird es einfach zu einem Büro östlich von Manhattan.» Jeder, er selbst eingeschlossen, lächelte über den kümmerlichen Witz, und er verschwand.

Mir war es verdammt egal. Ich hatte sie allein für mich.

Als wir am späten Nachmittag vom Strand zurückkamen, drang ich in die Räumlichkeiten vor, die er als Büro benutzte.

Agnes fing mich ab.

«Entschuldigen Sie, Mr. Cassella, aber Mr. Goreman darf nicht gestört werden. Dürfte ich den Vorschlag machen, daß Sie unsere Tennisplätze ausprobieren?»

«Agnes», sagte ich und versuchte über den gebrochenen Rücken meiner krummen Römernase hinabzublicken, «ich bin ein Squashspieler. Ich schlag einen Ball nur gegen eine Wand.»

«Das muß schrecklich beengend sein», erwiderte sie höflich. «Übrigens, haben Sie ein Jackett und eine Krawatte?»

«In meiner Garderobe?»

«Bei sich, Mr. Cassella.»

«Nein.»

«Dann werden wir für Sie für diesen Abend etwas auftreiben müssen.»

«Ist das Vorschrift?»

«Natürlich nicht, aber Sie werden sich so besser in das Gesamtbild fügen, und das sollte Ihnen bei Ihren Ermittlungen behilflich sein.»

«Sie haben vollkommen recht, Agnes. Bitte suchen Sie mir was.» Sie wandte sich ab, um zu gehen. «Agnes, warten Sie. Warum machen Sie sich darüber Gedanken?»

«Miss Christina ist seit vielen, vielen Jahren eine von uns gewesen. Seit sie ein kleines Mädchen war. Wir mögen sie alle sehr. Um auch für das restliche Personal zu sprechen, wir sind zwar sehr schockiert von Mr. Woods Verhalten, empfinden aber tiefes Mitgefühl für Miss Christina, die diesen Verlust erlitten hat.»

«Darf ich Ihnen eine impertinente Frage stellen?» erkundigte ich mich.

«Nichts, was Sie sagen, könnte impertinent sein», log sie.

«Ist er wirklich beschäftigt, oder geht er mir nur aus dem Weg?»

«Oh, überlegen Sie doch mal, Mr. Cassella», kicherte sie. «Wenn er Ihnen ausweichen möchte, glauben Sie, er hätte sich dann all die Mühe mit dem Wasserflugzeug gemacht? Warum hätte er Sie dann überhaupt einladen sollen? Daraus könnten Sie schlußfolgern – ist das der richtige detektivische Ausdruck? –, daß er tatsächlich beschäftigt ist.»

«Ich danke Ihnen.»

«Da ist noch eine Sache, eigentlich sind es zwei, die ich Ihnen sagen möchte, wenn ich darf.»

«Bitte.»

«Verletzen Sie bitte nicht Miss Christina. Sie scheint gerade jetzt schrecklich verletzlich zu sein.»

«Das wäre Punkt eins.»

«Das ist keine Antwort.»

«Ich will nichts tun, was sie verletzen könnte. Ich will versuchen, nichts zu tun, was sie verletzt.»

«O Gott», seufzte sie, «das heißt, daß Sie es tun werden... Ich bin wirklich froh, daß ich über das Alter hinaus bin, in dem einem ein Paar braune Augen das Blut in Wallung bringen konnten.»

«Nein, das sind Sie nicht», sagte ich.

«Und ob ich das bin, junger Mann, aber ich weiß die Schmeichelei zu schätzen.»

«Ich meinte, daß Sie nicht froh darüber sind.»

«Ich fühle mich ertappt», sagte sie ernsthaft, doch ihre Augen lächelten. «Die zweite Sache, die ich Ihnen sagen wollte. Ich habe genug von Agatha Christie gelesen, um zu wissen, daß stets der Charakter den Schlüssel zur Lösung liefert.

Halten Sie Ausschau nach dem Überehrgeizling», sagte sie wie ein Echo von Sandra. «Wie der verstorbene Mr. Wood einer war. Jemand, der mehr erreicht, als ihm aufgrund seiner natürlichen Begabung eigentlich zusteht. Das ist die Sorte, die sich über die Regeln hinwegsetzt. Jemand wie Mr. Goreman, der wirklich über viele Talente verfügt, hat das gar nicht nötig. Verstehen Sie, er ist klug genug, um innerhalb der Regeln zu spielen oder um legale Schlupflöcher aufzuspüren, oder um neue Regeln zu schaffen.»

«Verstehe», sagte ich feierlich.

«Wenn Sie's nicht verstehen, dann sind Sie womöglich ein schlechter Detektiv. Ich werde Ihnen jetzt eine Krawatte und ein Jackett heraussuchen. Für Sie Tweed, denke ich.»

«Tut mir leid», sagte ich. «Niemand hat mir was davon erzählt, daß man sich fürs Dinner in Schale werfen muß.»

«Zum Dinner können Sie kommen, wie Sie wollen. Das Jackett ist für die Party heute abend.»

Es war ein größeres gesellschaftliches Ereignis. Das Buffet setzte sich aus Sachen zusammen, die ich mir nicht mal als Appetitanreger für eine Person hätte leisten können, geschweige denn als Mahlzeit für 250. Mit diesem Lebensmittelbudget hätte man, nach Bundesrichtlinien kalkuliert, eine vierköpfige Familie über ein paar Generationen hinweg ernähren können. Der Index für Scotch Whisky ging um einen weiteren Viertelpunkt nach oben. Rock 'n' Roll erklang gedämpft, man tanzte diskret, und jeder erkundigte sich, ob Woody Allen wirklich noch kommen würde.

Ich suchte nach dem Hausherrn. Endlich entdeckte ich ihn; er schob sich durch die Party und kam seinen Pflichten als Gastgeber anmutig, aber oberflächlich nach. Ich drängte mich durch die Whiskeyschlürfer, Kontaktsucher und emsigen Geschäftemacher. Er begrüßte mich so freundlich wie alle anderen Gäste auch.

«Ich muß mit Ihnen sprechen», sagte ich.

«Das müssen Sie», sagte er, faßte mich am Ellbogen und steuerte mich durch die Menge, «und das sollen Sie.» Ich dachte, jetzt wäre der Moment gekommen, doch er stoppte, um mich vorzustellen: «Dies ist Andrew Klughorn, unser wunderbarer Rechnungsprüfer, und noch viel, viel mehr. Das ist Tony Cassella. Tony ist der Detektiv, der den Mord an Edgar Wood untersucht.»

«Wie interessant», sagte Klughorn kalt. Goreman war mittlerweile weitergegangen.

«Das sollte es sein.»

«Oh», erwiderte er, als hielte er das im Grunde für ziemlich ausgeschlossen.

«Sie wissen, es war ein Auftragsmord. Wood wurde getötet, um ihn am Reden zu hindern.»

«Ich habe irgendwas gehört, aber es schien mir nichts weiter als ein Gerücht zu sein.»

«Ganz und gar nicht. Ein Profi hat ihn erledigt. Dann wurde er ermordet, um alles wasserdicht zu machen. Aber es wird nicht funktionieren», sagte ich.

«Sie entschuldigen mich, Mr. Uhh...»

«Das tue ich keineswegs, und mein Name ist Cassella.»

«Wie bitte?»

«Als Wood verurteilt wurde, stieß er Drohungen aus. Er drohte, andere Leute bloßzustellen, die angeblich dasselbe wie er oder Schlimmeres getan hatten. Rechnungsprüfer und Direktor der Finanzabteilung. Eine gute Position, wenn man klebrige Finger hat.»

«Das ist die lächerlichste Sache, von der ich je gehört habe», sagte er und wandte sich ab. Ich legte ihm die Hand auf den Arm, um ihn daran zu hindern.

«Da gibt es eine tote Hand aus der Vergangenheit. Sie deutet auf einige Leute, und einer davon sind Sie. Dem müssen Sie ins Gesicht sehen. Damit müssen Sie sich auseinandersetzen, Andy.»

«Bitte, nehmen Sie Ihre Hand von meinem Jackett.»

«Wußte Wood was über Sie?» fragte ich, ohne ihn loszulassen.

«Absolut nichts.»

«Eine Menge Leute sind jetzt heiß auf diese Sache. Die Virginia Cops, die D. C. Cops. Und Wood war ein Bundeszeuge. Das FBI haßt es, wenn Bundeszeugen umgelegt werden. Sie werden sich bei Over & East umsehen, und Sie gehören zu den Leuten, hinter denen sie her sein werden. Das ist Ihnen doch klar, oder?»

«Auf einer rein theoretischen Basis, vielleicht. In der Realität ist es sehr unwahrscheinlich.»

«Okay, sie schauen sich bei Over & East um. Wen sollten sie sich anschaun, wenn nicht Sie?»

«Ich kann mir nicht vorstellen, daß irgend jemand...»

«Haben Sie sich vorgestellt, daß Wood ein Dieb war?»

«Nein.»

«Können Sie sich vorstellen, daß es noch jemanden mit einem schmutzigen Geheimnis gibt? Warum nicht? Und wer immer es auch sein mag – wenn Sie es nicht sind –, er ist bereit zu töten, um seinen Ruf zu retten, sein Geld. Um nicht in Attica zu landen. Sie stellen sich das besser ganz konkret vor, denn es ist die Wahrheit.»

Ich ließ seinen Arm los. Es spielte keine Rolle mehr. Ich erfreute mich seiner uneingeschränkten Aufmerksamkeit.

«Das ist eine interessante Theorie. Verzeihen Sie, falls ich einen etwas skeptischen Eindruck gemacht habe.»

«Denken Sie über das nach, was ich Ihnen gesagt habe. Denken Sie darüber nach, wer es sein könnte. Und denken Sie an die neuen Stories. *Forbes* könnte eine Titelgeschichte daraus machen. ‹FBI nimmt Over & East in die Mangel›, oben als Überschrift, und unten dann der Hammer: ‹Und die Anklage lautet Mord!› Rufen Sie mich an, Mr. Klughorn, wenn Ihnen etwas eingefallen ist.»

Wieder machte ich mich auf die Suche nach Goreman. Äußerst umgänglich führte er mich zu Stephen Marlowe, Chef der Einkaufsabteilung.

Marlowe war in Freizeitkleidung gekommen, pulverblaue Jacke und rote Hose. Scheußlich. Ich fing mit ihm das gleiche Spielchen an. Mochte ich Klughorn beeindruckt haben, Marlowe war jedenfalls eindeutig beleidigt.

«Ich glaube», sagte er, «ich werde Charlie bitten, Sie hinauswerfen zu lassen.»

«Was zum Teufel glauben Sie, weshalb ‹Charlie› mich hergeholt hat?» erwiderte ich. «‹Charlie› will keine sechs Monate dauernde Bundesermittlung in der obersten Etage von Over & East, wobei täglich was zu *Times* und CBS durchsickert. Charlie wünscht, daß die Sache hübsch ruhig und leise und im Haus selbst aufgeklärt wird.»

«Verdächtigen Sie tatsächlich mich?»

«Es gibt nur vier Verdächtige. Klughorn, Diller, Sie und Goreman.»

Alle hatten sie Auge in Auge der SEC gegenübergestanden, ausländischen Regierungen, Kongreßuntersuchungen. Ich erwartete nicht, daß einer von ihnen zusammenzucken würde. Keiner würde zusammenbrechen und ein Geständnis ablegen. Aber sie würden anfangen, sich gegenseitig im Auge zu behalten, nach dem zu suchen, was ich zu finden hoffte. Und der Schuldige mochte vielleicht nervös werden.

Lawrence Choate Haven befand sich ebenfalls auf der Party. Er war wesentlich überraschter, mich zu sehen, als umgekehrt. Er fragte mich, was ich hier täte.

«Charlie», sagte ich, «möchte, daß ich diesen Saustall ausmiste, bevor alles außer Kontrolle gerät.»

«Sie haben mit Mr. Goreman gesprochen, ohne mich zuvor zu konsultieren?»

«Nein.»

«Wie kommt es dann, daß ich über Ihren Kontakt mit meinem Klienten nicht informiert bin?»

«Er hörte von dritter Seite so einiges über mich und war so beeindruckt, daß er glaubte, mich unbedingt auf seiner Soiree haben zu müssen.»

«Mr. Cassella...»

«Entschuldigen Sie meinen Sarkasmus, Sir», sagte ich. «Aber er rief mich tatsächlich an. Es ist einfach so, daß es so viele lose Enden gibt, bei zwei Morden. Das alles muß entwirrt werden. Das FBI wird früher oder später ebenso denken wie ich, denn Woods Worte bringen einen auf diesen Gedanken, ich meine, daß es zwei Orte gibt, wo man suchen muß: Over & East und Ihre Kanzlei. Es wäre für alle Beteiligten besser, wenn ich den Schuldigen – wer immer es auch sein mag – zu fassen kriege, bevor sie auftauchen und alles auseinandernehmen.»

Noch während ich das sagte, fragte ich mich, was Goreman wirklich für ein Spiel spielte. Ich glaubte nicht sonderlich an die Motive, die ich ihm so locker unterschob.

«Die Ermittlung wurde durch mein Büro in Gang gebracht. Ich bin deshalb keineswegs glücklich, daß Schritte ohne vorherige Konsultation meinerseits unternommen werden. Ich bin mir nicht sicher, ob nicht alle Parteien mit einer Agentur von besserer Reputation zufriedener wären.»

Dagegen mußte ich was unternehmen, und Christina war der Schlüssel dazu.

«Hör mal», sagte ich, «du mußt jetzt voll und ganz hinter mir stehen. Für mich kämpfen. Ich mach mir heut abend eine Menge Feinde, die Leute eingeschlossen, die dein Vermögen und deinen Besitz kontrollieren, woraus diese Ermittlung bezahlt wird. Sie werden vielleicht versuchen, mich aufzuhalten.»

«Erklär mir, was ich tun soll», sagte sie.

«Liegt dir die Sache so am Herzen, daß du bereit bist, aus eigener Tasche die Rechnungen zu zahlen, bis du an dein Geld herankommst?»

«Das könnte teuer werden. Ich weiß nicht, ob ich soviel besitze.»

«Allein die Tatsache, daß du dazu bereit bist, reicht wahrscheinlich schon. Aber du kannst nicht bluffen, wenn du die Karten nicht in die Hand nimmst. Was soll's nun sein?»

«Was immer du mir sagst, mein Engel.»

Wieder machte ich mich auf die Suche nach Goreman. Er fragte mich, ob er mich schon mit Diller bekanntgemacht hätte.

«Muß ich den ganzen Kreis durchmachen, bevor ich mich mit Ihnen unterhalten kann?»

«Das ist die vernünftigste Annäherung», lächelte er. «Außerdem hab ich meine Gastgeberpflichten, die mich mindestens noch eine Stunde lang in Anspruch nehmen werden. Dann werden wir gemütlich miteinander plaudern.»

Mitternacht kam. Ich sah, wie er sich mit müdem Gesichtsausdruck in seine Höhle zurückziehen wollte. «Ich denke, es ist an der Zeit», seufzte er, als er mich bemerkte.

UNGARN

«Nicht hier», sagte er. «Machen wir einen kleinen Spaziergang.»

«Es war sehr klug von Ihnen», sagte ich auf dem südlichen Rasen, «alle Verdächtigen hier auf einmal zu versammeln.»

«Haben Sie irgendwas in Bewegung gebracht?»

«Nein.»

«Gut. Jedermann in meinem Team sollte sich durch nichts erschüttern lassen», sagte er voller Stolz.

«Was hatte Wood gegen Sie in der Hand, das so heiß war, daß man sich daran die Finger verbrennen konnte?»

«Nichts.»

Büsche und Bäume grenzten den Rasen gegen die Dünen ab. Der Mond strahlte hell genug, um den Pfad durch diesen Grüngürtel hindurch zum Strand zu erleuchten. Er war so hell, daß er Schatten warf.

Während wir so dahinschlenderten, bemerkte ich die Umrisse zweier hinter dem Blattwerk lauernder Gestalten. Dem Schattenriß und den Geräuschen nach zu urteilen, hatte es den Anschein, als ließe sich der eine vom anderen einen blasen.

«Wenn Wood nichts in der Hand hatte», sagte ich, als wir am Strand angelangt waren, «wieso engagierten Sie für die Sache dann Douglas, Cohen?»

«Nun, Choate, Winkler waren kompromittiert. Wir brauchten einen Außenstehenden, und meiner Meinung nach sind Douglas, Cohen die besten.»

«Sie haben sich furchtbar viel Mühe gegeben, an Woods Aussagen heranzukommen. Sie waren schon beim, wie heißt es doch gleich? – obersten Berufungsgerichtshof? – bevor Wood über die Klinge sprang.»

«Sie haben lediglich ihren Job getan.»

«Ganz inoffiziell und völlig unter uns, denn es ist mir schlichtweg egal – was hätte Wood der SEC erzählen können?»

Goreman setzte sich auf ein Stück Treibholz. Er zog Schuhe und Socken aus und rollte seine Hosen hoch. Ich tat es ihm nach.

«Er hatte Zugang zu allem, was Sie und Ihre Firma je getan haben. Zu allem anderen war er zusätzlich noch Ihr persönlicher Anwalt. Er muß eine Menge gewußt haben.»

Goreman band seine Schuhe zusammen, stopfte die Socken hinein und warf sie sich über die Schulter. «Er wußte nicht alles», erwiderte er und ging nach vorn, wo der Sand fest und feucht war. Ich folgte ihm, hinab zu den donnernden Brechern.

«Wissen Sie, was es für ein Segen für uns ist, hier sein zu dürfen? In Amerika? Zwischen diesen beiden Ozeanen?»

«Vielleicht.»

«Ich könnte niederknien und den Boden hier küssen.»

Das hatte er schon mal getan. Ich wußte das. 1968, nach einer Reise in die Sowjetunion, war Goreman nach Landung der Aeroflot-Maschine auf dem JFK-Airport auf dem ölgetränkten Rollfeld auf die Knie gesunken. Seinen Fünfhundert-Dollar-Anzug verschmutzend beugte er sich nieder und küßte den Asphalt. Sein Mund war schmutzbedeckt, als er sich wieder erhob.

Einige Leute hielten das für reines Theater. Ich nicht. Einige Leute lachten darüber. Mein Vater hätte nicht gelacht. Onkel Vincent ebenfalls nicht.

«Vom Flüchtling ohne einen Penny zum Multimillionär. Selbstverständlich sollten Sie den Boden küssen», sagte ich. «Für ein solches Geschäft kann man jedes Arschloch und alles andere auch küssen. Man kann dafür dem Teufel die Hand schütteln, Geschäfte mit einem Heroindealer machen und Edgar Wood umbringen.»

«Ich vermute, Sie legen nur deswegen derart grobe Manieren an den Tag, um mich zu provozieren.»

«Sind wir nicht deswegen hier? Um herauszufinden, weshalb Sie Edgar Wood getötet haben?»

«Erwarten Sie nun von mir, daß ich zusammenbreche und gestehe? Hier und jetzt? Vor Ihnen?»

«Warum tun Sie's nicht, Charles? Geständnisse erleichtern. Die Sünden fressen die Seele auf. Die Last wird immer schwerer. Hier ist niemand außer den Möwen und der Brandung; und die kümmern sich nicht darum. Und ich kümmer mich nicht um Bestrafung, mir geht es nur um das Wissen.»

Er bückte sich und hob eine zerbrochene Muschel auf. Er studierte sie, warf sie dann im Bogen ins Wasser. Eine vorbeisegelnde Möwe sah das und stürzte sich darauf.

«Okay, Tony, Sie wollen ein Geständnis. Sie sollen Ihr Geständnis haben. Ich bin ein Killer. Ich habe mehr als einmal getötet. Ich habe dafür niemanden angeheuert. Nicht einmal Doc Wellby. Mit meinen eigenen Händen habe ich getötet. Was sollte ich sonst noch gestehen? Diebstahl? Ich habe gestohlen. Geld, Nahrung, sogar Schuhe. Bestechung, Fälschung ... all das habe ich getan.»

«Sonst noch was?» erkundigte ich mich.

«Nun» – er dachte einen Moment nach –, «Charles Goreman ist nicht mein richtiger Name.»

«Wen haben Sie umgebracht?»

«Mein wahres Talent, ich glaube, meine spezielle Fähigkeit, Tony, besteht darin, Werte einzuschätzen. Die ganze Sache, Over & East, ist einzig und allein auf dieser Fähigkeit aufgebaut. Ich sehe eine Firma. Sie wirft keinen Gewinn ab. Vielleicht wird sie schlecht geleitet, der Grund spielt keine Rolle. Was zählt, ist die Tatsache, daß sie für zwanzig Millionen zum Verkauf steht und die einzelnen Werte für zweiundzwanzig Millionen verkauft werden können. Also geh ich zur Bank, borge mir die zwanzig Millionen und weiß, daß ich gut abschneiden werde. Das ist die ganze Geschichte, und genau so einfach ist sie auch.»

«Wohin gehen wir?»

«Wie steht's mit Ihren Geschichtskenntnissen? Wissen Sie etwas über Ungarn?»

«Einiges über die Revolution. Wann war sie gleich? '56?»

«Wir haben hier so ein beschränktes Blickfeld, es ist wirklich eigenartig ... Ich habe viele Amerikaner wegen Ungarn befragt. College-Studenten, Professoren, Politiker, gebildete, interessierte Menschen. Wie viele von ihnen wissen, daß Ungarn das erste faschistische Land war? 1932, als Adolf Hitler gerade die deutsche Staatsbürgerschaft zu erwerben suchte, brachten Horthy und Gombos den Faschismus nach Ungarn. Sie töteten die Roten, verfolgten die Juden und ließen jeden erschießen, der Widerspruch wagte. Sie brauchten nicht überredet zu werden, um sich den Achsenmächten anzuschließen. 1941 erklärten sie der Sowjetunion und den Vereinigten Staaten den Krieg. Ich weiß Bescheid. Ich war dort ... Die Ungarn haben die Russen verdient.»

«Hat die Geschichte eine Pointe?»

«Vielleicht, vielleicht auch nicht. Sie erklärten mir, es täte gut, ein Geständnis abzulegen. Also erzähle ich Ihnen und den Möwen und der Brandung, aus was für einem Holz ich geschnitzt bin. Dann können Sie vielleicht abschätzen, ob ich meinen alten Freund Edgar Wood umgebracht hab ...»

Unsere Füße klatschten durch das Wasser, das den Strand hochgestürmt kam.

«Doch die Ungarn hatten zwei versöhnliche Eigenschaften. Jawohl. Sie glaubten nicht an die Endlösung. Und sie konnten gekauft werden. Mit Geld. Für Geld gab es falsche Papiere; für Geld ignorierte die Polizei die falschen Papiere; mit Geld konnte man sich sogar aus der Armee freikaufen. Geld bedeutete überleben. Leben und Tod wurden mit Bargeld aufgewogen. Verstehen Sie das?»

Ich grunzte. Wahrscheinlich verstand ich es nicht, nicht in der Weise, in der er es erlebt hatte.

«Wie sollte ich an Geld herankommen, Tony? Ich werde es Ihnen erklären. Das Horthy-Regime konfiszierte jüdischen Besitz, arbeitete sich dabei von einem Bezirk zum anderen vor. Also ging ich zu einem Juden und sagte: ‹Du wirst dein Haus verlieren. Du kannst es dir von «Ihnen» wegnehmen lassen oder es an einen dieser Aasgeier verkaufen, die dir nur ein Zehntel des wahren Wertes zahlen.› An dem Punkt fingen sie an zu jammern und zu weinen. ‹Es gibt eine dritte Möglichkeit›, pflegte ich ihnen dann zu erklären. ‹Hier, ich besitze ungarische Papiere›, und ich zeigte ihnen die Papiere. ‹Verkauf mir das Haus.› Als ich dies das erste Mal tat, war ich fünfzehn...

Meist sagte der Jude dann: ‹Wieviel?› Ich hatte kein Geld. Stattdessen erklärte ich ihm, daß ich das Haus für ihn verkaufen würde, vielleicht an die zweite Welle der Aasgeier. Statt eines Zehntels würde ich die Hälfte bekommen. Dann würden wir teilen und hätten beide Gewinn gemacht. Sehen Sie, wie ich lernte, mit diesen Werten umzugehen?»

«Ja», sagte ich. «Und das nächste Mal konnten Sie gleich zahlen, billiger einkaufen und mehr verdienen.»

«Nein. So einfach war es nicht. Ich mußte die Papiere bezahlen. Die Bestechungsgelder. Die Angestellten in der Registratur wußten ebenfalls Bescheid. Auch die mußten bezahlt werden, um die Transaktion schriftlich festzuhalten. Für gewöhnlich mußten auch die, die... es gibt dafür kein englisches Wort... die Leute, die konfiszierten, bezahlt werden, Regierungsleute. Außerdem hatte ich damals Familie. Eltern, zwei Schwestern. Außerdem die Ausbildung. Ich wollte eine richtige Ausbildung, und Juden durften nicht zur Schule, also zahlte ich für Privatlehrer, für mich und meine Schwestern.»

«Und die Morde?»

«Das kam später. 1944 stand die Sowjetarmee in den Karpaten, und Horthy versuchte Friedensbedingungen auszuhandeln, bevor sie die Bergpässe überwunden hatten. Die Deutschen ließen das nicht zu und besetzten das Land. Sofort wurde als allererstes eine spezielle Bahnverbindung von Budapest nach Auschwitz geschaffen. In sechs Monaten wurden zwei-, dreihunderttausend Menschen ermordet. Für sie war es wichtiger, die Juden zu vernichten, als den Krieg zu gewinnen. Sie waren wahnsinnig.»

«Sie meinen, sie konnten nicht mal bestochen werden?»

«Oh, jüdisches Geld nahmen sie schon. Sie liebten es geradezu, alles Geld aus einem herauszuholen und einen anschließend in den Sonderzug zu befördern.

Ich bezahlte einen, um meine Schwestern zu retten. Er nahm das Geld und verhaftete sie dann direkt vor meinen Augen. Er war der erste Mann, den ich tötete. Er gehörte zur Geheimen Staatspolizei, Gestapo.

Ich benutzte seine Papiere, um zu entkommen. Auch seine Kleidung. Ich ging nach Österreich, weil wir einmal, als ich noch ein Junge gewesen war, die Berge besucht hatten. Dann wäre ich ums Haar geschnappt worden, weil der Mord mittlerweile bekannt geworden war und die Papiere nichts mehr taugten. Es war fast Dezember, und es wurde kalt in den Bergen. Ich wurde krank vor Hunger und Unterkühlung.

So tötete ich meinen zweiten Mann. Er erwischte mich in seinem Haus, als ich Essen und einen Mantel und Socken stahl. Er war ein alter Mann. Jedenfalls über fünfzig.»

«Warum töteten Sie ihn?»

«Er ging mit einer Axt auf mich los. Können Sie sich das vorstellen, hier in Amerika, daß man jemand wegen einem Stück Brot und einem alten Mantel umzubringen versucht?»

«Yeah, das kann ich durchaus.»

«Vielleicht haben Sie recht», sagte er; der Gedanke beunruhigte ihn. «Das ist eine sehr traurige Sache.»

Wir gingen weiter, bis er ein großes Stück Treibholz erspähte. Wir setzten uns darauf. Er holte seine Zigaretten hervor, Gitanes, und bot mir eine an. Es war eine formelle Zeremonie, also nahm ich eine.

«Sind das alle?» fragte ich.

«Alle was?»

«All Ihre Toten. All Ihre Sünden.»

«Es gab noch einen. Einen Deutschen. Er versuchte mich aufzuhalten, als ich zu den amerikanischen Linien durchbrechen wollte.»

«Und Edgar Wood?»

«Ich erzähl Ihnen wohl besser, wie ich Edgar kennenlernte», sagte er. Dann erzählte er, wie er als ausländischer Zwangsarbeiter klassifiziert worden war und normalerweise in eines der zuständigen Lager oder zurück nach Ungarn geschickt worden wäre, hätte es da nicht einen amerikanischen Lieutenant gegeben, der Mitleid mit ihm hatte und ihm zeigte, wie man an die richtigen Papiere herankam.

«Haben Sie ihn geschmiert?» fragte ich.

«Nein», sagte er; nach mehr als einem Vierteljahrhundert schwang immer noch Staunen und Verwunderung in seiner Stimme mit.

«Aber Sie haben es ihm später vergolten.»

«Ja, aber wie haben Sie das erfahren?» Rauchend saßen wir auf dem glatten, ausgebleichten Holz. Die Zigarette machte mich schwindelig und ein bißchen high. «Mein Name. Ich erfand ihn, als ich zu den amerikanischen Linien durchstieß. ‹Gore Man›, der aufgespießte Mann. Ein Wortspiel.»

Wir saßen im Mondlicht und lächelten uns zu.

«Wie lautet Ihr richtiger Name?» fragte ich.

«Was spielt das schon für eine Rolle? Ich hatte viele. Einmal war ich sogar Horthy. Für zwei oder drei Wochen, schätze ich.»

«Und Edgar Wood wußte das alles. Mußte er deshalb sterben?»

Goreman lachte laut auf. «Nein, nein, Tony. Sie verstehen nicht, was ich Ihnen erklären will.»

«Nein?»

«Edgar wußte von all dem nichts. Er hatte keine Ahnung, wer ich war, bevor ich Charles Goreman wurde. Es gab vieles, was er nicht wußte.»

«Es gibt zwei Dinge, die ich nicht weiß und wegen denen ich Sie befragen wollte.»

«Wer tötete Edgar Wood und warum», erwiderte er.

«Das war es nicht, aber wenn Sie es mir erzählen wollen, höre ich Ihnen zu.»

«Ich weiß weder das eine noch das andere. Wenn Sie weitere Fragen stellen wollen, versuch ich mich lieber an denen.»

«Ich weiß, daß Wood Ihr Anwalt war, als Sie anfingen. Zu der Zeit war er Teilhaber in einer Firma namens Springstein, Saperstein, Cohen und Wood. Nachdem Sie LTI übernommen hatten, wurden die Anwälte von LTI, Choate, Winkler etc. die Anwälte von Over & East. Warum?»

«Ich hielt sie für einen Schlüsselfaktor für einen glatten, reibungslosen Übergang. Das war meine Art, ‹Danke› zu sagen.»

«Geben Sie mir eine Chance», sagte ich.

«Sie glauben mir nicht?»

«Ich glaube, man könnte das auch radikal umformulieren. Sie schlossen ein Geschäft ab, bevor die Übernahme überhaupt gestartet wurde. LTI war größer als Sie. Sie hätten sich wehren können. Deshalb vermute ich, daß Sie über eine Pipeline verfügten, die direkt ins Herz von LTI führte; sie wußten über jede ihrer geplanten Aktionen Bescheid, bevor sie zur Ausführung kamen. Dann wandte sich Ihre Pipeline an LTI und meinte: ‹Nun, es sieht so aus, als hätte Charlie Goreman uns ausmanövriert. Vielleicht ist es das beste, wenn wir uns von Over & East übernehmen lassen.»

Wir schauten uns einen Moment lang an. Er zündete sich eine zweite Gitane an.

«So könnte man es auch formulieren», sagte er schließlich.

«Wer war Ihre Pipeline?»

«Ist das die zweite Frage?»

«Nein», sagte ich. «Das gehört noch zur ersten.»

«Ich habe nichts dagegen, Fragen über meine Person zu beantworten, aber ich spreche ungern über andere Leute», sagte er.

«War es Lawrence Choate Haven?»

«Ja», sagte Goreman und erkannte sofort, zu welchen Schlußfolgerungen mich das verleiten würde. «Aber Edgar wußte nichts davon. Ich beließ ihn in dem Glauben, meine Quelle säße in der LTI.»

«Er hätte es herausfinden können.»

«Das bezweifle ich. Nur Lawrence und ich wußten darüber Bescheid.»

«Okay. Meine zweite Frage.»

«Nur zu, Tony.»

«Wie fingen Sie an?»

«Ich dachte, Sie hätten Erkundigungen über mich eingeholt. Zumindest hätten Sie in die Bibliothek gehen können. Dort finden Sie die Story von Samson Construction...» Es klang, als wäre er von mir enttäuscht, während er gleichzeitig begierig zu sein schien, das hohe Lied von Charles Goreman und Over & East zu singen.

«Das kenn ich. Ich weiß lediglich nicht, woher die ersten zwei-

oder dreihunderttausend Dollar stammten. Sie waren im Rohstoffhandel. Sie hatten ein paar Jobs, aber das ist doch ein ganz schöner Batzen Wechselgeld.»

«Es handelte sich um mein väterliches Erbteil. Ab 1938 schickte mein Vater Geld aus Ungarn in die Vereinigten Staaten. Wir hatten die Absicht zu fliehen. Wir bestachen die Ungarn, die gewillt waren, uns gehen zu lassen, doch die Vereinigten Staaten wollten uns nicht aufnehmen, nicht zum damaligen Zeitpunkt. Plötzlich war unser Geld hier, und wir waren immer noch in Ungarn. Hätten wir es zurückzuholen versucht, dann hätte die Regierung es uns gestohlen. Also blieb es hier.»

«Sie kamen '47 hier an», machte ich ihn aufmerksam. «Aber erst '54 brachten Sie diese Sache in Gang. Warum?»

«Ich hatte große Schwierigkeiten, an das Geld heranzukommen. Der Mann, der das Geld in die Vereinigten Staaten geschickt hatte, trug den Namen Itzhak Oberetstock. Ich behauptete, sein einzig lebender Erbe zu sein, doch mein Name war Charles Goreman. Es existierten keine Papiere, nichts, was meine Herkunft hätte beweisen können.»

Er seufzte schwer. «Das zeigt mal wieder, wieviel Ärger man mit einem Wortspiel bekommen kann. Ich lasse schon längst die Finger davon.»

«Es dauerte sieben Jahre, bis Sie das Geld bekamen?»

«Nein, nein, nur fünf. Ich bekam '52 das Geld. Tatsächlich waren es lediglich achtzigtausend Dollar. Zu der Zeit eine ganze Menge. Innerhalb eines Jahres machte ich auf dem Rohstoffmarkt das Doppelte daraus. Bis '54 hatte ich diesen Betrag noch mal um 50% gesteigert. Dann suchte ich sechs Monate lang nach einer Gelegenheit wie Samson Construction... Es wird allmählich kühl. Ich gehe zum Haus zurück.»

Er erhob sich, und ich folgte ihm durch den Sand.

«Wie gelang es Ihnen schließlich zu beweisen, wer Sie sind?»

«Ich trieb ein paar Zeugen auf. Leute, die mich noch vom alten Kontinent her kannten. Es war nicht schwierig. Doch es war zeitraubend und teuer, im Vergleich zu den Mitteln, über die ich damals verfügte.»

«Ich wäre stocksauer gewesen.»

«Es war besser, als in Ungarn bei den Faschisten oder den Roten zu sein.»

«Die Sache ärgert Sie also nicht?»

«Kann ich nicht sagen», gab er zu. «Natürlich war ich wütend. Aber Ärger, Ressentiment, das sind keine grundlegenden Emotionen. Das sind Hindernisse, die sich einem in den Weg stellen. Ich bin ein Geschäftsmann. Ich handle nur mit dem eigentlichen Wert der Dinge.»

«Wer verwaltete Ihre Erbschaft?»

«Eine dieser großen Wall Street-Anwaltskanzleien.»

«Welche?»

«Was spielt das schon für eine Rolle, die sind doch alle gleich. Große Büros in einem großen Gebäude, mit einer Menge sehr amerikanischer Namen.»

«Wie beispielsweise Choate, Winkler, Higgiston, Hahn & Moore. Und der Treuhänder war jemand wie Lawrence Choate Haven.»

«Genau so jemand», sagte er.

«Hatten Sie das Gefühl, er versuche Sie zu betrügen?»

«Das Gefühl? Ich fühlte viele Dinge. Aber hatte ich Grund, mißtrauisch zu sein? Es gab Schwierigkeiten, die Fakten zu erfassen. Das ist alles, was ich weiß.»

«Yeah, aber was fühlten Sie? Was dachten Sie?»

Goreman zuckte mit den Schultern.

«Als Sie mit Over & East anfingen, brauchten Sie einen Anwalt. Da hatten Sie einen Anwalt, der über die besten Beziehungen verfügte; er kannte die Banken; er kannte jedermann in Wall Street. Er war in die Machtstrukturen eingebunden. Sie haben ihn nicht genommen? Weshalb?»

«Ich mochte den Mann nicht.»

VERGEBLICHE LIEBE

Am frühen Sonntagnachmittag brachte uns das Wasserflugzeug zurück nach Manhattan.

«Ich hab eine Menge nachgedacht», teilte mir Christina mit. «Ich denke, ich komme allmählich mit ‹uns› zurecht. Ich weiß, daß es auf lange Sicht niemals funktionieren würde. Wir sind einfach zu verschieden. Und da ist noch das Problem mit dem Geld. Reisen ist für mich sehr wichtig, ebenso ein gewisser... Lebensstil.»

«Wovon redest du?»

«Wenn das alles vorbei ist, möchte ich gern nach Griechenland oder vielleicht Ibiza gehn, überwintern. Kannst du dir das leisten, Tony? Oder würdest du es ertragen, wenn ich es dir bezahle? Könntest du damit fertig werden? Ich weiß nicht, ob ich es könnte. Schließlich werde ich irgendwann auch mal heiraten, und ich muß jemanden heiraten, der... der mehr Geld hat als du. Ansonsten würde es nicht funktionieren. Jetzt, wo mir das klar geworden ist, kann ich mich entspannen und unsere Beziehung genießen. Wir sind einfach nur gute Freunde, die die heißeste Sexgeschichte der ganzen Welt laufen haben. Auf der Ebene hab ich die Sache gut im Griff.»

Wenn sich alles nur auf der Ebene abspielen würde, dachte ich, dann bräuchte ich diese ganze Geschichte überhaupt nicht. Das Leben könnte sich wieder stabilisieren.

Den restlichen Nachmittag verbrachte ich mit Wayne; wir fuhren Rad und spielten Squash.

Am Montag rief ich einen Winkeladvokaten namens Carmine DeSalvo an, einen der übelsten Typen, die ich kenne, der auf Gebiete des Gesetzes spezialisiert war, die an Erpressung grenzen. Am Dienstag ging ich mit Christina zu ihm, damit er ihre Interessen in ihrer Erbschaftsangelegenheit vertrat und die Treuhandabteilung von Choate, Winkler des Interessenkonflikts beschuldigte. Er mußte nicht gewinnen, sondern sie lediglich so weit aus dem Gleichgewicht bringen, daß sie es nicht wagten, mich zu feuern. Ich hatte einmal erlebt, wie Carmine eine absolut unschuldige Nonne, die in ihrer Schwesterntracht in den Zeugenstand trat, wie ein leichtes Mädchen hatte aussehen lassen, deshalb war ich recht zuversichtlich, daß er seinen Job erledigen würde.

Nach dem Treffen wollte ich Christina nach Hause begleiten, den Kopf voller lustvoller, romantischer Bilder.

«Geh heim zu Glenda und Wayne. Das ist das Beste, was du für uns alle tun kannst.»

«Christina...»

«Sag nichts. Schau mich nicht so an. Du hast Honig auf deiner Zunge und die Augen eines Engels. Dieses Wochenende erfüllte all meine Erwartungen. Es war der Himmel, und du warst mein Engel. Sonntag nacht hab ich geweint. Ich wachte am Montagmorgen auf und fühlte mich so einsam, daß mir wieder die Tränen kamen. Ich konnte den ganzen Tag nichts essen und weinte mich abends in den Schlaf. Heute morgen wachte ich auf und wollte nichts weiter als heulen, als... Ich weigere mich, mir weiter so weh tun zu lassen.»

«Ich liebe dich», sagte ich.

«Ich glaube dir. Genau das ist es, was so verkehrt ist. Wenn du mich einfach nur bumsen wolltest, damit könnte ich leben. Oder vielleicht auch nicht. Aber ich könnte dich rausschmeißen und es dabei belassen. Ich würde nicht weitermachen, bloß um mich noch elender zu fühlen.»

«Was soll ich tun?» fragte ich dummerweise.

«Nach Hause gehn. Verschwind aus meinem Leben. Verschwind aus meinem Bett. Ruf mich nicht mal an, außer es ist... red überhaupt nicht mehr mit mir, außer du willst mir sagen, wer Daddy getötet hat.»

«Ich muß mit dir reden.»

«Dann laß das deinen Partner erledigen. Derjenige, der nicht viel für mich übrig hat.» Tränen standen in ihren Augen. Sie riß sich von mir los und winkte einem Taxi. Ein Fahrer mit blitzenden Zähnen hielt mit quietschenden Bremsen, und sie sprang in den Wagen. Drinnen wühlte sie ein Papiertaschentuch aus ihrer Handtasche. «Wohin soll's gehn?» erkundigte sich der Fahrer. Sie wischte sich über die Augen. Dann beugte sie sich aus dem offenen Fenster.

«Es gibt noch einen, einen einzigen Grund, weshalb du mich anrufen kannst. Du kannst mich anrufen, um zu sagen: ‹Treff mich am Flughafen, wir nehmen die nächste Maschine nach Rio.›»

Das Taxi schoß davon.

Ich trottete zurück zum Büro. Das Ganze konnte nur vor Gericht enden, wo dann Carmine DeSalvo erstmalig das revolutionäre juristische Konzept der emotionalen Peitschenschläge präsentieren würde. Christina konnte auf der gleichen Basis Gegenklage erheben.

Als das Telefon läutete, war ich überzeugt davon, daß sie es war; eine gedämpfte Männerstimme fragte nach mir.

«Mr. Cassella», sagte die Stimme, «wir sind uns bei der Party begegnet...»

«Okay. Und wer sind Sie?»

«Wenn es einen gab, den Wood hätte hochgehen lassen können, dann würde ich auf Mr. Marlowe setzen», teilte die Stimme mir mit.

«Oh. Und wie kommen Sie darauf, Mr....?»

«Der Leiter der Einkaufsabteilung. Er weiß, was wann abläuft, lange vor allen anderen. Klügere Männer als er sind im Gefängnis gelandet, weil sie Insiderinformationen weitergegeben haben.»

«Das ist reichlich vage.»

«Vielleicht ist es das, doch wenn jemand die Summen für seine Häuser, seine Alimente, seine Autos plus das Boot plus das Apartment dieser Frau Ecke Sixty-fifth und Park plus das Geld, das er in Tahoe ausgibt, zusammenzählt, dann könnte er auf Ausgaben stoßen, die sein versteuertes Einkommen übersteigen.»

«Das trifft auf eine ganze Menge Leute zu, vielleicht auf die meisten Leute in seiner Position.»

«Sie sind doch angeblich der Bluthund. Ich kann Ihnen lediglich zeigen, wo die Fährte beginnt. Viel Glück, Cassella.» Er legte auf.

Hörte sich nach Diller an. Ich fragte mich, wie lange es dauern würde, bis Marlowe mit dem Finger auf Klughorn zeigte, und wann Klughorn den Kreis schließen würde.

Ich rief Chip an und traf mit ihm eine Verabredung zum Squash. Ich war immer noch steif und verschrammt, weit von meiner Bestform entfernt. Trotzdem genoß ich es, auf einen kleinen schwarzen Ball einzuprügeln, der nur höchst selten mal zurückschlug. Ich verlor, und Chip war ungemein zufrieden mit sich.

«Wütend auf jemand?» erkundigte er sich in der Sauna.

«Ärger mit den Frauen», murmelte ich.

«Wenn schon Ärger, dann ist das immer noch der beste Ärger, hat man mir erzählt.»

«Hat man dir erzählt? Hattest du nie selber welchen?»

«Nie.»
«Warum?»
«Meine Annäherung an Sex erfolgt auf eine ziemlich klinische, kalte Art und Weise», sagte er. «Überraschend finde ich nur, wie erfolgreich ich bin. Immer mehr Frauen scheinen diesen Stil zu mögen. Ich glaub, meine Methode ist schwer im Kommen.»
Meine Antwort bestand aus einem Grunzen.
«Du andererseits bist wahrscheinlich sehr leidenschaftlich: dein mediterranes Blut. Gerade so, wie du heute Squash gespielt hast. Da siehst du mal, was dir das einbringt.»
«Chip, ich muß dich um einen Gefallen bitten.»
«Sicher. Soll ich dir Rückendeckung verschaffen?»
«Nein. Hör zu, du kannst jederzeit nein sagen, aber in jedem Fall möcht ich dein Wort, daß du niemandem was davon erzählst. Grundsätzlich niemandem!»
«Mein Wort ist mein Bond. Oder, wenn du das vorziehst, meine Schuldverschreibung.»
«Ich meine es ernst», sagte ich streng.
«Okay, okay. Ernsthaft. Worum geht's?»
«Absolute Geheimhaltung. Ich werde warten, bis wir hier draußen sind, dann gebe ich dir hundert Dollar und konsultiere dich als Anwalt. Damit bist du an die anwaltschaftliche Schweigepflicht gebunden. Okay?»
«Bestens, Buddy. Ich nehm immer gern einen Hunderter mit, aber notwendig wär's nicht.»
Wir fanden ein Café. Ich gab ihm den Hunderter gegen Quittung. Dann erzählte ich ihm, was ich von ihm wollte.
Ich wollte die Aufzeichnungen von Choate, Winkler, Higgiston, Hahn & Moore bezüglich der Übernahme von LTI durch Over & East. Außerdem wollte ich die Unterlagen über irgendwelche Flüchtlingsvermögen, die die Firma von 1936 bis 1952 verwaltet hatte, vor allem eine Akte über Itzhak Oberetstock.
«Du machst natürlich Witze», sagte Chip.
«Nein. Da ist was faul, und ich möchte es herausfinden. Was wäre, wenn ich dir erzählen würde, daß Choate Haven die LTI Charles Goreman in die Hände gespielt hat?»
«Tony, du solltest solche Sachen nicht mal laut sagen. Nicht mal hier, nicht mal zu mir. Damit forderst du eine Verleumdungsklage geradezu heraus. So kannst du mit solchen Typen nicht umspringen.»

«Ich weiß es aus bester Quelle.»

«Yeah, nun, vielleicht. Sollen die es laut sagen und die Sache ausbaden. Ich glaub, daß dich jemand belügt.»

«Während des Krieges, des guten, alten Zweiten Weltkrieges, hatten sich ein paar Leute eine hübsche Masche ausgedacht. Sie verwalteten Flüchtlingsvermögen. Einige Seniorpartner von hier, Shaw und Haven, um nur zwei zu nennen, saßen in zahlreichen Flüchtlingskomitees. Sagen wir mal, sie meinten es ehrlich, warum auch nicht?»

«Woher weißt du das?»

«Ich hab den Montagnachmittag in der New Yorker Bibliothek verbracht. Es steht in der *Times*, meist im Gesellschaftsteil. Irgend jemand gibt einen Ball, aus Wohltätigkeit, um Flüchtlingen zu helfen, sitzt im Komitee, und dann folgt die Liste. Ganz simpel.»

«Also waren sie gute Jungs.»

«Aber stellen wir uns doch mal vor, was hätte passieren können», fuhr ich fort. «Sie halfen nicht nur Menschen, sie waren auch dabei behilflich, Geld aus Europa herauszuschaffen. Manchmal gelang es den Menschen nicht, ihrem Geld zu folgen. Es ist das Jahr 1945, und die amerikanischen Armeen stolpern über die Vernichtungslager. Plötzlich entdecken wir Millionen Tote. Ganze Familien, Eltern, Kinder, Cousins, Onkel, Tanten, alle. Jeder nur denkbare Erbe. Und du hältst das Vermögen in der Hand... Was geschieht dann? Eine große Versuchung, nicht wahr?»

«Tony, ich will davon nichts mehr hören. Ich versteh nicht, wo du den Nerv hernimmst, mit derartigen Behauptungen an mich heranzutreten...»

«Warte, Chip, es kommt noch mehr.»

Aber da war er bereits auf den Beinen und eilte zur Tür. Ich warf einen Fünfer für die Rechnung von 1 Dollar 25 auf den Tisch und rannte ihm nach. Ich erwischte ihn, gerade als er ein Taxi anzuhalten versuchte.

«Du hast dein Honorar aufgebraucht. Unsere Freundschaft ebenfalls. Sag nichts mehr.»

«Nur noch eine Sache. Du arbeitest für Ricky Sams. Wer in deinem Büro steht mit einem Drogenhändler namens Doc Wellby in Verbindung?»

Ein Taxi stoppte. Er sprang zur Tür und riß sie auf.

«Denn das ist der Mann, der Edgar Wood ermorden ließ», sagte ich durch das Fenster, während er es schnell schloß.

Ich hatte sein feierliches Versprechen, daß er niemandem etwas von dem, was ich ihm gesagt hatte, erzählen würde. Ich war durch das Vertrauensverhältnis zwischen Anwalt und Mandant geschützt, mit einer unterschriebenen Quittung als Beweis.

Während das Taxi verschwand, überlegte ich, ob er sich schnurstracks ins Büro begeben würde, um Choate Haven meine Verdächtigungen mitzuteilen. Oder würde er bis morgen warten?

SCHUSS AUS DER VERGANGENHEIT

Ich tat nichts anderes, als den Baum zu schütteln, damit die Nüsse herabfielen. Ich benutzte den guten alten Chip, meinen guten alten Squashkumpel, dazu. Mel konnte ein weiteres Mal für mich schütteln..

Ich teilte Mel mit, daß er sich die LTI-Übernahme mal näher anschauen sollte, vor allem die Rolle, die die Anwälte der LTI dabei gespielt hatten. Außerdem gab ich den Tip hinsichtlich Marlowe weiter, was Mel durchaus zu schätzen wußte, da die Weitergabe von Insider-Informationen eine Straftat war, bei deren Verfolgung die SEC die meisten Aussichten auf Erfolg hatte.

«Als Gegenleistung verlang ich nichts weiter», sagte ich, als er sich bei mir bedankte, «als daß du sofort ein bißchen Lärm schlägst.»

«Was heißt bei dir sofort?» fragte er.

«Heute noch.»

«Komm, Tony, was erwartest du, was ich heute noch tun könnte?»

«Mel, du bist ein heller Junge. Dir wird schon was einfallen. Vielleicht könntest du einfach bei Over & East anrufen und sagen: ‹Hi, Over & East, bringt mal ein bißchen flott euern Papierkram in Ordnung, weil ich mit den Anklageermittlungen beginn.›»

«Was hast du vor, Tony?»

«Sieh die Sache mal so, Mel. Wenn du ihnen genügend Angst einjagen kannst, dann werden sie vielleicht versuchen, dich mit einem ordentlichen Job zu kaufen.»

«Ich werde tun, was ich kann», sagte er.

Ich rief Marlowe an. Es dauerte eine Weile, bis er sich an mich erinnerte. Als der Groschen gefallen war, erklärte ich ihm, daß ich persönlich in ihm allerdings keinen Killer sah. Aber wenn er's nicht war, wer dann? Er sagte, er hätte keine Ahnung. Ich erklärte ihm, er solle sich besser ein paar Gedanken darüber machen.

Der nächste war Klughorn. Ich fragte ihn, wieso er all die Jahre Woods Veruntreuungen übersehen hatte. Er reagierte sehr gereizt. Ich schlug vor, daß sich Over & East am besten nach einem Ersatz für ihn umschauen sollten, falls weitere Unregelmäßigkeiten auftauchten, die er als Rechnungsprüfer ebenfalls übersehen hatte.

Ich rief Diller, Scott, Culligan und Shaw an. Keiner von ihnen war sonderlich scharf darauf, mit mir zu sprechen.

Ich überlegte gerade, ob ich Goreman anrufen sollte, als er mich anrief.

«Junger Mann», sagte er. «Sie erschrecken die Leute.»

«Stellt das für Sie ein Problem dar?»

«Wenn es zu lange geht, ja. Auf kurze Sicht ist es interessant.»

«Sie haben das Spiel mit Ihrer Party, Ihren Vorstellungen, Ihren Geschichten und Geständnissen in Gang gebracht. Was für ein Spiel spielen Sie?»

«Das werde ich erst wissen, wenn Sie es durchgespielt haben.» Dann sagte er «Goodbye» und legte auf.

Als ich Christina hatte, lief zu Hause alles irgendwie besser. Ich war glücklich und ließ auch Glenda und Wayne an diesem Gefühl teilhaben. Ohne sie wurde ich rastlos und hungrig. Glenda und ich begannen zu streiten. Das Warten darauf, daß etwas geschah, trug vielleicht auch noch dazu bei. Warten zählt nicht zu meinen starken Seiten. Ein Streit über das wichtige Thema, wer öfters einkaufen ging, eskalierte so, daß ich aus dem Haus stürmte und zwei Nächte lang im Büro schlief. Ich ging Glendas Anrufen genauso aus dem Weg wie Christina meinen.

Schließlich rief ich sie zurück. Sie war bereit, Frieden zu schließen. Sie stritt sich nie nur um des Streitens willen. Sie war eine faire, großzügige Kämpferin, die nie insgeheim weitergrollte.

Am Freitagmorgen verließ ich frühzeitig das Haus, bloß um wegzukommen. Ich ging ins Büro. Joey D' war da; ansonsten gab es nichts Weltbewegendes. Ich ging rüber zu den Squashcourts, spielte schlecht und ohne jede Freude. Eine Weile arbeitete ich an den Kraftmaschinen. Es tat weh. Ich nahm ein langes Dampfbad und duschte ausgiebig. Ich ging was essen, trank eine Menge Kaffee, löste die Kreuzworträtsel. Als ich das Restaurant wieder verließ, fegten Regenböen über die Straße. Ich beschloß, die vierzig Blocks zum Büro zu Fuß zu gehen; der Wind peitschte mein Gesicht, die Taxis spritzten mich voll, und die Leute mit Regenschirmen versuchten mir die Augen auszustechen.

Ich rempelte ein paar Passanten an. Nicht allzu fest, aber immerhin schaffte ich es, mich ein bißchen unbeliebt zu machen. Ein Regenschirmkrieger erwischte mich am Ohr. Ich schlug das Ding beiseite. Als der Schirm umklappte, packte der Wind zu und riß ihn ihm aus den Händen. Der Regenschirm fegte fröhlich die Straße runter und starb dann eines gnädig schnellen Todes unter den Rädern eines *Daily News*-Lasters.

Der Regenschirmträger ging auf mich los. Er war größer und wahrscheinlich jünger als ich. Er fluchte. Ich starrte einfach nur zurück, ließ ihn wissen, daß ich in einer übleren, gemeineren Stimmung war als er und nichts dagegen hatte, daß er mich angriff.

«Arschloch», sagte er. Das hörte sich korrekt an, also sagte ich: «Yeah.» Er eilte davon, hinunter in die U-Bahn.

Joey wartete auf mich, als ich ins Büro zurückkam. Er schlug vor, wir sollten gemeinsam einen Drink nehmen.

«Warum?» erkundigte ich mich.

«Weil du dich wie ein Arschloch aufführst», erklärte er. Da schien sich eine Art Übereinstimmung herauszukristallisieren.

Ich trocknete mich mit braunen Papierhandtüchern von der schlimmsten Sorte und zog trockenere Klamotten an. Schweigend und ernst marschierten wir die West Side hoch. Die Nutten drängten sich in den Hauseingängen, stürzten gelegentlich hervor, um einen Freier anzumachen. Ich dachte an Christina.

Komm zurück, wenn der Polizist in einer anderen Straße ist. Und Beatrice wird dir ihre magere Seele unter der Farbe zeigen.

Wir gingen in Kevin Murphys Kneipe in der Ninth, ein Stück abseits der Fifty-third Street. Kevin ist schon lange tot. Noch heute wird von seiner Beerdigung erzählt. Der neue Besitzer ist ein Puertorikaner namens Angel. Als er den Laden übernahm, versuchte er ihn ein bißchen aufzupolieren und für die Zuhälter mit ihren Mädchen interessant zu machen. Doch die Cops trieben sich weiterhin hier rum, und Leute mit Geld verkehren nicht gern mit Polizisten. Schließlich tauchten nach und nach die alten Fotos wieder an den Wänden auf, Baseballspieler von mythischen Teams wie den Brooklyn Dodgers und den New York Giants, das signierte Foto von Cardinal Cooke und Schilder, auf denen Sachen standen wie *Der Herr erschuf den Whiskey, um die Iren daran zu hindern, die Welt zu regieren.* Kevin Murphys Bar war bei ihrer Eröffnung eine Kneipe für Cops, und so lebt sie auch weiter. Wir marschierten hinein.

Wir setzten uns in eine Nische. Die Kellnerin kam zu uns rüber. Joey bestellte Scotch. Ich sagte zwei Scotch; Johnny Black.

«Was nagt an dir?»

«Es ist nur das Warten.»

«Es ist dieses Mädel. Du läßt zu, daß du wegen einem Mädel den Verstand verlierst.»

«Als dieser Kerl mich in D.C. angriff, da hab ich ihm die Kniescheibe zerschmettert, daß er nie wieder richtig laufen kann. Es beunruhigt mich in dem Maß, wie es mir ein gutes Gefühl verschafft.»

«Johnny Walker Black», verkündete die Kellnerin.

«Das war Selbstverteidigung», sagte Joey.

«Ich weiß, was Sie meinen», sagte die Kellnerin. «Wenn ich diesen Scotch an der Bar trink, dann wach ich mit einem gemeinen Kater auf. Ich meine, richtig gemein.»

«Wenn sich herausstellt, daß Charles Goreman für Woods Tod verantwortlich ist, dann würde mir das ganz und gar nicht gefallen. Ich mag den Mann.»

«In Zweideutigkeiten zu schwelgen ist genauso, als ob man in Selbstmitleid schwelgt», sagte Joey. «Es ist dumm, und du genießt es. Du hast einen klaren Verstand, du bist ein cleverer Bursche. Du solltest das einsetzen, um dir zu helfen, nicht um dich zu bestrafen.»

«Bei diesem Fall gibt es ein echtes Problem. Und weißt du welches? Es gibt keine einzige rauchende Kanone. Unten in D. C. versandet die Spur einfach bei Wellby. Wenn Wellby den zweiten Mann, wer immer das auch sein mag, umlegen muß, dann wird er das auch tun. Und dann klafft eine Lücke zwischen Wellby und dem Kerl, der den Mord in Auftrag gab. Es gibt nur eine Person, die diese Lücke schließen kann: Wellby. Und es gibt nur einen Umstand, der ihn dazu bringen könnte, diese Lücke zu schließen: wenn er sich damit vom elektrischen Stuhl loskaufen kann. Wenn ich also herausfinde, wer es getan hat – was zum Teufel soll ich damit anfangen?»

«Vielleicht gehört das nicht mehr zu deinem Job.»

«Was? . . . Oh, yeah, das stimmt», sagte ich. «Aber wer wird dann etwas unternehmen? Soll ich dasitzen und Bescheid wissen und zuschaun, wie nichts geschieht?»

«Das hängt von der Zuständigkeit ab», sagte Joey.

«Aber, aber, haben wir da nich den größten Ficker der Welt, Tony Cassella?» sagte eine andere Stimme.

Ich schaute auf. Jack Whelan stand über mir, betrunken und hämisch grinsend. Ich zuckte mit den Schultern und schaute weg.

«Wass'n los, Schwanzlutscher, willst nich mit mir red'n? ... Okay, mir egal, ich will mit dir red'n, Scheißkerl.»

«Geh nach Hause», sagte Joey zu ihm.

«Mach die Fliege, Alter», sagte Whelan zu ihm. «Das is der kleine Schwanzlutscher, der mir 'n Messer in' Rücken gesteckt hat. Will ihm nur sag'n, daß ich mich schon drauf freu, auf sein Grab zu piss'n.»

«Verschwind, Whelan. Du wirst gar nichts tun und weißt das auch ganz genau. Also hör mit dem Krawall auf und hau ab», teilte ich ihm mit und kümmerte mich wieder um meinen Scotch.

Das Wachpersonal zieht nicht gerade die besten Rekruten an, sondern in erster Linie Jack Whelans. Ich wußte, wie man liest, schreibt und Tests besteht. Nach ihrem Standard war ich ein leuchtender Stern. Also machten sie mich zum Ermittler.

Die Abteilung für Wachpersonal nimmt die Whelans und verpaßt ihnen unzulängliches Training, unzulängliche Anleitung und unzulängliche Motivation. Von da bis zur Korruption ist es nicht weit. Mir wurde das schnell klar, und so schrieb ich Memos. Nichts geschah.

Dann drehte eines Tages ein Häftling durch, völlig high von Koks und Morphium aus der Krankenstation, und brachte drei andere Häftlinge um, bevor man ihn überwältigen konnte. Einer von ihnen war ein Neunzehnjähriger, der ein Jahr und einen Tag wegen einer Kneipenschlägerei abgesessen hatte, und der in zwei Tagen entlassen werden sollte. Die Familie schlug Krach. In der Untersuchung stellte sich heraus, daß der Killer die Drogen von einem Wachposten bekommen hatte. Die *New York Times* brachte die Meldung. Der Polizeichef beschloß, eine eigene Untersuchung durchzuführen, bevor man ihm von außen einen Untersuchungsausschuß auf den Hals hetzte. Man erinnerte sich an meine Memos. Ich wurde als Undercover-Agent eingeschleust. Whelan war einer der Leute, die ich hochgehen ließ.

Als ich anfing, strotzte ich vor Sauberkeit und Gerechtigkeitsempfinden. Es schien ganz simpel. Aber ich ließ Leute hochgehen, die meine Freunde gewesen waren, zumindest einige davon. Und ich erfuhr einiges über sie. Für Whelan, den ich nie hatte ausstehen können, bedeutete das Extrageld, das er sich mit seinen Gefälligkeiten für die Häftlinge verdiente, daß er seine Töchter auf eine Privatschule statt auf eine öffentliche Schule schicken konnte. Als er verurteilt wurde, ließ sich seine Frau scheiden. Er verlor die Kinder.

Ich erkannte, wie leicht es für mich war, eine weiße Weste zu bewahren. Ich hatte nicht die finanzielle Verantwortung für eine Familie zu tragen. Ich hatte mich lediglich um den Job beim Wachpersonal beworben, weil das Police Department einen Einstellungsstopp verhängt hatte. Als das P. D. wieder mit den Einstellungen begann, stand mein Name ganz oben auf der Liste. Ich würde mein Leben nicht als Gefängnisbeamter beschließen. Meine Selbstgerechtigkeit begann nach Betrug zu riechen.

Ich dachte, trinken würde helfen. Auch Prügeleien schienen zu helfen, zumindest während ich mich prügelte. Am Morgen erkannte ich, daß man das gemeinhin als Körperverletzung und Störung des öffentlichen Friedens bezeichnete. Einige der Leute, mit denen ich soff, und einige der Frauen, mit denen ich schlief, nahmen hin und wieder ein bißchen Kokain. Ich auch, nachdem ich einmal auf den Geschmack gekommen war. Allein der Besitz von Kokain war bereits eine Straftat.

Manchmal, wenn mir alles weh tat und ich einen furchtbaren Kater hatte, nahm ich ein bißchen Koks, um den Tag zu überstehen. Wenn ein Tag zusätzliche fünfzig oder hundert Dollar kostet, dann ist das Gehalt auch nicht mehr das, was es mal war. Eine Möglichkeit, damit umzugehen, besteht darin, gerade soviel zu dealen, daß die Unkosten gedeckt sind.

Nach und nach hatte ich fast genauso viel Straftaten am Hals wie Jack Whelan. Der einzige Unterschied zwischen uns bestand darin, daß er eine Verhaftung und eine Verurteilung aufzuweisen hatte. Der Unterschied reichte nicht aus, als daß ich hätte damit leben können, ihn ins Gefängnis gebracht zu haben. Falls überhaupt je zwischen uns ein solch großer Unterschied bestanden hatte. Ich verlor bei der Frage etwas die Perspektive aus den Augen.

Das Zentrum konnte nicht standhalten, und meine Einzelteile begannen sich weiter und weiter zu zerstreuen. Es bereitete mir nicht die geringsten Schwierigkeiten zu verstehen, weshalb Whelan Cassella haßte. Momentan konnten wir zumindest in diesem Punkt Übereinstimmung erzielen.

«Vielleicht werd ich doch was tun», sagte Whelan.

«Das wirst du nicht», erwiderte Joey. «Und wenn es nur aus dem Grund ist, daß du Angst hast, ein alter Mann wie ich könnte sich an deine Fersen heften.»

Whelan starrte Joey an, spuckte dann in Joeys Drink.

Ich erwischte ihn mit der Rückhand, quer über den Tisch. Ich war froh über den Vorwand. Ein guter Treffer. Er taumelte einen halben Schritt zurück. Er rutschte aus und knallte mit dem Arsch auf den Boden. Das verschaffte mir die Zeit, aus der Nische herauszukommen. Er stand wieder auf den Beinen, als ich draußen war, immer noch nicht ganz im Gleichgewicht.

Wäre er zurückgewichen, ich hätte es dabei bewenden lassen. Statt dessen stürmte er ungeschickt auf mich los. Ich starrte ihm freudig erregt entgegen, trat dann beiseite und schlug ihn in den Magen. Meine rechte Hand sank tief in seinen weichen Bauch. Er begann sich zusammenzukrümmen, aber ich verpaßte ihm noch zwei weitere Schläge auf die gleiche Stelle.

Jetzt reagierte die Kneipe. Fünf Cops griffen ein, um uns zu trennen. Ich machte einfach einen Schritt zur Seite und ließ Whelan langsam zu Boden sinken, während er sich vollkotzte.

Joey kam aus der Nische. Er kannte einige der Polizisten und erklärte ihnen, daß alles in Ordnung und vorbei wäre. Sie zogen sich zurück, und Joey sagte: «Verschwinden wir von hier.»

«Sicher», sagte ich, vor Wut und dem Adrenalinstoß zitternd. «Ich hätte es nicht tun sollen.»

«Er hat es herausgefordert», meinte Joey achselzuckend.

Irgend jemand half Whelan auf die Beine. Er schüttelte ihn ab und kam auf mich zu.

«Tu's nicht», sagte ich und hob die Fäuste.

«Ich muß gar nichts tun, Scheißkerl», sagte er und wich zurück. «Auf deinen Kopf ist ein dicker, fetter Preis ausgesetzt, Scheißkerl. Den wird sich jemand verdienen. Ich werd ihm die Hand schütteln und auf dein verfluchtes Grab pissen.»

FAMILIE

Ich wollte auf ihn losgehen, aber Joey zog mich zurück, während Whelan von seinen Freunden zurückgezerrt wurde und die Hälfte der Cops von Midtown North aufsprang, um den Frieden zu sichern.

«Ich muß wissen, was er da quatscht.»

«Wir werden es herausfinden», sagte Joey. «Kümmer dich um Glenda. Sorg dafür, daß sie und der Junge das Haus nicht verlassen.»

Er hatte recht; das war das wichtigste. Das Telefon in der Bar war wieder mal kaputt. Ich ging nach draußen. Die Telefonzelle am Eck war besetzt; eine Nutte telefonierte mit der Heimat. Sie war kleiner als ich, sah aber bösartiger aus, also ging ich auf der Suche nach einer anderen Telefonzelle den Block hoch. Drüben auf der Avenue sah ich eine. Ich rannte durch den Regen, wich Autos, Taxis, Lastwagen und einem wahnsinnigen Fahrradboten aus. Ich fand es immer noch äußerst empörend, daß sie die Preise um 150 % auf einen Quarter angehoben hatten, aber schließlich war es ein Notfall, und so zahlte ich.

Als erstes wollte ich wissen, ob Wayne zu Hause war, und fühlte mich erleichtert, als sie es bejahte.

«Was geht hier vor, Anthony?»

«Ich erkläre es dir, sobald ich zu Hause bin. Mach außer mir niemandem die Tür auf. Nein, mir fällt gerade ein, mach die Tür grundsätzlich nicht auf. Ich hab meine Schlüssel.»

«Freut mich, daß du deine Schlüssel nicht verloren hast. Das ist sehr beruhigend. Ist mit dir alles in Ordnung?»

«Yeah. Yeah. Rühr dich nicht vom Fleck. Ich bin gleich da.»

Ich versuchte ein Taxi aufzutreiben, gab es auf und nahm die U-Bahn, aber die hatte es auch nicht gerade eilig. Es dauerte eine Ewigkeit, bis ich zu Hause war; ich war kaum zur Tür drin, da summte die Haussprechanlage. Es war Joey.

Der Drang, das zu sagen, was er sagen wollte, zerriß ihn fast, aber er wollte nicht vor Glenda reden, also trat er von einem Bein aufs andere, wie ein Mann, der sein Blasenventil zu schließen suchte, nachdem es zu tröpfeln begonnen hatte.

«Ich werde Glenda nicht aus dem Raum schicken», erklärte ich ihm, «damit wir über diese Angelegenheit sprechen können.»

«So ist's», bestätigte Glenda.

«Yeah, also gut. Wir haben Whelan durch die Hintertür rausgebracht. Niemand war dran interessiert, irgendwie Anklage oder sonstwas zu erheben, also redeten wir nicht über irgendwelche juristischen Prozeduren. Wir, das waren ich, Chic – das ist Tommy Ciccollini – und sein Partner. Du hast sie in der Bar gesehn.

Whelans Geschichte läuft so: Er kam in einer Kneipe unten in den Thirties, wo er normalerweise rumhängt, mit einem Typ namens Bruno ins Gespräch. Whelan hat keine Ahnung, ob das sein richtiger Name ist, hatte den Typ noch nie gesehn. Doch dieser sogenannte Bruno kannte Whelan und erkundigte sich bei ihm nach dir. Deine Gewohnheiten, deine Stammkneipen und so was. Whelan wollte wissen warum. Bruno, der anscheinend wußte, daß Whelan nicht gut auf dich zu sprechen ist, meinte sinngemäß, daß ‹man nach Cassella sucht, weil sie ihm einen hübschen Abschiedsgruß zukommen lassen wollen›. Whelan war, wie wir wissen, nur zu froh, das zu hören, also drängte er Bruno, ihm auf ‹diskrete Art und Weise› zu bestätigen, daß er diese Formulierung richtig interpretiert hatte. Whelan ist überzeugt davon, daß er die Bestätigung erhalten hat. Das passierte letzte Nacht; wir haben Glück gehabt, daß wir ihm heute begegnet sind.

Die ganze Geschichte klingt ein bißchen dünn», fuhr Joey fort, «aber vielleicht sollten wir sie trotzdem ernst nehmen. Vorsichtsmaßnahmen treffen und so. Chic wird ein bißchen durch die Straßen streifen und mit einigen Informanten sprechen. Ich kann dir versichern, daß wir aus Whelan sämtliche Informationen herausgeholt haben.»

«Ich glaube, heute nacht sollte Joey besser hier bleiben», sagte ich zu Glenda. «In erster Linie deswegen, weil er dann ein besseres Gefühl hat. Wirklich notwendig ist es wohl nicht.»

«Ja, ja, geh nur einem alten Mann ein bißchen um den Bart.»

«Eine gute Idee wäre, Glenda, wenn du morgen mit Wayne deine Mom besuchen würdest. Natürlich nur, wenn du möchtest. Vielleicht könntest du sogar gleich einen Kurzurlaub auf dem Land oder am Strand machen. Bloß so lange, bis wir alles geklärt haben.»

«Tony, können wir allmählich mit dem Scheiß aufhören? Ist es ernst oder nicht?»

«Wann hast du angefangen, so zu reden?» sagte Joey.

«Als ich anfing, mit ihm zu leben», informierte ihn Glenda.

«Es geht wirklich nicht darum, ob es ernst ist oder nicht. Ich möchte nur sicher sein, daß ihr aus der Gefahrenzone seid, während ich herauszufinden versuche, was dahintersteckt.»

«Du hast mir erzählt, daß es früher auch schon Drohungen gegeben hat. Das ist immer im Sande verlaufen.»

«Glenda», sagte Joey, «wenn dir oder Wayne irgendwas geschehen würde, dann könnte Tony nicht damit fertig werden. Das mußt du verstehn. Wenn ihr hier bleibt, dann müßtet ihr im Apartment bleiben, und einer von uns müßte sich dann ebenfalls hier aufhalten. Bis diese Sache erledigt ist.»

«Ist das eine dieser Macho-Sachen», sagte sie, «wo Frauen und Kinder sich verstecken und die Männer hinausstürmen und mit ihren Kanonen herumspielen?»

«Ja. Wenn du es so ausdrücken willst, ja», sagte Joey.

«Ich denk, ich bin froh, daß ich einen Macho-Mann hab», sagte sie und drängte sich an mich. «Zumindest in dieser Angelegenheit.»

Im Bett diskutierten wir, wie wir es Wayne beibringen sollten.

«Keine Sorge», sagte ich. «Jungs spielen gern Verstecken.»

«Red nicht so leichtfertig.»

«Ich weiß es», sagte ich. «Ich bin doch selber einer.»

«Das ist ein Teil des Problems, nicht die Lösung.»

Als Wayne aufstand und Onkel Joey auf dem Sofa schnarchen hörte, wußte er, daß irgendwas Aufregendes im Gange war. Er hüpfte herum, während ich Frühstück machte und ihm vorsichtig zu erklären versuchte, daß er und seine Mom einen Besuch bei seiner Großmutter machen würden, weil mich jemand bedroht hatte.

«Oh, wow! Machen sie Jagd auf dich?»

«Nun, so dramatisch ist die Sache nicht, Wayne.»

«Wow! Wow! Wenn ich das den Jungs in der Schule erzähl», sagte er und raste ins Wohnzimmer. «Onkel Joey, Onkel Joey», schrie er und hechtete sich auf Onkel Joey. «Wir gehn in den Untergrund. Auf die Matratzen. Auf die Matratzen.» Er ließ sich fallen und rollte unter dem Sofa durch, kam auf der anderen Seite wieder hoch, die Hand zu einer Pistole geformt. Er feuerte zweimal, «Peng! Peng!»

«Ich bin froh», sagte Glenda, «daß so was nicht oft passiert.»

Ich verließ das Gebäude als erster durch die Vordertür. Joey, Glenda und Wayne gingen zum Lieferanteneingang hinaus. Die Straße lag ruhig da; niemand schoß auf mich, bedrohte mich oder warf mir auch nur einen bösen Blick zu. Ich marschierte zu dem

Laden an der Ecke und kaufte ein paar Bier, bloß um den Anschein zu erwecken, ich hätte eine normale Besorgung gemacht. Dann ging ich wieder hoch und wartete darauf, daß Joey vom Grand Central Bahnhof zurückkäme. Während ich wartete, rief ich Christina an. Ich hinterließ keine Nachricht auf ihrem Anrufbeantworter. Dann stellte ich einen frischen Topf Kaffee auf.

«Hast du jetzt, was du wolltest? Hast du das, hinter dem du her warst?» sagte Joey nach seiner Rückkehr.

«Nun», sagte ich, «ich wollte jemand aufrütteln, aber nicht so weit, daß sie bereit sind, für meinen Tod was springen zu lassen.»

«Erzähl mir keinen Scheiß. Ich kenn dich besser als du dich selber.»

«Was redest du da? Willst du sagen, ich bin scharf drauf, daß auf meinen Kopf ein Preis ausgesetzt ist?»

«Yeah, das bist du», sagte er angewidert. «Du bist nicht eher zufrieden, bevor du nicht alles aufs Spiel gesetzt hast.»

«Weißt du, was komisch ist? Das alles sagt uns immer noch nicht, wer dahintersteckt. Wir müssen rausfinden, wer die Sache in Gang gebracht hat, und dann, warum.»

Meiner Meinung nach konnten wir mehr erreichen, wenn wir getrennt vorgingen. Joey meinte, unsere Überlebenschancen wären größer, wenn wir zusammen blieben. Gnädig gab ich nach.

Wir machten uns auf den Weg nach Brooklyn, auf der Suche nach Johnny *Jeans* Licavollo, einem kleinen Buchmacher, der mit der sogenannten Colombo-Familie in Verbindung stand. Johnny hatte mal eine schräge Sache in der Bekleidungsbranche laufen gehabt. Es bereitet mir immer noch großes Vergnügen zu wissen, daß die Hälfte der Leute in ihren Designerjeans zwischen vierzig und achtzig Dollar in Wirklichkeit in Fünf-Dollar-Fetzen aus Hongkong rumlaufen, mit einem eingenähten, falschen Etikett. Selbstverständlich trägt die andere Hälfte genau die gleichen billigen Hosen aus dem gleichen fernöstlichen Laden, bloß mit echtem Etikett. Wir ließen damals die Sache hochgehen. Johnny Jeans ließen wir nicht hochgehen, also war er uns noch was schuldig.

Er war zu Hause bei seiner Familie. Seine Frau servierte uns Espresso und Anisetteplätzchen und ließ die Männer dann nach guter, alter Tradition mit ihren Geschäften allein. Er hatte nichts gehört, versprach aber, sich zu erkundigen. Wir zogen weiter.

Scooter Siegal, der Strohmann, *Butch* Dominici, der heiße Autos abkühlte, und Murray Lipshitz, der mit gestohlenen Wertpapieren handelte, hatten ebenfalls nichts gehört. Gerald Yaskowitz, unser Anwalt, hatte merkwürdigerweise was gehört.

Gerrys Nachricht erreichte uns erst ziemlich spät am Tag; es war kurz nach neun, als wir ihn endlich erreichten.

Freitagabend hatte Gerry es geschafft, einen Richter zu überreden, die Kaution für Francisco *Frankie* Montoya, der mit Heroin und Kokain dealte, von einer Viertelmillion auf lumpige hunderttausend Dollar herabzusetzen. Gerry und Frankie speisten am Samstag zusammen, um über den Fall zu sprechen. Sie waren sich sofort einig, daß eine zweite Verurteilung unweigerlich zu einer längeren Haftstrafe in Attica führen mußte. Frankie erkundigte sich bei Gerry, ob die Anklage des Staatsanwalts auseinanderfallen würde, wenn man nur genügend Zeit verstreichen ließe. Gerry hielt das durchaus für möglich, so nach vier oder fünf Jahren. Frankie entschloß sich auf der Stelle, die notwendige Zeit in Mexiko zu verbringen.

Frankie empfand, nachdem er diese Entscheidung getroffen hatte, Gerry gegenüber tiefe Dankbarkeit, weil dieser die Kaution für ihn auf eine Summe gedrückt hatte, deren Verlust ihn nicht weiter schmerzen würde. Als Zeichen seiner Dankbarkeit gab er den Tip weiter, daß auf den Kopf von Gerrys Lieblingsdetektiv ein Preis ausgesetzt worden war. Es handelte sich um «lausige fünf Riesen»; sie stammten von einer der alten, italienischen Gruppen. Gerry fragte Frankie, ob er nicht Genaueres wüßte. Frankie konnte lediglich noch ergänzend hinzufügen, daß es eine dieser «Organisationen vom Typ Pate, eine dieser Familien, verstehst du, wie der Mob» wäre.

Mehr wußte Gerry auch nicht; als er uns das erzählte, saß Montoya bereits in einer 747 und winkte zum Abschied.

Joey bestand darauf, mich ins Apartment zu begleiten. Wie bei allen anderen Gelegenheiten auch beharrte er dann darauf, als erster mit der Kanone in der Hand hineinzugehen. Auf seine grimmige, knurrige Art genoß er die Situation. Genau wie der alte Franco hatten wir alle einen Zug in uns, dem es Spaß machte, eine Waffe in der Hand zu spüren.

Ich brauchte eine Stunde, um ihn zum Gehen zu bewegen. Ich versprach, die Tür dreifach verschlossen zu halten, nicht auszugehen und mit der Kanone in der Hand zu schlafen. Als er weg war, ließ ich zehn Minuten verstreichen, rannte dann die Treppe runter, sprang in ein Taxi und fuhr zu Christina.

Nachdem ich ihr über die Sprechanlage mitgeteilt hatte, wer da war, antwortete sie, ich solle verschwinden. Ich lehnte mich auf den

Klingelknopf. Ich hatte den ganzen Tag über Druck gemacht und würde nicht gerade jetzt damit aufhören. Als sie sich endlich wieder meldete, sagte ich ihr, ich müßte unbedingt mit ihr sprechen.

Als ich hochkam, wartete sie im Flur, die Tür hinter sich geschlossen. Von drinnen konnte ich Musik hören. Ich spürte, daß jemand drinnen war. «Das Herz blieb mir stehen» ist zwar keine medizinisch wertvolle Beschreibung, aber genauso fühlte ich mich.

Unsere Blicke trafen sich und sagten das, was sie immer zueinander sagten, ganz gleich, wo wir waren und wer sonst noch anwesend war. Begierde, Hunger, ein Toben der Lust, eine schmelzende Zärtlichkeit.

«Warum bist du hier?» fragte sie; Schmerz lag in ihrer Stimme.

«Weil du mir nicht aus dem Kopf gehst. Selbst wenn andere auf mich schießen oder ich von einer Klippe stürze – ich kriege dich nicht aus dem Kopf.»

«Denkst du an mich, wenn du mit ihr im Bett bist?»

«Ich versuche mein Leben halbwegs in Ordnung zu halten, aber ich bin mir nicht sicher, ob ich das kann. Ich wollte nicht, daß dies geschieht, aber ich kann nicht anders, ich liebe dich.»

Ich nahm sie in die Arme. Sie drehte den Kopf von meinem Mund weg. Meine Hand griff in das weiche Haar ihres Kopfes und drehte ihn zurück. «Nein, nein», sagte sie, während ihr Mund sich unter dem meinen zu öffnen begann. Die Spannung strömte aus ihrem Körper; ihr Körper sagte lediglich «Ja».

«Geh nach Hause, geh nach Hause», sagte sie bekümmert. «Geh heim zu ihr.»

«Sie ist weg.»

«Wie lange?» war ihre schnelle Reaktion. Und sagte mir damit genau das, was sie mir nicht sagen wollte.

«Mindestens einige Tage, vielleicht länger.»

Sie richtete sich auf. «Nicht heute nacht. Ruf mich morgen an und... wir werden sehn. Aber... ich glaube nicht.»

«Warum nicht heute? Ist jemand bei dir? Ein anderer Liebhaber?»

«Ja... Und wahrscheinlich ist es so am besten... und warum auch nicht? Du bist auch nicht allein, wenn du nicht bei mir bist. Geh heim.»

Sie folgte mir bis zur Treppe. «Weißt du», sagte sie, «es ist einfach sinnlos. Stefan ist ein sehr guter Liebhaber. Ich habe es immer genossen. Aber jetzt empfinde ich nichts, gar nichts, weder mit ihm noch mit sonst jemandem. Seit ich dich kenne. Das gefällt mir nicht.»

Ich wandte mich von den Dingen ab, die sie mir an den Kopf warf. Dann wollte ich die Arme ausstrecken, sie festhalten, küssen. Doch bis ich mich umgedreht hatte, war sie schon zu diesem Stefan geflohen, für den sie nichts empfand.

Der Sturm vom Freitag hatte die Luft nicht gesäubert; sie war immer noch dick und feucht. Ich spazierte eine Weile ziellos herum, bis ich am Sheridan Square landete. «Hiya, Phil», sagte ich zu der Statue. «Wie gefällt's dir denn so, umgeben von all den Schwulen?» Er verharrte in seinem mürrischen Schweigen.

Von einer Telefonzelle aus rief ich Laurie, die Stewardess, an. Sie war zu Hause. Sie freute sich, meine Stimme zu hören, wäre aber gerade von der Küste rübergeflogen und ziemlich müde. Meine alte Bleibe war lediglich einige Blocks von meinem jetzigen Standort entfernt, Ecke Perry und Fourth, also sagte ich ihr, ich wüßte genau die richtige Pflege für müde Mädchen. Sie klang sehr interessiert; sogar erregt.

Es war lange her, daß ich mit dem Mann in der Perry Street gesprochen hatte, doch er war immer noch am Leben, immer noch unter der gleichen Adresse erreichbar und immer noch in der gleichen Branche tätig; und er hatte Stoff. Der Bargeldautomat meiner Bank funktionierte auch, und so war der Mann froh, mich zu sehen. Ich kaufte ein Achtel. Der Preis war fair, und die Qualität zumindest passabel.

Es war gierig und dumm, seelenlos und herzlos. Laurie und ich fielen eifrig übereinander her. Wir taten es auf alle nur denkbaren Weisen, wollten immer mehr und mehr. Längst bevor wir um vier Uhr früh aufhörten, war alles wund.

Als ich ging, dachte ich mir, daß sie dieses Erlebnis wohl für immer in ihrem Tagebuch – oder wo sie sonst ihre Abschüsse registrierte – festhalten und höchst erfreut sein würde, wenn sie mich nie wiedersah. Natürlich war es auch möglich, daß sie das für eine ganz normale Sache hielt und jederzeit für mich bereit sein würde.

Als mein Taxi sich meinem Block näherte, bemerkte ich zwei Typen, die sich auf den Vordersitzen eines Wagens lümmelten. Ich sagte dem Fahrer, er solle nicht an der angegebenen Adresse halten, sondern um die Ecke fahren. Ihm war es egal.

Ich habe Nachbarn in 16b, die mir nicht sonderlich sympathisch sind. Als ich die Nummer 911 wählte, um einen häuslichen Streit und einen eventuellen Schuß zu melden, sagte ich, der Lärm wäre aus 16b gedrungen.

Die Reaktion erfolgte relativ prompt. Ich mußte mich nicht länger als sieben oder acht Minuten in einer dunklen Einfahrt herumdrücken, von wo aus ich um die Ecke nach dem Streifenwagen Ausschau halten konnte. Als der Wagen vorfuhr, setzte ich mich in Bewegung, richtete es so ein, daß ich zur gleichen Zeit durch die Eingangstür ging wie die beiden Männer in Uniform.

Ich werde nie erfahren, ob die Männer auf dem Vordersitz wegen mir da waren oder nicht. Wenn ja, dann hatte ich sie ausgetrickst; wenn nicht, dann hatte ich wenigstens die Leute in 16b ein bißchen geärgert.

Ich bekam nur zwei oder drei Stunden Schlaf. Glenda rief um acht an, Joey ein paar Minuten später. Er wollte wissen, wo ich gewesen war. Ich behauptete, ich hätte das Telefon abgestellt. Er lud sich selbst zum Frühstück ein. Ein paar Lines Koks und eine eisige Dusche brachten mich wieder einigermaßen in Gang.

Ich fragte ihn, ob er noch irgendwas gehört hatte. Johnny Jeans hatte ihn angerufen und das bestätigt, was wir bereits wußten; er wußte mehr Details als Whelan, aber weniger als Montoya.

«Was willst du jetzt tun?» fragte er.

«Ich könnte die Stadt verlassen», sagte ich schulterzuckend, «aber das werde ich nicht tun.»

«Ich glaub nicht, daß wir das Wer, Was und Wo einigermaßen schnell rauskriegen werden.»

«Selbst wenn ich wüßte, wer das Kopfgeld ausgesetzt hat», sagte ich, «was könnte ich dagegen unternehmen? Die Festung irgendeines Dons in Englewood mit krachenden Kanonen stürmen und ihm erklären, daß ich viel zu zäh zum Umbringen und viel zu gemein zum Sterben wär und er deshalb die ganze Sache besser abblasen solle?»

«Vielleicht könnten wir Charles Bronson engagieren.»

«Dann ist da noch Glendas Mutter. Niemand kann es länger als zwei oder drei Tage mit ihr aushalten. Es gibt ein paar Opfer, die ich von Glenda einfach nicht verlangen kann. Aber ich will sie und Wayne nicht hier haben, solange es nicht sicher ist.»

«Das ist richtig.»

«Jetzt ist der Zeitpunkt gekommen, wo ein Mann einen Paten braucht.»

«Tatsächlich?» sagte er.

«Es gibt wirklich nur einen Ort, an den ich gehen kann. Zumindest fällt mir kein anderer ein.»

«Tatsächlich?» sagte er.

«Tatsächlich. Du weißt, von was ich rede.»

«Nein. Von was?»

«Ich werde Onkel Vincent anrufen.»

«Du hast lang gebraucht, bis du dich dazu überredet hast», sagte er.

«Tatsächlich? Wann hast du beschlossen, daß ich es tun sollte?»

«Im gleichen Moment wie du», erwiderte er. «Als Whelan sein großes, verfluchtes Maul aufriß.»

«Warum hast du dann nichts gesagt?»

«Weil du solche Dinge selbst entscheiden mußt.»

Ich war immer noch nicht bereit, ihn anzurufen. Ich wollte es hinauszögern. Ich saß da und schlürfte meinen Kaffee.

«Was weißt du über Vincent?» fragte ich Joey. «Ich mein, ich hab Gerüchte gehört, aber wirklich sicher weiß ich nichts. Vielleicht wollte ich nichts wissen.»

«Ich weiß, was du weißt. Sein Name ist bei einigen Hearings gefallen. Sein Name ist bei Telefonabhörungen aufgetaucht. Er ist eine Menge Geld wert, das große Geld. Vor allem Baubranche.»

«Als er und mein Vater Streit hatten», sagte ich, «landete mein Vater im Krankenhaus mit Bluthochdruck. Schließlich hat ihn der Schlag getroffen und getötet.»

«Das mit dem Krankenhaus wußte ich nicht.»

«Weißt du was, Joey, selbst wenn der Mann ein verfluchter Capo ist, kann er vielleicht gar nichts tun. Der alte Mob ist auch nicht mehr das, was er mal war. Jetzt geht es da zu wie in der Kommunistischen Partei; die Hälfte der beitragzahlenden Mitglieder sind Undercover-Bullen und die andere Hälfte FBI-Informanten.»

«Hast du sonst noch jemanden, der sich um die Sache kümmern kann?»

«Wenn es nicht wegen Glenda und Wayne wäre...»

«Sicher, Tony.»

«Ich bin für sie verantwortlich. Ich meine, wir sind nicht verheiratet, aber... aber es ist wie eine Familie. Es ist bloß so, ich mag den Kerl und das, was er verkörpert, einfach nicht, Joey.»

«Tony, ich auch nicht. Aber gerade jetzt ist es einfach Glück, daß er zur Familie gehört.»

ROCKEFELLER-AUSSICHT

Wie ein Bettler zu Pferd, so fuhr ich im Rücksitz der Limousine meines Onkels Vincent hinaus zu seinem Englewood-Sitz. Bar, Television, Telefon, alles war da. Genau wie bei Hencio deVegas Coupe de Ville bestand die Polsterung aus echtem Leder.

Onkel Vincent begrüßte mich überschwenglich an der Tür.

«Du bist noch nie in meinem Haus gewesen. Ich zeig's dir», sagte er.

«Onkel Vincent, ich möchte nicht unhöflich erscheinen, aber wir müssen miteinander sprechen.»

«Verstehe», erwiderte er, doch es klang enttäuscht.

«Ich hab schon von draußen gesehen, daß es ein wunderschönes Haus ist», versuchte ich ihm entgegenzukommen.

Er führte mich, sich mühsam fortbewegend, in den hinteren Teil des Hauses, in einen herrlichen, hellen, luftigen Raum mit hohen Bogenfenstern, der ganz in Gelb und Weiß gehalten war. Es war ein Zimmer, das Glenda wie Christina geliebt hätten. Der Blick ging hinaus auf einen langgezogenen, abfallenden Rasen, der unter drei gigantischen Blutbuchen endete. Die Zäune an den Seiten waren von weißen und gelben Rosen gesäumt. Die Sonne strahlte hell durch die Fenster.

Als wir uns setzten, tauchte ein Hausmädchen in mittleren Jahren mit einem dampfenden Topf Espresso, einer kleinen Karaffe mit Anisette, kleinen Glastassen und einem Teller mit gartenfrischen Tomaten und dünn geschnittenen Gurken auf.

«Telefone! Niemand ist mehr in der Lage, das Telefon richtig zu gebrauchen. Da hab ich ein Mitglied meiner eigenen Familie vor mir, der einzige Sohn meines Bruders, der mich zum erstenmal nach fünfundzwanzig Jahren besucht. Fünfundzwanzig Jahre. Der erste Besuch, und soviel ich weiß, machen sich die Bundesbehörden ihre Notizen darüber.»

Es war eine erstklassige Zurechtweisung. Er wollte mir damit sagen, daß ich ihm meine Probleme nicht am Telefon hätte erzählen sollen.

«Nun, ich hätte überhaupt nichts davon gesagt, ich hätte sie rankommen lassen und meine Chance gesucht, wenn es nicht um Glenda und Wayne ginge», erklärte ich mich und überlegte gleichzeitig, ob ich angab. Wahrscheinlich Angabe, entschied ich. Wenn ich mir die Zeit nahm, darüber nachzudenken, mußte ich zugeben, daß ich eine Scheißangst um mich selbst hatte.

«Familiengefühl. Das ist gut. Wußtest du, daß die Sache, die ich in meinem Leben am meisten bedauert hab, der Streit mit meinem Bruder war? Er war mein kleiner Bruder, ich hätte mir nie träumen lassen, daß er als erster geht. Niemals. Und jetzt sieh uns an! Dieser dumme Streit, der nie hätte geschehen dürfen, verfolgt uns über das Grab hinaus.»

«Ich habe ein Problem. Kannst du mir helfen oder nicht?»

«Es ist fast schon eine gute Sache, daß all das geschehen ist. Vielleicht sollte es so kommen. Ich glaube nicht daran, daß Gottes Hand hinabgreift und die Dinge richtet, nein, nein, das glaube ich nicht. Aber manchmal... Dies hat uns wieder zusammengebracht; es gibt uns die Möglichkeit, dafür zu sorgen, daß auch unsere anderen Probleme bald der Vergangenheit angehören.»

«Vincent, du hast versprochen, mir zu helfen, ohne irgendwelche Verpflichtungen.»

«Tony, Antonio, er war mein kleiner Bruder», sagte er, und es sah so aus, als hätte er Tränen in den Augen.

«Hier, etwas Espresso und einen Schluck Anisette», sagte ich und schenkte uns beiden ein.

Wir tranken, während er sich bemühte, seine Fassung wiederzugewinnen.

«Schau, Onkel Vincent, wir wollen uns doch nichts vormachen. Wenn du mir helfen kannst – großartig. Wenn du dafür eine Gegenleistung haben willst, dann heraus damit. Wenn wir einen Handel abschließen, dann jetzt. Läßt sich das einrichten?»

«Bin ich ein Monster? Du hältst mich für einen Gangster, einen professionellen Kriminellen. Also kommst du zu mir und sagst, bring diese Sache in Ordnung. Dann fragst du nach dem Preis und ob wir ein Geschäft abschließen, als wärst du nicht Teil meiner Familie.»

«Ich wollte dich nicht beleidigen», log ich. «Aber wenn du mir in dieser Sache nicht helfen kannst, dann eben nicht. Ich krieg das schon irgendwie hin.»

«Geschäftlich hatte ich mit solchen Leuten zu tun. Das ist unvermeidlich. Sie kontrollieren die Gewerkschaften, sie haben Einfluß bei der Regierung. Ich weiß nicht, was dir dein Vater erzählt hat, aber ich bin lediglich ein Geschäftsmann und nichts weiter. Ich bin kein Krimineller.»

«Er hat mir überhaupt nichts erzählt.»

«Dein Vater war ein Idealist. Er wollte gegen die ganze Welt kämpfen. Er wollte sie säubern und aus jedem Menschen einen Heiligen machen. Er wußte selbst nicht, was er war, ein Priester oder ein Kommunist. Ich liebte ihn deswegen, jawohl, das tat ich. Aber ein Geschäft kann man auf diese Weise nicht führen.»

«Du machst also Geschäfte mit Leuten, die mir möglicherweise helfen könnten», tastete ich mich vor.

«Ja, ja, das tue ich. Wir werden jemanden besuchen müssen. Wenn du nichts dagegen hast, wenn es deine Seele nicht befleckt.»

«Es wäre nicht der erste Flecken.»

«Gut. Du verstehst also. Wenn du in der realen Welt lebst, dann mußt du mit den Leuten darin irgendwie zurechtkommen. Du verstehst das, du bist realistischer, als er es war.»

«Wann besuchen wir diesen Typ?» fragte ich.

«Bald. Wir müssen nur noch ein bißchen warten, aber das gibt uns Gelegenheit zu einem Gespräch.»

«Ja, ich schätze schon.»

«Hast du je daran gedacht, dich fest niederzulassen, Antonio?»

«Ja, ich glaube schon. Mehr oder weniger.»

«Dein sogenanntes Geschäft... was ist das? Du lebst von der Hand in den Mund. Wenn etwas passiert, wenn du verletzt wirst, wenn du stirbst, wer sorgt dann für die Frau und das Kind? Du bist nicht mal mit ihr verheiratet, und das Kind ist nicht von dir. Wie steht's damit?»

‹Wie steht's damit› ging ihn nichts an, vor allem, weil er recht hatte und ich keine Antwort wußte und auch keine Lust hatte, über diese Fragen nachzudenken.

«Weißt du, was ich wert bin? Weißt du es?»

«Nein, Onkel Vincent, ich weiß es nicht.»

«Mehr, als du dir je träumen lassen würdest. Mein Bargeldwert liegt bei 5 Millionen Dollar, ohne dieses Haus. Alles ganz legitim. Alles sauberes Geld.»

«Das ist wunderbar. Sehr beeindruckend.»

«Und wozu ist es gut? Mein Bruder starb vor mir. Mein kleiner Bruder. Er wäre mein Partner gewesen, wenn es diesen dummen Streit nicht gegeben hätte. Dann hättest du jetzt bereits die Hälfte davon geerbt. Aber nein. Für mich ist das alles jetzt nichts mehr wert. Wem sollte ich es geben? Dir?»

Der Zorn und die Haßgefühle, kein Geld zu haben, liegen normalerweise tief in mir verborgen. Das Warten auf die U-Bahn nach einem Achtzehn-Stunden-Tag, wenn man zu hundemüde ist, um noch was gegen die Leute zu haben, die einen herumstoßen. Das Apartment, das für drei Personen viel zu klein war. Einmal Urlaub in vier Jahren. Die Kleidung, die ich vorgebe zu mögen. Das Sich-selbst-Einreden, daß der Wert eines Mannes nach anderen Maßstäben gemessen wird, in einer Welt, in der Respekt und Achtung direkt proportional zu Geld und Besitz gehandelt wird.

Das Wunder und die Macht des Geldes. Ivy League für Wayne, falls ihm der Sinn danach stand. Ein permanenter Muskelrelaxer, wenn sich Glendas Rücken wieder mal unter dem Druck der finanziellen Anspannung zusammenkrampfte. Ich konnte mir wie ein ganz normaler Mensch beim Skifahren oder Surfen meine Adrenalinstöße holen, anstatt sie durch den Blick in eine Revolvermündung auszulösen. Und wenn ich mir damit nicht Christina Wood kaufen konnte, dann konnte ich mir etwas mieten oder leasen, das ihr zumindest ähnlich war, denn derartige Frauen schienen im Endeffekt stets in einem finanziell gut gepolsterten Bett zu landen.

«Ich werde bald sterben. Du bist intelligent genug, das Geschäft zu führen. Ich weiß bloß nicht, ob du auch clever genug bist.»

«Rockefeller-Aussicht» ist kein politischer Slogan, es ist ein Fleckchen abseits vom Palisades Parkway mit Ausblick von den hohen Klippen über den weiten Fluß bis rüber zu dem größten Monument der Bauindustrie – Manhattan. Es ist außerdem ein hübsches Plätzchen, um zu plaudern, verhältnismäßig sicher vor irgendwelchen Lauschmikrofonen.

«Weißt du, wie gesegnet wir sind, daß wir hier sein dürfen? In Amerika?» sagte Onkel Vincent zu der Aussicht.

«Amerika, das großartigste Land der Welt. Wir haben sehr viel Glück», fügte Michael Paley hinzu, auch als Michael Pollazzio oder Mikey Fix bekannt.

Onkel Vincent hatte mich gewarnt, und zwar sehr nachdrücklich mit väterlichen Untertönen, gegenüber Mr. Paley eine kesse Lippe zu riskieren. Ich wagte nicht mal zu kichern.

«Das ist dein Neffe.»

«Ja. Ein guter Junge. Clever», erwiderte Vincent.

«Du schaust aus, als hättest du einen guten Boxer abgegeben. Je im Ring gestanden, Junge?»

«In meinen Jugendjahren.»

«Und? Was getaugt?»

«Yeah. Wenn ich nur etwas schneller, ein bißchen stärker und um einiges hinterhältiger gewesen wäre, dann hätte ich vielleicht einen recht ordentlichen italienischen Mittelgewichtler abgegeben.»

Er lachte. «He, hast du diesen Boom-Boom-Mancini-Kampf gesehn? Eine Enttäuschung, aber der Junge hat Herz, eine Menge Herz. Du hättest Marciano sehn sollen; keiner von diesen Farbigen konnte ihm was anhaben. Kids – heutzutage wachsen sie mit Geld auf, sie sind weich... Wie steht's mit dir? Bist du weich?»

«Im Vergleich zu was?» sagte ich.

«Ich hab gehört, du wärst ein ganz schön harter Bursche», sagte er. «Das ist gut. Mir hat die Art und Weise gefallen, wie du John Straightmans Probleme geklärt hast. Das war clever. Daß du mit diesem Problem zu deinem Onkel gekommen bist – das war auch clever.»

Vincent nickte weise.

«Nun, ich kenne deinen Onkel Vincent schon lange, sehr lange. Ich weiß, wieviel du ihm bedeutest. Ich werde dieser Sache ein Ende bereiten, soweit es in meiner Macht steht.»

«Was heißt das?»

«Das heißt», sagte er, «daß auf deinem Kopf kein Preis mehr steht.»

«Einfach so? Falls ich die fünf Riesen auslegen soll, dann kann ich das durchaus. Ich möchte nicht, daß jemand einen Verlust erleidet», sagte ich. Weitere drei oder vier Jahre ohne Urlaub waren den Preis für mein Leben wert.

Paley lachte wieder, diesmal länger und lauter. «Danke für das Angebot, aber ich brauch diese Art Geld nicht. Außerdem ist das nicht erstattungsfähig.» Vincent kicherte mit ihm zusammen. Selbst ich lächelte.

«Wer wollte mich umlegen lassen?» erkundigte ich mich.

«Das mußt du schon selbst herausbekommen. Aber das sollte einfach sein, Schnüffler.»

«Mr. Paley, wenn ich es nicht weiß, was kann den Typ hindern, es noch einmal zu versuchen, über einen anderen Kanal?»

«Nichts», sagte er.

«Und Sie wollen es mir wirklich nicht sagen? Wie steht's mit dir, Vincent?»

«Tony, ich würde es dir sagen, wenn ich es wüßte», sagte Paley. «Die Sache kommt von den Farbigen, und ich weiß nicht, ob es ihre eigene Sache ist oder ob jemand sie um einen Gefallen gebeten hat. Und es ist nicht so, daß ich unten in Fort Hamilton mit Ricky Sams in seiner Hochsicherheitszelle ein Pläuschchen halten könnte, während die halbe U. S. Army ihn bewacht.»

«Wenn Sie nicht mit ihm sprechen können, wie sind Sie dann überhaupt an die Sache herangekommen?»

«Er kann Nachrichten hinausschicken. Eine Art Brief-Code, um mit seinen Leuten in Verbindung zu treten. Aber es ist in erster Linie eine Einbahnstraße. Verstehst du?»

«Yeah.»

«Ich und dein Onkel, wir werden dich bei dieser Sache sehr genau im Auge behalten. Wenn du es richtig anpackst, kannst du es weit bringen.»

«Großartig», sagte ich.

«He, he, Kid. Nichts in der Art. Komm nicht auf falsche Gedanken. Ich spreche von vollkommen legalen Dingen. Für viele Sachen sind Sicherheitsaufträge zu vergeben. Baustellen, Einkaufs-Center, Fabriken. Ich habe Gewerkschaftsaufträge zu vergeben. Alles mögliche. Es ist nicht mehr leicht, gute Leute zu finden. Clever, zäh. Zu viele der Jungs sind weich geworden.»

DER UNDANKBARE TOTE

«Die ganze verfluchte Bande ist genauso schlimm wie ich, das ganze verdammte Pack ist durch und durch faul... dieser Super-WASP-Scheißkerl Choate Haven... der Schwanzlutscher Goreman... und ich werde sie alle mit in den Abgrund reißen», kreischte Wood.

«Wenn Sie's wirklich können, ist es keine Prahlerei», sagte Dizzy Dean. Doch Wood gab an, weil er es nicht konnte. Gewöhnlich ist Angabe und Prahlerei ein nicht gerade angenehmer Charakterzug, doch wenn die falsche Person dem Angeber glaubt, dann kann das fatale Folgen haben.

Edgar Wood hatte nie eine Ahnung von dem Geheimnis gehabt, wegen dem er gestorben war.

Doch jemand, der ein Geheimnis hatte, war der Meinung gewesen, Wood wüßte es. Ich hatte auch so gedacht und meine gesamten Ermittlungen darauf konzentriert.

Richter McCarthy hatte als erster daran gekratzt. Wenn Wood etwas wirklich Heißes in der Hand gehabt hätte, dann wäre er nie vor dem Richter gelandet. Er hätte die Anwälte gestoppt, falls sein Material gegen sie gerichtet war, oder er hätte Goreman gezwungen, sie zu stoppen. Als letzte Zuflucht hätte er mit dem Staatsanwalt im Prozeß einen Handel abgeschlossen, das, was Mel Brodsky gern als «Tauschgeschäft» bezeichnete.

Es war eine lange Kette von dem Mann, der den Mord in Auftrag gegeben hatte, bis zu den zwei Männern auf dem Parkplatz, die die Exekution mit einem Wagenheber durchgeführt hatten. LeRoy Johnson, der Wood gehängt hatte, führte uns zu Alexander Jr., der zu Wellby rannte. Trotz meiner Prahlerei auf der Rasenparty bei Goreman hatte ich nie erwartet, daß sich die Kette von Wellby weiter erstrecken könnte zu...?

Wellby war zu gut abgeschottet und bei weitem hart genug, um dafür sorgen zu können, daß es auch so blieb. Er hatte es bewiesen, als er mich über die Klippe drängen ließ; als das fehlgeschlagen war, hatte er das, was ihn mit Wood in Verbindung bringen konnte, in eine Leiche verwandelt.

Doch der Killer war seinem Charakter treu geblieben. Er fiel auf meine Prahlereien genauso herein, wie er auf die von Wood hereingefallen war. Der Befehl erging, mich zu töten. Dann nahm die Sache den gleichen Weg wie bei Wood, teilte sich dann aber aufgrund unserer verschiedenen Wohnsitze. In Virginia war der Auftrag bei Wellby gelandet, in New York bei Mikey Fix.

Paley hatte mich wissen lassen, daß der Auftrag von Sams gekommen war. Und wenn Sams Paley erreichen konnte, dann konnte er auch den Doktor erreichen.

Doch Ricky Sams waren sowohl Edgar Wood als auch ich scheißegal. Wahrscheinlich hatte er von keinem von uns je was gehört. Deshalb mußte es noch ein weiteres Glied in der Kette geben – die Person, die Sams gebeten hatte, den Job zu erledigen. Irgend jemand mußte auch der unbekannten Partei gesagt haben, wo sich Wood aufhielt, damit Sams es Wellby sagen konnte, der es dann Alexander sagte, damit dieser mit LeRoy sprechen konnte.

Ich wußte auch, wer Wood ans Messer geliefert hatte. Ich.

Ich hatte diese Information zur rechten Zeit an Choate Haven weitergegeben, der außerdem mein einziger Verdächtiger war, der mit Sams hätte in Verbindung treten können.

Mein alter Squashkumpel, Old Chip, Sachbearbeiter für Vermögensverwaltung, war mit der Ordnung von Sams' Vermögen beschäftigt. Während ein angestellter Anwalt die ganze tatsächliche Arbeit erledigt, gehört jeder Fall einem Partner. Choate Haven war der Seniorpartner, der mit Vermögensverwaltung am meisten zu tun hatte, und wenn er zu einem Treffen mit Sams mitzugehen wünschte, dann würde Old Chip, der in der Welt der Anwaltsfirmen mit ihrer Konkurrenzparanoia lebte, nur auf eines achten: wie Choate Haven den Auftritt von Chip Riggins beurteilte.

Es gab zwei Orte, wo solch ein Treffen hätte stattfinden können. In Fort Hamilton in Brooklyn oder an irgendeinem sicheren Ort, an dem Sams untergebracht war, als er wegen seiner Zeugenaussage nach Manhattan gebracht worden war. In beiden Fällen mußte es eine Aufzeichnung des Gesprächs geben.

Das war die Art von Information, nach der sich ein Richter wie Stew McCarthy erkundigen konnte, und er war auch so nett, es zu tun. Choate Haven hatte Ricky Sams mehrmals getroffen, auch kurz vor seinem Treffen mit mir; da mag ihm eine Möglichkeit aufgezeigt worden sein, mit Wellby direkten Kontakt aufzunehmen, kurz nach der Gartenparty.

Da gab es immer noch die ferne Möglichkeit, daß er den Strohmann für Charles Goreman spielte. Over & East war ein Mandant, für den ein Anwalt fast alles tun würde, um ihn zu behalten. Außerdem bestand noch die sehr vage Möglichkeit, daß er eine andere Person bei Choate, Winkler, Higgiston, Hahn & Moore zu schützen suchte, aus der Angst heraus, daß sie nicht noch einen weiteren Skandal überleben konnten.

Am Nachmittag war ich bei Christina und teilte ihr mit, daß ich der Lösung nahe war.

«Mein Engel, mein wunderschöner, braunäugiger Engel», sagte sie. «Wenn ich bei dir bin, verschwindet der Rest der Welt.»

Das verstand ich. Tief in mir brodelte ein Zorn, abwartend und lauernd. Der Geschmack der Furcht, den Whelan in mir geweckt hatte, lag noch frisch auf meiner Zunge, trocken und faulig wie Tabakasche. Und eine neue Angst stieg hoch, die Angst, was ich möglicherweise tun mußte. Doch all das verflog, über die Dächer und den weiten, weiten Fluß, wenn sie bei mir war.

Alles, was Laurie und ich in dieser zornigen, drogenvernebelten Nacht zu erreichen versucht hatten, worum wir bis an die Schmerzgrenze gekämpft hatten, ohne auch nur eine Imitation davon zustande zu bringen, all das war bei Christina von ganz alleine da, so frei und trügerisch wie ein Geschenk der Götter.

«Weißt du, wie verrückt ich nach dir bin?»

«Ja, ich glaube schon», sagte sie.

«Nein. Weißt du nicht. Du hast keine Ahnung. Ich bin verrückt genug, dich zu bitten, mich zu heiraten. Auch wenn ich das Gefühl habe, daß dies eine schreckliche Idee ist. Ich würde dich fragen, und wenn du ja sagst, dann würde ich dich heiraten.»

«Das liegt nur daran, daß du glaubst, du könntest mir so weit vertrauen, daß ich nicht ja sag.»

«Die Sache ist die, daß du es nicht wirklich glaubst.»

«Ich weiß nicht. Ich weiß, daß du mein Engel bist und mich nicht zu sehr lieben solltest.»

«Was wäre, wenn ich frei wäre und eine Menge Geld hätte?»

«Pssst», sagte sie und küßte mich sanft, um mir die Lippen zu schließen. «Red nicht solche Sachen.»

«Nein?»

«Halt mich einfach nur fest, küß mich, dring in mich ein.»

Goreman hatte mir erzählt, daß es eine Menge Dinge gab, von denen Wood nichts gewußt hatte, einschließlich der Vorfälle in Ungarn und der Geschichte von jenen ersten 80000 Dollar, die Goreman verdreifacht hatte, um Samson zu übernehmen. Doch ich mußte ganz sichergehen; als ich Goreman anrief, bestätigte er mir noch einmal, daß er Wood nichts davon erzählt hatte.

Dann bastelte ich mir eine Story zusammen, aus winzigen Informationsfetzen, alten und neuen Bruchstücken und hielt mich an den Rat der Frauen: halt Ausschau nach dem Überehrgeizigen.

Choate Haven war bereits im Jahre '39 in Flüchtlingsorganisationen aktiv gewesen, als das noch lange nicht in Mode war. Als Nebeneffekt – vielleicht war es auch das Hauptmotiv – brachte es Kapital zu Choate, Winkler, Higgiston, Hahn & Moore, zu einer Zeit, als die anhaltende Depression und eine demokratische Regierung den Geschäften einer alteingesessenen republikanischen Wall Street-Anwaltskanzlei nicht gerade förderlich waren. Einige dieser Vermögen müssen recht beachtlich gewesen sein. Jeder in Europa, der nur einen Funken Verstand besaß und über die entsprechenden Möglichkeiten verfügte, transferierte Bargeld und Vermögenswerte in die Schweiz oder nach Amerika.

Nur der Mann selbst konnte sagen, wann es angefangen hatte.

Er mußte frühzeitig von den Konzentrationslagern gehört haben. Er mochte es nicht geglaubt und bis zum Ende des Krieges gewartet haben, als die amerikanischen Truppen die Vergasungsanlagen entdeckten. Und weiter noch, bis zur Herausgabe der langen, sorgfältig verzeichneten Todeslisten. Zu dem Zeitpunkt dann mußte er sicher gewesen sein, daß viele der Leute, die ihm ihr Vermögen anvertraut hatten, nicht wieder auftauchen würden. Weder sie noch Ehefrauen, Kinder, Enkel, Cousinen, Brüder, Schwestern, Neffen, Nichten. Niemand würde kommen und Anspruch auf diese Gelder erheben.

Vielleicht begann er es nur deswegen zu veruntreuen, weil es einfach da war und niemandem zu gehören schien. Vielleicht war es schlichte Raffgier. Vielleicht konnte er seine Mitgliedsbeiträge bei N. Y. A. C. und Harvard Club nicht mehr bezahlen. Vielleicht bot sich eine günstige Investitionsmöglichkeit, die er nicht ungenutzt lassen konnte, oder seine Schwester benötigte eine Augenoperation oder seine Frau eine kosmetische Brustoperation. Für mich spielten die Gründe keine Rolle.

Dann erhoben sich die Leiber aus der Asche. Wie beispielsweise

Charles Goreman, Sohn von Itzhak Oberestock. In Goremans Fall leugnete Choate, solange es ging, zögerte alles so lange wie möglich hinaus, und zahlte, als ihm nichts anderes mehr übrigblieb.

An irgendeinem Punkt schlug das Verhältnis der unterschlagenen Dollar und der Anzahl der Überlebenden zur negativen Seite hin aus, und die Forderungen der Lebenden überstiegen den von den Toten gestohlenen Betrag.

Um das Defizit zu decken, suchte er Mandanten mit Schwarzgeld, dessen Spur sich nicht verfolgen ließ. Die Art von Geld, über das Ricky Sams verfügte. Ich vermutete, daß die Wurzeln dieser Beziehung bis in die vierziger, fünfziger Jahre reichten. Sams war nicht durch die gelben Seiten im Telefonbuch auf Choate, Winkler gestoßen; jemand hatte ihm die alte Firma empfohlen.

Gerichtsangestellte, vor allem jene, die auf so einem trockenen, staubigen Gebiet wie dem Nachlaßgericht tätig sind, erinnern sich an jede Begegnung mit den Berühmten, den Berüchtigten, den Glanzvollen. Ich spürte einige Oldtimer auf; unten in Saratoga erinnerte sich einer daran, daß Choate Haven Mafiageld verwaltet hatte.

Es hatte ihn überrascht – und deswegen erinnerte er sich auch noch so gut daran –, daß Haven das Vermögen von Philip und Vincent Mangano repräsentierte. Phil und Vincent hatten damals im Jahre '31 eine der fünf New Yorker Familien gegründet. '51 machten sie die letzten Schlagzeilen, als Albert Anastasia ihre Familie übernahm. Phil hatte er ermorden lassen, doch Vincent verschwand einfach; man hielt ihn für tot, was einen netten Nachlaß erwarten ließ.

Ich hatte eine Menge Antworten. Je mehr Antworten ich hatte, desto größer wurden meine Probleme. Nicht eine Antwort stellte eine Lösung dar. Damit sie irgendeine Bedeutung bekamen, mußte ich etwas mit ihnen anfangen.

Es war komisch. Die ganze Sache war völlig unnötig gewesen. Der Mord an Wood; der Mord an Alexander, der es wahrscheinlich verdient hatte; der Mordversuch an mir, der es ganz gewiß nicht verdient gehabt hätte; ausnahmsweise mal gelang es mir nicht, die darin liegende Komik zu sehen.

«Wie würde es dir gefallen, eine große Detektiv-Agentur zu führen? Ein paar hübsche, fette Wachaufträge, eine Menge Geld, keine Arbeit? Du könntest deine Spielchen unten auf Grand Bahama machen, vielleicht auch mal das Casino in Monte Carlo besuchen, anstatt mit dem dreckigen Bus nach Atlantic City zu fahren. Wie würde es dir gefallen, einen Treuhandfonds für deine Enkelkinder anzulegen, fürs College? Würde dir das gefallen, Joey?»

«Ist das bloß sinnloses Gequatsche? Oder redest du über was Bestimmtes? Du klingst, als würd was an dir nagen.»

«Ich hab ein Angebot bekommen. Zwei Angebote. Onkel Vincent möchte mich ins Familiengeschäft reinnehmen. Baugewerbe. Großes Geld. Und Mr. Paley meint, er könnte uns eine Menge Aufträge zuschanzen, völlig legale Aufträge. Das nur für den Fall, daß ich nicht ins Baugewerbe einsteigen will.»

«Ist das wirklich so?»

«Ob sie es wirklich gesagt haben? Oder ob es Wirklichkeit ist? Ich weiß, daß sie es wirklich gesagt haben. Ich war dabei.»

«Ich will nichts mit Typen wie Michael Pollazzio zu tun haben. Ich trau niemandem, der seinen Namen ändert.»

«Hast du es denn nie satt, ewig rumschnorren zu müssen? Die halbe Zeit pleite zu sein? Wäre es nicht nett, mal richtig Urlaub zu machen... und damit mein ich nicht, zu Hause zu sitzen und darauf zu warten, daß das verdammte Telefon klingelt, weil keine Arbeit da ist. Ich mein nicht, runter nach Florida zu fahren und von der Wohlfahrt zu leben versuchen. Ich meine richtige echte verdammte Ferien. Im Flugzeug erster Klasse. First-class-Hotels. Gute Restaurants. Vielleicht möchtest du gelegentlich auch mal ganz gern ein Taxi nehmen, einfach weil dir nicht nach U-Bahn ist. Einfach weil dir danach ist, ohne daß du dir Sorgen wegen der lumpigen fünf Extradollar machen müßtest.»

«Denkst du wirklich so?» fragte er.

«Scheißt der Papst auf den Vatikan?»

«Du willst also für diese Leute arbeiten», sagte er voller Verachtung.

«Oh, übrigens, die Sache hat noch einen Haken.»

«Natürlich hat sie den», sagte er, als müßte ich wissen, daß es immer einen Haken gab. Ich wußte es.

«Sie beobachten mich, um zu sehen, wie ich diesen Fall handhabe.»

«Was soll das heißen?»

«Woher soll ich das wissen?» bellte ich ihn an.

«Und wie wirst du ihn handhaben?»

«Wie würdest du ihn handhaben?» warf ich ihm den Ball zurück.

«Ich weiß nicht. Ist ein schwerer Brocken.»

«Und ob das ein verdammt schwerer Brocken ist. Ich kann kein einziges Wort beweisen. Ich kann nicht beweisen, daß Alexander seine Befehle von Wellby bekam, ich kann nicht beweisen, daß Wellby den Mordauftrag von Sams bekam, und die einzige Verbindung zwischen Sams und Haven ist absolut legal. Das kann er beweisen. Kann ich beweisen, daß Haven vor vierzig Jahren Geld veruntreut und unterschlagen hat? Selbst Goreman mit all seinem Geld und seiner Macht – und er war schließlich davon betroffen – hat es nicht mal versucht. Der Kerl ist unantastbar.»

«Was willst du also unternehmen?» fragte er besorgt. Ich klang angespannt und überdreht, und das lag nicht nur an dem Kokain, das ich immer noch schnupfte. Meine Sorge bekam er mit, das Kokain nicht, sonst hätte er was in der Richtung gesagt. Er hätte eine ganze Menge dazu gesagt.

«Was glaubst du, was ich tun sollte?»

«Ich weiß nicht, Tony. Sag's mir.»

«Wenn ich's rausgeknobelt hab, sag ich's dir vielleicht.» Aber ich glaubte nicht, daß ich den Versuch machen würde, es herauszuknobeln. Ich hatte es schon getan, vielleicht schon vor langer Zeit.

«Tu nichts Unüberlegtes.»

«Das werde ich nicht», log ich ihn an. Ich schloß die Tür hinter ihm, als ich ging.

Ich war verschwenderisch. Den ganzen Weg bis nach Hause gönnte ich mir ein Taxi.

Ich werde für ein paar Tage fort sein. Mach Dir keine Sorgen. Mach Dir auch wegen Dir oder wegen Wayne keine Sorgen, das hab ich alles geregelt. Es gibt ein paar Sachen, die noch richtig ausgearbeitet werden müssen. Es ist wirklich besser, wenn ich weg bin, während ich das tu. Bitte sorg Dich nicht. Ich liebe Dich und Wayne sehr.

Diese Nachricht schrieb ich für Glenda. Sie würde sie vorfinden, wenn sie wieder heimkam. Ich las die Zeilen noch mal durch und fügte dann hinzu: *Drei, vier Tage höchstens. Versprochen. Dann sehen wir uns wieder.*

Nachdem ich das Haus verlassen hatte, ging ich zu Fuß; ich ging und ging und ging. Schließlich fand ich mich unten am Wasser im West Village wieder, am Morton Street Pier, wo Christina meine Hand an ihre Lippen gezogen und gesagt hatte, nachdem ich sie gefragt hatte, ob es eine Rolle spielte, daß es bereits eine Frau in meinem Leben gebe, «ich glaube nicht». Ich hatte ihr das Versprechen gegeben, daß ich herausfinden würde, wer es getan hatte, und tun würde, was in meiner Macht stand. Christina, die mich «Engel» nannte, selbst wenn ich bewaffnet und gefährlich war.

Der Himmel war schmutziggrau, und der schmutziggraue Hudson war mit Schaum bedeckt. Abfälle trieben dahin, doch es sah aus, als hätte der Fluß eine Haut, in die man die unterschiedlichsten Sachen gespießt hatte. Wenn ich Jagd auf Havens Skalp machte, dann überschritt ich die Grenze, so wie er auch. Als würde ich in diesen Fluß vor mir springen, ohne zu wissen, wieviel von dem Dreck an mir kleben würde, wenn oder falls ich wieder herauskäme.

Mir fielen eine Menge Gründe ein, um hineinzuspringen. Der Mann hatte mich zum Handlanger des Todes gemacht und mich dann mit dem Geld des toten Mannes bezahlt. Er hatte Christinas Schmerz benutzt, um die Kosten für seine Tarnung zu bestreiten. «Mein Engel», hatte sie zu mir gesagt, «du bist der einzige, an den ich mich wenden kann.» Er hatte meine Frau und mein Kind in Gefahr gebracht. Und außerdem lag Gold dort unten verborgen, unter dem Abschaum. Mike Paley und Onkel Vincent hatten mir das klargemacht. Es war, als würde der Teufel hinter mir stehen und mit all seinen verschiedenen Stimmen auf mich einflüstern und mich vorwärts treiben. Doch als ich umdrehte, konnte ich nur meinen eigenen Schatten sehen.

Vom Pier aus eilte ich auf die Wall Street zu, um mich an Haven heranzupirschen.

Das Gebäude mit den Büros von Choate, Winkler, Higgiston, Hahn & Moore hatte auf beiden Seiten der Lobby einen Ausgang. Ein erfolgversprechender Beobachtungsposten mußte innen bezogen werden. Um mir den Anstrich zu geben, als gehöre ich hierher, holte ich mir einen Kaffee in einem Pappbecher und eine Zeitung, suchte mir eine Stelle, von der ich einen guten Blick auf die Fahrstühle hatte, und lehnte mich gegen die Wand. Von Zeit zu Zeit warf ich einen ungeduldigen Blick auf meine Uhr, als quälte mich die Frage: «Wo zum Teufel steckt sie denn wieder?» Hätte mich einer der Wachposten befragt, dann wäre das meine Erklärung gewesen, zusammen mit irgendeiner Geschichte, weshalb ich mich in ihrem Büro nicht sehen lassen konnte.

Angestellte Anwälte verlassen in der Regel ihre Büros spät, so zwischen acht und Mitternacht. Partner gehen, wann es ihnen paßt. Manchmal nach dem Lunch, oft gegen vier, um der Rush-hour zu entgehen. Haven kam zehn nach vier runter.

Er verließ das Gebäude und wandte sich nach Westen. Er war ein alter Mann, der sich langsam bewegte und dem man leicht folgen konnte. Am Broadway angelangt, ging er nach Norden zur Cortlandt, wo er nach links zum World Trade Center abbog. Ich folgte ihm, vorbei an den CNN-Studios bis in die Lobby des *Vista Hotels*. Er schlenderte nur hindurch, und ich folgte ihm hinaus auf die West Street. Gegenüber war das *Gateway Plaza*.

Das *Gateway Plaza*, das sich aus dem Gewühl der alten Warenhäuser und Speicher erhob, war nach einer durchaus logischen Idee konzipiert. Hier konnte man in Gehweite der größten Arbeitsplatzdichte der Welt wohnen, in einer Gegend, in der sonst kein Platz zum Leben und Wohnen war. Ich war früher schon mal in einer Scheidungssache hier gewesen. Für die Broker, Geschäftsleute oder Anwälte von Downtown ist das *Gateway* ein Geschenk des Himmels. Hier kann man mittags sein Schäferstündchen verbringen, zu einer Zeit, für die man keine Rechenschaft ablegen muß. Einige Mädchen arbeiten hier; noch mehr werden hier ausgehalten.

Doch Haven ging nicht in das Gebäude selbst. Er ging seitlich herum zur Tiefgarage. Er schob seine Plastikkarte in eine Box auf einem Stahlsockel, worauf sich das Tor öffnete. Es gab keine Möglichkeit, ihm zu folgen, also wartete ich. Ein paar Minuten später kam er in seinem Mercedes herausgefahren.

Während ich ihm nachsah, dachte ich mir, daß das doch ein merkwürdiger Parkplatz für seinen Wagen war. Für ihn zwar durchaus bequem, aber man sollte doch annehmen, daß die Parkplätze hier in dieser Gegend, wo ein einziger Stellplatz mehr Miete kostete als anderswo ein ganzes Haus, für die Hausbewohner reserviert wären.

Ich mußte mir lange Beteuerungen über Integrität und Anstand anhören und bis auf fünfzig Dollar hochgehen, bevor mir der Portier am Vordereingang bestätigte, daß Mr. Haven hier die Miete für ein Apartment bezahlte. Für diesen Preis lieferte der Portier noch die Information, daß Mr. Haven hier nicht oft wohnte, dafür aber seine «Süße» hier lebte.

Ich mußte einige Einkäufe erledigen; Zeit dafür hatte ich, da ich erst nach Einbruch der Dunkelheit meine zweite Aktion in Angriff nehmen konnte. Mein alter Freund in der Perry Street war zu Hause, als ich bei ihm vorbeischaute, und meinte, ein Viertel wäre kein Problem. Wir probierten ein bißchen, und ich kam auf Touren.

Als nächstes brauchte ich eine Aktenmappe. Etwas Billiges, Gewöhnliches, Unauffälliges. Dann fiel mir ein, daß ich genau so eine besaß; Choate Haven hatte sie mir beim ersten Auftrag gegeben, damals, als ich ihm Wood präsentiert hatte. Ich holte sie im Büro ab. Dann ging's rüber zur Forty-second Street, wo ich in einem der vielen Läden ein Messer kaufte. Außerdem kaufte ich eine Strumpfhose.

Wieder beim *Gateway Plaza* angekommen, wartete ich nahe der Ausfahrt zur West Street. Mittlerweile war es dunkel. Was ich brauchte, war eine nette Dame, die mit ihrem Wagen aus der Garage fuhr, die ein Fenster geöffnet hatte und die vorn bei der Ampel bei Rot halten mußte. Es dauerte eine Stunde, aber dann war es soweit.

Als sie stoppte, trat ich hervor. Ich trug eine Strumpfmaske und hatte die Waffe in der Hand, die ich mit mir herumschleppte, seit ich mit Whelan bei Kevin Murphy's geplaudert hatte. Ich sagte der Lady, sie solle mir ihre Tasche geben. Sie gab sie mir. Ich sagte, sie solle nicht schreien. Sie war einverstanden. Ich sagte ihr, sie solle weiterfahren. Sie tat es.

Ich marschierte einfach in der anderen Richtung davon. Ich wollte nichts weiter als die Plastikkarte, mit der man die Garage öffnen konnte. Ich erledigte alles mit den Händen in der Strumpfhose, um keine Fingerabdrücke zu hinterlassen. Ich hatte die Absicht, der Lady ihre Habseligkeiten zurückzugeben, wenn alles vorbei war. Das war das mindeste, was ich tun konnte.

Ich wollte Choate Haven allein erwischen. Vorzugsweise nachts. Die Garage war der perfekte Ort.

Am nächsten Tag arbeitete er bis sechs. Dann ging er mit Mandanten zum Dinner. Nach dem Dinner fuhr er im Taxi zum Gateway, um seinen Wagen zu holen. Da war es bereits acht Uhr, und alles wäre ideal gewesen, hätte er nicht einen seiner Dinnergäste bei sich gehabt.

Am nächsten Abend fuhr er schnurstracks nach Hause. Für mich wurde der Stress immer größer; ich schnupfte mehr und mehr Coke und fragte mich, ob ich aufhören konnte, wenn all das hier vorüber war.

Ich mußte jetzt nicht mehr in der Lobby warten. Ich wußte, welchen Weg er nehmen würde, wenn er zum *Gateway* ging. Am Tag nachdem er direkt nach Hause gefahren war, kam er um vier heraus und ging nach Westen. Diesmal betrat er das Gebäude durch die Vordertür. Die Zeit war gekommen.

Ich schätzte, daß er drei bis fünf Stunden brauchen würde. Es würde ein Dinner geben, ein paar Drinks. Wenn er sich auszog, würde er seine Kleidung sorgfältig auf Bügel im Schrank hängen. Dann würde sie einige Zeit benötigen, um ihn in die richtige Stimmung zu bringen. Aber nur für den Fall, daß ich mich täuschte und er nur einen Quickie schieben wollte, hielt ich mich bereit, um ihn nicht zu verpassen.

Mit Hilfe der gestohlenen Karte drang ich in die Tiefgarage ein. Ich fand seinen Mercedes. Er war blitzblank und glänzte wie Edgar Woods Jaguar. Ich versteckte mich, setzte mich in den Dreck und entschied, daß es bei mir ein alter Silver Cloud wäre, wenn ich Havens Geld hätte, nur so zur Angabe; ich würde den Wagen verdrekken lassen, bloß um zu zeigen, daß es mir scheißegal war.

Von der Stelle aus, wo ich halb saß und halb lag, konnte ich die Lifttür sehen. Jede halbe Stunde erhob ich mich, schnupfte zwei kleine Lines und streckte mich, um nicht völlig steif zu werden. Die Zeit schlich dahin.

Das Glück war auf meiner Seite. Als sich die Fahrstuhltür öffnete und Choate Haven heraustrat, war er allein; er sah so untadelig wie eh und je aus. Als er auf seinen Wagen zukam, schlüpfte ich auf die Beifahrerseite, zog mir die Strumpfmaske übers Gesicht und holte die Kanone hervor. Als er neben den Wagen trat, glitt ich hinter den Kofferraum.

Er griff in die Tasche, holte die Wagenschlüssel heraus und beugte sich zum Schloß. Mit einigen schnellen Schritten war ich hinter ihm. In der rechten Hand hatte ich die Waffe, mit der Linken packte ich ihn an den Haaren und knallte sein Gesicht gegen das Wagendach. Er war ein alter Mann, schwach, sogar zerbrechlich, und es kostete mich nicht viel Mühe. Es war das gleiche tolle, männliche Gefühl, als ob man alte Damen und Krüppel überfällt.

An den Haaren zog ich ihn wieder hoch. Blut tröpfelte aus seiner

Nase; sie sah gebrochen aus. Ich drehte ihn um. Dann schlug ich ihm den Revolver ins Genick. Er sackte zusammen. Ich überprüfte seinen Puls. Er lebte, war aber bewußtlos.

Ich hatte daran gedacht, es zu einer Konfrontation mit ihm kommen zu lassen. Um herauszufinden, warum er seiner Meinung nach das getan hatte, was er getan hatte. Vielleicht nur, um festzustellen, ob ich recht hatte, von Anfang bis Ende. Aber wenn ich mit ihm gesprochen hätte, dann hätte ich ihn mehr und mehr als eine mit Angst und Schwäche behaftete Kreatur gesehen. Das konnte ich mir nicht leisten.

Ich hob seine Schlüssel auf, öffnete die Tür, zerrte ihn auf den Fahrersitz. Dann hörte ich, wie die Garagentür aufschwang. Ich stieß ihn um, so daß er flach lag, warf die Tür zu und kroch zur Front des Wagens, wo mich niemand sehen konnte.

Wer immer es auch sein mochte, er fand seinen Parkplatz, stieg aus, sperrte ab und ging zum Lift. Jeder Laut hallte nach, und ich konnte alles gut verfolgen. Ich hielt den Kopf unten, bis sich die Lifttür geschlossen hatte.

Ich packte die Aktentasche, seine Aktentasche, und öffnete die Beifahrertür. Dann nahm ich meinen Plastikbeutel mit dem Kokain, drückte ihn in den Taschenverschluß, bis er festhing, und riß dann daran. Das weiße Kristallpulver ergoß sich wie beabsichtigt in das Innere der Aktentasche. Dann drückte ich seine Hände überall auf die Tasche, hinterließ seine Fingerabdrücke auf der Tasche und Coke an seinen Fingerspitzen. Ich verstreute noch ein bißchen was von dem weißen Pulver auf Sitz und Boden. Ich faltete den Beutel über dem Riß zusammen und steckte den Rest in meine Tasche.

Dann schloß ich die Beifahrertür und ging auf die andere Seite herum. Er war immer noch bewußtlos, und ich richtete ihn auf. Von dem Blut abgesehen, das aus seiner zerschmetterten Nase tröpfelte, hatte er ein gutgeschnittenes Patriziergesicht. Die Sorgfalt, mit der er dieses Gesicht pflegte – die perfekte Bräune, der perfekte Haarschnitt, die sorgfältige Rasur –, sagte mir, daß es ihm viel bedeutete. Ich nahm das Messer und begann ein «C» in seine Wange zu schneiden. Er fing an zu zucken. Ich hielt inne. Der Schmerz weckte ihn auf.

Wieder verpaßte ich ihm einen Schlag. Es ängstigte mich, aber er war immer noch am Leben, wie ich nach einer kurzen Kontrolle feststellte. Ich sah zu, daß ich so schnell wie möglich mit den Schnitten in seinem Gesicht fertig wurde. Dann blies ich ihm mit einem Strohhalm eine Portion Coke in die Nase und warf eine Papierbanderole, wie sie die Banken zur Bündelung von Hundert-Dollar-Scheinen verwenden, auf den Boden.

Panik und Übelkeit begannen in meinen Eingeweiden zu wühlen. Ich wollte nur noch weg von hier. Als ich auf den Knopf drückte, der die Garagentür öffnete, hörte ich wieder den Lift. Ich weiß nicht, ob sie mich sahen. Mit der Maske hätten sie mich sowieso nicht identifizieren können. Trotzdem konnte ich mich nur so lange beherrschen, bis ich außerhalb des großen Metalltores war. Dann fing ich an zu rennen. Ich rannte einen endlos langen Block entlang, bis mir mein letztes bißchen Verstand sagte, daß ich nichts Schlimmeres tun konnte.

Ich riß mir die Maske vom Gesicht, warf sie in einen Gully und lief in östlicher Richtung um das Trade World Center herum. Das Messer beförderte ich in den nächsten Gully. Der Besitz der Waffe war völlig legal; sie war nicht abgefeuert worden, doch sie mußte Spuren von Haaren und Blut aufweisen. Mit einer Zeitung aus der Gosse und Spucke säuberte ich sie so gut es ging.

Dann marschierte ich in die hell erleuchtete Unterwelt unter den Türmen. Ich fand eine einigermaßen schallsichere Telefonzelle. Zuerst rief ich die *New York Post* an. Mit starkem südamerikanischen Akzent teilte ich ihnen mit, daß ein prominenter Anwalt bei einem schiefgelaufenen Drogendeal mit dem Messer verletzt worden war. Ich sagte ihnen, wo es passiert war und schlug vor, sie sollten sich auf die Beine machen, bevor die Polizei alles vertuschte. Ich gab ihnen fünf Minuten, dann rief ich die Polizei an. Ich wollte, daß jedermann Choate Haven sehen konnte, bevor er wieder zur Besinnung kam und davonkroch.

Sie würden glauben, das in sein Gesicht gekerbte «C» stand für Coke.

Doch Haven würde es besser wissen. Er würde wissen, was es wirklich bedeutete. Versuch nicht, Tony Cassella aufs Kreuz zu legen. Er ist keinen Deut besser als du. Versuch nicht, Tony Cassella aufs Kreuz zu legen. Er wühlt tief im Dreck, zerschneidet dir das Gesicht, hängt dir einen Drogendeal an und zerrt dein ganzes Leben in den Schmutz, bis dir alles egal ist.

Bloß weil du ein zerbrechlicher alter Mann bist, heißt das noch lange nicht, daß Tony Cassella dir nicht die Nase bricht und dich blutend in einer Tiefgarage liegenläßt. Er weiß, wie man jemanden zurechtfixt, auf eine Art und Weise, die alternden Gangstern wie

Mikey Fix das Herz erwärmt. Antonio Cassella hat genügend Teufel in sich; er versteht nicht, wer sie sind oder warum sie bei ihm leben, doch jedesmal, wenn du in den Spiegel schaust, wirst du es wissen.

Ich klingelte nicht, als ich bei Christina ankam. Ich knackte die Außentür. Als ich die Glocke an ihrem Apartment drückte, spürte ich, daß sie zur Tür kam und durch den Spion schaute. Sie sperrte auf und öffnete die Tür so weit, wie es die Sicherheitskette zuließ. Sie sah wunderschön aus in ihrem langen Kaftan, ein zartes Weiß mit rotem und goldenem Spitzenbesatz an der geschlitzten Vorderfront.

Sie sah mich verwirrt an.

«Laß mich rein. Es ist erledigt», sagte ich, unrasiert, die Augen blutunterlaufen von zuwenig Schlaf und zuviel Coke. Ich konnte den Gestank des Angstschweißes riechen, den ich verströmte.

«Ich bin nicht allein», sagte sie.

«Es spielt keine Rolle», sagte ich mit neutraler Stimme.

Sie schloß die Tür, ich hörte, wie sie die Kette löste, dann ging die Tür wieder auf. An ihr vorbei ging ich ins Wohnzimmer. Dort saß ein schlanker, gutgekleideter junger Mann. Sein Cotton-Hemd war teurer als alles, was ich besaß, und die lockere Krawatte an seinem Hals war pure Seide. Er sah aus wie Stefan.

«Sie verschwinden besser», sagte ich zu ihm.

«Für was halten Sie sich?» sagte er.

«Tony», ermahnte sie mich.

«Schaff ihn hier raus, sonst tu ich's», sagte ich. In diesem Augenblick meinte ich es so. Ob man einen oder zwei anritzte – mir kam's nicht drauf an.

«Geh nur, Stefan, es ist schon gut», sagte sie zu ihm.

«Christina», protestierte er.

Sie öffnete die Schranktür und brachte ihm seine Anzugjacke. Gegen seinen Willen nahm er sie. Er gab protestierende Laute von sich, als sie ihn zur Tür führte. Sie gab besänftigende Laute von sich, dann schloß sie die Tür hinter ihm.

«Er ist bloß ein Freund... zur Zeit», sagte sie.

«Es spielt keine Rolle.»

«Was ist passiert? Du siehst schrecklich aus.»

«Ich dusch wohl besser», sagte ich. «Ich stinke.»

Ich ging ins Bad und begann mich auszuziehen. Meine stinkenden Klamotten ließ ich auf den Boden fallen. Ich drehte die Dusche auf und stellte mich darunter. Das heiße Wasser tat gut. Dann fiel mir das restliche Kokain in meiner Tasche ein. Es war noch eine ganze Menge übrig. Ich trat unter der Dusche hervor, ohne mich darum zu kümmern, wie naß ich den Boden machte, und durchsuchte meine Taschen. Ich nahm das Kokain wieder mit unter die Dusche und spülte es mit dem fließenden Wasser fort. Zwei- oder dreihundert Dollar an Kokain wuschen mir die Füße, strömten durch meine Zehen und in den Abfluß.

Morgen – morgen mochte ich es bereuen und vielleicht neuen Stoff kaufen. Im Moment jedoch versuchte ich wenigstens einen Teufel zu verscheuchen.

Während ich mich schrubbte, stand sie da und wartete. Ich drehte das Wasser so heiß, bis ich ein Gefühl der Sauberkeit empfand, dann wechselte ich auf kalt, damit sich die Poren schlossen und ich richtig munter wurde. Ich kam unter der Dusche vor und rubbelte mich ab. Halb trocken sagte ich: «Reden wir.» Sie folgte mir ins Wohnzimmer. Der Kaftan war feucht vom Wasserdampf und zeichnete die Konturen ihres Körpers nach. Ich war nackt.

Wir setzten uns auf die Couch.

«Dein Vater», erklärte ich ihr, «hat nie den Grund gewußt, weshalb er getötet wurde.»

Die Feuchtigkeit sammelte sich in ihren Augenwinkeln. Ich erzählte ihr so schlicht und einfach, wie es nur ging, das Wer, Was und Warum. Während ich redete, stand sie schweigend da, doch ihre Hände waren zu Fäusten geballt, und die Tränen strömten über ihre Wangen. Ich beobachtete, wie die Tropfen fielen; sie fielen auf ihre Brüste.

Als ich fertig war, streckte ich die Arme nach ihr aus. Sie umklammerte meine Hand, preßte sie dann heftig gegen ihre Wange. Ich legte meinen anderen Arm um sie, und sie drängte sich schluchzend an mich. Schließlich richtete sie sich auf und wischte sich die Augen, wie ein kleines Mädchen, das versucht, den Realitäten der Erwachsenenwelt ins Auge zu sehen.

«Was wird mit... diesem Mann geschehen?»

«Es ist bereits geschehen.»

«Was?» fragte sie.

Ich erzählte es ihr.

«Mein Gott, Tony. Oh, mein Engel, was ist, wenn sie dich erwischen?»

«Das werden sie nicht», sagte ich flach; dann wurde meine

Stimme hart. «Verstehst du denn nicht? Was muß ich tun, damit du es erkennst? Ich bin kein Engel.»

«Für mich bist du einer. Und ich liebe dich.»

Sie griff nach mir, staunend, ehrfürchtig. «Niemand hat je etwas für mich getan. Nicht so. Ich habe nie jemanden gekannt, der so etwas für mich tun würde oder könnte.» Ihre Lippen fanden die meinen. Unsere Küsse waren wild und hitzig, wir verbissen uns ineinander. Ich preßte sie an mich, unsere Körper zuckten, unsere Hände tasteten und wühlten, als könnten unsere Leiber ineinander verschmelzen.

«Mein Engel, mein Engel», sagte sie.

Ich war zornig. Ich stieß sie von mir und erhob mich. «Ich bin kein Engel. Ich weiß nicht, was ich bin, aber ich bin weniger wert, als ich sein sollte. Der Sohn meines Vaters müßte mehr wert sein.»

In ihren Augen wirkte das, was ich getan hatte, wunderbar. In Vinces und Mike Paleys Augen besaß es Stil; es würde ihnen gefallen, und sie würden mir weitere Möglichkeiten eröffnen. Diese Möglichkeiten würden für die nötigen Gelder sorgen, so daß ich mir diese Frau, die ich liebte, leisten konnte. Mein Vater, was immer er sich dabei gedacht haben mochte, war tot und hatte nichts mehr zu sagen.

«Was stimmt denn nicht?» fragte sie.

Ja, was stimmte nicht? Es hatte eine Welt gegeben – vielleicht gab es sie irgendwo immer noch –, wo das, was ich getan hatte, sauber, strahlend und richtig war. Vielleicht in Onkel Vincents Welt. Oder in der Welt, aus der er gekommen war – Sizilien. Vielleicht in Havens Welt, obwohl ich das bezweifelte. Vielleicht galt es in der Welt, in der Alan Ladd den Shane gespielt und gesagt hatte: «Ein Mann muß tun, was ein Mann tun muß.» Aber ich glaubte auch nicht an John Wayne. War es das, was nicht stimmte?

«Ich weiß nicht», sagte ich.

«Was ist mit uns? Was willst du?»

Ich ging zu ihr hinüber, blieb nackt vor ihr stehen. Ich schaute auf sie herab, schaute tief in ihre grünen, weit geöffneten, verwirrten Augen. Schaute hinab auf ihren Mund, offen, feucht, hungrig. Ich wollte sie nehmen. Vielleicht erkannte sie es; ihre Hände griffen nach mir, ruhten auf meinen Hüften. Als sie mich berührte, begann mein Körper zu beben, ein Schauer durchlief ihn. Mein Magen verkrampfte sich vor Furcht und Zorn, auf mich, auf mich selbst, und stieg wie brennende Säure in meiner Kehle hoch. Irgendwie zeichnete es sich auf meinem Gesicht ab, denn aus ihren Augen schaute mich die Furcht an.

Ich nahm ihren Kopf in meine Hände. Ich wollte sie küssen, wollte sie zwingen zu schmecken, wie verfault ich war. Ich wollte, daß sie die bittere Galle, die ich tief in meinem Rachen spürte, mit mir teilte.

«Was willst du?» fragte sie.

Wollte ich den kurzen, wilden Ritt, so süß wie Zucker und so klar wie der Schmerz? Peilte ich das Geld, das Gold, das Mädchen, alles an? Und wollte ich den Preis, den eines Tages Paley und Vincent und Christina von mir fordern würden, dafür zahlen? Meine Finger strichen durch ihr Haar. Es war so zart, so fein. Wollte ich sie haben? Ja, das wollte ich. Ich konnte meinen Zorn und meine Verwirrung in ihren Mund bumsen.

«Was willst du?» fragte sie.

Nein. Ich liebte sie, und irgendwo in mir lag noch etwas Zärtlichkeit verborgen. Nein, sie sollte nicht der Gegenstand sein, in den ich meine Furcht verströmte.

«Ich liebe dich, mein Engel. Ich liebe dich.»

Ich wollte heim. Ich wollte Glenda sehen, ich wollte die Hoffnung haben, daß sie mich genügend liebte, um mich heimkehren zu lassen. Ich wollte anfangen, die Vergangenheit zur Erinnerung werden zu lassen, sie dorthin zu verweisen, wo sie hingehörte, und die lebende Realität von ihr befreien.

«Was willst du?» fragte sie. Sie war wunderschön, so wunderschön. Ich hatte nicht bemerkt, daß ich schwitzte, bis ein Schweißtropfen auf ihre Brust fiel. Vielleicht war es auch eine Träne. Vielleicht sogar irgend etwas anderes.

«Ich gehe heim.»

HE WAS ALONE (AS IN REALITY) UPON HIS HUMble bed, when imagination brought to his ears the sound of many voices again singing the slow and monotonous psalm which was interrupted by the outcries of some unseen things who attempted to enter his chamber, and, amid yells of fear and execrations of anger, bade him. «Arise and come forth and aid»; then the coffined form, which slept so quietly below, stood by his side and in beseeching accents bade him, «Arise and save what is beautiful.»

Come back when fog drifts out over the city
And sleep puts her kind hands on all these poor devils

Come back when the policeman is in another street
And Beatrice will let you see her thin soul under the paint

Come back to the corner and tell them what brand of poison you
want
Ask them why your very own dear lady is always on the lay

Somebody will pick up the pieces, somebody will put you to bed
You're a great guy, and she's the finest broad in all the world

Take it easy, partner, death is not such a bad chaser
And you didn't mix this one anyway

They were all right, the lot of them, it wasn't up to them
And they knew it; if somebody had come along and said,
I've got a spot for a two-legged animal in the world I'm working
on,
They wouldn't have made anything like they had been made.
They were wise that this man-business was just a matter
Of putting it in and taking it out, and that went all the way
From throwing up cathedrals to getting hot pants over Kathy.
Maybe there was something to get steamed about, maybe it was
Baseball to grow a beard and end up on a cross so that a lot
Of hysteria cases could have something to slap around;
Maybe the old Greek boy knew what he was doing when he hem-
locked
It out, loving the heels who hobbled him; maybe little French Joan

Got a kick out of the English hot-foot; the boys at the corner bar
Were willing to believe it. No skin off their noses. But what was hard
Was when you get a snoot full and all you can think to say starts with s
And you know damn well you're a good guy and you'll never meet a dame
Who really has your address, who can really dot your t's or cross your i's

Come back when it's old home week in this particular hell
And you can bum enough nickels to take the fallen angels out

I sat down and said beer thinking Scotch and there by God
Was my woman just as I had always known she would be
And I went over to her and she said come home with me
Like that, raining a bit, will you get wet? no, let's hurry,
Climbing the stairs behind her, watching; what's your name?
Lorraine, don't make so much noise, the landlady; buzz her, I said,
Wondering how God could have gotten it all into this little tail,
Key in the lock, light; hello, you're lovely did you know that?
She was all right, all of her, it was up to me and I knew it; let's
Talk first, do you mind? I said no and she said some female stuff
Husband on the lam and I've never done this before tonight; me, I
Put all my cards on the table and dealt myself five aces, great God

I was wanting it then but she said some more things and started
To cry and I slammed on my coat and said you lousy bitch which shut
Her up and I put my key in the lock

And when it's open, when you've got it, when it's all yours,
When nobody else in all the world is where you are,
When your arms have really gone around something,
When your thighs know all the answers to all the questions,
Why is there always one bead of sweat that doesn't come from either of your faces?

Come back when sleep drifts out over the city
And the good God puts His hands on all these poor devils.

Das Gedicht «He Was Alone» stammt aus dem Band «Collected Poems» von Kenneth Patchen (Copyright © 1939 by New Directions Publishing Corporation). Auf eine Übertragung ins Deutsche wurde verzichtet, um die Authentizität nicht zu zerstören. Anm. d. Red.

DER VERBLÜFFER

Ein Autorenporträt von Jürgen Bürger
und Peter M. Hetzel

«Zermatt, Davos, Klosters, St. Moritz, Andermatt, Verbier, Wengen, Grindelwald, Mürren, Saas Fee, Crans Montana und Gstaad», lautet Larry Beinharts Antwort auf die Frage, was ihm beim Stichwort Schweiz als erstes einfällt. «Leider bin ich noch in keinem dieser Orte gewesen. Aber ich träume praktisch täglich von der Schweiz.» Der Januar in den Catskill Mountains ist der erklärte Lieblingsmonat des passionierten Skifahrers (er absolviert gerade seine Skilehrerprüfung) und Schriftstellers. «Es ist eine weiße Wunderlandschaft. Eben wie ich mir als Kind den Winter in den Schweizer Alpen vorgestellt habe.» Selbst nach einem kurzen Regenintermezzo, eigentlich am Jahresanfang in dieser Region unüblich, bietet die Landschaft stets ein makelloses Winterpanorama. Fast so perfekt und idyllisch wie die mit Zuckerwatte überzogene Kulisse eines Hollywood-Films.

Den uramerikanischen Mythos Hollywood demontiert Larry Beinhart in seinem neuen Roman *American Hero* (Kiepenheuer & Witsch). Er will aber vor allem das fast schon blinde Vertrauen in die vermeintliche Objektivität und Zuverlässigkeit der Medien verunsichern. Denn für Beinhart wurde nicht zum erstenmal die Wahrheit einem Krieg geopfert, wie beispielsweise 1991 während der *Operation Desert Storm* geschehen. Mit der Berichterstattung über den Golfkrieg gelang den Fernsehdesignern eine Animation, die in den Augen von Steve Vardy, Art-director der *CBS Evening News*, «so gut geworden ist, daß die Leute manchmal vergessen, daß es eine Simulation ist». Zweifelsfrei war dieser Krieg so mediengerecht, daß Hollywood das Drehbuch dazu geschrieben haben könnte.

In *American Hero* entwickelt George Bushs Berater Lee Atwater eine ultimative PR-Strategie, um seinem Präsidenten die zweifelhaft gewordene Wiederwahl zu sichern. Die Idee ist so simpel wie alt: Der Führer eines Landes zieht in den Krieg, wenn seine

Popularität sinkt. Aber dieser Krieg muß von Profis geführt werden, und im Medienzeitalter sind das weder Generäle noch Politiker, sondern die großen Marketingfirmen. Man findet einen geeigneten Regisseur, bestimmt die Akteure, sorgt für Werbung und Finanzierung des Projektes, damit Amerika als Produzent dieser «Reality Show» nicht auf den Kosten sitzenbleibt. Aus dieser Hypothese entwickelt Beinhart eine vielschichtige und temporeiche Story, die geschickt Elemente des Politthrillers und der Gesellschaftskritik vereint.

Der Sechsundvierzigjährige wuchs in Brooklyn auf und lebt heute – nach einem sechsjährigen Zwischenspiel in Miami – mit seiner Familie in Woodstock. Jener idyllische Ort im Staat New York gelangte 1968 durch das gleichnamige Festival zu weltweiter Berühmtheit. Hier wohnten Bob Dylan und Albert Grosman, der Manager von Janis Joplin und Tom Petty. Heute leben und arbeiten hier bekannte Musiker wie der Lead-Sänger der Popgruppe *Steely Dan* oder renommierte Journalisten wie Dakota Lane.

Die Straße zum Stadtteil Byrdcliffe schlängelt sich den Guardian Mountain hinauf, bis man das für die ehemalige Künstlerkolonie typische, ganz aus Holz erbaute Haus erreicht. Beeinflußt von dem englischen Sozialreformer Ruskin legten die Gründer der Kolonie großen Wert auf einfaches Leben in natürlicher Umgebung. Die Häuser besaßen weder Keller noch Fundament, und die Außenfront mit der Holzverkleidung wurde in warmen Brauntönen belassen. «Ich mag alte Dinge. Massives Holz ist ein wunderbares Baumaterial. Hohe Decken, wie in unserem bis unter den Dachstuhl offenen Wohnzimmer, und viel Licht sind für mich sehr wichtig.»

Das Haus betritt man durch die eher spartanisch eingerichtete Küche, der genau anzusehen ist, daß weder Gillian noch Larry

Beinhart großes Interesse am Kochen haben. «Man könnte sagen, wir sind echte *Junk food*-Vegetarier», ist dazu sein selbstironischer Standardkommentar. In die unmittelbar angrenzende, gemütlich eingerichtete Bibliothek und das Arbeitszimmer von Gillian – die aparte Frau ist Schauspielerin und ebenfalls Schriftstellerin – zieht sich Beinhart gern zum Lesen (George Bernard Shaw) und Musikhören (Bob Dylan) zurück.

Die darüber liegende und zum großen Hauptraum des Hauses hin offene Galerie dient im Winter den Kindern Anna Genevieve (fünf) und James Irving (drei) als Platz zum Spielen und Schlafen. Ihr eigentliches Reich befindet sich unter dem Elternschlafzimmer. Aber da die stilgerechte Modernisierung des alten, T-förmig angelegten Hauses noch nicht beendet ist, ziehen die Kinder in der kalten Jahreszeit einfach um. Weil sie von dort oben alles unter Kontrolle hat, genießt es besonders Anna, direkt über dem Wohnzimmer zu schlafen. Es ist der Mittelpunkt von Haus und Familienleben. Vor dem großen offenen Kamin sitzt man mit Freunden zusammen, spielt mit den Kindern oder bespricht – auch noch nach siebenjähriger Ehe – in aller Ausführlichkeit die Ereignisse des vergangenen Tages.

«Hier zu leben ist für mich ein Wirklichkeit gewordener Traum.» Das weiß Beinhart ganz genau. «Oft werde ich vom Licht des Sonnenaufgangs geweckt, das sich in den Scheiben unseres Schlafzimmerfensters bricht.» Die weißen Sprossenfenster des Hauses öffnen den Blick auf ein fast 37000 Quadratmeter großes Grundstück unberührter Natur. Nicht selten zeigen sich ganz aus der Nähe Rehe, Hirsche und wilde Truthähne. «Eigentlich bin ich ein langweiliger Mensch», offenbart sich der Hausherr. «Ich interessiere mich nur für Bücher und Skilaufen.» Im Sommer tauscht er die Ski gegen Turnschuhe und joggt. Wobei er in seinem Walkman mit Vorliebe vertonte Weltliteratur statt Musik hört.

Aus dem Wohnzimmer führt eine Tür zu einem nahegelegenen Blockhaus, das von einem gewaltigen, aus Holz geschnitzten Bären bewacht wird. Anfang der fünfziger Jahre wurde die kleine Dependance von dem Theaterregisseur Jose Quintero für Proben genutzt und ist die Wiege des *Circle in the Square*-Ensembles, mit dem die Off-Broadway-Bewegung der New Yorker Theater begann. Larry Beinhart hat sich das ehemalige Studio als Arbeitszimmer eingerichtet. Unlängst erhielt es eine neue Wärmeisolierung. «Deshalb sieht es hier auch noch so kahl aus. Sechs Stunden brauchte der

Holzofen, um das Häuschen aufzuheizen. Es wäre nur leicht übertrieben, wenn ich sage, daß ich bis vor kurzem mit dicken Handschuhen vor dem Computer gesessen habe.»

In Beinharts Leben steht an erster Stelle die Familie, gefolgt von «Schöpfungsprozessen, auch Arbeit genannt. Dann folgen Skifahren, andere körperliche Aktivitäten und schließlich Lesen.» Seine Familie, «dieses inzwischen sieben Jahre währende Abenteuer», hat ihm «mehr Glück und Zufriedenheit gebracht, als alle anderen kleinen Abenteuer davor».

Für den studierten Theaterwissenschaftler ist es – nicht nur – beim Schreiben wichtig, neue Ideen zu entwickeln, sie auszubauen und mit ihnen zu spielen. Der Grundgedanke zu *American Hero* entstand aus einer eigenen ironischen Randbemerkung. Mit dem Satz «Der Golfkrieg war doch nur eine Fernseh-Serie» provozierte Beinhart seine Gesprächspartner. «Kein Mensch verstand das ganze Ausmaß und die Ungeheuerlichkeit meines Satzes. Niemand lachte. Aber für mich als Schriftsteller steckte diese Idee voller Herausforderungen. Also habe ich das Buch geschrieben.»

In seinem Arbeitszimmer findet sich in unzähligen Regalmetern Sekundärliteratur über Marketing, militärische Strategie und Taktik, Propaganda, asiatische Philosophie und Filmgeschichte, die Beinhart für die Arbeit an *American Hero* benötigte. Literatur muß für ihn mehr sein als Unterhaltung. «Das private Leben der Menschen wird entscheidend beeinflußt durch Dinge, die um sie herum geschehen. Durch Krieg, Geld oder Politik.» Neben Shaw und Bertolt Brecht nennt er die Begründer des *New Journalism* Tom Wolfe und Hunter S. Thompson als die wichtigsten literarischen Vorbilder.

Wenn Bestsellerautoren wie Michael Crichton wegen ihrer vermeintlichen Inhaltsleere kritisiert werden, reagiert Beinhart verärgert: «Komplexe wissenschaftliche, kulturelle, wirtschaftliche oder politische Zusammenhänge sowohl jedem Leser verständlich zu machen – was die Literatur leisten sollte – und gleichzeitig einen interessanten Plot entwickeln zu können, das ist echte Arbeit. Wenn dies einem Autoren gelingt, sind Neider und Kretins natürlich schnell bei der Hand mit dem Vorwurf, daß man eigentlich ja gar nichts *Richtiges* mache, sondern nur eine Marktnachfrage befriedige.»

Aber alles, was dieser Mann in seinem Leben bereits gemacht hat – er war als Produzent und Regisseur von Werbefilmen und politischer Berater tätig –, mußte vor allem Spaß machen. So verspürt der Vergnügungssüchtige eine ausgesprochene Abneigung gegen jede Art von Hausarbeit, die er daher gern seiner Frau überläßt. Gillian, ein temperamentvoller, irischstämmiger Rotschopf, war es im übrigen auch, die das Haus von einem Experten des *Feng-Shui* analysieren ließ, der seine Auftraggeber nach der alten chinesischen Harmonielehre des Wohnens berät. Er empfahl den Beinharts, daß etwas für das Wohlbefinden des neben dem Haus schlummernden Drachen getan werden müsse. Deshalb entstand im letzten Sommer ein üppiger Blumengarten.

Eine besondere Befriedigung empfindet Beinhart, wenn er ein neues Projekt entwickelt und erfolgreich zu Ende gebracht hat. «Wenn man kreativ sein, immer wieder an neuen Dingen arbeiten kann, obendrein dafür bezahlt wird und Anerkennung findet – das ist es, war mir Spaß macht und wichtig ist.» Wo bleibt bei soviel Energie und Tatendrang noch genügend Zeit für sich und die Familie? «An zwei Tagen der Woche bin ich Skilehrer. Fünf Tage in der Woche schreibe ich. Sieben Tage habe ich Frau und Kinder. Ich kenne das Wort Freizeit gar nicht – oder vielleicht ist alles nur Freizeit!»

Als Schriftsteller kennt er auch die Angst vor dem Erfolg, besonders wenn er an sein nächstes Buch denkt. «Meine Frau sagt, ich ziehe die Judy Garland-Nummer ab, wenn ich so reagiere. Man kennt ja die Geschichte. Bei einer Premiere im New Yorker *Palace* erhielt Judy Standing ovations und feierte einen Bombenerfolg. Doch hinter der Bühne war sie in Tränen aufgelöst. Ihre Freunde sagten, sie müsse doch eigentlich glücklich sein. Und Judy antwortet: ‹Ja, ja, das war ich. Aber was ist morgen?› Es ist ein bißchen übertrieben. Natürlich will ich Erfolg haben, aber es gibt Wichtigeres. Mehr beschäftigt mich die Zukunft meiner Kinder oder zum Beispiel der Krieg in Bosnien.»

Larry Beinhart lacht oft und gern, deshalb spielt in seinen Büchern Humor eine so große Rolle. Trotz des ernsten Tenors in *American Hero* vergißt er nie, den Leser zum Schmunzeln zu bringen – etwa wenn er den Schlafanzug von Präsident Bush beschreibt: weißes Flanell mit Seehunden, die kleine Präsidenten auf den Nasen balancieren. Es liegt in Larry Beinharts Naturell, Menschen zu verblüffen: «Ich besitze sogar einen *Verblüffer*. Den habe ich mir mal bestellt. Man mußte drei Umschlagseiten von *X-Ray Man*-Comics plus $ 7,95 einschicken. Das Ding ist aus Plastik, und eine Art Betäubungspistole. Wenn man auf den Knopf drückt, sind die Leute *verblüfft*. Sie erstarren buchstäblich, können aber weiter atmen. Die Zeit vergeht, und solange sie in diesem Zustand sind, werden sie nicht älter. Das hält an, bis man entweder den *Verblüffer* erneut auslöst oder die Batterien von dem Ding leer sind.»

Offensichtlich ist Larry Beinharts Lebenscredo humoristischer Provenienz, und deshalb ist es nur folgerichtig, wenn er verkündet: «Die Welt wäre besser, wenn Groucho Marx sie gemacht hätte. Dann wäre sie zwar nur schwarz und weiß, aber auf jeden Fall erheblich lustiger.»

Horst Bieber

«**Horst Bieber** leistet sich einen Luxus. Er nimmt sich Zeit mit dem Erzählen. Viele Versuche, bei uns den Privatdetektiv–Roman zu etablieren sind gescheitert. Horst Bieber ist die Ausnahme.» *Rudi Kost in «Schwarze Beute»*

Fehlalarm
(thriller 3028)
Bei der Firma alfa–chem wird spät abends ein Brandalarm ausgelöst. Doch die anrückende Feuerwehr entdeckt kein Feuer, sondern die Leiche des Nachtwächters. Hauptkommissar Sartorius entdeckt bei dem Toten DM 53.000,-- in bar und nicht nur das kommt ihm merkwürdig vor...

Jede Wahl hat ihren Preis
(thriller 2820)
Für Thomas Quirt beginnt der Tag mit einer Schußwunde im Knie. Der Regierungspartei kommt dieser Anschlag auf den persönlichen Referenten des Innenministers gelegen, aber aus dem einen Fall werden zwei und nicht in jedem ist Quirt das Opfer...

Schnee im Dezember
(thriller 2994)
Kriminalrat Wegener ist des Mordes an seiner Frau Gesine angeklagt. Das Gericht spricht ihn zwar frei, weil die Beweise nicht ausreichen, aber damit ist seine Karriere

rororo thriller

am Ende. Vom Dienst suspendiert, zieht er in das Dorf und in das Haus, in dem seine Frau seit ihrer Trennung gelebt hat. Hier sucht er Indizien, die ihn auf die Spur des Mörders führen könnten...

rororo thriller wird herausgegeben von Bernd Jost. Ein Gesamtverzeichnis der Reihe finden Sie in der *Rowohlt Revue*. Jedes Vierteljahr neu. Kostenlos in Ihrer Buchhandlung.

–ky

«Die besten Krimis von **–ky** schildern unsere Gegenwart mit Scharfsinn, Witz und Hintergründigkeit.»
FAZ

Eine Auswahl der thriller von –ky, alias Horst Bosetzy:

Da hilft nur noch Beten
(thriller 2883)

Es reicht doch, wenn nur einer stirbt
(thriller 2344)

Feuer für den Großen Drachen
(thriller 2672)
Kreuzberger Nächte: Liebe, Ku–Klux–Klan und Graue Wölfe...

Friedrich der Große rettet Oberkommissar Mannhardt
(thriller 2725)

Catzoa––Stories um einen kriminellen Kriminalbeamten
(thriller 2919)
Die unaufhaltsame Karriere eines Mannes, der Ordnung schaffen will.

Ich wollte, es wäre Nacht
(thriller 2951)

Kein Reihenhaus für Robin Hood
(thriller 2575)
Für das Kino erfolgreich verfilmt.

Zu einem Mord gehören zwei
(thriller 2770)

Ein Deal zuviel
(thriller 3065)

Ich lege Rosen auf mein Grab
(thriller 2841)

rororo thriller

Mitunter mörderisch
Kriminalstories
(thriller 2382)

Einer von uns beiden
(thriller 2244)

Ein Toter führt Regie
(thriller 2312)
Ein Selbstmörder rächt sich an den Lebenden, die ihn gequält haben...

Einer will's gewesen sein
(thriller 2441)

Nieswand kennt Tag und Stunde
(thriller 2979)

Von Beileidsbesuchen bitten wir abzusehen
(thriller 2250)

Ein Gesamtverzeichnis der Reihe *rororo thriller* finden Sie in der *Rowohlt Revue*. Jedes Vierteljahr neu. Kostenlos in Ihrer Buchhandlung.

3014/2

Hansjörg Martin

«**Hansjörg Martin** ist eine Person von historischer Bedeutung. Was Raymond Chandler für die amerikanische Kriminalliteratur war, ist er für die deutsche geworden: man kann ihn ohne jeden Zweifel als ihren Vater betrachten. Sein Roman *Gefährliche Neugier* löste 1965 ein Genre aus, das man lange danach, den neuen, den modernen deutschen Kriminalroman nannte.» Rudi Kost in «Schwarze Beute»

Eine Auswahl der thriller von Hansjörg Martin:

Bei Westwind hört man keinen Schuß
(thriller 2286)

Betriebsausflug ins Jenseits
(thriller 2535)
Eine Seefahrt, die ist lustig... Wenn mehrere Personen finstere Pläne schmieden, kann eine Seefahrt auch tödlich sein.

Blut ist dunkler als rote Tinte
(thriller 2190)

Dein Mord in Gottes Ohr
(thriller 2590)
«..gescheite Dialoge, Witz und stimmige Charaktere.» Welt am Sonntag

Gefährliche Neugier. Kein Schnaps für Tamara. Einer fehlt beim Kurkonzert
(thriller 2972)

Gute Messer bleiben lange scharf
Kriminalstories
(thriller 2635)

Mallorca sehen und dann sterben
(thriller 2270)

rororo thriller

Der Rest ist Sterben
(thriller 2900)
Schwester Cosima ist eine allseits beliebte Person mit untadeligem Lebenswandel. Deswegen trifft es alle wie ein Schock, als man sie erdrosselt in ihrer Wohnung findet...

Der Kammgarn-Killer
(thriller 2481)
«Martin hat seine Mischung aus skurriler Beobachtungsgabe und feuilletonistischer Detailbeschreibung, aus witzigen Einschiebseln und originellen Sprachspielereien beibehalten.» Saarbrücker Zeitung

Seine besten Stories
(thriller 2911)

Das Zittern der Tenöre
(thriller 2618)

Süßer Tod
(thriller 2877)
Direktor Hebestreit ist entsetzt. In seiner Viehzuchtgenossenschaft findet man eine Leiche. Und gerade jetzt kann er schlechte Publicity nicht gebrauchen...